Peter Staub
Hudere-Waser
edition 8

Peter Staub

Hudere-Waser

Ein Thriller aus Olten

Ein Kulturengagement des Lotterie-Fonds des Kantons Solothurn.

Besuchen Sie uns im Internet: Informationen zu uns, unseren Büchern und AutorInnen sowie Rezensionen finden Sie unter www.edition8.ch

Die Deutsche Bibliothek – CIP-Einheitsaufnahme: Ein Titeldatensatz für diese Publikation ist bei der Deutschen Bibliothek erhältlich.

April 2004, 1. Auflage, Copyright bei edition 8, alle Rechte vorbehalten – Lektorat: Brigitte Walz-Richter; Korrektorat: Geri Balsiger; Typografie, Umschlag: Heinz Scheidegger; Umschlagbild: Peter Staub; Pre-Press-Produktion: TypoVision AG, Zürich; Druck und Bindung: Gutenberg-Druckerei, Weimar
Verlagsadresse: edition 8, Postfach 3522, CH-8021 Zürich, Tel. 01/271 80 22, Fax 01/273 03 02, Email: info@edition8.ch, Internet: www.edition8.ch

ISBN 3-85990-061-7

Für Pascale, Dario und Roger

»Im sechzehnten Jahr dachte ich daran, etwas zu werden. Ich machte allerlei Versuche: ich wurde Soldat, aber es fehlte mir an Mut; ich wurde Mönch, aber ich war nicht fromm genug; ich wurde Zimmermann, da fehlte es mir an Stärke; ich wollte Schulmeister werden, aber ich konnte weder lesen noch schreiben. Nach einiger Zeit nahm ich wahr, dass mir zu allem etwas fehlte, dass ich zu nichts tauglich sei, und wurde also Dichter. Man kann Poet und Vagabund zugleich sein.«

Aus ›Der Glöckner von Notre-Dame‹ von Victor Hugo.
(Alle Eröffnungszitate stammen aus diesem wunderbaren Roman.)

Kapitel 1

»Ihr habt also diese in Stahl gekleideten Kriegsmänner nie beneidet?«
»Ich wüsste nicht, warum. Um ihre Stärke, ihre Waffen und ihre Kriegszucht? Da bleibe ich lieber ein unabhängiger Philosoph in Lumpen. Der Kopf einer Mücke ist mehr als der Schwanz eines Löwen.«

I

Eine schwere Hand legte sich auf die Schulter des regungslos auf der Sitzbank liegenden Mannes und rüttelte leicht daran. Ohne die Augen zu öffnen, hörte der Mann eine tiefe Stimme sagen, »Nächster Halt: Olten«. Nur langsam fand er aus dem traumlosen Halbschlaf in die Wirklichkeit zurück, murmelte »Merci«, doch der Kondukteur war bereits verschwunden. Eric Waser setzte sich langsam auf, durch die schmutzigen Scheiben sah er die leeren Perrons eines spärlich beleuchteten Dorfbahnhofs vorbeiflitzen. Den Blick auf die Uhr konnte er sich sparen, es musste etwa halb zehn Uhr sein. Wenn er sich auf etwas verlassen konnte, dann auf die legendäre Pünktlichkeit der Schweizerischen Bundesbahnen, jedenfalls in Randzeiten wie diesen. Er drückte die leere Bierdose zusammen, schmiss sie mit dem Rest des Salamisandwichs in den aufklappbaren Abfallkübel und packte den Taschenbuchkrimi ins Aussenfach seines abgeschossenen roten Stadtrucksacks.

Eric lehnte sich zurück und grinste, er war zufrieden und freute sich nach Hause zu kommen, obwohl er eine Reise in einer faszinierenden Welt, deren Armut ihn aber auch immer wieder beelendete, hinter sich hatte. Seit geraumer Zeit verspürte er einen ungewohnten Optimismus. Nicht dass er sich als Pessimisten bezeichnet hätte, aber das Leben hatte ihn gelehrt, die Realität nicht mit der Hoffnung zu verwechseln. Die Einfahrt in die gewölbte Bahnhofhalle verfolgte er auf der Seite des Wagens am Fenster stehend, von der aus er das Bahnhofhauptgebäude, in dem die Post, der Gepäckschalter mit dem Fundbüro, das Reisebüro, die Billetschalter mit der Geldwechselstelle, der Minisupermarkt und das Buffet untergebracht waren, an sich vorüberziehen lassen konnte. Er betrachtete die einzige spielfilmreife Fassade Oltens und versuchte sie wie ein gänzlich Fremder zu betrachten. Die schwarze Sporttasche packte er auf einen Gepäckwagen. Noch unschlüssig, ob er gleich in seine Wohnung fahren oder ob er sich erst im Buffet ein Bier genehmigen wollte, zog er in Richtung der Fussgänger-Unterführung los.

Beinahe hätte er sie übersehen. Sie lehnte sich lässig an eine Reklametafel und trug eine dunkelblaue Skijacke, weinrote Jeans und derbe braune Winterschuhe mit Gummiprofilsohlen. Er wusste nicht, wie lange sie schon da gestanden hatte. Bei der Einfahrt hatte er auf der anderen Seite zum Zug hinausgeschaut, er hatte niemanden erwartet. Ohne seine Überraschung überwunden zu haben, war er bis auf wenige Schritte an sie herangekommen. Sie sah ihn mit einem verschmitzten Lächeln an. Sie ist noch schöner, als ich sie in Erinnerung hatte, dachte er und meinte eine Veränderung an ihr wahrzunehmen, doch er konnte nicht sagen, was es war.

»Hoy, Eric!«

Sie kam ihm die letzten zwei Schritte entgegen, umarmte ihn und küsste ihn auf den Mund, wofür sie sich auf die Zehenspitzen stellen musste. Für einen Begrüssungskuss knutschte sie ein wenig zu lange, doch gerade, als er reagieren und seine Zunge zwischen ihre Lippen schieben wollte, wich sie fast ruckartig zurück.

»Ich bin froh, dass du endlich da bist, Eric! Ich habe lange auf dich gewartet!« Sie sprach, als ob sie ihn bloss necken wollte, doch er glaubte, in ihren himmelblauen Augen, die mit den hennaroten Haaren um die Wette strahlten, einige Schleierwolken zu entdecken, die nicht zu ihrem burschikosen Auftritt passten. Wenn er ehrlich war, freute er sich, sie zu sehen, umso mehr, da sie ihn so ungestüm geküsst hatte, aber dass das hier und jetzt sein musste, ärgerte ihn.

»Ciao Vreni, wie hast du mich mit meinem Räuberbart bloss erkannt?«, flachste er. Dann entschied er sich für eine Vorwärtsstrategie. »Es freut mich, dich zu sehen, Vreni. Ich wollte gerade auf einen Begrüssungsdrink ins Buffet, kommst du mit? Ich lade dich ein.« Vreni legte ihre bunte Umhängetasche auf den Gepäckwagen, und sie gingen in den Untergrund hinunter.

»Ich habe eine bessere Idee. Was hältst du davon, wenn wir gemeinsam essen gehen und ich dich dazu einlade?«, fragte Vreni.

In der Unterführung bogen sie in Richtung Altstadt ab. Eric

drehte sich um, da Vreni von entgegenkommenden Passanten abgedrängt worden war, er legte unwillig die Stirn in Falten. Wie kam sie bloss dazu, ihn derart zu überrumpeln? Gut, wenige Tage bevor er abgereist war, hatten sie zusammen eine Nacht verbracht, doch er erinnerte sich nicht, dass sich daraus etwas entwickelt hatte. Vor der breiten Steintreppe, die zum Buffet hinaufführte, wartete er, bis Vreni aufgeschlossen hatte.

»Gut, dann machen wir Folgendes.« Er war nicht in Stimmung zu streiten, auch wenn er sich bedrängt fühlte. »Ich gehe jetzt rauf ins Buffet und trinke zur Feier meiner Rückkehr ein Feldschlösschen, dann gehe ich unter die Dusche. In einer Stunde hole ich dich ab, und wir gehen etwas essen.«

»Damit kann ich leben, aber auf das Bier komme ich mit«, sagte Vreni bestimmt.

Sie gingen die Treppe hoch, und Eric verstaute die Tasche im Vorraum des Buffets. Er schaute sich in der hohen Restauranthalle um. An den kleinen Tischen im Vordergrund sassen vereinzelt Gäste, im hinteren Teil assen drei ältere Frauen, und die Kellner standen gelangweilt vor dem Bartresen. Er grüsste ein verladen wirkendes Paar, das sich am runden Tisch vor der Säule auf der Sitzbank kuschelte, und durchquerte die Halle, um an der Stehbar zwei Biere zu bestellen.

Vreni war stehen geblieben und plauderte mit einem grauhaarigen Mann, der bei einem Glas Roten Zeitung gelesen hatte. Eric betrachtete sie von der Bar her, wie sie selbstbewusst mitten im Buffet stand, ungekünstelt und charmant mit dem Mann parlierte, der, wie Eric feststellte, eine scheinbar natürliche Autorität ausstrahlte. Sein Unmut verflog, und seine Laune schlug wieder um. Vreni war eine mehr als attraktive Frau, er musste ein Glückspilz sein. Mit ihren geschätzten fünfundzwanzig Jahren war sie etwa sieben Jahre jünger als er, und doch wirkte sie auf ihn keineswegs unerfahren.

Das erste Mal hatte er sie vor einem halben Jahr gesehen. Es war an einem Freitag, etwa eine halbe Stunde vor Mitternacht, eine gute Zeit für einen Kaffee, der ihn für den Rest der Nachtschicht wach hielt, als er den Ochsen in Zofingen von der Hauptgasse her betrat. Die Tür ins Restaurant stand offen, stickige Luft und lautes Stimmengewirr strömten in den engen Gang. Von der Holztreppe, die am Ende des Flurs in den ersten Stock führte, dröhnte rockiger Livesound mit einer harten Frauenstimme nach unten. Eric wandte sich zur Bar, die einen ruhigen Eindruck machte.

An der Theke bestellte er einen doppelten Espresso und ein Glas Mineralwasser, und er zog sich zum Stehtisch in der Ecke zurück. Seine halbstündige Ruhepause neigte sich bereits dem Ende zu, als ein wahrer Sturm auf die Bar einsetzte. Die Band hatte eine Pause eingelegt, und ihr Publikum enterte die Bar. Ohne dass er sie hatte hereinkommen sehen, stand sie zusammen mit einer gleichaltrigen Frau und einem schlaksigen Jungen plötzlich an seinem Tisch. In der Art eines Boxers nach dem Training trug sie ein weisses Frotteetuch um den Hals, darunter ein gelbes durchgeschwitztes Trägerleibchen, schwarze Jeans und hochhackige schwarze Cowboystiefel. Ihr Auftreten war selbstbewusst, aber nicht hochnäsig, wie Eric das bei jungen Kleinstadtschönheiten oft beobachtet hatte. Der Schweiss lief ihr über die geröteten Wangen, und Eric wollte gerade einen Spruch darüber machen, dass die Cowgirls früher mehr Kondition gehabt hätten, als sich ihnen Markus näherte. Doch obwohl er Eric gut kannte, nahm Markus grusslos die Boxerin in Beschlag.

»Geri hat mich gewarnt, dass ihr live noch umwerfender seid als auf Konserve«, hob er an. »Aber dass ihr mit einer solchen Wucht, dass ihr mit einem solch sensationellen Druck spielt, davon konnte ich nicht mal träumen. Es ist lange her, dass wir eine so heisse Stimmung hatten, obwohl wir bekannt dafür sind, dass bei uns immer die Post abgeht. Deine Stimme«, er starrte ihr hemmungslos in die Augen und wurde noch pathetischer, »deine Stimme jagt mir die Schauer gleich in Wellen über den Rücken! Das habe ich noch nie erlebt. Das ist mir noch nie passiert, obwohl ich schon viele weltbekannte Stimmen live hörte!«

Eric blickte in seine leuchtenden Augen und wusste, das Konzert war halb so wild, bloss Markus hatte sich auf seine unnachahmliche Art wieder einmal aus dem Stand verliebt. Die boxende Sängerin verfolgte seine Schmeicheleien mit gespieltem Ernst, dann zeigte sie auf mich und sagte: »Wenn alle so begeistert sind wie dieser Miesepeter hier, kann es mit der Stimmung so toll nicht sein. Schau ihn dir an, der hängt hier mit einer Miene rum, als hätte er gerade aus Versehen seinen Lieblingskater überfahren!«

Bevor Eric etwas erwidern konnte, war wieder Markus am Zug. »Eric gilt nicht, der war nicht oben. Du machst doch bloss Pause hier, nicht wahr?« Eric nickte. »Siehst du. Ich habe doch Recht. Du bist Spitze. Vreni, du bist Spitzenklasse. Mit der Wilden Eva wirst du eine grosse Karriere machen.«

An dieser Stelle unterbrach der Schlaks das Gesabber kategorisch. »Es reicht, Mann! Ja, du hast Recht. Aber wir alle kommen gut rüber! Kümmere dich bitte darum, dass da oben richtig gut gelüftet wird. Vor der Pause mussten wir die Luft fressen, so dick war sie. Schau mal nach! Jetzt gleich! Danke!«

Markus kapitulierte, was die Boxerin mit einem Kuss auf die Wange des Jungen quittierte. Erics Pause war zu Ende, aber ohne eine Retourkutsche an die Frau gebracht zu haben, wollte er keinen Abgang machen. Also variierte er beim Hinausgehen seinen Spruch, den er nicht losgeworden war.

»Hey, Tex-Mex-Queen, ich hoffe, deine Kondition ist besser als es aussieht. Halte durch, wenn Markus Recht hat, höre ich dich sicher bald am Radio.«

»Tex-Mex-Queen! Du hast wohl einen Knall!« Die Sängerin sah ihn einen Moment an, als wöge sie ab, ihm den Drink ins Gesicht zu schütten oder ihm die Stiefelspitze vors Schienbein zu donnern, dann drehte sie sich locker weg und sagte laut genug, dass es die ganze Bar hören konnte: »Fick dich doch ins Knie, Mann!«

Die Leute brachen in Gelächter aus. In den abschwellenden Lärm hinein rief Eric sich im Türrahmen umdrehend: »Oh ja, das werde ich tun, schöne Frau, und dabei werde ich garantiert an dich denken!« Er hatte das Gegröle noch in den Ohren, als er die Strasse zum Parkplatz hochging.

Sein Glas war halb leer, als Vreni sich vom Tisch ihres Bekannten löste und zu ihm herüberkam. Mit erhobenen Gläsern prosteten sie sich zu, machten Smalltalk, und kurz darauf hatten sie ausgetrunken. Eric registrierte, dass sie einen guten Zug hatte, und stellte ernüchtert fest, dass er kaum etwas von ihr wusste. Er kannte weder ihren Nachnamen noch wusste er, was sie arbeitete, er hatte keine Ahnung, wo sie wohnte, und doch holte sie ihn wie selbstverständlich vom Bahnhof ab.

Schweigend gingen sie in die Unterführung zurück. Am Fuss der Treppe zog er sie zur Seite und sagte: »Ich bin etwas verwirrt,

Vreni. Ich nehme an, du wirst mir beim Essen erklären, wie ich zu der Ehre komme, dass du mich auf dem Perron abgeholt hast. Sag mir unterdessen aber wenigstens deinen Nachnamen, damit ich mir nicht wie ein Papagallo vorkomme, wenn wir essen gehen.«

»Waser!«

»Ach ja?« Er zog die Augenbrauen in die Höhe. »Verarschen kann ich mich selbst! Habe ich dich im Delirium geheiratet? Wie heisst du?« Seine Stimme klang härter als beabsichtigt.

»Du hast vielleicht Humor, Mann! Also gut, König, Verena König, geboren am einundzwanzigsten März neunzehnfünfundsechzig in Zofingen, aufgewachsen in Küngoldingen, blaue Augen, von Natur aus braune Haare, ausgewachsene hundertzweiundsiebzig Zentimeter, ausgebildete Primarlehrerin. Reicht das oder möchtest du auch noch das Gewicht wissen?« Sie war eingeschnappt und versuchte das gar nicht erst zu verbergen.

»Freut mich Verena König, das war mehr, als ich erwarten durfte.« Eric beeilte sich, einen versöhnlicheren Ton anzuschlagen, schliesslich hatte sie ihm nichts verschwiegen, er hatte sie nie gefragt.

»Ich werde dich um elf Uhr abholen, ist das okay?«

»Ich warte auf der Kirchentreppe.«

Vreni drückte ihm einen flüchtigen Kuss auf den Mund und verschwand in Richtung Aare. Eric ging die Treppe zum Taxistand hoch.

II

Die Fahrer der vordersten Taxis grüsste Eric, ging jedoch weiter, bis er im ersten Yellow Cab Igor Borsov sitzen sah.

Igor stieg aus und sagte: »Ciao Eric! So schnell gehts, Mann. Gut siehst du aus.«

»Danke, Igor, alter Gauner, du kannst dich aber auch nicht beklagen. Fährst du mich nach Hause?«

Eric warf die Tasche auf den Rücksitz, setzte sich auf den Beifahrersitz, und das Taxi glitt an den Stadtomnibussen vorbei langsam über den Bahnhofplatz, bog in die Gösgerstrasse ein, und Eric genoss den Anblick der von nostalgischen Eisenbahnern in Fronarbeit restaurierten Dampflokomotive, die seit Mitte der siebziger Jahre am Strassenrand vor den SBB-Werkhallen auf einem Podest mit Stumpengeleisen ausgestellt war. Die Güterzuglokomotive

C5/6 aus den zwanziger Jahren war das heimliche Wahrzeichen der Eisenbahnerstadt Olten. Riesig, schwarz und stark lag sie da, ein Symbol für organisierte, kontrollierte Gewalt und Dynamik. Selbst jetzt im Ruhestand schien sie auf ihren abgesägten Geleisen nur darauf zu warten, dass ihr ein Grampertrupp neue Schienen vorlegte, damit sie wieder in die Welt hinausfahren konnte.

»Erzähle schon, was gibts Neues, Igor?«

Igor lachte ihn an. Obwohl er gut zehn Jahre älter war als Eric und in seinem Leben einige Tiefschläge verdauen musste, hatte er sein Lausbubengrinsen nicht verloren. Ausgerechnet er, der mit Kommunisten gar nichts am Hut hatte, wie er gerne ungefragt betonte, sah dem russischen Revolutionär Lenin zum Verwechseln ähnlich. »Was soll ich sagen, ohne dich anzulügen? Bei Jean-Luc gibts nichts Neues, soviel ich weiss. Aber Moment. Doch, natürlich, da ist was. Das hätte ich beinahe vergessen, dabei ist das eine Supersache. Karin kommt zu uns auf die Nachtschicht. Sie hat sich mit ihrem Chef, dem neuen Eigentümer des Bifang-Taxi, verkracht. Hast du den noch gesehen?«

»Ja, der war mal kurz mit einem neuen Mercedes am Bahnhof.«

»Ich kenne den Kerl von früher, der arbeitete vor Jahren als Disponent beim Krummenacker, als ich dort Kipper fuhr. Er war damals schon ein Arschloch. Karin beginnt ihre Schicht bekanntlich immer erst um sechs und macht dafür dreimal pro Woche bis um fünf. Kyburg, so heisst der Typ, sagte ihr bereits in der ersten Woche, dass er keine Privilegien akzeptiere und keine Extrawürste übernähme. Karin erklärte ihm, weshalb sie erst um sechs beginnen kann, doch er sagte, dass ihn das nicht interessiere, sie müsse um halb fünf beginnen, wie alle anderen auch. Darauf fragte sie ihn, eiskalt, wie sie uns später erzählte, ob sie kurz etwas checken könne, sie müsse nur schnell telefonieren.«

Auf der Höhe der Trimbacherbrücke lenkte Igor den Wagen nach rechts in die Industriestrasse, über die Geleise der SBB-Werkstätten, vorbei an zwei Trottoirschwalben, die vor dem Dampfhammer auf Kundschaft warteten.

»Sie nimmt also das Telefon, wählt unsere Nummer und sagt: ›Hoy Gret, hier ist Karin, kann ich Jean-Luc sprechen? Danke.‹ Sie muss einen Moment warten und sieht Kyburg an, doch der verzieht keine Miene. ›Sali Jean-Luc, sag mal, kannst du ab April jemanden auf der Nachtschicht brauchen?‹ Dann legte sie den Hörer auf, hielt Kyburg die Autoschlüssel hin und sagte: ›Ich kündige auf Ende März und beziehe ab sofort mein Ferienguthaben. Den Rest können Sie zusammen mit der letzten Lohnzahlung abrechnen.‹ Sagte es, und verschwand aus dem Büro. Kyburg schrie ihr hinterher, dass sie ihn mal könne und dass sie sich nie wieder blicken lassen solle. Zwei Tage später rief er sie an, er war ganz klein und bat sie darum, unter den gewohnten Bedingungen doch wieder für ihn zu fahren, aber da war die eingeschriebene Kündigung bereits unterwegs, und Karin liess ihn kalten Arsches abblitzen.«

Vor einem turmhohen Betonsilo bog Igor nach rechts weg, der Wagen holperte über ein Rangiergleis und fuhr unter einem steinernen Bogen hindurch auf den mit Kies bedeckten Hof eines heruntergekommenen kleinen Fabrikkomplexes. Der schäbige Innenhof wurde mit Scheinwerfern plötzlich taghell ausgeleuchtet. Die neu eingemieteten Gewerbler waren wenig erpicht gewesen, dass sich der Strassenstrich, der in der Nacht die Industriestrasse dominierte, sich weiterhin hier einnistete, also hatten sie Bewegungsmelder installieren lassen, welche automatisch für zehn Minuten die Scheinwerfer einschalteten, wenn sich in der Einfahrt oder im Hof etwas bewegte, das war billiger, als ein neues Tor zu montieren.

Igor stoppte sein Taxi am Fuss einer steilen schmalen Metalltreppe, von der die hellgrüne Farbe blätterte, auch Rostflecken waren nicht zu übersehen. Die Treppe führte an der Aussenseite des Hauptgebäudes in den zweiten Stock, wo Erics Wohnung lag. In der ehemaligen Fabrik hatten sich eine Kleinoffset-Druckerei und eine unabhängige Autowerkstatt eingerichtet. Ein offener Schuppen mit einem Welleternitdach, der zwei Wohnwagen und einem aufgebockten und mit einer Blache zugedeckten Oldtimer als Wetterschutz diente, und die angebaute Werkstatt, die von einem Kunstmaler als Atelier genutzt wurde, grenzten den Hof gegen den dahinter liegenden Rangierbahnhof ab. Auf der rechten Seite des Platzes ragte die fensterlose Mauer eines Lagerhauses in die Höhe, und gegen die Strasse hin stand die übermannshohe Mauer mit dem Torbogen, von deren Fuss Farnkraut und Haselnussbüsche wuchsen. In der Ecke hatte sich eine junge Birke durchsetzen können. Der Hof war bis auf einen verbeulten gelben Opel Rekord leer.

Eric stellte die Tasche auf die unterste Stufe der Treppe und bat Igor, einen Moment zu warten. Zwischen alten Pneus, die am Rand des Schuppens meterhoch gestapelt waren, zog er einen losen Backstein heraus, holte einen Schlüsselbund hervor, verstaute den Ziegel und ging zu seinem Auto. Beim zweiten Versuch startete der Motor. Er verabschiedete sich von Igor und trug die Tasche nach oben.

III

Frisch gestriegelt trat Eric auf die Treppe raus. Die langen schwarzen Haare hatte er im Nacken zusammengebunden, und das glattrasierte Gesicht brachte neben seinen Mundwinkeln tiefe Kerben zum Vorschein. Er wirkte nicht nur jünger, sondern auch härter und machte einen fast verwegenen Eindruck, wie er dastand und die Umgebung musterte, als ob alles ihm gehören würde und er sich versichern müsste, dass alles in Ordnung war. Unter einer abgewetzten schwarzen Motorradlederjacke trug er ein Jeans-Gilet und ein signalrotes Hemd, dazu ausgebleichte Bluejeans und fast neue Tennisschuhe. Einige Minuten nach elf traf er bei der Treppe vor der Stadtkirche ein, wo Vreni auf ihn wartete. Er öffnete ihr die Autotür von innen.

»Hallo schöne Königin. Wo möchten Sie hin?«

»Selber schöner Mann.«

Vreni stieg ein und inspizierte ihn gründlich. »Ich verbiete dir, je wieder einen Bart wachsen zu lassen!«, sagte sie in einem scherzhaften Befehlston, dann beugte sie sich rüber und küsste ihn auf den Mund. »Das gefällt mir ohne Gestrüpp auch besser. Also, worauf hast du Lust? Gediegen oder einfach, gemütlich oder gesellig? Du hast die Wahl. Wir können im Biergarten, auf dem Sälischlössli, in der Walliser Kanne oder im Chemins einkehren.«

»Ach ja, haben die wieder geöffnet?«, fragte Eric überrascht. Seit Ende Oktober war eine seiner Stammkneipen, die hinter dem Hauptbahnhof liegende ehemalige Eisenbähnlerbeiz des Chemins de Fer geschlossen. Das Chemins war das einzige selbstverwaltete Restaurant in Olten. Die siebenköpfige Crew und der Vorstand der Genossenschaft, die das Haus besass, hatten schon lange darüber gestritten, ob und wie das Restaurant renoviert werden sollte. Ein Streit, der nicht selten laut über die Beizentische hinweg ausgetragen wurde und zum öffentlichen Thema in der kleinen Alternativszene des Städtchens avancierte. Es war um die weitere Entwicklung des Chemins gegangen, ob es sich weiter in Richtung eines leicht zwielichtigen Underground-Cafés mit einer mehrheitlich unangepassten Kundschaft entwickeln sollte, wie das die selbstorganisierte Crew vorgehabt hatte, oder ob es sich nach dem Willen des Vorstands zu einem eher gediegenen Restaurant mit einer hochklassigen biologischen Vollwertküche wandeln musste, das sie am Wochenende mit einem alternativen Kleinkunst-Kulturprogramm von ausgewiesener Qualität schmücken wollten. Die Diskussionen hatten über ein Jahr gedauert, als das Kollektiv der Genossenschaft ein Ultimatum stellte und verlor.

Für das Wochenende von Ende November, an dem über die gleichnamige Volksinitiative abgestimmt wurde, hatte die regionale Gruppe für eine Schweiz ohne Armee, GSoA, das leer stehende Chemins gemietet und ein zweitägiges Fest mit viel und guter Musik organisiert. In dieser Sonntagnacht hatte Eric Vreni das zweite Mal getroffen.

»Dann gehen wir auf eine Pizza in den Kastaniengarten und schauen später im Chemins rein. Ich bin gespannt, wie es dort aussieht.«

Vreni grinste ihn an, schlug ihm mit der Hand hart auf den Oberschenkel und sagte: »Auf gehts!«

Die Pizzeria war fast bis auf den letzten Platz gefüllt, also tranken sie am kurzen Bartresen Campari Soda und warteten, bis ihnen zwei Plätze am Tisch in der Ecke neben der Eingangstür zugewiesen wurden. Vreni trug noch immer die roten Jeans, dazu einen schwarzen, fein gerippten Baumwollpullover mit einem kleinen Stehkragen. Eric sagte ihr, dass sie entzückend aussah.

»Guten Abend, hallo Eric, ich hoffe, du hattest schöne Ferien.« Obwohl Sergio im Stress war, liess er sich die Zeit für einen kurzen Plausch nicht nehmen. Für seinen Job war er in der eng gestuhlten Pizzeria viel zu dick, doch er war der flinkste Kellner im ganzen Laden. Eric bestellte einen Salat und eine Pizza Vongole, Vreni Spaghetti Carbonara. Zum Trinken entschieden sie sich für einen halben Liter Merlot und eine Flasche San Pellegrino.

»Gibt es auch jemanden, den du nicht kennst?«, fragte Vreni, als Sergio mit der Bestellung an den Tresen wieselte. Ihr war aufgefallen, dass sie beim Eintreten in den Speisesaal genau gemustert wurde, während Eric nicht wenige Gäste gegrüsst hatte.

»Ich bin hier aufgewachsen, ging hier zur Schule, bin regelmässig auf der Gasse und fahre seit fünf Jahren Taxi. Ich esse öfter hier, immer wenn ich die lange Schicht habe, und das ist zweimal pro Woche der Fall. Zudem ist Olten nicht gerade riesig. Es ist also nicht überraschend, dass ich viele Leute kenne. Mich wundert bloss, dass ich dich bisher kaum gesehen habe.«

»Das ist kein Wunder. Ich wohne erst seit einem halben Jahr in Olten. Während ich studierte, habe ich in Basel gelebt.«

»Du warst an der Uni?«

»Ich hatte keine Lust, Schule zu geben. Also versuchte ich es mit Psychologie, dann wechselte ich zu Germanistik. Aber das Studium hat mich nie befriedigt. Der ganze Betrieb war mir zu weit weg vom richtigen Leben. Deshalb bewarb ich mich für einen zweijährigen Redaktions-Stage bei der Oltner Zeitung.«

Ausgerechnet bei der Oltner Zeitung, das kann ja heiter werden, dachte Eric. In Olten gab es damals drei Tageszeitungen. Die sozialdemokratische Solothurner AZ, das freisinnige Oltner Tagblatt und die konservative Oltner Zeitung.

»Dann hast du sicher viel Spass bei der Arbeit«, sagte Eric, sein Sarkasmus war nicht zu überhören.

»Ich wollte schon immer Journalistin werden. Als ich diese Chance erhielt, musste ich sie packen. Der Spassfaktor spielt eine untergeordnete Rolle, abgesehen davon, dass die Arbeit wirklich abwechslungsreich und interessant ist.« Vreni rückte ihren Stuhl ein paar Zentimeter zur Seite, damit Sergio die Gedecke auflegen und die Getränke und den Salat servieren konnte.

»Natürlich ist es nicht einfach mit Holzmann, wenn du auf ihn angespielt hast, der ist manchmal wirklich extrem, doch es gibt ja auch noch andere. Martin Falter, der Fotograf, der mich in den ersten Tagen auf seine Einsätze mitnahm, damit ich gleich mit der Kamera vertraut wurde, ist jedenfalls in Ordnung. Ich nehme an, du kennst ihn?«

Eric wollte ihr sagen, dass sie sich nicht von Martins freakigen Kleidern und seinen langen Haaren beeindrucken lassen sollte, doch er wollte sie nicht bevormunden. Sie würde selbst merken, dass er ein Windhund war. Er nickte bloss und ass weiter.

»Ausserdem war ich im Herbst oft mit der Wilden Eva unterwegs. Da lag kaum mal Ausgang drin. Du hast mich doch in Zofingen getroffen. Erinnerst du dich nicht mehr?«, fragte Vreni und lehnte sich zurück. Mit einer Hand strich sie sich die Stirnfransen zurück, und Eric spürte, wie sie ein Bein an seinen Unterschenkel schob. Seine Hose begann im Schritt zu spannen.

»Über mich haben wir nun gesprochen. Aber was ist mit dir, Eric? Erzähle mir alles über deine Ferien. Wo warst du überhaupt? Das scheint ja top secret zu sein. Ich konnte fragen, wen ich wollte, niemand erzählte mir etwas. Sie sagten, ich solle dich fragen, wenn du zurück bist. Also?«

Mit dem letzten Wort, dem sie einen herausfordernden Klang verlieh, schob Vreni, um energischer zu wirken, das Kinn vor.

»Nur nicht so schnell, schöne Frau. Du bist mir noch eine Antwort schuldig. Warum hast du mich am Bahnhof abgeholt, obwohl dir sicher auch gesagt wurde, dass ich das überhaupt nicht mag?«

»Eins nach dem anderen. Jetzt bist zuerst du dran, das ist nur fair«, sagte Vreni bestimmt.

»Du bist ganz schön gerissen. Na gut. Dir hat niemand etwas gesagt, weil es nichts zu sagen gab. Ich erzähle nie jemandem, wohin ich in die Ferien fahre, ich schreibe keine Ansichtskarten und gebe in der Beiz keine Feriengeschichten zum Besten. Mein Timeout gehört mir allein. Immerhin, jemand hat dir verraten, wann ich in Olten einlaufe.«

Vreni beobachtete belustigt seine vergebliche Mühe, seinen Ärger zu überspielen.

»Gut, das konntest du nicht wissen. Seit ich wieder in Olten wohne, nehme ich mir jeden Winter unbezahlten Urlaub und verschwinde für drei Monate in den Süden. An einem Samstagmorgen besteige ich auf Gleis zwölf beim Nullpunkt des schweizerischen Schienennetzes den internationalen Schnellzug nach Süden, und dreizehn Wochen später steige ich wieder aus einem Zug, der aus dem Süden kommt. Was dazwischen passiert, geht niemanden etwas an.«

Sergio räumte das Salatgeschirr ab und tischte den Hauptgang auf. Während sie schweigend assen und sich gelegentlich verstohlen in die Augen schauten, lachte Eric plötzlich heraus. »Ich wusste, an dir ist etwas anders. Sieht gut aus, sehr sexy, doch, das gefällt mir«, sagte er und deutete auf ihre Augen. Sie verzog belustigt das Gesicht, und Eric beobachtete fasziniert die Lachgrübchen, die auf ihren Wangen tanzten, er hatte sie nie zuvor bemerkt.

»Das ist eine nette Geschichte, sie wird dir gefallen. Kurz vor Weihnachten musste ich zu Holzmann ins Büro. Ich hatte keine Ahnung, was er von mir wollte, es war das erste Mal, dass er nach mir rufen liess. Nicht weiter beunruhigt fuhr ich mit dem Lift in den vierten Stock. Seine Sekretärin, Frau Schläfli, eine ältere Witwe, die in der Redaktion als wahre Managerin der Zeitung gilt, würdigte mich keines Blickes. Holzmann sass hinter einem riesigen Mahagonischreibtisch in einem schwarzen Ledersessel, über ihm hing ein bodenständiger Anker, der wie ein Original aussah. Das Pult war pedantisch aufgeräumt, eine verchromte Modell-Mirage der Schweizer Armee war das einzige Schmuckstück, das die glatt polierte Platte zierte, und selbst die Bleistifte schienen frisch ausgerichtet zu sein. Holzmann bedeutete mir, mich zu setzen, und faltete die Hände über seinem Bauch. Er trug wie immer einen dunklen dreiteiligen Anzug, dazu ein weisses Hemd, eine langweilige Krawatte und braune Lederschuhe von Bally. ›So Frau König, ich höre, Sie leisten gute Arbeit. Ich hoffe, es gefällt Ihnen bei uns‹, begann er jovial. Er machte unverbindliche Konversation über mein Ausbildungsprogramm, bis er unvermittelt sagte: ›Allerdings, Frau König, gibt es da ein Problem. Ich bin aber sicher, dass wir das schnell gelöst haben.‹ Ich nickte, dabei hatte ich keine Ahnung, worauf er hinaus wollte. ›Frau König, Sie sind eine attraktive junge Frau. Können Sie mir verraten, weshalb Sie sich selbst verunstalten?‹ Ich muss ihn einigermassen belämmert angesehen haben, denn er fuhr etwas sanfter fort: ›Ich hatte gehofft, dass das ein einmaliger Spleen war, aber nun muss ich feststellen, dass Sie Ihre Haare nachgefärbt haben.‹ Er schaute mich fast pastoral an und redete sich langsam in Fahrt. Er wolle mir nichts unterstellen, aber für ihn seien diese Henna-Hühner vergiftete Emanzen, welche es darauf abgesehen hätten, die christlich-abendländische Familienkultur zu zerstören. Diese roten Flintenweiber seien Schuld, dass die jungen Leute keinen Respekt mehr hätten und so viele drogensüchtig würden. Er setzte seine Tirade fort und zog in einem Rundumschlag über Kindergärtnerinnen und Krankenpflegerinnen her, die mehr Lohn forderten, obwohl sie schon heute zu viel verdienen würden, und er schimpfte über allein erziehende Mütter, die ihre Ehe der Karriere geopfert hätten. Ich versuchte gar nicht, seinen verdrehten Hirnwindungen zu folgen. Nachdem er sich eine Weile ausgekotzt hatte, kriegte er doch noch den Bogen. Er machte eine Kunstpause, versuchte väterliche Milde auszustrahlen und sagte beschwichtigend: ›Sie sind noch jung, Frau König. Ich will Sie mit diesen Emanzen nicht in einen Topf werfen. Sicher sind Sie intelligent genug einzusehen, dass ich in meiner Redaktion kein Henna-Huhn dulden kann.‹ Ich war von seiner reaktionären Brandrede zu benommen, um ihm eine gute Antwort zu geben, und stammelte: ›Ich hatte keine Ahnung. Soll das heissen, dass ich meine Haare anders färben muss?‹ Ich kam mir wie ein dummes Mädchen vor, und mir war schlecht. Holzmann lächelt mich mitleidig an, schüttelt den Kopf und deutet zur Tür. ›Nein, Sie wussten ja nicht, dass ich darauf allergisch reagiere.‹ Dann sagte er wie beiläufig: ›Lassen Sie es einfach rauswachsen.‹ Damit war für ihn die Sache erledigt. Ich war so wütend, dass ich ihm am liebsten eigenhändig den Schwanz ausgerissen hätte. So hatte mich noch nie jemand behandelt. Meine Scheisslaune verflog erst, als ich am Abend zu Hause meinen Feierabendjoint rauchte. Ich legte mich auf die Couch, hörte Pink Floyd und wollte diesen Tag aus meinem Gedächtnis streichen, als ich die Idee hatte. Gedacht, getan. In der Redaktion begriffen sie am nächsten Tag sofort. Einige unterstützten meine bescheidene Rebellion heimlich, die meisten jedoch fanden meine Reaktion peinlich. Was solls, mir gefällts, und Holzmann habe ich seither nur noch an Redaktionssitzungen gesehen, wo ich ihn meine Abneigung spüren lasse.«

»Se non è vero, è ben trovato!«, sagte Eric lächelnd.
»Was heisst das?«
»Das ist ein italienisches Kompliment.«
»Weisst du, dass er säuft?«
»Das ist stadtbekannt.«
»Das wäre auch nicht tragisch. Aber ich habe mich ein wenig über ihn erkundigt. Dieser Adalbert G. Holzmann ist ein wirklich schlimmer Finger. Glaubwürdige Quellen sagen, dass er Mitglied des Opus Dei ist. Jedenfalls stammt er aus einer Familie, die verschiedentlich hoch dotierte Kleriker hervorgebracht hat, deshalb leidet er, der es bloss zum Chefredaktor der familieneigenen Zei-

tung gebracht hat, unter einem ausgeprägten Minderwertigkeitskomplex. Das erklärt seine Ausfälle jedenfalls zum Teil.« Vreni rollte die letzten Spaghetti auf die Gabel, zog ihre hennaroten Augenbrauen in die Höhe und sagte, nachdem sie einen Schluck Wein getrunken hatte. »Eric, du bist ein Vagant!«

Er war mit seiner Pizza schon länger fertig und hatte, während sie ihre Geschichte erzählte, fleissig gefüsselt. »Natürlich bin ich ein Vagant. Du gefällst mir, wenn du dich ärgerst. Ich möchte dich nicht zum Feind haben. Es muss schlimm sein, deine Abneigung zu spüren.«

Vreni schlug ihm mit dem Löffel auf die Finger, sagte aber nichts.

»Irgendwie habe ich ein komisches Gefühl.« Der Rotwein sprach an, und Eric wurde zutraulicher: »Auf der einen Seite freue ich mich, mit einer wunderbaren Frau wie dir hier zu sitzen, andererseits bin ich wegen der Bahnhofsszene etwas skeptisch.«

Er wartete gespannt, wie sie reagierte, doch Vreni ging nicht darauf ein.

»Lass mich bezahlen. Wir nehmen den Kaffee im Chemins«, sagte sie bloss und lächelte.

IV

Durch die unförmigen Schalldämpfer der Marke Eigenbau, die von aussen an die Fenster im Erdgeschoss des Chemins montiert waren, drang leise Musik, die hölzerne Eingangstür war geschlossen. Eric und Vreni umrundeten das dreistöckige Haus und gelangten zu einem offenen Gässchen, das zum Hinterhof führte, der trotz der herrschenden Kälte stark belebt war. Die meisten Leute waren unter dreissig, trugen Jeans und dünne farbige Baumwollshirts. Sie standen in Gruppen diskutierend auf dem kleinen, zur Hälfte überdachten Platz zwischen dem Hinterausgang des Chemins, den Aussentoiletten, den aufgestapelten Tischen und Stühlen und dem angebauten Lagerraum, rauchten Joints und tranken Bier. Es war kurz vor zwölf, und das Nachtleben strebte dem ersten Höhepunkt entgegen. Aus dem Innern des Restaurants war der Rhythmus eines Reggaes zu hören, Jimmy Cliff sang ›I'm a winner‹. Vreni erklärte, dass im ehemaligen Sitzungssaal im ersten Stock eine Bar eingerichtet worden sei.

»Schauen wir zuerst ins Restaurant, oder willst du gleich in die Bar?«, fragte sie, packte ihn an den Händen und liess sich nach hinten fallen. Automatisch hielt er sie fest, wieder fühlte er sich durch ihr Zutrauen bedrängt. Es ging ihm gegen den Strich, und doch musste er sich eingestehen, dass er es gleichzeitig genoss.

»Geh du in die Bar vor, ich werfe zuerst einen Blick ins Restaurant«, sagte Eric, und während er sprach, kam eine Frau in einem schwarzen Wintermantel von der Gasse her direkt auf sie zu.

»Hoy Prinzessin, hast du deinen Frosch endlich wieder?« Die Frau umarmte Vreni, drückte ihr zwei Küsse auf die Wangen, drehte sich nach Eric um und sah ihn keck an. »Wenn du sie unglücklich machst, kriegst du es mit mir zu tun! Ich weiss nicht, was du mit ihr gemacht hast, Mister Wunderknabe. Dass Vreni einmal so fieberhaft auf einen Mann warten würde, hätte ich mir nicht einmal in meinen Albträumen vorstellen können. Und du, Mister Geheimnisvoll, du schreibst ihr noch nicht einmal eine Postkarte! Du solltest dich schämen!«

Sie nahm die beige Wollmütze vom Kopf und schüttelte kokett ihre blonden Haare aus. Eric erkannte sie nun wieder. Sie war die Frau, die er zusammen mit Vreni im Ochsen gesehen hatte.

»Ich werde mich hüten, es so weit kommen zu lassen, dass Vrenis Glück von mir abhängt!« Er hatte durchaus Lust, auf ihre Provokation zu reagieren, doch Vreni wiegelte ab.

»Ach, komm schon, Eric! Trix hat das nicht so gemeint.« Vreni stellte die Frau als ihre beste Freundin vor. Sie hatten zusammen in derselben Wohngemeinschaft gelebt, und seit mehr als drei Jahren machten sie gemeinsam Musik. Sie gab Eric einen Klaps auf den Hintern und sagte zu Trix: »Gehen wir in die Bar!«

Der vollgesprayte Korridor, der an der Küche und der Vorratskammer vorbei in das Restaurant führte, war eng, und Eric musste sich zwischen schweissnassen Körpern durchdrängen. Die Luft war heiss und feucht, es roch nach Schweiss, Tabak, Alkohol und Shit. Er begann zu schwitzen und schälte sich aus seiner Jacke. Mit Hilfe der Ellbogen arbeitete er sich langsam Richtung Tresen vor, wo er Vince Rossi entdeckt hatte, der unter dem grossen Wandspiegel auf einem Barhocker in der Ecke sass und bei einem Bier gedankenverloren die Tanzenden beobachtete.

Er grüsste Heinz und Guido, zwei knapp dreissigjährige Redaktoren der Solothurner AZ, die sich ebenfalls ins ruhige Reduit zurückgezogen hatten und neben dem Fenster stehend miteinander diskutierten, legte die Jacke aufs Fensterbrett und stellte sich neben Vince an die Theke.

Seit über zwanzig Jahren kannten sie sich, beide waren in Trimbach aufgewachsen, und in der Schulzeit waren sie oft gemeinsam unterwegs gewesen. Vince trug wie immer seine schweren Lederstiefel und die ärmellose schwarze Lederweste mit dem eingebrannten gelben Symbol der Bad Snakes, ohne die er nie aus dem Haus ging. Er war mittelgross, trug einen Rossschwanz und einen rabenschwarzen Vollbart, und mit seinen hundertzwanzig Kilogramm war er mehr als kräftig gebaut.

»Ciao Vince, alles klar?« Eric bestellte bei der Barkeeperin ein Bier, dann blickte er Vince fragend an.

»Aber sicher, Mann. Wie du siehst, bin ich versorgt.« Er zeigte auf das fast volle Glas und die daneben liegende Packung filterloser Gauloise, die er mit Stolz rauchte. »Rebecca ist am Tanzen und amüsiert sich ebenfalls. Was will ich mehr? Ist bei dir alles in Ordnung? Du siehst mir ein wenig abgespannt aus.«

»Doch, doch, alles klar. Ich bin ein wenig müde, sonst gehts mir gut. Dann läuft es mit dir und Rebecca wieder rund?«

Vor acht Jahren war Eric ihr Trauzeuge gewesen, und niemand, der die beiden kannte, sagte, dass sie nicht zueinander passten wie der Chianti zur Pizza. Sie lebten im alten Haus, in dem Eric aufgewachsen war, im Cheibeloch, einem kleinen Weiler ausserhalb von Trimbach. Kurz bevor Eric abgereist war, hatten sie jedoch einen ernsthaften Krach, der ihre üblichen Meinungsverschiedenheiten in den Schatten gestellt hatte. Diesmal war nicht nur Geschirr zu Bruch gegangen, sondern Rebecca hatte Vinces Kleider, seinen Plattenspieler und seine LP-Sammlung aus dem Haus auf den glücklicherweise trockenen Vorplatz geworfen, und seine Sachen waren bis auf den Plattenspieler ganz geblieben. Vince hatte sich mit einer Beule auf der Stirn auf den Hauenstein zurückgezogen, wo er sich behelfsmässig bei einer Wohngemeinschaft einquartierte.

»Natürlich geht es uns gut. Warum meinst du?«, fragte Vince.

»Du bist nicht mehr auf dem Hauenstein?«

»Oh Mann! Gut, du warst lange weg, aber das ist wirklich

Schnee von Vorgestern. Auf dem Roten Hof hat es mir zwar gefallen, doch ich habe Rebecca genauso vermisst wie sie mich. Also haben wir uns versöhnt. Aber was ist mit dir? Du wurdest ja sehnsüchtig erwartet. Hat es dich jetzt auch erwischt? Sie ist eine Klassefrau, muss ich neidlos gestehen.«

»Du kennst Vreni?«, fragte Eric verwundert.

»Sie wusste, dass ich dich kenne, und sie fragte mich einen Abend lang aus. Sie war am Chöbu vorbeispaziert, als sie mich dort sitzen sah, und sie machte kehrt, kam rein und setzte sich zu mir an den Tisch. Ich versuchte sie abzufüllen, weil sie unbedingt nicht damit rausrücken wollte, warum sie so neugierig war, doch das zeigte, obwohl sie fünf Stangen getrunken hatte, kaum Wirkung. Im Gegenteil, in der letzten Runde bestellte sie zum Kaffee locker einen doppelten Grappa. Diese Frau hat Drive, sie gefällt mir.«

»Hast du ihr gesagt, mit welchem Zug ich komme? Sie hat mich abgeholt.«

»Dieses Luder. Ich sagte ihr bloss, dass du heute wieder auftauchst.«

»Ist sonst etwas passiert, was ich wissen müsste?«

»Wie weit warst du weg? Hast du gar nichts mitbekommen?«

»Weit genug. Ab und an las ich eine internationale Zeitung. Einmal kam mir eine Fernausgabe der NZZ unter die Augen, doch ich war nicht in Stimmung zu lesen, und als ich sie später suchte, war sie verschwunden. Ich habe meine Auszeit genossen. Du kannst mich aber gerne aufdatieren.«

»Das Wichtigste ist sicher, dass das Chemins wieder offen ist. Du kennst Ruth, die Bildhauerin aus dem Gäu? Sie hat zusammen mit Manuel, einem Koch, und mit Helen, die im Chöbu servierte, das Chemins übernommen. Sie starteten mit einer grossen Silvesterfeier. Am Wochenende gibt es Konzerte oder Disco, und die Bar im ersten Stock ist Klasse. Vor allem haben sie jetzt endlich eine Barbewilligung.«

»Viel scheint sich nicht verändert zu haben«, sagte Eric. Er schaute sich etwas genauer um und sah, dass das breite rot-orange-schwarze Emailschild ›Les Coopérateurs‹ noch genauso schräg an der Wand hing, und die goldene Wanduhr, die rückwärts lief, wenn man den Stecker falsch herum einsteckte, war auch an ihrem alten Platz. Er konnte nichts Neues entdecken und freute sich, dass die neue Crew offenbar dort weiterfuhr, wo die alte aufgehört hatte. Der DJ sagte das letzte Stück an, und er beeilte sich, nach oben zu kommen, solange er noch Hoffnung auf einen Platz an der Bar hegen konnte. Vince ging nicht mit, da er mit Rebecca noch ins Clublokal hinüber wollte.

V

An der getäferten Dachneige der Bar hing die lange bunte Glühbirnengirlande, die sonst der Gartenbeiz unter dem mächtigen Nussbaum in lauen Sommernächten einen fast südländischen Charme verlieh, die Dachfenster waren mit roten Tüchern verhängt. Die Bar war knapp zehn Meter lang und vielleicht sechs Meter in der Breite, die nicht ganz ausgenutzt werden konnte, weil sich das Dach nach links bis auf Hüfthöhe an die Aussenmauer absenkte. Der Tresen, eine provisorische Konstruktion aus ungehobelten Kanthölzern, schwarz gestrichenen Schaltafeln und einer Chromstahlabdeckung nahm beinahe den ganzen linken Teil ein. In der rechten hinteren Ecke standen auf einem kleinen Podest aus Holzpaletten zwei Ledersofas und vier Clubsessel um einen Nierentisch. Das waren die einzigen Sitzgelegenheiten, sonst bestand die Inneneinrichtung nur aus einem langen Ablagebrett, das auf Ellbogenhöhe an die rechte Wand gedübelt war, und vier futuristischen dreidimensionalen Skulpturen, die den Strichmännchen des Sprayers von Zürich ähnlich sahen. Sie waren aus Armierungseisen gefertigt, mit oranger Korrosionsschutzfarbe bemalt, etwa zweieinhalb Meter hoch, und hatten mehrere stilisierte Arme, die auf Brusthöhe eine Art Serviertablett aus kurzen aneinander geschweissten Stahlrohren trugen.

Die Bar war gut besetzt, und Eric musste sich einen Platz am Tresen errangeln. Er bestellte ein Bier, sah sich um und suchte nach Vreni, bis er sie bei der Skulptur in der Nähe der Polstermöbel stehen sah. Sie amüsierte sich mit Trix und zwei Männern in ihrem Alter, die er vom Sehen kannte. Er sah keinen Grund, sie zu stören, und drängte sich an das andere Ende des Tresen vor, von wo ihm Tom zugewunken hatte.

»Ciao, Eric. Hab mir doch gedacht, dass du hier auftauchst. Freut mich, dich gesund und munter zu sehen. Na, hat dich dein falscher Fuchs abgeholt?«

»Natürlich, ich hätte es mir denken können!« Unvermittelt schlug Eric mit der geballten Faust zu. Nicht allzu hart, aber auch nicht gerade zärtlich traf er Toms Oberarm. Tom fluchte scheinbar entrüstet, umarmte dann aber grinsend seinen um drei Jahre jüngeren Bruder. Bis auf ihre überdurchschnittliche Körperlänge und die dunklen Augen sahen sie sich wenig ähnlich. Tom trug seine hellbraunen Locken modisch kurz geschnitten, war gut zwanzig Kilo schwerer und hatte das breitflächige Gesicht der Mutter.

»Warum hast du es ihr gesagt?«, fragte Eric.

»Mach keinen Aufstand, Kleiner! Es gibt Schlimmeres, als von einer so bezaubernden und bildschönen Frau abgeholt zu werden. Deine Sorgen möchte ich haben«, lachte Tom.

»Du weisst genau, dass ich solche Empfänge nicht mag. Klar, Vreni ist eine spannende Frau, und sie sieht verdammt gut aus, doch sie irritiert mich. Sie ist so zutraulich, als wären wir seit Jahr und Tag ein Paar, dabei kennt sie mich kaum. Gleichzeitig reagiert sie kühl, fast abweisend, wenn ich sie frage, wie ich mir diesen Service verdient habe. Aber was solls, ich werde schon dahinter kommen. Aber was ist mit dir? Wie läufts bei euch? Ist alles paletti?«

»Kommt drauf an. Claudia geht es gut, sie ist gerade auf der vorläufig letzten Nachtschicht, dann hat sie fünf Tage frei. Aber Silas macht uns Sorgen. Seit einem Monat, seit wir den Vertrag für seine Lehrstelle unterschrieben haben, schlägt er sich die Nächte um die Ohren und kommt kaum einmal vor Mitternacht nach Hause. Sein Klassenlehrer rief vor zwei Wochen an und fragte Claudia, ob sie eine Ahnung habe, warum Silas immer so müde und ausgelaugt sei. Wir hatten schon am Sonntag zuvor mit ihm diskutiert. Es war extrem schwierig, ihn davon zu überzeugen, dass er noch bis im Frühling einigermassen durchhalten muss. Du weisst, wie ihn die Schule ankotzt. Nach dem Anruf des Lehrers zog Claudia die Notbremse und untersagte ihm den Ausgang für eine Woche, was er nach einem kategorischen Nein plötzlich vorbehaltlos akzeptierte. Drei Tagen später rief der Lehrer wieder an und bat Claudia, die getroffene Massnahme, über die er von Silas informiert worden war, wieder rückgängig zu machen. Es sei ihm lieber, Silas schlafe in der Schule, als dass er auf Streber mache und die Lehrer die ganze Zeit mit idiotischen Fragen nerve und so zum Gaudi der ganzen Schulklasse den Unterricht lahm lege. Als Vater bin ich ja stolz darauf, wie er mit solchen Situationen umgeht, doch ich möchte nicht sein Lehrer sein. Silas kann so stur sein wie du, dabei ist er aber so gewitzt wie seine Mutter.«

»Bei wem wird er stiften?«

»Moser Holzbau, Aarburg. Das ist ein solider und gut ausgelasteter Betrieb. Er lernt Bauschreiner.«

»Renato hat mal dort gearbeitet. Mit dem alten Moser soll man auskommen, solange man die Arbeit macht. Dann brauchst du dir um Silas jedenfalls nicht wirklich Sorgen zu machen. Aber was ist mit dir? Trägst du deine intellektuellen Fähigkeiten immer noch zum Markt der Idioten oder hast du endlich eine anständige Arbeit gefunden?«

Eric liebte es, Tom wegen seines Jobs als Texter bei einer renommierten Zürcher Werbeagentur zu hänseln.

»Wer ist ein Idiot?«, fragte Vreni, die unbemerkt von hinten zwischen die langen Brüder herangetreten war und nur Fetzen des letzten Satzes mitbekommen hatte.

»Schwamm drüber. Ihr kennt euch ja. Tom ist bereits der Zweite, der mir innert einer Stunde sagte, dass du eine tolle Frau bist. Du hast ja umfangreiche Recherchen über mich angestellt, sieht fast aus, als ob du mit einem Artikel über mich den Pulitzer-Preis gewinnen möchtest.«

Trotz des schummrigen Lichts glaubte Eric zu erkennen, dass sie errötete.

»Wenn du dich drei Monate verkriechst, kann ich dich schlecht selbst fragen!«, sagte sie spitz und blickte ihn trotzig an. Da war wieder dieses undurchschaubare Lächeln, das ihm bereits am Bahnhof aufgefallen war. Verunsichert wich er ihrem Blick aus. Er ärgerte sich, nicht freundlicher gewesen zu sein.

»Apropos Recherchen, Eric, du musst unbedingt deine Fiche bestellen! Die Frist läuft nächste Woche ab«, sagte Tom, um das Schweigen zu brechen.

Vreni war froh, ihre journalistische Kompetenz ins Spiel bringen zu können. »Nein, das stimmt nicht ganz, die Frist wurde kürzlich verlängert. Aber du musst unbedingt einen eingeschriebenen Brief mit einer Ausweiskopie schicken, sonst wird dein Gesuch nicht bearbeitet.«

»Fische? Warum soll ich per Einschreiben Fische bestellen. Die kann ich doch im Manor jederzeit fast fangfrisch kaufen. Ist das ein neuer Insiderwitz, oder was?«

Aus der Innenseite seines schwarzen Jacketts kramte Tom eine mehrfach gefaltete dünne Zeitung hervor und reichte sie Eric. »Das ist der ›Fichen-Fritz‹, die Zeitung des Komitees Schluss mit dem Schnüffelstaat, das sich gebildet hat, nachdem im Dezember der Fichenskandal aufgeflogen ist. Fiche ist der französische Ausdruck für eine Karteikarte. So werden die Zusammenfassungen von Personendossiers genannt, welche die Bundespolizei über vermeintliche Staatsfeinde illegal angelegt hat. Gegen eine Million solcher Fichen wurden in der Folge des PUK-Berichts über den Kopp-Skandal in den Dunkelkammern der Nation entdeckt. Darunter waren auch Fichen von Parlamentsmitgliedern bis in die liberalen und konservativen Parteien hinein. Selbst die bürgerliche Presse und das konservativ-biedere Fernsehen hatten ihren Fichenskandal. Fast jeden Tag kamen neue Details ans Licht, der Skandal weitete sich zu einer Staatskrise aus, eine geheime Widerstandsarmee wurde entdeckt, die entsprechend den Gladiotruppen in den Nato-Ländern organisiert war, im Kriegsfall waren Internierungslager für Tausende Linke geplant. Diese Listen wurden zwar entdeckt, aber nicht veröffentlicht. Die Betroffenen haben sich im erwähnten Komitee organisiert, das sich aus über fünfzig oppositionellen Organisationen zusammensetzt. Die Sozialdemokraten und die Grünen konnten im Parlament gemeinsam mit liberalen Bürgerlichen das Akteneinsichtsrecht durchsetzen. Jetzt mobilisiert das Komitee zu einer Gross-Demonstration vor dem Bundeshaus. Der ›Fichen-Fritz‹ druckte erste Auszüge aus Fichen von Ratsmitgliedern. Du hast wirklich etwas verpasst. Es war herrlich, die Betonköpfe fassungslos stotternd am Fernsehen zu sehen. Den GSoA-Schock noch nicht ansatzweise verdaut, fliegt ihnen diese Fichengeschichte um die Ohren. Ich habe meinen Antrag auf Akteneinsicht gestern abgeschickt. Du musst unbedingt auch Einsicht ins persönliche Dossier verlangen, wenn du das nicht extra vermerkst, kriegst du nur Kopien deiner Fiche.«

Tom bestellte für sich und Vreni Wodka Sunrise und für Eric ein Bier.

»Den PUK-Bericht habe ich am Rande noch mitbekommen, aber die Geschichte mit den Fichen ist mir neu. Was sagst du, eine geheime Widerstandsarmee? Wenn das vor der Abstimmung geplatzt wäre, hätte die GSoA nicht nur über fünfunddreissig, sondern über fünfundvierzig Prozent gemacht. Ich kann es nicht fassen, dass ich meine Staatsschutzakten bestellen kann. Das kann nicht dein Ernst sein!«

Vreni zeigte sich überrascht, dass Tom und Eric so überzeugt waren, eine Fiche zu haben. Eric machte nicht den Eindruck eines Politaktivisten, er glich eher jenen Aussteigern, die wenig arbeiten wollten und es sich daneben gut gehen liessen, die sich dem Karrieredrang der Leistungsgesellschaft verweigerten und stundenlang über die Übel der Welt lamentierten, die aber selten aktiv etwas dagegen unternahmen. Vreni wusste, dass der grösste Teil der Fichen über Emigranten angelegt worden war, dass die Zahl der registrierten Eingeborenen höchstens bei zweihunderttausend lag. Ausserdem fichierte der Geheimdienst viele bloss deshalb, weil sie in sozialistischen Ländern Ferien gemacht hatten, und da sich die Einträge erst noch auf die letzten vierzig Jahre bezogen, konnte es nicht sein, dass es über jeden Nichteinsteiger eine Fiche gab. Also sagte sie: »Ich glaube nicht, dass es über dich eine Fiche gibt. Wenn die Bupo alle kiffenden Systemverweigerer registriert hätte, wären noch viel mehr Fichen aufgetaucht.«

»Da bin ich aber erleichtert, dass du nicht alles über mich herausgefunden hast«, sagte Eric und prostete ihr und Tom zu. »Ich mag es nicht, wenn die Informationen allzu einseitig verteilt sind. Ich habe unten mit Vince gesprochen. Du hast ihn mit deinem Charme und deiner Trinkfestigkeit mächtig beeindruckt. Aber er erzählte mir auch, du hättest ihm regelrecht ein Loch in den Bauch gefragt.«

»Sei nicht so ein Grobian, Eric! Sei lieber froh, dass dein Rotschopf keine Ratte ist. Sonst hätte sie sich garantiert nicht ausgerechnet auf dem Höhepunkt des Schnüffelskandals so offenkundig und hartnäckig nach dir erkundigt.« Tom wandte sich nach hinten, beugte sich zu Vreni hinunter und sagte lächelnd: »Ich muss mich für meinen kleinen Bruder entschuldigen. Ihm fehlt eine Frau, die ihn wenigstens ansatzweise zivilisiert. Eigentlich ist er ein lieber Kerl, doch manchmal ist er ruppiger als ein bockendes Wildpferd, das sich dagegen wehrt, zugeritten zu werden.«

»Hör schon auf, Mann!« Eric verdrehte die Augen.

Tom nahm einen Schluck und grinste ihn an. »Ich weiss, dass du stolz auf dich bist, brauchst also nicht so bescheiden zu tun!« Er boxte ihn scherzhaft auf die Brust. »An seiner Konfirmation zum Beispiel, das ist zwar lange her, aber immer noch typisch für ihn, führte er sich so auf, dass sogar unser Vater, der mit der Kirche weiss Gott nichts im Sinn hatte, mitten in der Feier aufstand und hochroten Kopfes rausrannte. Du musst dir das vorstellen: die Konfirmanden standen in zwei Reihen hinter dem Altar, wo sie traditionelle Kirchenlieder sangen. Eric stand in der hinteren Reihe ganz aussen. In seinen weissen Turnschuhen, den weissen Jeans und dem marineblauen Kittel sah er aus wie ein junger stolzer Matrose vor der ersten grossen Ausfahrt. Während alle anderen artig sangen, blieb er stumm, und ich konnte sein berüchtigtes Lächeln sehen, dieses eigenartige Lächeln, bei dem er nur den rechten Mundwinkel leicht hochzieht. Der senile Dorfpfarrer Misteli, der diese Zeremonie seit Generationen unverändert durchführte, winkte einen Konfirmanden nach dem anderen zu sich und murmelte kaum vernehmbar seinen Spruch: ›Ich überreiche dir als neues Mitglied unserer Kirchgemeinde zum ersten Mal das christliche Abendmahl, iss den Leib und trinke das Blut des Herrn‹ oder so ähnlich, und überreichte den sichtlich ergriffenen Jungchristen trockenes Brot und Traubensaft, und die Eltern und Verwandten in den Bänken waren stolz auf ihre herausgeputzten Sprösslinge. Am Schluss stand Eric allein oben, und er genoss es, dass alle Augenpaare auf ihn gerichtet waren. Statt jedoch würdevoll die zwei breiten Steinstufen zum Pfarrer, der in der Mitte des Kirchenschiffs stand, hinunterzuschreiten, wie ihm das seine Mitkonfirmanden vorgemacht hatten, sprang er mit einem Satz über die Treppe runter. In einer tiefen Hocke fing er den Sprung auf, streckte sich theatralisch und grinste die Kirchgemeinde unverfroren an. Ich wusste, da war noch mehr im Busch. Der Atem des Pfaffen ging schwer. Man sah, wie sich seine massigen Schultern hoben und senkten, und in diesem Moment der fast absoluten Stille war sein rasselndes Keuchen in der ganzen Kirche hörbar. Er war ein alter, konservativer, autoritärer und herzkranker Mann, der sich nicht aufregen durfte. Locker und betont lässig, gerade so, als wäre er auf dem Tennisplatz, ging Eric zu ihm hinüber und reckte sich vor ihm. Misteli war mindestens einen Kopf kleiner als Eric, musste also zu ihm aufschauen, und nur widerwillig, fast unhörbar brachte er seinen Spruch über die Lippen. Eric hätte nun einfach nichts zu sagen brauchen, und die Situation wäre gerettet gewesen. Doch ohne Eric. Als ihm der Pfarrer das Brot entgegenstreckt, sagt er laut und deutlich: ›Tut mir Leid Herr Misteli‹, er wusste genau, dass der Alte mit Pfarrer angesprochen werden wollte, ›ich kann das nicht essen, ich bin Vegetarier.‹ Empörtes Gemurmel ertönte von den Bänken her, und ich sah wie die Adern an den Schläfen des Pfarrers bedrohlich anschwollen. Dieser sagte etwas Unverständliches, worauf sich wieder Eric mit fester Stimme verlauten liess. ›Nein, das ist kein Brot. Das ist der Leib des Herrn, wie Sie soeben sagten. Ich bin Vegetarier und esse kein Fleisch, schon gar kein Menschenfleisch!‹ Dann drehte er sich, nicht ohne genau zu beobachten, wie sein Publikum reagierte, langsam um und ging locker und beschwingt an seinen Platz. Vater stürmte aus der Kirche, und Misteli stand mit stierem Blick da, als wäre er zu einer Salzsäule erstarrt. Das Getuschel der Kirchgänger wurde immer lauter und aggressiver, bis die Organistin die Initiative übernahm und in die Tasten griff. Beim Essen mit der Verwandtschaft wurde so getan, als sei nichts geschehen. Bloss Max, der ältere Bruder des Vaters, nahm Eric vor dem Essen beiseite und sagte ihm, wie stolz er auf ihn war, dass er es diesen gottverdammten Scheinheiligen gezeigt hatte. Eric vergass, dass er sich als Vegetarier geoutet hatte, und biss kommentarlos in die Lammkeule, die zu Pommes-Frites und Gemüse gereicht wurde.«

Vreni schmunzelte. Vince hatte ihr einige Storys erzählt, die nicht ganz so extravagant, aber nach einem ähnlichen Muster gestrickt waren. In der Schulzeit schien es geradezu Erics Steckenpferd gewesen zu sein, die Lehrerinnen und Lehrer mit Worten zur Weissglut zu treiben, während er jeweils ruhig zu bleiben pflegte. Sie legte Eric den Arm um die Hüfte.

»Mit dir scheint es jedenfalls nicht langweilig zu werden. Sag mal Eric, kannst du mir sagen, warum du anders bist als die meisten Leute, die ich kenne?«

»Ha, jetzt siehst dus. Jetzt fängt das Verhör mit dir an, so ging das die ganze Zeit, als sie mich über dich ausfragte. Aber keine Bange, dein grosser Bruder holt für dich die Kohlen aus dem Feuer. Vreni, ich weiss, dass du es freundlich meinst, wenn du sagst, er sei anders. Tatsache ist, dass wir beide nicht ganz normal sind. Das hängt damit zusammen, dass wir nicht wie andere Kinder aufwuchsen, was wiederum mit unseren Genen zu tun hatte.«

Unvermittelt brach Tom ab, packte seinen Drink, ging schnurstracks zum Podest mit den Polstermöbeln, wo einige junge Männer das Feld räumten, und eroberte Sitzplätze für alle drei. Eric und Vreni nahmen auf dem Sofa Platz, Tom setzte sich in einen schwarzen Polstersessel, den er nahe an die Couch heranzog. Eric beobachtete, was sich auf dem Floor abspielte, während Tom in Fahrt gekommen munter drauflos erzählte.

»Also, was unsere Gene betrifft, will ich es kurz und schmerzlos machen. Wir sind Zigeuner, halbe Zigeuner, um genau zu sein. Wir sind Mischlinge, helvetische Mestizen.« Überrascht schaute Vreni von Tom zu Eric, den sie musterte, als sähe sie ihn zum ersten Mal. Eric tat, als hätte er nicht zugehört, als würde er ihren forschenden Blick nicht wahrnehmen.

»Man sieht uns unsere Herkunft nicht an. Tatsache ist, dass unser Vater ein Jenischer, ein Fahrender war. Er wurde erst kurz vor meiner Geburt sesshaft, auf Wunsch der Mutter. Ich weiss nicht, ob wir das Fahren im Blut haben, ich jedenfalls hatte bisher nie das Bedürfnis, mit einem Wohnwagen durchs Land zu ziehen. Bei Eric bin ich mir dagegen nicht so sicher. Vielleicht sind seine Reisen darauf zurückzuführen, aber darauf wollte ich nicht hinaus. Was kommt dir in den Sinn, wenn du Zigeuner hörst?«

»Ausser dem Volkslied ›Lustig ist das Zigeunerleben, brauchen dem Kaiser kein Geld zu geben‹ und dem Klischee, wonach alle Zigeuner Gauner sind, nur, dass mir meine Mutter jeweils sagte, ich sähe aus wie eine Hudere, wenn ich mich in ihren Augen schmuddelig angezogen hatte«, sagte Vreni und schmiegte sich an Eric, der sich jedoch abrupt erhob und sagte: »Hudere-Waser kennt die Geschichte und geht jetzt eine Runde pissen. Machs kurz Tom, schau zu, dass du fertig bist, wenn ich wiederkomme.«

Mit einem harten Klaps auf den Hintern verabschiedete ihn Vreni, und Eric wäre beinahe vom Podest gestolpert, hätte er sich nicht im letzten Moment an Toms Sessel festhalten können.

»Hast du einmal etwas über das so genannte Hilfswerk für die Kinder der Landstrasse gehört?«, fragte Tom.

»Hatte das nicht etwas mit der Pro Juventute zu tun, die während Jahren die Kinder von Fahrenden in Heime gesteckt hat? Aber Genaueres weiss ich nicht«, sagte Vreni, und Tom hörte das Bedauern in ihrer Stimme.

»Viel ist es nicht, aber du hast Recht, was die Pro Juventute betrifft, denn diese Stiftung, die vom Bund unterstützt wurde und wird, stand hinter dieser als Hilfswerk getarnten Verbrechergang. Während eines halben Jahrhunderts von neunzehnfünfundzwanzig bis neunzehndreiundsiebzig versuchten sie das Vagantentum auszurotten, wie sie es nannten. Zu diesem Zweck erfassten sie die Jenischen, die Roma und die Sinti in Registraturen, und sie begannen den fahrenden Familien und Sippen systematisch die Kinder zu stehlen, um ihnen das Zigeunerwesen auszutreiben. Mindestens sechshundertzwanzig Kinder wurden in dieser Zeit mit grosszügiger Beihilfe der Behörden gekidnappt, in Heime, in psychiatrische Kliniken oder in Pflegefamilien gesteckt. Es gab keine Sippe und praktisch keine Familie, die nicht direkt vom staatlichen Kindsraub betroffen war. Da die Akten des Hilfswerks selbst, aber auch der Pro Juventute, der Kantone und der Gemeinden, mit denen diese kriminelle Bande eng zusammenarbeitete, den Betroffenen oder der Öffentlichkeit nie vollumfänglich zugänglich gemacht wurden, kann man nicht sicher sein, dass diese sechshundertzwanzig Kinder wirklich die einzigen waren, die von diesem organisierten Verbrechen betroffen waren. Dazu kommen noch die erwachsenen Jenischen, die als Asoziale, Arbeitsscheue oder Gewohnheitsverbrecher bezichtigt wurden, damit sie in Zuchthäusern, Arbeitserziehungsanstalten oder in psychiatrischen Kliniken versenkt werden konnten. Keine Statistik gibt darüber Auskunft, wie viele jenische Mütter und Väter, wie viele jenische Kinder in diesem Krieg gegen die Fahrenden, den rassistische sesshafte Schweizer geführt haben und der von der Öffentlichkeit gedeckt und gefördert wurde, in den Wahnsinn oder in den Selbstmord getrieben wurden. Unser Vater Franz war etwa vier Jahre alt, als sie ihn abholten. Er konnte sich nicht mehr genau daran erinnern, aber er hätte nie vergessen können, woher er kam, denn von nun an war er der Vagantenbub. Zuerst kam er zu einer Bauernfamilie, wo er nicht viel schlechter als die eigenen Kinder des Bauern behandelt wurde, ausser dass immer, wenn irgendetwas fehlte, automatisch er der Auserwählte war, dem der Bauer zur Abschreckung vor der versammelten Kinderschar mit der Weidenrute den nackten Arsch so gründlich versohlte, bis das Blut tropfte. Als er zehn Jahre alt war, haute er das erste Mal ab, er wollte seine Eltern suchen. Mit elf kam er erstmals in ein Heim für Schwererziehbare. In regelmässigen Abständen suchte er das Weite, doch immer wieder wurde er erwischt und eingebuchtet, auch wenn er es einmal, da war er etwa dreizehn, bis nach Spanien schaffte, wo er fast ein halbes Jahr verbrachte, bis er verhaftet und in die Schweiz zurückspediert wurde, wo sie ihn im nächsten Heim verlochten. Franz machte brutale Erfahrungen, erlebte schlimmste Demütigungen und Erniedrigungen, über die er uns gegenüber aber höchstens Andeutungen machte. Durch Zufall kam er dann zu einem Dachdeckermeister, wo er eine Lehre machen konnte und das erste Mal in seinem Leben wie ein normaler Mensch behandelt wurde, denn seinem Chef war es egal, was einer war, ihn interessierte nur, was einer leistete. Natürlich hatte Franz einen Vormund. Damit er diesen loswerden konnte, meldete er sich bereits mit achtzehn, nach dem Ende der Lehrzeit, zum Militär und absolvierte die Rekrutenschule, damit er schneller die Volljährigkeit erlangte. Nach dem Militär suchte er seine Eltern, von denen er erst jetzt, als er endlich seine Schriften hatte, wusste, wie sie hiessen. Aber der Raub der Kinder hatte die Ehe seiner Eltern zerstört. Die Mutter war bald darauf wegen Depressionen und moralischem Schwachsinn, wie es hiess, in die Psychiatrische Klinik Waldhaus in Chur eingeliefert worden, wo sie nicht lange überlebte. Mit seinem Vater und dessen neuer Frau fuhr Franz dann einige Jahre durch die Schweiz, Italien und Frankreich. Er lernte Korben und Schleifen, und wenn er uns darüber erzählte, glänzten seine Augen. Er hätte wohl ewig so weitergelebt, wäre ihm nicht Ursula, unsere Mutter, über den Weg gelaufen. Obwohl er sich geschworen hatte, sich nie mit einer Sesshaften einzulassen, hatte er sich unsterblich verliebt, und als Ursula wusste, dass sie schwanger war, heirateten sie, und sie zogen in das kleine Haus im Cheibeloch, das einem Onkel von Ursula gehörte.«

»Du bist ja immer noch bei Adam und Eva«, stöhnte Eric, der mit frischen Drinks von der Theke her aufs Podest kletterte. Sie prosteten sich zu, Vreni und Eric küssten sich. »Leg mal einen Zahn zu, Tom, sonst sind wir morgen noch da. Ich habe noch auf etwas anderes Lust, als auf alte Geschichten«, sagte Eric.

»Du wirst schon nicht zu kurz kommen«, sagte Vreni. »Du musst dich nur ein wenig gedulden. Für dich ist das kalter Kaffee, aber für mich ist das hochinteressant. Erzähle ruhig weiter, Tom!«

»Franz machte das Lastwagenbillet und fuhr während fast dreissig Jahren für dieselbe Baufirma, bis er vor einigen Jahren während einer Fahrt einen Herzinfarkt hatte und starb. Die Ungerechtigkeiten und Misshandlungen, die seine Kindheit und seine Jugend geprägt hatten, führten bei ihm zu einem unbändigen Gerechtigkeitsgefühl und zu einem automatischen Reflex gegen alles, was nach staatlicher oder behördlicher Autorität aussah. Auf Anregung von Ursula, die im Konsum gearbeitet hatte und gewerkschaftlich organisiert war, wurde er Mitglied der Gewerkschaft der Bau- und Holzarbeiter, wo er bald zum Vertrauensmann gewählt wurde. Die meisten seiner Arbeitskollegen waren italienische Emigranten, und da er Italienisch sprach, hat er sie beraten, und sie kamen oft zu Besuch. Dann brachten sie Wein, Brot und Salami mit, und hin und wieder, wenn wir zu aufdringlich waren, gab uns Claudio, ein älterer Sizilianer, der als Polier arbeitete, einen kleinen Schluck Grappa, an dem wir uns die Lippen verbrannten. Erst als wir grösser waren, realisierten wir, dass die Einzigen, die uns besuchten, Verwandte oder Vaters Arbeitskollegen waren. In der Schule wurde uns schnell klar gemacht, dass wir als Zigeuner Menschen zweiter Klasse waren. Vince, der in der Hochgasse wohnte und ein Stück weit denselben Schulweg hatte wie wir, war das einzige Kind, mit dem wir spielten. Franz hatte ein altes Jagdgewehr, mit dem er gelegentlich in den Wald ging, damit auch wir hin und wieder Fleisch auf dem Teller hatten. Doch eines Tages, es war an einem Samstagabend, ich weiss es noch genau, fuhr ein Streifenwagen vor. Franz stritt lautstark mit den Polizisten, denn er war der Meinung, dass das Wild allen zustand und nicht nur den Reichen, da packten sie ihm plötzlich die Hände auf den Rücken und legten ihm Handschellen an. Eric war erst vier Jahre alt, aber er warf sich den Bullen in die Beine und verfluchte sie als Banditen und Verbrecher, wie er das von Franz gelernt hatte, bis er eine wuchtige Ohrfeige eines Bullen kassierte und zu Boden flog. Mitsamt dem Gewehr nahm die Schmier Franz mit auf den Posten. Am nächsten Tag war er wieder da, aber das Gewehr war weg, und er gab die Wilderei auf, da ihm eine längere Gefängnisstrafe drohte, falls er noch mal erwischt würde. Natürlich hat er sich furchtbar aufgeregt, doch er fand seinen Humor bald wieder und kaufte sich eine Fischrute, mit der er sich fortan wenigstens an der Fischzucht schadlos hielt. In der Schule behandelten uns die Lehrer wie der letzte Dreck. Es gab eine Ausnahme, die aber bloss die Regel bestätigte. Die Schulkollegen schnitten uns, und doch spürten wir damals wenig davon, dass die Fahrenden von den Behörden systematisch diskriminiert und unterdrückt wurden. Natürlich mussten wir uns auf dem Pausenplatz immer wieder gegen Kläffer durchsetzen, die uns als Vaganten, Bastarde, Dreckzigeuner, Hudere-Waser oder als Gauner und Halunken bezeichneten. Wir haben uns oft geprügelt, und normalerweise haben wir gewonnen, was in der Regel Strafen absetzte, denn die Verprügelten rächten sich, indem sie uns bei den Lehrern verpetzten. Einmal versohlte mir mein Sechstklasslehrer nach einer Schlägerei auf dem Schulhof vor der ganzen Klasse mit einem Rohrstock den Arsch derart, dass die Striemen am Abend noch gut zu sehen waren und Mutter mich fragte, was los gewesen sei. Am nächsten Tag klopfte es an der Schulzimmertür, und ich hörte, wie Franz dem Lehrer vor der Türe lautstark den Kopf wusch. Das war äusserst ungewöhnlich, denn die Lehrer galten noch als unangefochtene Autoritätspersonen. Mit rotem Kopf kam der Lehrer, der für seinen autoritären Stil berüchtigt war, wieder ins Schulzimmer, und ich war darauf gefasst, dass ich an die Kasse kommen würde, aber er sagte kein Wort, und seither wagte es kein Lehrer mehr, einen von uns zu verprügeln. Von da an mussten wir immer nachsitzen. Ursula, die wieder im Konsum arbeitete, seit auch Eric in die Schule ging, litt mehr unter der gesellschaftlichen Isolation, doch auch das haben wir erst viel später begriffen. Obwohl sie in der Damenriege turnte, kam nicht eine ihrer Turnkolleginnen bei uns zu Besuch. Im Gegensatz zu Franz war und ist Ursula eine besonnene Person, die nie die Ruhe verliert. Ich habe mehr von ihr mitbekommen als Eric, der eher dem Vater nachschlägt und deshalb auch immer mehr Probleme hatte.«

»Vince hat mir einige Müsterchen erzählt«, sagte Vreni grinsend.

»Wenn das so weitergeht, weisst du bald besser Bescheid über mich als ich«, sagte Eric gähnend.

»Sei doch froh, dass ich Vreni aufkläre, sonst musst du ihr alles beichten« grunzte Tom. »Also, ich will Eric nicht unnötig auf die

Folter spannen, bis er seinen Trieben freien Lauf lassen kann. Jedenfalls hat es uns stark geprägt, dass wir die Söhne eines Jenischen waren, aber nicht weil wir ein anderes Leben geführt hätten als unsere Schulkollegen. Wir wurden als Zigeuner behandelt, weil die Leute wussten, dass wir welche waren. Wir reagierten darauf einerseits mit Prügel. Vor allem Eric war ein unglaublich zäher Schläger. Oft verprügelte er stärkere Jungs, weil er mehr einstecken konnte als sie, weil er durchhielt, bis die anderen schlapp machten. Er kannte weder Angst noch Schmerz, solange er sich prügelte. Dabei jammerte er sonst wegen jedem kleinen Blessürchen. Andererseits schotteten wir uns vom Dorfleben ab. Während der Primarschule verbrachten wir unsere Freizeit in den Wäldern rund ums Cheibeloch, und später gingen wir direkt in die Stadt. Nur Eric ging ab der dritten Klasse ins Training des Fussballclubs, wo sie ihn anfänglich zwar hänselten, ihn aber schnell in Ruhe liessen und akzeptierten, denn er war ein Talent und bald der beste Torschütze der D-Juniorenmannschaft.«

»Und wenn er nicht gestorben ist, lebt er noch heute!«, sagte Eric.

»Wenn es dich langweilt, hole uns noch was zu trinken, und ich verspreche dir, mich kurz zu fassen«, gab Tom zurück. Schulterzuckend spielte Eric erneut den Kellner, während Tom den Faden wieder aufnahm. »Seine Karriere dauerte jedoch nicht sehr lange, denn nach etwa zwei Jahren, er stand kurz davor, in die C-Juniorenmannschaft aufzusteigen, wurde aus der Teamkasse Geld gestohlen. Ich weiss nicht mehr wie viel, aber es war kein grosser Betrag. Obwohl Eric wie alle anderen beim Training war, als der Diebstahl entdeckt wurde, und man auch bei der Durchsuchung seiner Kleider nichts fand, war klar, dass nur der kleine Hudere-Waser, wie sie ihn jetzt wieder nannten, der Dieb gewesen sein konnte. Weil sie ihm aber nichts beweisen konnten, schickten sie ihn bloss weg und sagten ihm, er solle sich nie wieder blicken lassen. Das machte ihn ziemlich fertig, vor allem, dass ihm auch seine Teamkollegen nicht geglaubt hatten. Ursula überredete ihn, in Olten, wo man ihn nicht kannte, mit Tennisspielen zu beginnen. Es zeigte sich, dass er auch an diesem Sport Freude hatte, und er trauerte dem Fussball nicht mehr nach, auch wenn er nie vergass, wie sie ihn damals weggeschickt hatten. Ursula haben wir viel zu verdanken. Immer wieder wiegelte sie ab, wenn wir uns über Diskriminierungen aufregten und Rachepläne schmiedeten. Franz war viel zu impulsiv, ihm erzählten wir selten etwas, weil wir genau wussten, wie er ausflippen konnte. Ursula dagegen ist die Ruhe in Person, ohne uns zu bevormunden, brachte sie uns fast immer dazu, dass wir unsere Pläne unverrichteter Dinge begruben. Das Gerede der Leute war ihr schon immer völlig schnuppe. Es interessierte sie auch wenig, wie sich einige ihrer Freundinnen das Maul aufrissen, als vor drei Jahren Grossmutter Neumitglied der ausschliesslich von Frauen gebildeten Guggenmusik Schräge Vögel wurde.«

»Zum Glück ist der Barmann neu im Geschäft, sonst wäre ich wieder zu früh gewesen«, sagte Eric, der mit zwei Drinks und einem Kaffee aufs Podium zurückkehrte.

»Ich glaubte, dich einigermassen zu kennen, nachdem ich einige deiner Freunde ausgequetscht hatte, und jetzt stellt sich heraus, dass ich nicht den Hauch einer Ahnung hatte. Ich möchte mich entschuldigen für meine Bemerkung im Ka...«, sagte Vreni.

Eric unterbrach sie. »Du brauchst dich nicht zu entschuldigen. Wie du sagst, du hattest keine Ahnung. Wenn du mehr über den rassistischen Krieg wissen willst, den die vordergründig zivilisierte Schweiz gegen das Volk unseres Vaters geführt hat, dann lies bei Mariella Mehr nach. Sie hat geschafft, was unser Vater nicht einmal innerhalb seiner Familie konnte. Sie hat die Schändungen, Erniedrigungen und Folterungen, die sie in privaten und öffentlichen Institutionen in diesem Land unschuldig erleiden musste, literarisch aufgearbeitet und der Öffentlichkeit zugänglich gemacht. Ihre Bücher stehen ebenso in meinem Büchergestell wie Thomas Huonkers historisches Werk ›Fahrendes Volk – verfolgt und verfemt‹, das erst kürzlich herausgekommen ist. Das Unrecht ist dokumentiert, aber es interessierte sich immer nur eine kleine Minderheit dafür, und Franz erlebte es nicht mehr, dass sich ein Bundesrat endlich für die begangenen Verbrechen entschuldigte. Aber es blieb bei hohlen Worten, und es wurden bis heute nur lächerlich kleine Summen als Wiedergutmachung ausbezahlt. Die Fahrenden kriegten keine neuen Standplätze und auch die alte Forderung nach einer einheitlichen Hausiererregelung in allen Kantonen wurde nicht erfüllt. Ausser, dass die Behörden ihnen nicht mehr die Kinder klauen dürfen, hat sich ihre Situation nicht gebessert.«

»Hey, du kannst mich doch nicht so einfach aus dem Gespräch drängen«, sagte Tom. »Damit du nicht glaubst, dass ich übertrieben habe, als ich sagte, dass wir stolz darauf sind, nicht normal zu sein, schau her, ich zeig dir was!« Tom zog den Kittel aus, krempelte den rechten Ärmel seines Hemdes bis über den Ellbogen und hielt Vreni die offene, mit hässlich vernarbten Einstichen übersäte Armbeuge unter die Nase und sagte: »Ich bin auch stolz darauf! Auch wenn ich damals manchmal Scheisse fressen musste und zwei Entzüge hinter mir habe, dieser Stoff war das Geilste, was ich je erlebt habe. Trotz allem Mist, den das Gift mit sich brachte, waren wir damals in unserer kleinen Szene sehr solidarisch. Den Stoff holten wir selbst mit dem Auto in Mailand oder Amsterdam, und mit dem Verkauf von kleinen Portionen finanzierten wir unsere Knallerei. Mit der heutigen Szene hatte das nichts zu tun. Wir empfanden uns als Rebellen, wir waren Hippies, welche die verlogene Bürgergesellschaft ablehnten, und wir glaubten, dass wir ewig so in die Tage hinein leben konnten, bis Petra mit einer Überdosis den Abgang machte und ich mich für den Entzug im Spital anmeldete. Heute habe ich das Gift im Griff. Aber damals, ich war knapp achtzehn, als ich auf den Geschmack kam, hatte ich Schwein, dass ich das Kaufmännische beenden konnte, obwohl ich bei der Abschlussprüfung bereits einige Monate auf Sugar war. Beim Entzug lernte ich Claudia kennen, und neun Monate später kam Silas auf die Welt. Ein paar Jahre nach seiner Geburt bin ich noch einmal kurz, aber ziemlich heftig abgestürzt. Seither ist Heroin endgültig passé, höchstens eine Linie Coca gönne ich mir hin und wieder. Bei Eric brauchst du dir deswegen keine Sorgen zu machen. Der kifft zwar wie ein Weltmeister, doch von den harten Sachen hat er immer die Finger gelassen.«

»Hör endlich auf über mich zu sprechen, als ob ich nicht da wäre«, sagte Eric leicht gereizt. »Ich habe mich gefreut, dass du endlich über dich sprichst, und jetzt ziehst du wieder über mich her. Du gehst mir auf den Sack mit deiner Grosser-Bruder-Show. Ich bin auf dem Hund, werde mich also zurückziehen. Was ist mit dir, Vreni, willst du dir noch weitere Familiengeschichten reinziehen, oder kommst du mit?«

»Ich fand Toms Ausführungen äusserst interessant«, sagte Vreni. »Aber wir können ein ander Mal weiterplaudern. Schliesslich war-

39

te ich seit drei Monaten darauf, dich endlich eine Nacht für mich zu haben.«

Tom gab Vreni galant einen Kuss auf die Hand und ermahnte Eric, am Sonntagmittag bei Ursula aufzukreuzen.

Schweigend fuhren sie am Hinterausgang des Hauptbahnhofs vorbei, unter dem Stellwerk hindurch und weiter in Richtung der Seifenfabrik. Mit gedrosselter Geschwindigkeit bog Eric in die scharfe Linkskurve vor der Unterführung, über welche die Bahnstrecke nach Zürich führte, und kurz darauf passierten sie das Stauwehr, das auf der rechten Strassenseite wie eine fliegende Untertasse aus dem Nebel auftauchte. Am Ende des Sägewerks bogen sie in die Industriestrasse ein, auf der noch immer reger Verkehr herrschte. Die Freier schlichen im Schritttempo über die Strasse; ihre Wagen trugen Kennzeichen aus Nachbarkantonen, waren alt und schäbig, auf dem Strassenstrich gab es den billigsten Sex. Eric überholte einen weissen Toyota, dessen Fahrer mit Steffi, einer blutjungen Fixerin, die sich ihren Stoff seit rund einem Jahr auf der Gasse verdiente und regelmässig mit dem Taxi zur Arbeit fuhr, verhandelte. Steffi winkte, als der gelbe Rekord an ihr vorbeifuhr, und Eric bog nach wenigen Metern nach links über die Geleise auf den Hof ein.

»Selbst die Nutten grüssen dich, als ob du ein alter Stammkunde wärst. Worauf habe ich mich da bloss eingelassen?«, fragte Vreni.

»Sei bloss froh, dass mich die Zuhälter nicht als Rivalen betrachten!«, gab er lächelnd zurück.

VI

In der Nachtwächterwohnung der ehemaligen Maschinenfabrik, die sich auf die Herstellung von Komponenten für die Lastwagenproduktion spezialisiert hatte, bevor sie von einer kapitalkräftigeren Konkurrenzfirma übernommen und kurz darauf geschlossen wurde, hatte Eric vor fünf Jahren Logis bezogen. Die Wohnung bestand aus zwei geräumigen Zimmern, der Toilette mit dem Duschraum und dem Entree, das Eric als Bücherzimmer nutzte. Die Türe vom Empfang ins Lager der Druckerei, das mit einem Lift mit dem Erdgeschoss verbunden war, wurde durch ein gut bestücktes Büchergestell aus massivem Holz verdeckt. Eric benutzte ausschliesslich den Notausgang der Wohnung, die aussen angebrachte

Feuerleiter. Die schwere Tür aus feuerverzinktem Blech führte direkt in die lang gezogene Wohnküche. Rechts von der Tür befand sich die offene Küche. Weil der grosse Wohnraum über keine Türe zum Schlafzimmer verfügte, hatte Eric im Wohnteil mit einem Vorschlaghammer ein Loch in der Art eines romanischen Fensters aus der Mauer geschlagen. Ein heller Schilfrollo sorgte dafür, dass das Fenster zum Schlafzimmer geschlossen werden konnte. Die Wohnung zeugte vom Design einer untergegangenen Bürokultur. Von den Sockelleisten bis auf eine Höhe von etwa eineinhalb Metern lief eine grün gestrichene Holzverschalung den Wänden entlang. Die Farbskala der ursprünglich weissen Wände darüber und der mit Stuckaturen verzierten Decken reichte von hellgelb bis feldgrau, und der Fussboden war überall mit einem fleckigen grauen Filzteppich ausgelegt. Weil die Räume bereits früher als Wohnung genutzt worden waren, hatte Eric eine Ausnahmebewilligung erhalten, offiziell mitten in der Industriezone zwischen den ausgedehnten SBB-Werkstätten im Norden, der Schokoladefabrik im Osten, den ausufernden Gleisanlagen im Süden und dem Lagerhaus im Westen zu wohnen.

Eric schloss die schwere Metalltür auf, betätigte den Lichtschalter und liess Vreni den Vortritt. Sie sah sich um und stellte fest, dass sich nichts verändert hatte. Der vordere Teil des hohen Raums wurde durch einen grossen runden Tisch aus Tannenholz dominiert. Der alte weisse Geschirrschrank und zwei breite Holzregale gaben der Küche einen fast rustikalen Charakter. Vreni hängte ihre Skijacke an den Kleiderständer neben der Tür, legte ihre Umhängetasche vorsichtig auf den Tisch und liess sich auf einen Stuhl fallen.

»Was möchtest du trinken? Ich kann dir Bier, Wein, Mineralwasser, Whiskey und Grappa anbieten?«, fragte Eric vom Kühlschrank her.

»Ein Tee ist mir am liebsten.«

Während Eric das Wasser aufsetzte und die Tassen mit den Teebeuteln bereitstellte, ging Vreni nach hinten und machte sich an der Musikanlage zu schaffen, von der Kabel zu Lautsprechern in beiden Zimmern führten. Sie blätterte seine Plattensammlung durch und stellte fest, dass er vor allem Scheiben aus den sechziger und siebziger Jahren besass. Sie hatte Mühe, sich zu entscheiden, legte dann aber ›Easter‹ der Patty Smith Group auf.

»Deine Plattensammlung gefällt mir, aber ich habe auch nichts anderes erwartet.« Mit einem schnellen Schritt trat sie auf ihn zu, und begleitet vom ›Space Monkey‹ küssten sie sich, bis schrilles Pfeifen anzeigte, dass das Teewasser kochte. Vorsichtig brachte Eric die randvollen Tassen an den Tisch. Er holte Zucker aus dem Schrank, setzte sich schräg gegenüber von Vreni an den Tisch und legte seine Füsse auf den Stuhl zwischen ihnen.

»Es ist an der Zeit, dass du mich aufklärst, warum du so hinter mir her bist. Ich fühle mich geschmeichelt, keine Frage. Aber mir geht es irgendwie zu glatt.«

»Vielleicht ist es die Liebe. Du gefällst mir, und du geniesst einen zwar etwas speziellen, aber keinen schlechten Ruf. Ich verstehe nicht, was daran eigenartig sein soll. Wenn du aber möchtest, dass ich gehe, verschwinde ich, sobald ich ausgetrunken habe.«

Das war mindestens das dritte Mal, dass sie ihn auflaufen liess, dachte Eric, und obwohl er hart bleiben wollte, wiegelte er ab. Er hörte sich sagen: »Nein, nein. So habe ich das nicht gemeint. Ich freue mich, dass du hier bist, und ich möchte nicht, dass du gehst. Zwar kokettiere ich hin und wieder damit, dass ich nicht ganz normal bin, doch so bescheuert, dass ich dich jetzt aus meiner Wohnung ekle, bin ich nicht.« Er beugte sich über den Tisch und fuhr ihr über die schlanke, mit einem schmalen Silberring geschmückte Hand. »Ich hatte seit langem keine dauerhafte Beziehung, bloss bei Gelegenheit kürzere Geschichten, wie jene mit dir vor den Ferien. Seit Jahren lebe ich allein, ich habe nicht einmal eine Katze. Vielleicht ist es das, was mich verunsichert, ich bin daran, mich zu verlieben, aber ich zweifle noch, ob ich das zulassen will.«

Eric zog seine Hand zurück, stand auf und holte vom Holzregal einen kleinen Weidenkorb, stellte ihn auf den Tisch und ging zum Plattenspieler, um die Platte zu wenden. Kaum hatte er ihr den Rücken zugewandt, packte Vreni ihre Tasche, huschte zum Kühlschrank, nahm eine Flasche aus der Tasche und legte sie hinein. Noch bevor er sich umdrehte, sass sie wieder wie zuvor da, nur dass ihre Füsse, die Schuhe hatte sie ausgezogen, jetzt auf dem Stuhl lagen, auf dem zuvor Eric die seinen hatte ruhen lassen. Mit geschlossenen Augen hörte sie die leise einsetzende Orgel, den sakralen Backgroundgesang und die rauchige, tiefe Stimme von Patty Smith, welche die ›Night of rocknroll‹ beschwor, genoss den hämmernden Einsatz des Schlagzeugs, bis die Gitarren und der Bass einsetzten und Patty unter Volldampf röhrte ›Give me something, a reason to live‹, um kurz darauf zu fordern: ›Set me free!‹

Eric begann mit den üblichen Zutaten, die er dem Korb entnahm, einen Joint zu bauen. Patty Smith sang ›like a kamakaze‹, und Eric fragte ohne aufzuschauen: »Kannst du mir eine schlaue Antwort geben, warum eine bezaubernde Frau wie du keinen Freund hat?« Er hatte ihr seine chronische Beziehungslosigkeit und sein fantasieloses Sexualleben offen dargelegt, so offen, wie noch nie jemandem zuvor, und dabei wusste er noch immer kaum etwas von ihr.

»Dein Bruder glaubt, dass ihr etwas Besonderes seid, weil euer Vater als Jenischer eine schlimme Jugend hatte und weil ihr in der Schule als Zigeuner ausgegrenzt wurdet. Ich will das nicht bezweifeln, aber ich versichere dir, dass er sich täuscht, wenn er denkt, dass ihr die Einzigen seid, denen im Leben Niederträchtiges widerfahren ist. Nicht wenige haben das Recht, sich für etwas Besonderes halten. Was deine Frage betrifft: Natürlich hatte ich Beziehungen, und einer hielt es auch einige Monate mit mir aus, bevor er genug von mir hatte, anderen habe ich den Laufpass gegeben. Oh ja, ich bin auch speziell, ich habe enorm hohe Ansprüche. Ich heisse nicht nur König, ich bin eine Königin. Ich bin meine Königin, und ich will einen König und keinen Hoftrottel, der mir zuerst galant den Hof macht und nach dem ersten Kind erwartet, dass ich ihm die Hausfrau am Herd gebe, während er sich um seine Karriere und seine Sekretärin kümmert. Ich will einen König, der sich bewusst ist, ein König zu sein, der seine Socken trotzdem selber wäscht, der mich als Königin respektiert und mich entsprechend behandelt.«

Eric steckte den Joint an, inhalierte tief, lehnte sich zurück und legte seine Füsse so auf den Stuhl, dass sich ihre Zehen berührten. »Du darfst Tom nicht allzu ernst nehmen. Von der Repression gegen die Fahrenden waren wir nicht direkt betroffen. Verstehe mich nicht falsch. Dieser staatlich sanktionierte Plan zur Ausrottung der fahrenden Kultur war durch und durch faschistisch und das schlimmste Verbrechen, das die Schweiz seit dem Ende des Zweiten Weltkriegs, als die Zöllner Zehntausende Flüchtlinge, vor allem Juden, aber auch Fahrende, darunter auch solche mit gültigen Schweizerpässen, in den sicheren Tod durch die Deutschen zurückgeschickt hatte, zu verantworten hat. Aber weder Tom noch ich fühlten uns als Jenische. Wir fuhren nie und kamen nie auf den Gedanken Fernweh zu haben. Ich war immer davon überzeugt, dass ich mich von den anderen nicht mehr unterscheide, als sie sich voneinander unterscheiden. Ich machte mir nie etwas daraus, anders zu sein. Ich kenne genügend Beispiele von Leuten, die glauben, sie seien anders als die anderen, oder vielmehr, sie seien besser als die anderen, weil sie anders leben oder anders denken, die glauben, sie seien alternativ oder links oder was auch immer. Viele sind genauso eingebildet und engstirnig wie die von ihnen verspotteten Kleinbürger. Nein, ich bin nicht anders, ich versuche wie andere auch, mich in der realexistierenden Kacke möglichst so einzurichten, dass ich mich dabei nicht allzu schmutzig machen muss, dass ich mich im Spiegel ansehen darf und dass das Leben auch mal Spass macht. Und wenn ich etwas Sinnvolles tun kann, damit diese durchgeknallte Tiefkühlgesellschaft nicht auf ewig herrscht, bin ich gerne mit dabei.«

»Im Grunde genommen sind wir alle anders und doch gleich.«

»Ich sage manchmal, dass ich zu neunundneunzigkommafünf Prozent genau gleich bin, wie alle anderen.«

»Neunundneunzigkommafünf Prozent? Das will nichts heissen. Die Schimpansen haben auch zu neunundneunzigkommafünf Prozent die gleichen Gene wie die Menschen.«

»Das ist mein Gag. Du hast mir meinen Gag geklaut!«

»Du unterschätzt mich, ich bin nicht so doof, wie ich aussehe.«

»Diesen Spruch habe ich schon einige Mal gebracht, und noch nie wurde mir die Pointe vermasselt. Haben dir Tom oder Vince davon erzählt?«

»Nein, das ist mir selbst in den Sinn gekommen.«

»Chapeau! Du suchst also einen emanzipierten König. Habe ich im Kindergarten ein Märchen verpasst oder hast du dir das auch selbst ausgedacht?«

Eric grinste sie an, während er ihre Fusssohle kitzelte, und wollte ihr den Joint reichen, doch Vreni zog blitzartig ihre Füsse vom Stuhl, beugte sich weit vor, packte mit den Händen seinen Fuss, stiess mit dem Kopf wie ein angreifender Mäusebussard nieder und biss zu. Er schrie auf, und sie fauchte: »Kitzle mich nicht! Du darfst mich nicht kitzeln, wenn du es mit mir nicht verderben willst. Du hast

Glück, dass ich dich so gut mag, sonst hätte ich dir den Zeh abgebissen.« Eric wurde klar, dass sie soeben von sich gesprochen hatte.

»Schau mich nicht so geschockt an, gib mir lieber mal den Joint rüber, Bogey!«, sagte Vreni wieder völlig relaxed.

»Bogey?«

»Casablanca! Humphry Bogart! Die hängende Kippe im Mundwinkel. Bogey ist ein Synonym für Kiffer, die den Joint nicht rechtzeitig weiterreichen.«

»Das habe ich noch nie gehört.«

»Dieser Spruch wurde durch einen Song von Little Feat berühmt. Es ist ein kurzes Stück, das ›Don't bogart that joint‹ heisst. Ich hätte geschworen, dass du es kennst. Es gehörte zur Filmmusik von Easy Rider.«

»Noch nicht einmal ich bin perfekt.«

Vreni grinste, und Eric nahm einen Platzwechsel vor. Mit den Fingerspitzen fuhr er über ihre Füsse und Fussgelenke und liess sie über die Wollsocken nach oben in die Hosenbeine gleiten, bis sie auf weiche Seidenstrümpfe stiessen. Vreni schloss die Augen und genoss die Streicheleinheiten. Dann begann sie mit den Zehen seinen Unterleib abzutasten, bis ihr sein leises Stöhnen zweifelsfrei anzeigte, dass sie die gesuchte Stelle gefunden hatte.

Eric schloss die Wohnungstüre ab, während Vreni die Tassen auf das Abtropfbrett stellte und den Aschenbecher in den Abfalleimer leerte. Mit langen Schritten trat er von hinten an sie heran, und als sie sich vor dem Kühlschrank bückte, zog er sie mit beiden Armen an sich. Sie spürte seinen Ständer und drückte ihren Po nach hinten, während sie sich langsam aufrichtete. Seine Hände wanderten über ihre Brüste, und er spürte wie ihre Warzen hart wurden. Vreni legte den Kopf in den Nacken und genoss die heissen fordernden Küsse, die an ihrem schlanken Hals zum Ohr hinaufwanderten. Als Eric an ihrem kleinen goldenen Ohrring zu knabbern begann, drehte sie sich um, packte ihn mit beiden Händen am Haarschopf und küsste ihn wild und leidenschaftlich. Ihre Hände glitten an seinem Rücken hinunter, und sie packte seinen Hintern mit voller Kraft. Seine rechte Hand hatte einen Weg unter ihren Pullover gefunden. Beide brannten lichterloh, und sie hatten die Hosen offen, als Eric mit beiden Händen unter ihren Po fuhr und sie anhob. Vreni schloss die Beine um seine Hüften, und mit wiegendem Gang trug er seine Königin durchs Entree ins Schlafzimmer und wollte sie sachte aufs Bett legen, als er im letzten Moment über einen am Boden liegenden Schuh stolperte. Schwer krachte er auf Vreni nieder, deren Fall vom auf japanischen Tatamis liegenden Futon nur wenig abgefedert wurde, und es stellte ihr die Luft ab.

»Du bist atemberaubend, mein Schatz!«, sagte sie noch immer keuchend, aber wieder schwach grinsend. »Aber du musst vorsichtig mit mir sein, Eric. Ich bin eine zerbrechlichere Königin, als es aussieht.«

»Schon als ich dich das erste Mal sah, wurde mir schwindelig. Aber ich hätte nicht gedacht, dass du mich gleich so umhaust. Ich lege schnell eine neue Platte auf. Hast du einen Wunsch?«

»›Rumours‹, Fleetwood Mac«, kam es postwendend zurück. Er hätte zwar eher etwas Härteres bevorzugt, aber gegen Rumours war nichts einzuwenden.

Das Schlafzimmer war spärlich eingerichtet. Vor den hohen Fenstern fielen schwere weinrote Vorhänge bis fast auf den Boden. An der Wand zum Wohnzimmer hing ein mit Reisszwecken befestigtes Poster, auf dem eine Dampflokomotive abgebildet war, die von innen durch die Fassade eines grossstädtischen Bahnhofs gebrochen war und unversehrt auf den riesigen Platz hinausragte. An der gegenüberliegenden Wand hing ein grosser Spiegel mit einem vergoldeten Rahmen. Ein niedriges Stahlrohrgestell stand neben dem Bett, das schräg in die Ecke gestellt war. An der Wand zum Entree stand ein billiger weisser, zweitüriger Kasten und eine alte, mit Eisen beschlagene dunkelbraune Holztruhe. Von der Decke hing eine mit Papier überzogene unbeleuchtete Drahtkugel. Zwei Spotleuchten, die von den Sockelleisten her die Vorhänge anstrahlten, tauchten das Zimmer in warmes Licht.

Als Eric ins Zimmer zurückkam, war Vreni auf der Toilette. Er zog sich aus, stülpte sich ein Präservativ über und schlüpfte unter die Decke. Er hörte die WC-Spülung, hörte, wie sich Vreni die Hände wusch, und er war ungeduldig, heiss und spitz wie ein junger Löwe nach einer einsamen Wanderung durch die Wüste. Da hörte er, wie sie in der Küche mit Gläsern hantierte.

»Wenn du nicht endlich kommst, lege ich Hand an mich. Dann musst du auch selbst schauen, wo du bleibst!«

Noch während er nach ihr rief, trat sie in die Tür. Sie trug nur noch den roten Slip und das weisse Trägerleibchen. Sie sah umwerfend aus. Die Arme vor der Brust verschränkt, stellte sie sich breitbeinig hin, reckte das Kinn und sagte in einem gebieterischen Ton: »Willst du eine Domina? Sag es gleich! Dann vergesse ich die Peitsche nicht!«

Eric grinste und hob die Bettdecke an, und sie sprang mit einem Satz ins Bett. Sie liebten sich wild und heftig, ihr Schweiss begann sich zu vermischen, und sie gruben sich die Fingernägel ins Fleisch.

VII

Die Musik spielte nicht mehr, nur das nie abreissende leise Brummen, das gelegentlich von der kreischenden Bremse einer Rangierlok zerrissen wurde, war von den Geleiseanlagen her zu hören. Sie kuschelten sich und erkundeten die noch neuen Körperlandschaften.

»Ich liebe dich, mein zärtlicher König«, sagte Vreni, strich sich durch die kurzen schweissnassen Haare und gab Eric, der auf dem Rücken lag und sie von unten her verliebt ansah, einen Kuss auf die Stirn.

»Ich bin gleich zurück«, sagte sie und verschwand in die Toilette. Eric steckte sich eine Zigarette an und verschränkte die Arme hinter dem Kopf. In der Küche rumorte es, und er bat Vreni, einen Aschenbecher mitzubringen, da er normalerweise im Bett nicht rauchte.

Leise setzten die akustischen Gitarren ein, eine ferne Trommel folgte und eine helle weibliche Stimme sang: »Listen what the wind blows, watch the sunrise« und »If you dont love me now, you will never love me again«. Den Blick aufs Fenster zum Wohnzimmer gerichtet, lag Eric auf dem Bett, er wollte den Auftritt seiner nackten Königin geniessen, die jeden Augenblick dort auftauchen musste. Doch hörte er sie wieder in der Küche hantieren, also richtete er seinen Blick auf die Tür zum Entree.

Splitternackt, die feuchten Haare zurückgekämmt, mit geröteten Wangen und dunklen Lippen kam sie herein, und er hätte sich nicht gewundert, wenn sie geschwebt wäre.

In den Händen trug sie ein Serviertablett mit Weissweingläsern und einer Flasche Champagner. Vreni stellte das Tablett auf das oberste Regal, gab Eric den Aschenbecher, packte die Gläser und kroch unter die Bettdecke. Eric nahm ihr die Gläser ab, sie fischte sich die Flasche und liess den Korken knallen. Sie prosteten sich zu, und Vreni legte ihren Kopf an seine Schulter.

»Eigentlich mache ich mir nichts aus Schämpis, aber für dich ist mir nur das Beste gut genug. Du hast ihn dir redlich verdient, Eric!«, sagte Vreni sanft.

»Verdient? Geliebte Königin, euer Hochwohlgeboren pflegen in Rätseln zu sprechen.«

»Magst du Kinder, Eric? Könntest du dir vorstellen, ein Kind zu haben?«

»Mann! Ich meine, Frau! Du kommst ja schnell zur Sache. Diese Frage habe ich etwa in einem Jahr erwartet.«

»Weiche mir bitte nicht aus. Kannst du dir das vorstellen? Rein hypothetisch, versteht sich.«

»Ich weiss nicht, ob das eine gute Idee ist. Ich weiss nicht, ob wir das der Welt zumuten dürfen.«

»Nein, Eric, ich meine das nicht bloss im Spass! Hast du nie daran gedacht, wie es wäre, Vater zu sein?«

Vreni drehte den Kopf, und Eric sah, dass dieser Ernst, den er bereits vorher hinter ihrem Lachen zu entdecken geglaubt hatte, jetzt offen und klar in ihren Augen lag. Er wusste, dass er keinen Witz machen durfte. »Bisher hatte ich keinen Grund darüber nachzudenken. Theoretisch kann ich es mir ausmalen, und wenn ich dich ansehe, kann ich es mir auch praktisch vorstellen. Aber es muss nicht heute oder morgen sein«, sagte er vorsichtig. Er spürte, dass Vreni wie auf Nadeln sass.

Sie hatte sein Gesicht aufmerksam studiert und zeigte sich wenig beeindruckt. Ernsthaft wie zuvor sagte sie: »Ich habe es mir lange überlegt und alle Argumente gegeneinander abgewogen, dann musste ich mich entscheiden. Ich habe mir diese Situation nicht ausgesucht, ich habe es mir auch romantischer vorgestellt.«

Sie gab ihm einen Kuss auf die Brust, und er kraulte ihr den Nacken. Unvermittelt löste sich Vreni, blickte ihm prüfend in die Augen und sagte ein wenig heiser: »Du wirst Vater, in einem halben Jahr, ob du willst oder nicht!«

Eric wollte an einen Scherz glauben, doch er wusste, das war nicht bloss ein Spruch. In seinem Kopf entlud sich ein Sommergewitter, und es dauerte eine Weile, bis er wieder klar denken konnte.

Das konnte nicht sein, denn er benutzte immer ein Kondom. Wollte ihm seine Königin ein Kuckucksei ins Nest legen? Er konnte sich nicht vorstellen, dass sie ihn in den Hammer laufen liess, aber auszuschliessen war es nicht. Erwartungsvoll blickte Vreni ihn an, und er brachte es nicht übers Herz, ihr mit seinen Bedenken zu antworten.

»Du bist schwanger. Von mir! Das ist eine Wucht! Das haut mich um. Damit hatte ich nicht gerechnet. Dass wir beim ersten Sex ein defektes Kondom benutzten und gleich einen Volltreffer landeten, muss wohl Schicksal sein. Das also ist der Grund, wieso du so hinter mir her warst?!«, sagte Eric. Obwohl er sich Mühe gab, erkannte Vreni, wie stark er an ihren Worten zweifelte.

»Es passierte beim zweiten Sex. Erinnerst du dich nicht? Wir waren blau wie Veilchen, und zuerst bist du über mich hergefallen, als müsstest du einen Weltrekord brechen. Wir waren für unseren Zustand nicht mal schlecht, aber es war schnell vorbei. Ich schlief bald darauf ein, bis ich wieder erwacht bin, weil du dich im Schlaf an mir gerieben hast, und ich checkte erst, was ablief, als du bereits wieder in mir warst. Du warst unglaublich geil und hattest mich bereits wieder so heiss gemacht, dass ich nicht daran dachte, dass wir es ohne Gummi trieben. Da muss es passiert sein, bei diesem animalischen, ekstatischen Sex. Du erinnerst dich nicht? Das ist nicht möglich! Es war der schärfste Fick, den ich je hatte.«

»Wie sollte ich mich nicht erinnern können«, log Eric mit schlechtem Gewissen. »Die Abdrücke deiner Zähne konnte ich Tage später noch sehen.« Das war nicht gelogen, doch er hatte gedacht, dass sie von ihrem ersten Mal stammten. Er wusste jedoch, dass er sich manchmal im Schlaf noch einmal an seine Bettgefährtinnen heranmachte, doch bisher war er immer rechtzeitig erwacht, um zu geniessen, was er unbewusst angerichtet hatte. Doch an diesem ausufernden GSoA-Fest hatte er viel mehr als üblich getrunken, was erklären würde, dass er Vreni im Delirium noch einmal bestiegen hatte, ohne es zu registrieren. Eric schenkte die Gläser voll und prostete Vreni zu.

»Ich weiss nicht, wie wir das managen werden, aber wir werden es schaffen. Für mich kommt deine Schwangerschaft wie ein Blitz aus heiterem Himmel, aber ich freue mich, dass die schönste, intelligenteste und geilste Königin die Mutter meines Kindes wird.

Wenn ich es mir richtig überlege, ist das vielleicht das Beste, was mir passieren konnte«, sagte er feierlich, nahm sie in die Arme und küsste ihr die Tränen weg.

»Ich wusste, du bist ein Schatz, Eric. Du wirst auch ein wunderbarer Vater sein«, sagte Vreni sichtbar erleichtert.

Sie tranken aus und liebten sich.

VIII

Über die baufällige Trimbacherbrücke, die mit ihren steilen Anstellwinkel wie eine Ziehbrücke aussah, die gerade hochgeklappt wurde, fuhren sie ins Stadtzentrum. Im Astoria hinter dem Stadthaus tranken sie an der Hotelbar Kaffee und blätterten in den aufliegenden Sonntagszeitungen. Beim Überfliegen der Schlagzeilen entdeckte Eric einen Artikel, der sich mit dem Fichenskandal befasste. Doch er hatte keine Zeit, den Text zu lesen, denn sie wurden bereits um zwölf erwartet.

Ursula war nach Franz' Tod aus dem Cheibeloch weggezogen und wohnte seither in einer geräumigen Zweieinhalb-Zimmer-Wohnung in einem kleinen Mehrfamilienhaus im Hinteren Steinacker hoch über der Aare. Von ihrem kleinen Balkon aus sah sie das Chessiloch mit seinem Widerwasser und dem umlaufenden Fussgängersteg, auf dem gelegentlich Hobbyfischer angelten. In der Flussmitte ragte eine flache bewaldete Kiesbank aus dem Wasser, und flussaufwärts, vor der neuen Eisenbahnbrücke, lag der Franzos, ein rund geschliffener Granitfelsen, der seinen Namen den revolutionären französischen Truppen verdankte, die vor zweihundert Jahren die rückständigen Eingeborenen vom feudalistischen Ancien Regime befreit hatten. Über der schiefergrauen Aare war die Kantonsstrasse nach Luzern und die internationale Bahnlinie nach Italien zu sehen, und dahinter erhob sich steil der Säliwald mit der märchenhaften Silhouette des Sälischlössli.

Im Sommer assen sie oft auf dem Balkon, jetzt sassen sie im Wohnzimmer und machten sich bei Rotwein und Mineralwasser über das Kaninchenragout und die Polenta her. Eric und Vreni hatten sich entschieden, nichts von der Schwangerschaft zu erzählen, und Ursula hatte Vreni enthusiastisch begrüsst. Ursula war trotz ihrem Alter noch immer eine schöne Frau, nur an ihren verwerkten Händen war zu erkennen, dass sie ihr Leben lang hart gearbeitet hatte. Ihr Platz war am Kopf des Tisches, neben ihr sassen wie immer ihre Söhne. Vreni sass neben Eric, und ihr gegenüber lümmelte sich Silas, ein hoch aufgeschossener Junge mit einem verschlafenen Gesicht. Er wollte alles über Vreni erfahren, und sie gab ihm bereitwillig Auskunft. Vor allem ihre Arbeit faszinierte ihn, und als er genug erfahren zu haben glaubte, bemerkte er laut: »Du hast die beste Wahl getroffen, Vreni. Einen Besseren als Eric wirst du nie finden, und ich glaube, du passt ganz gut zu ihm. Sieht ganz so aus, als habe er endlich eine Frau gefunden, die ihm das Wasser reichen kann.«

»Wenn sie deinen Segen haben, Silas, kann nichts mehr schief gehen«, sagte Ursula lachend, »aber du hast Recht. Sie sind ein schönes Paar.«

Tom und Eric räumten das Geschirr ab, und Ursula servierte zum Kaffee Vanilleglace mit heissen Brombeeren. Sie genoss es, wenn die Kinder zu Besuch kamen, und sie erzählte vergnügt Geschichten und Anekdoten.

Mit einem Glas Grappa in der Hand begaben sich Eric und Tom auf den Balkon, um zu rauchen. Silas schmiss sich vor den Fernseher, und Vreni wollte Ursula beim Abwasch helfen.

»Nein«, sagte Ursula bestimmt, »ich mache das allein. Rauchst du nicht? Na also, ab auf den Balkon. Wenn ich Hilfe brauche, kann ich Silas rufen.« Als Vreni immer noch zögerte, setzte sie hinzu: »Die Küche ist schnell gemacht, das macht mir nichts aus. Mir ist es viel wichtiger, dass es Eric gut geht. So glücklich wie heute habe ich ihn schon lange nicht mehr gesehen.« Sie umarmte Vreni, gab ihr einen Kuss auf die Stirn und schob sie sanft, aber bestimmt aus der Küche.

Eric war damit beschäftigt, einen Joint zu drehen, und Tom erklärte Vreni, warum unter dem Chessilochsteg stählerne Spundplatten aus dem Wasser bis knapp an den Steg hinaufragten.

»Der Felsen, auf dem auch dieses Haus steht, ist unterspült, und niemand weiss, wie weit dieses Höhlensystem reicht. Obwohl in Olten seit jeher jedes Kind wusste, dass das Baden im Chessiloch wegen dieser Höhlen und den damit verbundenen gefährlichen Strömungen verboten war, gab es immer wieder Vermisste. Deshalb wurden diese Eisen tief in den Felsen gerammt. Seither gibt es hier keine Ertrunkenen mehr. Da drüben, siehst du diesen Felsvorsprung, der wie eine Adlernase aus dem Wald herausragt? Dahinter war früher während der Badesaison unser Lieblingsplatz. Da hatten wir unsere Ruhe. Wir konnten tun, was wir wollten, ohne dass uns ein Bademeister genervt hätte. Die Brücke gab es noch nicht, und hinter dem Felsen liegt eine kleine Bucht mit dem Sandstrand.«

»Bist du schon wieder auf dem Trip in die Vergangenheit? Du wirst langsam alt, Tom! Oder ist dein Leben so langweilig geworden, dass du es nur noch im Rückspiegel geniessen kannst?« Eric war hinter Vreni getreten, reichte ihr den angerauchten Joint und schmiegte sich an sie.

»Schau dir diesen verschmusten Kater an. So kenne ich dich gar nicht, Eric«, sagte Tom ein wenig spöttisch. Eric antwortete nicht, sondern zeigte mit dem rechten Arm auf die Eisenbahnbrücke, die im Regen düster wirkte.

»Vreni, im Sommer will ich mit dir Hand in Hand da runterspringen. Das wird ein Mordsspass.«

»Darauf kannst du lange warten. Ich habe Schiss vor der Höhe. Aber wir werden sicher etwas anderes finden, das wir gemeinsam tun können«, sagte Vreni, gab Tom den Joint weiter, drehte sich um und küsste Eric stürmisch.

»Ihr erinnert mich daran, dass Claudia wohl langsam erwacht und bald meine Pflicht einfordern wird«, sagte Tom. Er gab Eric den Joint weiter und ging in die Stube zurück. Eric nahm einen letzten Zug und drückte die Kippe aus. Sie schmusten noch ein wenig, doch dann wurde auch ihnen kalt, und sie gingen ebenfalls in die Stube. Sie tranken Kaffee und schauten ein wenig fern, bis sie sich verabschiedeten und mit Tom und Silas das Haus verliessen.

IX

»Fahren wir zu dir? Ich will mehr über die künftige Mutter meines Kindes erfahren. Ich möchte mir deine Wohnung, deine Plattensammlung und deine Bücher ansehen«, sagte Eric.

»Ich will zu dir. Bei mir ist Trix da, und ich möchte mit dir unter die Dusche. Du wirst noch früh genug alles über mich wissen«, sagte Vreni.

»Du bist unersättlich. Schade dass wir uns nicht früher begegnet sind.«

»Und du hast derart über die Oltner Zeitung geflucht. Ohne

diesen Job wäre ich ganz bestimmt nie in dieses Nebelloch gezogen, und wenn es mich nicht nach Olten verschlagen hätte, wäre ich nicht im Ochsen verkehrt, und du hättest mich nie kennen gelernt, denn die Konzerte im Ochsen und im Chemins waren Freundschaftsdienste, die nicht stattgefunden hätten, wenn ich in Basel geblieben wäre.«

Sie fuhren zur Schützenmatte hinunter, die Mühlegasse hoch und bogen in die Baslerstrasse ein, um via Brückenstrasse zum Dampfhammer zu gelangen.

Der Verkehr auf der Gösgerstrasse war mässig, und Eric überquerte sie nach einem kurzen Halt vor dem Stoppbalken, während er Vreni zwischen den Beinen kraulte. »Praktisch so ein Automat, findest du nicht?«, sagte er.

»Ja, nicht schlecht, ist aber nicht so wichtig. Wichtig ist, dass dein Charly auf mich automatisch richtig reagiert. Danach stehe ich aber auf kreative Lust.«

Vreni stieg vor Eric die Treppe hoch. Auf dem Gitterboden am Ende der Treppe machte sie Halt, drehte sich um und zog ihn an sich. Sie küsste ihn, öffnete ihm den Hosengurt und fuhr mit der Hand in seine Unterhose. Eric war sich bewusst, dass sie auf diesem Podest sechs Meter über der Industriestrasse von weit her zu sehen waren, und er bremste sie. Kaum war die schwere Tür hinter ihnen ins Schloss gefallen, gab es jedoch auch für ihn kein Halten mehr. Mit fliegenden Händen rissen sie sich die Kleider vom Leib. Eric hob Vreni hoch, und sie nahm ihn in sich auf. Mit kurzen Schritten trug er sie unter die Dusche.

In der Stube war es dank der hoch liegenden Fenster trotz der trüben Witterung eingermassen hell. Die farbigen Vorhänge, die an dicken Holzstangen hingen, gaben dem Raum eine warme Atmosphäre, auch ohne zugezogen zu sein. Bunte Polstermöbel, ein schwarzer Salontisch und drei auf dem Kopf stehende hölzerne Weinharassen standen ohne erkennbare Ordnung im Raum. Das Büchergestell war mit Comic, Kunstbänden, Atlanten und kleinen abstrakten Holzplastiken bestückt. Ein halbhohes Holzgestell für die Musikanlage und den mit einem blauen Tuch abgedeckten Fernseher und der in der Mitte des Zimmer an die Wand geschobene Schreibtisch vervollständigten die unspektakuläre Möblierung. An der Wand zum Schlafzimmer hing eine grosse grob gerasterte Foto in einem weissen Plastikrahmen, die das Profil einer jungen Frau mit langen Haaren zeigte, die im Umfeld einer Demonstration die linke Faust in den Himmel streckte und dabei mit weit aufgerissenem Mund und pathetischem Gesichtsausdruck eine unerhörte Parole brüllte. Auf einem Transparent im Hintergrund war undeutlich zu lesen: »Gösgen nie! Der Widerstand lebt!«

Vreni lag ausgestreckt auf einer Couch, und Eric, der auf dem fleckigen Teppich sass, lehnte seinen Kopf an ihre Hüfte. Gedankenverloren spielte sie mit einer feuchten Haarsträhne von Eric.

»Gestern Abend dachte ich, dass Tom übertrieben hat, als er über den Fichenskandal sprach. Aber diese Schnüffler scheinen tatsächlich nervös zu sein. Es sieht aus, als hätten sie wirklich Angst, ihre Spitzel könnten auffliegen«, sagte Eric. Er legte den ›Fichen-Fritz‹ weg.

»Wieso bist du so überzeugt, dass du fichiert wurdest?«, fragte Vreni und deutete auf das Bild an der Wand. »Hat sie etwas damit zu tun? Warst du früher so eine Art Politaktivist?«

Eric nickte. »Ich war in jüngeren Jahren tatsächlich aktiv, und wegen Widerstand gegen die Staatsgewalt und Landfriedensbruch war ich auch mal im Knast. Du kannst Gift darauf nehmen, dass es über mich nicht nur eine Fiche, sondern ein ausgewachsenes Dossier gibt. Aber ich zweifle stark daran, dass ich vor der Revolution ein Auge reinwerfen kann.«

»Wer ist diese Frau? War sie deine Freundin, oder hast du bloss für sie geschwärmt?«

»Das ist Xandra. Wir waren ein Paar. Wir waren ein wunderbares Paar«, sagte Eric gedehnt, »aber das ist lange her«, und er fügte mit belegter Stimme an, »sie ist tot.«

»Das tut mir Leid, das konnte ich nicht wissen. Was ist passiert?« Vreni setzte sich auf und legte ihm eine Hand auf die Schulter.

»Es war ein Unfall, ein beschissener verdammter Unfall«, sagte Eric. Er räusperte sich, drehte sich um, zog sie zu sich runter und gab ihr einen langen Kuss.

»Was ist mit dir?«, fragte er. »Hast du dich in jüngeren Jahren auch gegen die herrschenden Zustände aufgelehnt, oder warst du immer so stockkonservativ wie die Oltner Zeitung?«

»Im Seminar in Aarau habe ich eine Gruppe mitgegründet. Wir nannten uns Lila Zoff, weil die meisten aus der Region Zofingen kamen, wir verstanden uns als feministische Schülerinnengruppe. Wir wehrten uns unter anderem dagegen, dass wir Frauen vor und während der Sommerferien fünf Wochen in die Hauswirtschaftsschule gehen mussten, während die Jungs nur gerade drei Wochen Landdienst leisten mussten und dann noch vier Wochen Ferien hatten, wir verlangten, dass entweder die Herren der Schöpfung ebenfalls in die Hauswirtschaft gehen mussten oder dass wir Frauen mindestens frei auswählen konnten. Der Rektor, ein jüngerer Biologie-Lehrer, der sich sonst gerne fortschrittlich gab, meinte, er könne nichts machen, da die Gesetzeslage klar sei. Also rief die Lila Zoff verdeckt zur Hauswirtschaftsverweigerung auf. An unseren Sitzungen nahmen bald fast alle betroffenen Frauen der Kantonsschule teil, und wir beschlossen, dass sich jede von uns heimlich einen Platz im Landdienst suchen sollte. Als der Hauswirtschaftskurs hätte beginnen sollen, waren gerade mal zwölf von dreiunddreissig Frauen da, und der Rektor machte fast einen Handstand, als sie ihm den Brief vorlasen, den wir anderen Frauen unterschrieben hatten, in dem sinngemäss stand, dass wir uns als gleichberechtigte Frauen für den Landdienst entschieden hätten, und dass wir nach drei Wochen in die Ferien fahren würden. Es gab einen zünftigen Wirbel, und nur weil mehrere der Schülerinnen, die sich für den Landdienst entschieden hatten, aus einflussreichen Familien stammten und weil so viele mitgemacht hatten, wurde niemand von der Schule gewiesen. Die diskriminierende Regelung wurde dann später in unserem Sinn geändert. Zu Hause kriegte ich Ärger, weil ich dort nichts gesagt hatte und weil meine Eltern Streik grundsätzlich ablehnen, aber in der Sache unterstützten sie mich. An der Uni habe ich mich nicht mehr engagiert. Klar, ich bin immer noch sensibel, was die Benachteiligung und Unterdrückung von Frauen angeht, aber ich bin in keiner Organisation oder so. Ich glaube nicht, dass ich eine Fiche habe. Ich bin ein zu kleiner Fisch, auch wenn ich unserem Rektor durchaus zutrauen würde, dass er unsere Unterschriften weitergegeben hätte, wäre er gefragt worden.«

»Als Gründungsmitglied von Lila Zoff galtest du eventuell als Rädelsführerin, was durchaus für eine Fiche reichen könnte. Eure Aktion war mutig, aber ich glaube nicht, dass du deswegen registriert wurdest. Du hättest bei der Oltner Zeitung keine Stelle erhalten, wenn du ein Sicherheitsrisiko wärst. Die sind gewarnt.« Eric lachte.

»Wie kommst du denn darauf? Und warum soll das lustig sein?«

»Das ist eine alte Geschichte. In den bewegten siebziger Jahren, als auch in dieser Gegend regelmässig Anti-AKW-Demonstrationen stattfanden und immer wieder Häuser besetzt wurden, war die Oltner Zeitung eine wichtige publizistische Waffe der Atomlobby. Mit schwerem Geschütz und aus vollen Rohren schoss die Redaktion gegen uns. Selbst die Bauern, die sich mit uns gegen das AKW wehrten, wurden als Anarchisten und Kommunisten betitelt, welche es mit allen Mitteln zu bekämpfen galt. Einem neuen Redaktor, der sich gleich als Hardliner eingeführt hatte, ist die Oltner Zeitung dann aber voll auf den Leim gegangen. Andres Maienfeld recherchierte während eines halben Jahres in der Redaktion der Oltner Zeitung über den Zusammenhang von Druckaufträgen aus der Atomwirtschaft und den Leitartikeln des Chefredaktors Holzmann. Er führte auch viele Gespräche mit seinen Arbeitskollegen, die sich zum Teil über den herrschenden Meinungsterror beklagten. Maienfeld machte einen Abgang, und seine Reportage unter dem Titel ›Die Hofgazette der Strombarone‹ erschien kurz darauf im Tages-Anzeiger-Magazin. Der mit deftigen Anekdoten und haarsträubenden Zitaten gespickte Artikel zeichnete das Bild einer unverhohlen zynischen Redaktion, die auf Gedeih und Verderb als Sprachrohr der Atomlobby funktionieren musste, weil der Verlag und die Zeitung ohne die Aufträge und Inserate der Atomwirtschaft innert Wochen die Bilanz hätten deponieren müssen. Holzmann erhielt im letzten Moment Wind und wollte mit einer superprovisorischen Verfügung die Veröffentlichung des Artikels verhindern, was der Amtsrichter jedoch ablehnte. Durch dieses Manöver machte sich die Oltner Zeitung in der ganzen Schweiz lächerlich, und die Anti-AKW-Bewegung freute sich diebisch über den gelungenen Coup. Seither lässt die Oltner Zeitung alle Stellenbewerber von einer Firma überprüfen, die eng mit dem Sicherheitsdienst des AKW Gösgen zusammenarbeitet. Es kann interessant werden, wie Holzmann reagiert, wenn er mitbekommt, wer dahinter steckt, dass du vorläufig immer zu zweit unterwegs bist. Allerdings bin ich schon lange nicht mehr aktiv, das sollte also kein Problem sein.« Eric vermied es, Vreni anzusehen. Er war sich nicht so sicher, wollte sie aber auch nicht auf Vorrat verunsichern.

»Und wenn schon«, sagte Vreni. »Was hältst du davon, wenn ich hier einziehe? Wir hätten mehr Zeit zusammen und könnten uns die Miete für meine Wohnung sparen. Viele Möbel habe ich nicht, mein Bett können wir in der Bibliothek in die Ecke beim Lift stellen.«

»Wenn es dich nicht stört, dass ich mitten in der Nacht mit kalten Füssen zu dir ins Bett steigen werde, bist du herzlich eingeladen. Wann willst du umziehen?«, fragte Eric.

»Nächste Woche, am Montag oder Dienstag. Ich schlafe aber heute schon hier. Ich muss bloss meinen Wecker holen, sonst komme ich morgen zu spät zur Arbeit.«

»Das eilt nicht, du kannst dich per Telefon wecken lassen, das funktioniert bestens. Ich brauche den Weckdienst nur selten, viel lieber schlafe ich aus. Das ist mit ein Grund, weshalb ich gerne in der Nacht arbeite.«

»Ich möchte, dass du möglichst bald auf die Tagschicht wechselst, damit wir die Abende gemeinsam verbringen können.«

»Pass auf! Wenn du mir Vorschriften machen willst, fühle ich mich im männlichen Stolz verletzt und werde also auf stur schalten. Ich habe nichts dagegen, wenn du dich um mich sorgst, aber du musst das so tun, dass es so aussieht, als hätte ich es mir gewünscht, und ich werde dir nie etwas vorzuwerfen haben.«

»Das werde ich mir merken, das ist clever.«

»Habe ich mal irgendwo gelesen. Es tönt nicht schlecht, aber wenn du es dir genau überlegst, ist es hoffnungslos stupid.«

Vreni schob seinen Kopf zur Seite, stand auf und holte das Telefon. »Hoy, Trix«, sagte sie, und es dauerte, bis sie wieder zu Wort kam. »Ja doch, mir geht es ausgezeichnet. Ich bin bei Eric, er ist und hat Klasse. Ich bleibe hier, du kannst also bei mir hausen, wenn du willst.« Sie machte eine kurze Pause und fügte hinzu: »Natürlich, mach was du willst. Wenn du nach Basel gehst, wirfst du mir den Schlüssel in den Briefkasten. Ich komme morgen nach der Arbeit schnell vorbei und hole ein paar Sachen ab. Ciao Trix, und überfordere deinen Boy nicht!«

Eric drehte einen Joint. Nachdem sie aufgelegt hatte, sah er sie fragend an.

»Trix hat einen der Jungs aus dem Chemins mitgenommen, als sie gesehen hat, dass ich mit dir abgezogen bin. Sie hat ihn vernascht, und er war hin und weg. Jetzt will sie noch ein paar Tage in Olten bleiben«, sagte Vreni.

»Hast du eigentlich ein Auto?«, fragte Eric gepresst.

»Ich besitze ein Velo. Zur Arbeit ging ich bisher zu Fuss. Ich werde mir aber ein Motorrad kaufen, denn im Dunkeln will ich nicht mit dem Velo dem Strich entlangfahren.«

»Ein Motorrad?«

»Ich habe das Hundertfünfundzwanziger-Billet. Ich bin eine Yamaha-Enduro gefahren, die ich verkaufte, als ich nach Basel zog. So etwas werde ich mir kaufen, oder vielleicht eine Vespa.«

»Bevor ich von Jean-Luc die alte Blanko-Neun übernahm, war ich immer mit der Honda unterwegs, im Schuppen hinter meinem Wohnwagen steht sie, eine alte Fünfhunderter Vierzilinder, nicht schlecht intakt und nicht sehr schwer. Wir können sie aufmöbeln lassen. Ich bin seit einem Jahr nicht mehr damit gefahren, aber wenn ich sie auf meinen Namen einlöse, brauche ich sie nicht einmal vorzuführen. Du musst dir bloss das Lernfahrbillet für die grossen Motorräder bestellen«, sagte Eric und reichte Vreni den Joint hinüber. Als er ihr Handgelenk zu fassen kriegte, zog er sie heran und küsste sie.

»Deine Lederjacke ist also nicht bloss Attrappe, wie ich dachte, als ich im Hof nirgends ein Motorrad entdeckte«, sagte Vreni. Es war dunkel geworden, und sie schaltete das Licht ein. »Lass uns essen gehen, ich sterbe bald vor Hunger, schliesslich muss ich für zwei essen, damit es unserer Kleinen auch an nichts fehlt.«

»Hast du keine Bedenken, dass es ihm schaden könnte, wenn du kiffst oder Alk trinkst?«, fragte Eric, während Vreni genussvoll inhalierte.

»Nein und nein. Natürlich werde ich mich nicht besaufen, und auch das Rauchen werde ich wohl einschränken. Aber ganz aufgeben werde ich weder das eine noch das andere. Wenn es mir gut geht und ich mich wohl fühle, dann gilt das auch für die Kleine. Das Kiffen wird ihr nicht schaden, sondern bereitet sie rechtzeitig auf die schönen Seiten des Lebens vor«, sagte Vreni schmunzelnd.

X

»Wir lassen die Kiste hier stehen, dann können wir nach dem Chemins noch auf die andere Stadtseite und nachher unten in der Bar 85 einen Schlusstrunk nehmen. Marco und Marianne haben bis um zwei Uhr offen. Ich hoffe, du musst morgen nicht um sieben auf der Redaktion sein«, sagte Eric und parkte den verbeulten gelben Wagen vor der Hauptpost.

»Wo denkst du hin, kein Problem. Wenn ich um neun einfahre, bin ich noch lange nicht die Letzte. Um halb zehn ist die erste Redaktionssitzung, bis dann bin ich auf jeden Fall fit«, sagte Vreni.

Nachdem Eric sein Konto am Postomat erfolgreich erleichtert hatte, spazierten sie Hand in Hand auf dem Trottoir der Unterführungsstrasse in Richtung Aarau. Nach dem breiten Eisenbahnviadukt bogen sie nach links zu einer wenig benutzten Treppe, die in die Stützmauer der Unterführung eingelassen war, ab. Sie waren es sich nicht gewohnt, ihre Schritte auf einen Partner abzustimmen, und sie mussten immer wieder kleine Zwischenschritte einlegen, damit die Harmonie ihrer Bewegungen stimmte. »Wir führen uns auf wie Teenager, die zum ersten Mal verliebt sind«, sagte Vreni, als sie um ein Haar zu Fall gekommen die Stufen raufstolperte.

Das Chemins war ein kleines Restaurant mit acht Tischen, vierzig Stühlen und einer kleinen Bartheke. Der Stammtisch, der in der Mitte der Wirtschaft gestanden hatte, war verschwunden, an seiner Stelle dominierte eine extravagante Stehbar, ähnlich den Skulpturen im ersten Stock. Aus einem massiven Sockel aus mattschwarzem Metall wuchsen sechs verdrehte Bündel aus fingerdicken grauschwarzen Armierungseisen, auf denen glänzende Stahlrohre aneinander geschweisst waren, bevor sie mit einem schweren Hammer flach geprügelt wurden. Vreni hatte erzählt, dass die Skulptur keinen offiziellen Namen besitze, doch hatte sich das Dock als gängiger Begriff schnell durchgesetzt.

Auf einem Hocker an der Bar sass Oli, ein junger Alkoholiker in fortgeschrittenem Stadium mit dünnen schwarzen Haaren und einem Frank-Zappa-Bärtchen, sein stutzerhafter dunkelblauer Reportermantel passte wie die Faust aufs Auge.

»Sali Eric, wie geht es? Du warst in den Ferien? Hast du mir etwas mitgebracht?«, fragte Oli mit einem Augenaufschlag erster Güte.

»Ciao Oli! Schau mich nicht so an! Du weisst genau, dass ich das nicht mag«, sagte Eric, und Oli versuchte tapfer, den Kopf zu heben.

»Wenn du willst, kannst du dir auf meine Rechnung eine Stange bestellen.«

»Ich wusste, dass ich mich auf dich verlassen kann, Eric«, Oli probierte ein Lächeln.

Die junge Frau mit den zentimeterkurzen Haaren, die hinter der Bar das Gespräch mit einem etwas einfältig wirkenden Lächeln mitverfolgt hatte, brachte Vreni und Eric, die sich so auf die Eckbank gesetzt hatten, dass beide das Restaurant überblicken konnten, die Speisekarte. Ohne Federlesen bestellten sie einen Halben Valpolicella, eine kleine Flasche Mineralwasser und zweimal das vegetarische Menü, das aus einer Kürbiscremesuppe, Spinatravioli an einer Gorgonzolasauce und einer Kugel Glace nach Wahl bestand. Ausser Oli, einem älteren Paar, das am Tisch gleich neben dem Eingang bereits über dem Dessert sass, und zwei jungen Frauen, die am Dock Bier tranken und offensichtlich Bekannte der Barfrau waren, gab es keine anderen Gäste, und es ging schnell, bis die Vorspeise serviert wurde.

Das Menü entsprach in etwa dem Standard, den das alte Kollektiv vorgegeben hatte. Während sie assen, füllte sich die Beiz allmählich. Bevor die Kellnerin das leere Geschirr des Hauptgangs abräumte und die Kaffeebestellung aufnahm, stellte sie sich vor. Sie hatte aufmerksam beobachtet, dass Eric und Vreni von einigen der neuen Gäste gegrüsst wurden.

»Ich bin Mireille«, sagte sie freundlich und jetzt selbstbewusst lächelnd. »Ich bin die Tochter von Ruth, der neuen Wirtin, und werde künftig öfters hier als Aushilfe arbeiten. Ich hoffe, das Essen war in Ordnung?«

»Freut mich Mireille. Du bist mir auf Anhieb bekannt vorgekommen, aber ich habe dich nicht erkannt«, sagte Eric und reichte ihr die Hand. »Als ich dich das letzte Mal gesehen habe, da warst du gerade fünf geworden. Das ist Vreni König und ich bin Eric Waser, ein alter Bekannter deiner Mutter. Das Essen war ausgezeichnet.«

Mireille räumte das Geschirr weg.

»Was ist eigentlich mit diesem Typ an der Bar los? Er ist oft hier, spricht kaum etwas, sitzt einfach hinter seinem Bier oder seinem

Kaffi Fertig und wartet, bis ihm noch jemand etwas bezahlt und darauf, dass die Beiz dicht macht.«

»Oli ist ein komischer Kerl. Vor etwa vier Jahren ist er hier aufgetaucht und seither sitzt er praktisch jeden Abend für ein paar Stunden an der Bar. Ein schlechter Kerl ist er nicht, aber bodenlos dumm und naiv ist er zweifelsohne. Er fällt noch heute auf jeden Kerl herein, der ihm etwas verspricht, und wird entsprechend regelmässig reingelegt. Als ich ihn einmal mit dem Taxi ins Männerheim brachte, weil er auf seinem Hocker eingeschlafen war und mich die Leute vom Kollektiv darum baten, war er ausnahmsweise gesprächig, und er erzählte mir, dass er seit seinem zwölften Lebensjahr in Heimen aufgewachsen war. Im Jugendheim wurde er als kleiner schmächtiger Junge schnell zum Liebling der grösseren Jungs, die ihre erwachende Männlichkeit regelmässig auf ihre Tauglichkeit überprüfen wollten. Von da an sei er nur selten ohne Schnaps, den sie ihm mitbrachten, ins Bett gegangen.«

Mireille brachte die Espressi und die Desserts.

»Später hat er in Zürich den Strich gemacht, bis er genügend Stammfreier hatte, die ihn aushielten. Manchmal verschwindet er auch jetzt für ein paar Tage, um dann meist in einer noch schlechteren Verfassung wieder aufzutauchen. Er ist ein lieber Kerl, doch manchmal wenn er genug, aber noch nicht zu viel getrunken hat und ihn einer anmacht, kann er plötzlich aggressiv werden. Aber so schnell diese gesunden Reaktionen kommen, so schnell sind sie wieder vorbei, und er fällt wieder in sein Brüten zurück.«

»Einmal ist er so auf Vince losgegangen, obwohl der bloss zu ihm gesagt hatte, er solle auf sich aufpasssen. Ohne Vorwarnung hüpfte er wie ein Frosch vom Stuhl und ging mit beiden Fäusten auf Vince los, der nur seine Arme ausstreckte und ihn auf Distanz hielt. Wenig später entschuldigte sich Oli bei Vince und fragte ihn beiläufig, ob er ihm nicht eine Stange bezahlen könne. Worauf Vince sich bedankte, dass Oli ihn nicht verprügelt hatte, und er bezahlte ihm ein grosses Bier. Da sah ich Oli das erste Mal lachen.«

Mit einer weissen Küchenschürze bekleidet und im Stil einer Landbeizenwirtin von Tisch zu Tisch gehend, begrüsste Ruth Känzig die mehrheitlich jungen Gäste. Den Tisch in der Ecke nahm sie sich zum Schluss vor.

»Hoy Vreni, sali Eric!«, sagte Ruth und drückte Eric drei Küsse auf die Wangen, bevor sie Vreni die Hand reichte. Mit einer ausladenden Geste deutete sie auf ihre Wirtsstube und fragte Eric: »Na, was hältst du davon, dass ich hier anpacke und mit meinen Partnerinnen den Laden wieder in Schwung bringe? Und wie gefallen dir meine neuen Geschöpfe?«

Ruth war eine bekannte Kunstmalerin und Bildhauerin. In den letzten Jahren hatte sie vor allem Skulpturen aus handelsüblichem Baumaterial hergestellt. Zu der grossen Gilde mit Jeannot Tinguely oder Bernhard Luginbühl war sie nie aufgestiegen, aber sie war mit ihrem vorwiegend inländischen Renommee zufrieden. Wer sie mit der Kochschürze in der Beiz stehen sah und sie nicht kannte, konnte sich schwer vorstellen, dass dieses scheinbare Hausmütterchen auf ihrem Schrottplatz mit Schweissapparaten und schweren Hämmern hantierte. Sie war auch ein fester Wert in der linksalternativen Szene. Eric kannte sie, seit er sich gegen den Bau des Atomkraftwerks Gösgen engagiert hatte. Sie waren selten gleicher Meinung gewesen, doch sie hatten sich gut verstanden.

»Jetzt weiss ich, warum du Mireille unter Verschluss gehalten hast. Ich habe sie nicht erkannt. Sie wird den Jungs hier ganz schön den Kopf verdrehen. Aber ich nehme an, du hast nicht sie gemeint. Das Dock macht sich gut, es scheint festgefahrene Strukturen aufzubrechen. Auch die Bar ist nicht übel. Aber seit wann kannst du so gut kochen?«, fragte Eric.

»Kann ich nicht. Ich erhitze nur, was Manuel pfannenfertig vorbereitet hat. Aber es freut mich, das es dir geschmeckt hat. Vreni, ich hoffe, auch du warst zufrieden?«

»Oh ja, bloss die Suppe war nicht mein Geschmack. Aber ich schätze es sehr, dass bei jedem Menü ein Dessert dabei ist«, sagte Vreni.

Ruth wurde von Mireille in die Küche gerufen. Die Kinos leerten sich, und im Chemins wurde es langsam eng. Eric bezahlte bei Mireille, die jetzt ununterbrochen hin und her wetzte, und sie verliessen die Beiz durch den Hinterausgang, da beide austreten mussten.

Diesmal gingen sie durch die mit Kacheln ausgekleidete Fussgängerunterführung beim Winkel, wie die neuere Überbauung mit dem Hotel Olten und einem guten Dutzend kleinerer Läden hiess. In dieser Unterführung befand sich auch die Bar 85, deren Fensterfront mit zugezogenen Vorhängen versehen war. Sie gingen an der Bar vorbei in Richtung der steinernen Wildsau, die am Ende des Tunnels auf einem kleinen künstlichen Hügel über der kleinen Grünanlage am Aareufer zwischen dem Restaurant Walliser Kanne und dem Kopf der mittelalterlichen Holzbrücke stand. Ohne Vorwarnung rannte Vreni davon und schwang sich auf den Rücken des Schwarzkittels. Nachdem sie eine hochnäsige Reiterin gemimt hatte, lehnte sie sich vor, legte ihren Oberkörper nahe an den Hals der Skulptur und ritt einen wilden Schlussspurt eines imaginären Wildsaurennens.

»Hü! Alte Sau! Allez, cochon! Come on, darling! Du willst doch nicht gegen diesen stinkenden Eber verlieren, der von hinten anzuschnaufen kommt!«, schrie sie auf die Aare hinaus. Mit den Fersen trat sie gegen die Flanken der Wildsau, streckte die rechte Faust in den dunklen Himmel und rief im Stil einer live berichtenden Radioreporterin: »Und wieder gewinnt Vreni König auf Wild Wild Piggy mit überlegenem Vorsprung! Ihren Verfolgern bleibt wie schon die ganze Saison nur noch der Kampf um Platz zwei!«

Eric hob sie herunter, und die wenigen Passanten, die stehen geblieben waren, gingen weiter.

XI

Händchen haltend spazierten sie über die Holzbrücke, an der Turmapotheke und der Waffenhandlung vorbei, und betraten neben der städtischen Jugendbibliothek das Restaurant Stadtbad. Im vorderen Teil des kleinen T-förmigen Restaurants sassen wie üblich einige Rentner bei Zigarren und Bier am Jassen und im hinteren, breiten Teil war einer der vier Tische mit Lehrlingen besetzt. Am runden Stammtisch sassen Heinz Stalder, der AZ-Redaktor, und Claude von Büren vor einem Bier. Ruedi Kaspar, der unter anderem als Kantonsrat und als Präsident der städtischen Sozialdemokraten amtete, nippte an einem Glas Rotwein. Eric wollte Vreni vorstellen, doch das erübrigte sich.

Eric kannte alle drei schon lange. Heinz hatte er in der Kantonsschule kennen gelernt, als sie einen Sommer lang mit einer zusammengewürfelten Schülermannschaft an regionalen Grümpelturnieren für Furore gesorgt hatten. Später hatte Heinz in Zürich nacheinander Geschichte, Germanistik, Ethnologie und Jura studiert, bevor er ohne Abschluss bei der AZ eingestiegen war. Claude stammte aus einer alten freisinnigen Familie und war als glühender Trotzkist der Rebell der Familie gewesen. Ein Onkel war Oberrichter und sein Vater Präsident der kantonalen Schützengesellschaft. Ruedi, mit seinen gut fünfzig Jahren der Älteste der Runde, war vor vielen Jahren aus dem Berner Oberland eingewandert, hatte sich in der SP engagiert und es bis zum Präsidenten des Kantonsrats gebracht. Er hatte keine Berührungsängste gegenüber radikal Linken, obwohl er selbst einen bedächtigen Politstil pflegte und ein Realpolitiker von altem Schrot und Korn war.

»Na Eric, geht es dir so schlecht, dass du mit Leuten aus der Oltner-Zeitung-Redaktion ausgehen musst?«, fragte Heinz. Seine Ironie war manchmal leicht zu überhören.

»Logisch wäre es mir lieber, wenn Vreni bei euch arbeiten würde, aber das ist ihre Sache, und was nicht ist, kann ja noch werden, falls es euch nächstes Jahr noch gibt«, sagte Eric.

»Du siehst das zu eng, Hene. Es ist doch nützlich, Verbündete auf der anderen Seite zu haben. Ich werde mich jedenfalls freuen, wenn du wieder einmal im Kantonsrat auftauchst, Vreni«, sagte Ruedi.

»Deshalb wird aus der reaktionären Oltner Zeitung noch lange keine richtige Zeitung. Ich lasse mich nicht von diesen schönen blauen Augen täuschen. Auch wenn ich gerne zugebe, dass auch ich lieber in den Gemeinderat gehen würde, wenn Vreni an Stelle des schwarzen Meyer auf der Journalistenbank sässe«, sagte Claude.

»Dass ihr euch da nicht die Finger verbrennt«, sagte Eric.

»Keine Angst. Ich tausche doch meinen König nicht gegen einen Hofnarren ein«, sagte Vreni.

»Das sind harte Töne!«, sagte Claude.

»Du warst weg, Eric. Hast du deine Fiche schon bestellt?«, fragte Heinz, um dem Gespräch eine andere Richtung zu geben.

»Nein. Ich weiss noch nicht, ob ich dieses Spiel mitmachen will.«

»Was heisst Spiel? Durch diese Fichen haben etliche Leute ihre Jobs verloren oder nicht bekommen. Natürlich musst du deine Fiche bestellen. Je mehr Informationen wir über den Schnüffelstaat bekommen, umso besser können wir gegen ihn antreten. Wir haben ein regionales Komitee gegründet und wollen möglichst alle

Fichen der hiesigen Linken sammeln. Durch Quervergleiche können wir den Spitzeln auf die Spur kommen, die auf allen Fichenkopien, die man bisher zu Gesicht bekam, eingeschwärzt waren«, sagte Claude.

»Wer ist wir?«, fragte Eric.

»Betroffene Organisationen und Einzelpersonen der Gegend. Du kannst gerne mitmachen, wir könnten dich gut gebrauchen.«

»Danke für die Nachfrage.« Eric winkte ab. »Ich bin skeptisch. Im Fichen-Fritz habe ich Ausschnitte aus Zeitungskommentaren bürgerlicher Zeitungen gelesen. Mir ist aufgefallen, dass die Hauptkritik vor allem dem Dilletantismus der Schnüffler galt, und daneben hat die Kommentatoren gestört, dass so viele unbescholtene Bürger betroffen waren. Grundsätzliche Kritik an der Überwachung von Leuten, die wirklich etwas ändern wollen, habe ich jedoch keine gelesen. Das wären wirklich neue Töne gewesen.«

»Da hast du Recht, doch wir müssen jetzt den Wind, den dieser Skandal entfacht hat, für uns nutzen und dafür sorgen, dass diese Geschichte ganz genau aufgearbeitet wird«, warf Ruedi ein.

»Das ist der andere Aspekt, der stinkt. Ausgerechnet die Sozialdemokraten, die seit Jahrzehnten im Bundesrat sitzen und in etwa sechs Kantonen, auch hier im Kanton Solothurn, die Polizei- und Militärdirektoren stellen, übernehmen die Federführung des Komitees, das sich gegen diese Art der staatlichen Repression auflehnt. Da werden sich alle die vermeintlichen und echten Kommunisten freuen, die in den fünfziger und sechziger Jahren auf Druck der Sozialdemokraten, die ihre Regierungsfähigkeit beweisen mussten, aus den Gewerkschaften ausgeschlossen und so endgültig zu Freiwild auf dem freien Markt wurden. Von wegen gründlicher Aufarbeitung: ich kann mich nicht erinnern, dass die Sozialdemokraten diese Politik einmal ernsthaft diskutiert, geschweige denn verurteilt haben«, erregte sich Eric.

»Das kann man nicht vergleichen. Diese innerlinke Kommunistenhatz passierte in der Hochzeit des Kalten Kriegs und ist schon lange vorbei, aber ich finde trotzdem, dass sie falsch war, auch wenn es nicht ganz so schlimm war, wie du das angetönt hast. Und was die Regierungsbeteiligung betrifft, so kann ich dir versichern, wenn die SP nicht dabei gewesen wäre, hätten die Schnüffler noch ungehemmter gewütet«, verteidigte sich Ruedi.

»Das ist doch bloss die übliche Phrase«, sagte Eric.

»Die Politische Polizei fichierte praktisch die ganze SP-Fraktion, da kannst du es ihnen nicht verwehren, sich gegen den Schnüffelstaat zu engagieren. Abgesehen davon sind auch einige renommierte unabhängige Linke im Ausschuss des Komitees vertreten, und praktisch alle linken und ökologischen Organisationen und Soli-Gruppen sind dabei, die lassen sich doch von der SP nichts vorschreiben«, sagte Heinz.

»Ach was. Die meisten dieser Organisationen sind personell oder finanziell mit der SP verbandelt. Andere arbeiten mit den Grünen zusammen, die schon seit Jahren versuchen, die SP rechts zu überholen. Die wenigen autonomen Gruppierungen werden von den Genossen ideologisch an die Wand gedrückt und dürfen sich gerade noch als Fussvolk bei der Unterschriftensammlung auf der Strasse wichtig fühlen. Nein, ich traue diesem Skandal nicht. Noch vor ein paar Jahren haben die gleichen Zeitungen, die jetzt so viel Lärm machen, einen Leserbrief nicht abgedruckt, in dem darüber geklagt wurde, dass ein linker Lehrer aus politischen Gründen eine Stelle nicht bekam. Das fand man völlig in Ordnung.«

»Das ist doch Käse«, warf Claude ein.

»Das sagst ausgerechnet du. Wer hatte früher die grösste Paranoia, wenn nicht die Revolutionären Marxisten der vierten Internationalen? Es brauchte keine Fichen, damit linke Lehrerinnen oder Dienstverweigerer keine Stellen bekamen. Die Mentalität der Schulpflegen hat durchaus gereicht. Was hier als Skandal bezeichnet wird, ist doch nichts anderes als der schriftliche Bodensatz der herkömmlichen und öffentlich kultivierten Linkenhatz, wie du sie überall finden kannst. Erinnert ihr euch an das Zivilverteidigungsbüchlein, das in den Sechzigern in alle Haushaltungen verteilt wurde: ›Seid wachsam! Der Feind hört mit‹? Der Feind waren wir. Wenn sich heute gestandene Linke, die vor Jahren die Schweiz als Aktiengesellschaft mit einer scheinheiligen Sonntagsdemokratie kritisierten, nicht entblöden, öffentlich zu behaupten, wegen dieser Fichen sei die Demokratie der Schweiz in Gefahr, zweifle ich nicht mehr daran, dass wir uns in einer Zeit der verheerendsten politischen Regression befinden.«

»Was soll daran blöd sein?«, fragte Heinz.

»Demokratie? Du lebst vielleicht schon zu lange unter der Käseglocke der gut bezahlten schreibenden Zunft, Hene. Wer sich auch nur einmal ausserhalb der bürgerlichen Leitplanken bewegt hat, sollte doch wissen, was von den Sprüchen der professionellen Geschichtsverdreher zu halten ist, die von Leuten angestellt werden, die ihre Wiederholungskurse als Offiziere der militärischen Abteilung Presse und Funkspruch, die im Kriegsfall als Zensurbehörde und oberster Stab für staatliche Desinformation amtiert, absolvieren. Die Schweiz braucht keine offizielle Zensur, weil in den relevanten, also bürgerlichen Medien die Milizoffiziere der APF als Vollstrecker des vorauseilenden Gehorsams zum Rechten schauen. Wenn dieser Skandal also vor allem von bürgerlichen Medien vorangetrieben wurde, dann stellt sich doch die Frage: Wer ist an diesem Skandal so interessiert? Ist es ein Ablenkungs- oder ein Einschüchterungsmanöver? Helfen die Medienoffiziere ihren Freunden von der Justiz, Altlasten zu entsorgen, weil die ihre Maschine auf EDV umgestellt haben? Das Geschwätz über die mangelnde Gesetzesgrundlage der Schnüffler wirkt, als ob man die fehlende Legitimität dazu benutzen wird, um neue Gesetze vorzulegen, die den Schlapphüten noch mehr Kompetenzen geben werden.«

»Wenn du den Skandal erlebt hättest, würdest du das nicht behaupten. Die Empörung ist gross und die öffentliche Meinung ganz auf unserer Seite«, sagte Ruedi.

»Erinnert ihr euch an die Vernichtungsaktion gegen die Fahrenden, die man zynischerweise Hilfswerk für die Kinder der Landstrasse nannte? Ich will euch nicht damit nerven, dass sich nur wenige Linke für die Fahrenden einsetzten, ich will auf etwas anderes hinaus. Obwohl man spätestens seit Mitte der siebziger Jahre von diesem staatlichen Verbrechen gegen die Menschheit wusste, wurde bis heute niemand dafür bestraft. Alle diese Schwerverbrecher blieben in Amt und Würden, keiner stand deswegen vor Gericht. Die faschistische Grundhaltung der schweizerischen Bürokratie wurde nie gebrochen. Warum sollte es mit den Politschnüfflern anders verlaufen? Gab es einen Machtwechsel in der Schweiz, den ich auch verpasst habe? Nein, nein. Vielleicht entlässt man zwei, drei Sündenböcke, für die aber gut gesorgt wird. Ich wette hundert zu eins, auch in zehn Jahren werden wir keinen Spitzel enttarnt haben, und keiner der Drahtzieher dieser flächendeckenden Überwachung wird für seine Übeltaten gerichtlich belangt werden. Kein Staat der Welt gibt freiwillig seine Geheimdienstakten heraus.«

Vreni war von Erics leidenschaftlichem Statement überrascht, und während sie lauschte, schaute sie sich die Runde genauer an. Claude hatte ein weiches pausbäckiges Gesicht mit sandfarbenen Augen, die konzentriert auf Eric gerichtet waren. Trotz der schwarzen Jeansjacke, die er über einem weissen T-Shirt trug, machte er den Eindruck eines erwachsenen Sonntagsschülers. Ruedi war ein drahtiger Typ mit Glatze und einem gepflegten blonden Schnauz. Bei Erics Attacke auf die Partei lächelte er. Heinz rauchte ununterbrochen. Mit den schwarzen krausen Haaren, dem Drei-Tage-Bart und der schwarzen Hornbrille sah er ein wenig aus wie ein anarchistischer Student aus den frühen Siebzigern. Er hörte aufmerksam zu, behielt dabei aber immer die ganze Runde im Blick.

»Ich glaube nicht an eine Verschwörungstheorie«, sagte Claude. »Die Zeiten haben sich einfach grundlegend verändert, und ich habe den Eindruck, du gefällst dir darin, der Einzige zu sein, der das nicht begriffen hat. Die Mauer in Berlin ist gefallen. Der Kommunismus ist tot. Das heisst, dass auch bei uns der Kalte Krieg vorbei ist. Du hast Recht, wenn du sagst, dass es früher wegen dieser Fichen keinen Skandal gegeben hätte, aber dein Rundumschlag gegen die Demokratie in der Schweiz ist eine ausgeleierte Klamotte.«

»Bloss weil eine Mauer gefallen ist, hat sich nicht alles verändert. Erinnerst du dich, wie du vor Jahren mit dem ›Panzerknacker‹ in der Hand auf der Holzbrücke die Passanten für den Kampf gegen die bürgerliche Gesellschaft, gegen den Kapitalismus, gewinnen wolltest? Ich war nie ein Genosse, ihr wart mir zu katholisch, doch ich kann mich an einige richtige Analysen in euren Blättern erinnern. Das herrschende System hat sich seither kaum verändert. Natürlich entwickelt es sich laufend, das hat schon Marx geschrieben, aber die grundlegenden Gesetzmässigkeiten sind noch immer die gleichen. Auch du bist der gleiche Oberlehrer geblieben, nur kümmerst du dich heute statt um Solidarnosc um die Kehrichtsackgebührenverordnung. Und deine Zunge ist noch immer schärfer als dein Verstand.« Eric konnte ebenfalls auf den Mann spielen.

»Das ist mir zu einfach«, mischte sich Heinz ein. »Du darfst nicht die parlamentarische gegen die ausserparlamentarische Arbeit ausspielen. In der täglichen Realpolitik müssen wir versuchen, unsere praktischen Ziele zu realisieren. Gleichzeitig müssen wir aber aufzeigen, dass wir eine andere Gesellschaft wollen. Wenn du nur theoretische Reden am Stammtisch schwingst, erreichst du gar nichts!«

»Es wäre falsch, sich ausgerechnet jetzt darüber zu streiten, welches der richtige Weg ist. Da lachen sich unsere Gegner doch ins Fäustchen«, versuchte Ruedi zu schlichten. »Wenn wir uns gegenseitig bekämpfen, statt gemeinsam zu versuchen, den Schnüffelstaat zu bodigen, dann besorgen wir das Geschäft unserer Gegner gleich selbst.«

Eric war nicht bereit, auf Harmonie zu machen. »Nein. Man kann nicht gemeinsam kämpfen, wenn man grundsätzlich verschiedene Ziele hat und unterschiedlich stark ist, ohne dass früher oder später der Mächtige den Kleinen unterdrückt. Ich behaupte, dass der Kapitalismus ohne die staatlichen repressiven Kräfte im Krisenfall keinen Tag überleben kann. Also müssen wir uns auf alle denkbaren Polizei- und Militärstrategien einstellen, solange es uns nicht gelungen ist, den Kapitalismus zu überwinden. Bevor etwa die Grossbanken, die Versicherungskonzerne und die Nahrungsmittel- und Pharmamultis nicht in demokratischen Gemeinbesitz überführt sind, werden jene, die sich dafür einsetzen, zu jeder Zeit mit allen zur Verfügung stehenden Mitteln bekämpft, egal ob es dafür eine entsprechende Gesetzesgrundlage gibt oder nicht, egal ob die SP mit an der Macht ist oder nicht.«

»Ausgerechnet jetzt, wo für den Hinterletzten offensichtlich wurde, dass der realexistierende Sozialismus mit seiner stalinistischen Staatsindustrie wirtschaftlich, ökologisch, vor allem aber ideologisch kollabiert ist, kommst du und faselst von demokratischem Gemeinbesitz. Du blendest einfach aus, was dir nicht in den Kram passt. Wenn die Linke die Realität, und das ist und bleibt in der Schweiz auf absehbare Zeit die soziale Marktwirtschaft, nicht akzeptiert, wird sie in Zukunft überhaupt keine Rolle mehr spielen!«

»In der Schweiz! Was interessiert mich die Schweiz?«, wandte Eric trocken ein, doch Claude fuhr ungerührt fort. »Ist es das, was du willst? Lieber in Schönheit sterben, als in mühsamer Arbeit kleine Verbesserungen zu erzielen?«

»Auch wenn es die ultimative Mode ist, vom Ende der Geschichte zu sprechen, bin ich nicht bereit den Kopf abzugeben. Abgesehen davon bin ich mir nicht sicher, ob der Westen mit seinem Hurrageschrei nicht auf die letzte List der Sowjetkommunisten hereinfällt. Wie sagte doch der legendäre Lenin sinngemäss: Manchmal muss man einen Schritt zurückmachen, damit man anschliessend zwei Schritte vorwärts kommt. Solange in Berlin die Mauer stand, verhinderte der Kalte Krieg jede politische oder soziale Umwälzung im anderen Lager, weil das einen Atomkrieg zur Folge gehabt hätte«, sagte Eric.

»Du willst auch noch die Niederlage der Sowjetunion als Finte der Kommunisten schönreden. Jetzt übertriffst du dich selbst, Eric. In den nächsten zehn, zwanzig Jahren wird es in ganz Osteuropa keine kommunistische oder sozialistische Regierung mehr geben, so sehr haben deine Genossen abgewirtschaftet«, warf Heinz ein.

»Was sind zehn, zwanzig Jahre, wenn du in historischen Dimensionen denkst. Warte nur ab, bis die Menschen in den Ländern des Ostens ihre Erfahrungen mit den Strukturanpassungsmassnahmen des Internationalen Währungsfonds gemacht haben, bis die Leute das Brot, den Strom, die Mieten oder die öffentlichen Verkehrsmittel nicht mehr bezahlen können. Nein, die Sowjetunion war kein idealtypischer kommunistischer Staat, aber im Vergleich zu dem, was ihnen jetzt blüht, werden die Leute den realen Sozialismus bald als wirtschaftliches Paradies in Erinnerung behalten. Es gibt keinen besseren Propagandisten der kommunistischen Revolution als der Kapitalismus. Wo das organisierte Kapital hintritt, wächst bald kein Gras mehr. Nein, auch wenn es im Moment aussieht, als sei die revolutionäre Linke endgültig geschlagen, haben sich die objektiven Voraussetzungen für eine globale Revolution, an deren Ende eine weltweite sozialistische Planwirtschaft stehen wird, weil die Menschheit nur auf diese Weise zivilisiert überleben kann, schlagartig verbessert. Aber natürlich, das Kapital wird das Schlachtfeld nicht kampflos räumen, und wir werden in den nächsten zehn oder zwanzig, vielleicht auch dreissig oder vierzig Jahren unermüdlich Sisyphusarbeit leisten, und wir werden noch viele Niederlagen einstecken müssen, bis wir nach der Revolution ernsthaft daran gehen können, die Folgen des Kapitalismus, die weltweiten Geisseln des Hungers und der absoluten Armut, die massenhafte Verelendung in den Slums und den Favelas, die hundslausige Gesundheitsversorgung in allen Teilen der Welt, aber auch die verheerenden ökologischen Schäden, welche die stupide Überproduktion von blödsinnigen Konsumgütern für eine kleine kapitalkräftige Minderheit von versnobten weissen Idioten weltweit hinterlassen hat, zu beseitigen«, wetterte Eric, ohne sich um das schiefe Grinsen von Claude oder Heinz zu kümmern.

»Ich kenne viele Linke, aber keine Handvoll würde deine Argumente unterstützen«, sagte Claude lächelnd.

»Woran willst du denn anknüpfen, wenn du von der Überwindung des Kapitalismus sprichst, jetzt wo der Staatssozialismus den Bankrott anmelden musste? Bisher hat die revolutionäre Linke doch nur spektakuläre Niederlagen eingefahren, die bloss die Reaktion gestärkt haben«, sagte Ruedi, und aus seinem Tonfall ging nicht hervor, ob er es nicht bloss rhetorisch meinte.

»Ich bin mir nicht sicher, ob du damit auf den Landesstreik von Neunzehnhundertachtzehn anspielst. In diesem Fall stimme ich deiner These zu«, sagte Eric lächelnd. »Die bedingungslose Kapitulation des Oltner Komitees, in dem sich bereits gut etablierte Sozialdemokraten durchsetzen konnten, war tatsächlich eine Katastrophe, auch wenn der Streik natürlich keineswegs revolutionär war. Bloss weil die Armee mobilisiert worden war und weil der Bundesrat die Streikleitung persönlich haftbar gemacht hatte, gab das Oltner Komitee hasenfüssig auf. Diese Niederlage, ohne wenigstens zu kämpfen, hatte tatsächlich eine nachhaltige Schwächung der Linken zur Folge. Aber du wolltest eigentlich etwas über positive linke Ereignisse hören, nicht wahr?«

»Kennst du denn wirklich welche?«, fragte Ruedi sarkastisch. Erics Angriff auf das Oltner Komitee hatte ihn getroffen.

»Natürlich! Allein in Europa gab es drei wichtige historische Ereignisse, die durch spontane Selbstorganisation der Massen zukunftsweisend waren. Das ist allen voran die Pariser Kommune von Achtzehneinundsiebzig, dann die russische Revolution und nicht zuletzt die anarchistische Revolution in Spanien von Sechsunddreissig. Aus den Fehlern, die zum Scheitern dieser emanzipatorischen Projekte geführt haben, werden wir die richtigen Schlüsse ziehen müssen, damit die nächste Revolution gelingt«, dozierte Eric.

»Du klingst, als wärst du in einem anarchistischen Kaderkurs gewesen«, feixte Claude.

»Allein deine Sprache entlarvt dich als fabulierenden Ignoranten«, biss Eric zurück.

»Das tönt ja schön und gut, aber welche Fehler meinst du konkret?«, fragte Ruedi. Vreni war es, als zwinkerte er flüchtig zu Claude hinüber, während Eric sich eine Zigarette anzündete.

»Eine der wichtigsten Lehren der russischen Revolution ist sicher, dass man den Sozialdemokraten nicht trauen darf. Hätten die deutschen Sozialdemokraten die Revolution in Deutschland nicht verraten, wäre der Sozialismus keine Utopie geblieben.«

»Da kommt mir noch so ein verstaubter Spruch in den Sinn, der früher die Runde machte: Wer hat uns verraten? Die Sozialdemokraten! Wer verrät uns noch? Die POCH! Wer verrät uns nie? Die Anarchie!«, sagte Heinz.

»Ihr wisst sicher, dass sich Lenin und Trotzki vor der Revolution einig waren«, sprach Eric ungerührt weiter, »dass der Sozialismus nicht möglich wäre, ohne dass er sich weltweit durchsetzt, bis sie sich gezwungen sahen, es trotzdem zu versuchen, und scheiterten. Zudem haben uns Lenin und seine Mitstreiter gelehrt, und sie haben es in der Tat bewiesen, dass der unbedingte Wille zur Revolution zwingend ist, dass es nötig ist, die Macht in die Finger zu kriegen, um sie gegen die militanten Feinde der Revolution einsetzen zu können. Sonst gibt es bloss eine Revolte und keine Revolution. Die Bolschewisten haben uns aber auch demonstriert, dass niemals die klandestinen Strukturen einer verbotenen Partei für staatliche Strukturen Pate stehen dürfen. Darüber hinaus hat nicht zuletzt der Untergang der Sowjetunion bewiesen, dass die Parteidiktatur nicht nur politisch verwerflich, sondern auch ökonomisch tödlich ist.«

»Ich kann mich an andere Töne von dir erinnern. Du warst nie ein Freund von Lenin, und von Trotzki schon gar nicht. Hast nicht du immer betont, dass ausser Hitler und seinen Mordgesellen niemand so viele Kommunisten und Anarchisten auf dem Gewissen hat wie Stalin«, unterbrach ihn Claude.

»Du bringst wie gewohnt alles durcheinander. Ja, das habe ich gesagt und sage ich noch immer. Aber ich habe immer auch angefügt, dass man nicht über Stalin sprechen darf, ohne zu erwähnen, dass ohne die Sowjetunion die deutschen Herrenmenschen wahrscheinlich auf Jahrzehnte hinaus ganz Europa beherrscht hätten. Man muss davon sprechen, dass die Nazis ihren Plan, alle Juden in Europa zu ermorden, mit deutscher Gründlichkeit zu Ende geführt hätten, wenn die kommunistischen Sowjets sie nicht geschlagen hätten. Es war die Rote Armee, die Auschwitz befreite, und das Symbol der Roten Armee war ihr Oberbefehlshaber Stalin. Die Deutschen hassen Stalin ganz besonders, weil die Rote Armee die abgrundtiefe Menschenverachtung der deutschen Nazis nach der Befreiung der wenigen Überlebenden von Auschwitz vor den Augen der Weltöffentlichkeit enthüllt hat und nicht weil Stalin ein verdammter Kommunistenfresser war. Gegen Lenin hatte ich nie viele grundsätzliche Einwände, auch wenn mir seine Kritik über die radikale Linke als Kinderkrankheit des Kommunismus nur wenig gefiel. Seit ich aber kürzlich Jan Morgenthalers Buch ›Lenin Dada‹ über Lenins Aufenthalte im zürcherischen Cabaret Voltaire, wo er sich mit den Dadaisten vergnügte, las, fühle ich mich mit ihm auf eine gewisse Weise wesensverwandt, erst recht, als ich im selben Buch las, dass er als Generalsekretär der KPdSU in den zwanziger Jahren einen persönlichen Assistenten hatte, der nichts anderes zu tun hatte, als ihn regelmässig mit selbst gesammelten psychoaktiven Pilzen zu versorgen. An was du dich zu erinnern glaubst, Claude, ist, dass ich die doktrinären Leninisten von der POCH nicht mochte, sowenig wie euch Trotzkisten oder die nicht weniger verbohrten Maoisten, aber auch erklärte Anarchisten waren selten meine Busenfreunde. Ich war nie einer und ich bin auch jetzt kein -ist, ich bin der -er, ich bin der Waser!« Eric lachte.

»Um auf Ruedis Frage zurückzukommen. Für die Niederlage der Pariser Kommune war zentral, dass eine Revolution nur dann erfolgreich sein kann, wenn sie sich die nötigen Mittel nimmt, wenn sie sich des Staatsschatzes bemächtigt, sonst verhungert sie bald, und sie kann zudem keine wirksame Verteidigung organisieren, während sich die Reaktion mit dem Staatschatz konterrevolutionäre Truppen en masse kaufen kann. Im antifaschistischen Krieg der teilweise revolutionären spanischen Republik hingegen zeigte sich, dass im Notfall auf die Hilfe befreundeter Staaten kein Verlass ist. Nicht nur die legendären vorsintflutlichen Gewehre mit der unpassenden Munition, die Stalin den internationalen Brigaden geliefert hatte, auch die Tatenlosigkeit von England, Frankreich oder der USA, die ihre Hände auch dann noch in den Schoss legten, als der faschistische Putschgeneral Franco von Hitlers Legion Condor unterstützt wurde, war mitschuldig an der Niederlage der spanischen Republik.«

»Und wie willst du verhindern, dass sich nach der Revolution nicht wieder ein neuer Stalin zum blutigen Diktator aufschwingt?«, fragte Heinz mässig interessiert.

»Eine sozialistische Revolution ist heute nur als Weltrevolution denkbar. Nur wenn es gelingt, das Kapital auf der ganzen Linie zu schlagen, können wir einen absolut verheerenden Krieg verhindern. Das Phänomen Stalin war auch in der UdSSR nur denkbar, weil die Sowjetunion seit den ersten Tagen der Revolution von reaktionären Mächten angegriffen wurde. Ein anderes Element ist sicher das, dass wir keinen Einparteienstaat zulassen dürfen. Wir brauchen Organisationen, die sich zwar im konkreten Ziel einer globalen sozialistischen Gesellschaft einig und von der Notwendigkeit einer emanzipatorischen Revolution überzeugt sind, die sich aber in ihren Philosophien unterscheiden, die miteinander um die Antworten auf die konkreten Probleme der Zeit streiten. Wir brauchen inhaltliche Debatten, öffentliche Auseinandersetzungen und viele linke Zeitungen. Gleichzeitig müssen sich all diese Linken jedoch über die Grundziele der Revolution einigen, sich in einer internationalen Organisation zusammenfinden und die Gewerkschaften zu wirkungsvollen internationalen Streikaktionen mobilisieren, die den Auftakt bilden zum globalen Generalstreik, mit dem die revolutionären Forderungen durchgesetzt werden. Idealtypisch gesprochen, natürlich.«

»Feierabend, letzte Runde!«, dröhnte es laut und herrisch wie ein Signalhorn der Kavallerie quer durch die Beiz. Der Wirt des Stadtbads stand wie ein stolzer gallischer Hahn mit gespreizten Beinen vor der Theke. Der Bierbauch spannte das speckige Unterhemd. Die Daumen hatte er unter die Hosenträger geklemmt, und der Wirt genoss seinen Auftritt als oberste Autorität der kleinen Beiz wie ein absolutistischer Herrscher den Triumphzug. Noch einmal schmetterte er sein Lieblingswort über die Köpfe der Gäste hinweg, und die Kellnerin nahm die letzten Bestellungen des Abends auf.

»Fünf Stangen?«, fragte Ruedi über den Tisch. »Ich bezahle eine Runde. Es freut mich, dass Eric, unser radikalinski kommunisti wieder Leben in unsere Diskussionen bringt.«

Eric zündete sich eine Zigarette an, Ruedi gab die Bestellung auf, Claude ging auf die Toilette, und Vreni nutzte die Gelegenheit, zu Wort zu kommen.

»Heinz, wie schafft ihr es bloss, mit einer knapp halb so grossen Redaktion eine gleich dicke Zeitung zu produzieren wie wir. Seid ihr da nicht permanent am Anschlag?«

Heinz beeilte sich mit seiner Antwort, denn er wollte Eric keine Gelegenheit zu einem Kommentar geben. »Ich denke schon, dass bei uns alle mehr und schneller arbeiten. Doch wir erhalten die Inland- und Auslandseiten und den Sport von auswärts, und wir können auf fertig produzierte Seiten der Gewerkschaften zurückgreifen. Aber klar, wenn du über den Kantonsrat berichten musst, hast du Stress. Die tagen bis gegen zwölf, und bei uns ist für die Innenseiten bereits um zwei Redaktionsschluss. Wir produzieren, wenn einer allein da ist, eine Seite und zwei volle Seiten, wenn wir zu zweit hingehen. Ich kann dir sagen, da lernst du verdammt schnell tippen, und was schwieriger ist, auf die Zeile zu schreiben.«

»Wie meinst du das, auf die Zeile schreiben?«, fragte Vreni.

»Wir kennen ja die Themen, die im Kantonsrat behandelt werden im Voraus, und wir wissen ziemlich genau, wie der Laden läuft, welche Geschäfte zu reden geben werden und wer etwa welche Positionen vertritt. Deshalb planen wir die Seiten voraus. Du weisst genau, wie viel Platz du für welchen Artikel hast, damit du später bei der Seitengestaltung keine grösseren Probleme kriegst. Auf die Zeile schreiben heisst also, den vorgegebenen Platz möglichst genau auszufüllen.

Aber sicher, wir arbeiten härter und länger als ihr, und wir werden erst noch schlechter bezahlt. Abgesehen davon, dass ich nicht für eine so konservative Zeitung und ganz sicher nicht für einen reaktionären Scheisskerl wie Holzmann arbeiten würde, bei der AZ habe ich zwar mehr Stress, aber auch mehr Spass. Hier kann ich mitbestimmen, wie die Zeitung aussieht, hier kann ich meine eigenen Kommentare schreiben, meine Sicht der Dinge öffentlich machen, und ich habe keinen Chefredaktor, der an meinen Artikeln rumfummelt.«

»Das tönt nicht schlecht, aber ihr bietet leider keine Stages an, und Mitglied der SP will ich auch nicht werden«, sagte Vreni.

»Ich bin auch nicht SP-Mitglied. Wenn du dich nach deinem Stage bei uns bewirbst, wirst du gute Chancen auf den Job haben. Ich werde dich jedenfalls im Auge behalten«, sagte Heinz im Stil eines alten Nachrichtenhasen.

Eric schluckte in letzter Sekunde einen bittern Spruch, der ihm ungeduldig auf der Zungenspitze tanzte, still und heimlich runter. Er wollte nicht den eifersüchtigen Macker geben. Claude kehrte zurück, und sie prosteten sich zu.

»Eric, was sagen die GSoA-Leute zum Fichenskandal?«, fragte Heinz, um die Diskussion wieder in Gang zu bringen.

»Keine Ahnung. Ich habe noch niemanden gesehen.«

»In einem Bericht der Depeschenagentur habe ich gelesen, dass sich die GSoA ebenfalls diesem Komitee angeschlossen hat. Sie haben ein Unterschriftenkontingent zugesagt, falls die angekündigte Initiative zur Abschaffung der politischen Polizei lanciert wird«, sagte Vreni, erleichtert darüber, auch etwas zur Diskussion beitragen zu können.

Doch Heinz vergällte ihr die Freude und sagte: »Den Bericht der SDA habe ich gelesen. Im Gegensatz zu euch haben wir ihn abgedruckt. Nein, ich meinte die GSoA-Leute aus Olten. Die waren in den letzten Jahren ziemlich aktiv. Aber seit der Abstimmung wurde es ruhig um sie. Du bist doch auch dabei, nicht wahr, Eric?«

»Nein. Ausser im VHTL, der Gewerkschaft der Taxifahrer, bin ich nirgendwo Mitglied. Ich habe den GSoAten bei einzelnen Aktionen geholfen und auch einige Unterschriften gesammelt, aber an Sitzungen nahm ich nie teil«, sagte Eric.

»Ich habe kürzlich im Chemins mit Moritz und Lea, die ja so etwas wie der Motor der Gruppe sind, gesprochen. Wie sie mir erzählten, haben sie keine Aktionen in der Pipeline. Das ausgezeichnete Abstimmungsresultat hatte auch sie überrascht, und sie versuchten das Loch, das zwangsläufig entsteht, wenn du nach jahrelanger Arbeit ein Projekt abschliesst, mit inhaltlichen Diskussionen, die in der Hektik des Abstimmungskampfs zurückgesteckt wurden, zu stopfen. Das gelang jedoch nur schlecht, wie Lea erklärte. Der Graben zwischen denjenigen, die sich auf die Armee konzentrieren wollen, um diese halt nun stückweise abzuschaffen, und denen, welche mit konkreten Utopien weiterhin Fundamentalopposition betreiben wollen, habe sich noch vertieft. Moritz hat sich pessimistisch gezeigt, was die Fichenaffäre betrifft. Er befürchtet, dass der Siegesjubel über ihre grossartigen fünfunddreissigkommasechs Prozent im Leeren verhalt. Der Fichenskandal habe viele der meist jungen GSoA-Mitglieder stark verunsichert. Einige haben sich bereits zurückgezogen, und er geht davon aus, dass andere nachziehen werden. Der Kern der Gruppe werde jedoch weiter politische Arbeit machen, auch wenn noch offen sei, in welcher Form«, sagte Ruedi, der wie immer hervorragend informiert war. Als ungebundener Frühwitwer verbrachte er viel Zeit in Beizen, und er war ein guter Zuhörer und sprach mit allen Leuten.

»Achtung! Gleich kräht der grösste und dickste Güggel von Olten«, sagte Heinz und bedeutete Vreni sich umzudrehen. Der Wirt stand schon auf seinem Platz, die Fäuste in die Hüften gestemmt, und brüllte lustvoll: »Feierabend!«

XII

Eric und Vreni verabschiedeten sich, bezahlten am Tresen und traten auf das Kopfsteinpflaster der Zielempgasse hinaus.

»Dem Wirt geht sicher jeweils ein Schuss ab, wenn er so losbrüllt«, sagte Vreni.

»Dieser Schrei ist das einzig Originelle an ihm. Aber das Stadtbad hat einen kleinen wunderbaren Balkon direkt über der Aare, und er lässt die Jungen meist in Ruhe. Das Stadtbad ist neben dem Chemins der einzige Spunten in Olten, den man als linke Beiz bezeichnen kann.«

Auf der Brücke kam ihnen Oli entgegen. Erst als er fast heran war, erkannte er Eric und lallte: »Taxi! Taxi! Hoy Eric, bringst du mich heim? Hey, Taxi!«

Sie blieben stehen, als er noch ein paar Schritte von ihnen entfernt war. Oli torkelte auf sie zu.

»Wenn du dich beeilst, dann erreichst du noch den Bus beim Kunstmuseum«, sagte Eric und zog Vreni am Arm weiter, bevor Oli zum Stillstand gekommen war.

»Komm schon, um den will ich mich jetzt nicht kümmern, sonst werden wir ihn nicht mehr los, bis ich ihn heimgefahren habe«, sagte Eric.

Hinter der Eingangstür der Bar 85 führten drei Stufen hinunter, und durch einen dunkelroten Samtvorhang gelangten sie direkt auf die kleine Tanzfläche. Links von ihnen war der U-förmige Tresen mit einem guten Dutzend Barhockern, an der Fensterwand zur Unterführung standen kleine Tische. Rechts vom Podium, auf dem ab und an eine Band spielte, standen die Tische den Wänden entlang.

Kurt und Felix sassen mit dem Rücken zur Fensterfront an der Bar. Kurt war ein knapp fünfzigjähriger Mann, Felix war gut zehn Jahre jünger, sie waren häufig gemeinsam auf der Gasse. Ihnen gegenüber sass eine mittelalterliche Frau, die von zwei älteren Herren in tadellosen Anzügen hofiert wurde. Vreni und Eric setzten sich neben Kurt und Felix an die Bar. Eric stellte Vreni vor und fragte, ob denn niemand die Bar bediene.

»Marianne ist in der Küche«, sagte Kurt, und Felix rief in Richtung Küchentür: »Marianne, komm raus! Du wirst nicht glauben, wer sich zu dir verirrt hat!«

»Non, non, alors, mach keinen Aufstand Felix, isch komme gleich!«, tönte es dumpf aus der Küche. Kurz darauf kurvte Marianne mit einem grossen Teller, auf dem sich dicke Schweinswürste türmten, aus der Küche, rauschte mit ihrem tief ausgeschnittenen rot-schwarzen Kleid und bediente das Trio. Erst als sie sich umdrehte, erkannte sie Eric. Mit ausgebreiteten Armen kam sie auf ihn zu, und ihre Brüste tanzten, als wollten sie aus dem Décolleté hüpfen, um ihn speziell willkommen zu heissen.

»Eric, mon cher, wie konntest du misch nur so lange mit diese schreggliche Leute allein lassen. Das darfst du mir nischt mehr antun.«

Wie immer bei der Arbeit betonte Marianne nachdrücklich ihren welschen Akzent. Ungestüm beugte sie sich über den Tresen, zog Eric an den Haaren und Ohren zu sich heran und drückte ihm links und rechts Küsse auf die Wangen, dass es nur so schmatzte. Obwohl sie nicht mehr die Jüngste war und wohl auch in ihrer Jugend nie einen Schönheitswettbewerb gewonnen hatte, strahlte sie mit ihrer schwarzen dauergewellten Löwenmähne eine geballte Ladung Erotik und Sinnlichkeit aus, der sich kaum ein Mann entziehen konnte. Selbst Vreni war von ihrem Auftritt beeindruckt, auch wenn sie das Geknutsche übertrieben fand. Marianne nahm Vreni erst wahr, als sie von Eric abliess.

»Willst du mir deine Freundin nischt vorstellen, Eric?«, fragte sie. Und nachdem er die beiden miteinander bekannt gemacht hatte, meinte sie: »Du hattest schon immer Geschmack, Eric. Sie ischt hübsch, allerdings ein wenig mager, nischt?«

»Es ist alles genau so, wie ich es liebe, Marianne. Bring uns bitte zwei Stangen«, sagte Eric.

»Wie machst du das bloss? Mich hat sie noch nie so begrüsst«, sagte Kurt, und Felix doppelte nach: »Zu dir sagt sie mon cher, und uns sagt sie, wir seien alte Knacker, dabei bin ich garantiert jünger als sie.«

Marianne verfolgte das Gespräch von der Zapfsäule her. »Ihr zwei Clowns glaubt doch nicht ernsthaft, dass ihr euch mit Eric messen könnt«, sagte sie lächelnd.

»Du könntest es einmal mit mir versuchen, dann wüssten wir wenigstens beide, worüber wir streiten«, sagte Felix grimmig. Er wusste, dass sie gerne vögelte und dass ihr Ehemann Marco nichts dagegen hatte, solange sie nicht hinter seine Freunde ging. Trotzdem hatte er bisher auf Granit gebissen, doch er dachte nicht daran aufzugeben.

»Isch will misch gar nischt mit dir streiten, chéri. Du bist ein braver Kerl Felix, isch mag disch, das weisst du, und disch mag isch auch, Kurt«, sagte Marianne versöhnlich. Sie brachte die Getränke und lehnte sich seitwärts an die Bar. Kurt und Felix genossen andächtig den freizügigen Einblick. Marianne lächelte leicht spöttisch, sah Eric in die Augen und nickte andeutungsweise nach links.

»Muss das Leben nischt schön sein, wenn man mit so wenig zufrieden ist! Und du, Eric, mon cher? Du siehst gut aus. Fast zu gut, würde isch sagen.« Sie blickte schnell zu Vreni, strich sich eine Haarsträhne aus der Stirn und sagte: »Du kannst mir sagen, was du willst, disch hat es erwischt, Eric. Du bist verliebt. So habe ich disch noch nie gesehen. Du brischst mir das Herz, du Schlawiner. Ist es in den Ferien passiert? Erzähle es mir, isch will alles wissen, auch wenn isch sterbe vor Jalousie.«

»Wie könnte ich etwas vor dir verbergen, Marianne. Mir ging es nie besser. Vreni ist eine wunderbare Frau. Es könnte jedenfalls sein, dass wir im Frühling ein grösseres Fest machen werden. Ich werde dich einladen. Aber nur unter einer Bedingung: du musst mir etwas versprechen, Marianne!«

»Das ist ja noch schlimmer, als isch dachte. Ihr wollt doch nischt gleisch heiraten?«, fragte Marianne und blickte sie mit gespieltem Entsetzen an.

»Versprichst du mir etwas, Marianne?«, fragte Eric, und sie sah in stirnrunzelnd an.

»Wenn es dir wischtig ist und es für misch nischt schlimm ist, naturellement Eric, was soll isch dir verspreschen?«

»Ich mag diese Ausfragerei nicht, das weisst du. Du musst mir versprechen, dass du nicht mit dieser Unsitte beginnst, nur weil ich verliebt bin. Wenn ich dir etwas sagen will, erzähle ich es dir, ohne dass du zu fragen brauchst. Compris?«

»Manchmal bist du ein rischtiges Ekel, Eric! Aber gut, isch werde es mir merken. Isch werde aber Marco nischts von dem fête erzählen, sondern werde ihn auf den Arbeitsplan setzen, und isch werde die ganze Zeit dabei sein können.«

Unterdessen waren einige Leute in die Bar gekommen, die sich an den Tischen hinter dem Eingang niedergelassen hatten, und Marianne ging die Bestellungen aufnehmen. Hinter Vreni und Eric blieb sie stehen, trat nahe an sie heran und sagte leise: »Isch wünsche euch beiden alles Glück dieser Welt. Isch habe das komische Gefühl, dass ihr es brauchen werdet!« Dann trat sie schnell zurück.

Vreni sah Eric fragend und etwas verärgert an. »Deine Idee, ein Fest zu organisieren, finde ich nicht schlecht. So viel ich gehört habe, sind deine Feste legendär. Aber das nächste Mal, wenn du eine Idee hast, die auch mich betrifft, will ich die Erste sein, mit der du darüber sprichst«, sagte sie pikiert.

»Bist du eifersüchtig?«

»Begreifst du nicht, was ich meine?«

»Okay! Das ist neu für mich, und du wirst ein wenig Geduld brauchen mit mir. Ich war gewohnt, zu tun und zu lassen, was ich wollte, ohne dass ich auf jemanden Rücksicht nehmen musste. Es wird nicht einfach sein, eine gute Mischung aus Unabhängigkeit und Partnerschaft zu finden.«

»Das wird hoffentlich nicht so kompliziert werden, wie das tönt.«

»Ich glaube, wir kriegen das hin.«

»Was meint sie damit, dass wir Glück brauchen werden?«

»Ach Marianne! Sie erlebt viele Beziehungsfrustrierte, die hier weinselig und selbstmitleidig ihre Probleme breittreten. Sie ist eine Romantikerin und wollte damit bloss sagen, dass sie hofft, dass wir nicht wie eine Sternschnuppe verglühen.«

»Wichtig ist nur, dass du mich liebst. Liebst du mich?«

»Ich will dich! Jetzt. Schau mich nicht so an. Ich liebe dich, ich könnte dich fressen.«

Er gab ihr einen Kuss und flüsterte ihr ins Ohr: »Komm wir hauen ab. Ich bin heiss wie eine glühende Herdplatte und scharf wie eingelegte Peperoncini, die man im Keller zwanzig Jahre lang vergessen hat. Ich will dich vögeln, ich will dich ficken, von vorne und hinten.«

Mit ihrem Lieblingsgriff griff sie ihm zwischen die Beine und drückte hart zu. »Du bist ein selten geiler Bock, Eric! Dabei brauchst du mir bloss tief in die Augen zu schauen, und mein Slip wird feucht. Wer zuerst ausgetrunken hat, muss nicht fahren«, flüsterte sie und stürzte das Bier hinunter, bevor er sein Glas ansetzen konnte.

Vreni bestand darauf, dass sie bezahlte, und sie verabschiedeten sich von Marianne, die sie ermahnte, bald wieder bei ihr reinzuschauen. Eng umschlungen gingen sie durch einen Seitenarm der Unterführung zum Auto auf dem Postplatz zurück. Eric startete den Motor, setzte zurück und hielt am Stoppzeichen an. Da spürte er, wie Vreni sich an seinem Hosengurt zu schaffen machte.

»Du gerissenes Stück Fleisch. Ich verstand erst überhaupt nicht, was dieses Wettaustrinken eben sollte«, sagte Eric schmunzelnd.

Kapitel 2

»Dieser Mensch ist ein Kieselstein, wir können ihn in Öl sieden, ohne dass er etwas gestände. Gleichwohl sparen wir nichts, um die Wahrheit zu erfahren. Alle seine Glieder sind auseinandergerissen, wir haben bereits alle Grade der Folter angewendet. Alles vergebens! Ein schrecklicher Mensch.«

I

Am Horizont zeichnete sich die Silhouette der zweiten Jurakette schemenhaft gegen den um Nuancen helleren Himmel ab. Die Sonne war lange untergegangen und die vor dem Haus flach ansteigende Matte nicht mehr auszumachen. Es war ein warmer Frühlingstag gewesen, und sie hatten zum ersten Mal in diesem Jahr auf der Terrasse gegessen und den Sonnenuntergang hinter der Juraskyline genossen. Zwei alte Theaterleuchten warfen von der weit herausragenden Untersicht des Krüppelwalmdachs mattgelbe Lichtkegel auf die vom Wetter gezeichnete Fassade. Das Licht streifte altertümliche Vorfenster, von deren Rahmen die weisse Farbe abblätterte. Im Gegenlicht sassen sie um einen langen Holztisch, auf dem zwei dicke Wachskerzen brannten. Aus der offenen Küchentür war leise Lou Reed zu hören.

Das abbruchreife Bauernhaus hatten sie vor vier Jahren günstig pachten können. Obwohl sich die sanitären Einrichtungen und die elektrischen Leitungen in einem bedenklichen Zustand befanden, führten sie nur von zu Fall zu Fall notwendige Reparaturen aus, denn sie wollten nicht ein Haus instand setzen, das ihnen nicht gehörte, und ausserdem gefiel es ihnen, wie es war. Fast alle waren im gleichen Alter, und sie kannten sich lange bevor sie auf diesen Hof auf dem Hauenstein gezogen waren. Andrea Weber, Lea Schmid, Alain Sauvain und Moritz Thalmann waren um die fünfundzwanzig und hatten alle in Olten die Kantonsschule besucht, wo sie sich in einer Schülergruppe kennen gelernt hatten. Nach ihren Diplomfeiern hatten sie zuerst am Rand der Schützenmatte in Olten eine Wohngemeinschaft gegründet. Zusammen mit Sonja Frieden und Beat Dubach, einem knapp Dreissigjährigen, der aus der

Umgebung von Solothurn stammte und in einer Gross-WG gelebt hatte, entwickelten sie das Projekt einer Land-WG: Mit Lebensmitteln wollten sie sich weitgehend selbst versorgen, und die Löhne, die sie ausser Haus erwirtschafteten, warfen sie in einen Topf, aus dem sie die Rechnungen bezahlten und die individuellen Bedürfnisse abdeckten. Nach den ersten schwierigen Monaten mit schier endlosen Diskussionen hatten sie sich zu einem Modus Vivendi zusammengerauft.

Waren die Jüngeren ursprünglich überzeugt, dass auch ohne feste Verpflichtungen oder Arbeitspläne jederzeit genügend Geld für alle da wäre und die im Hof anfallenden Arbeiten erledigt würden, hatte sich bald herausgestellt, dass Sonja und Beat Recht behielten. Sie einigten sich, dass alle mindestens tausend Franken pro Monat in die Kasse zahlen mussten, wobei niemand mehr als zweihundert Franken seines Einkommens zurückbehalten durfte, und die Hausarbeit verteilten sie nach einem ausgeklügelten Punktesystem. Die Hofarbeit schrieben sie mit zehn Franken pro Stunde gut. Der Umsatz aus dem Direktverkauf und vom Wochenmarkt, sie verkauften vor allem Gemüse, Äpfel, Eier, Honig, Apfelsaft und Kaninchenfleisch, war kontinuierlich angestiegen. Obwohl sie sich kaum eingeschränkt hatten und regelmässig in die Ferien gefahren waren, lagen fast fünfunddreissigtausend Franken auf dem gemeinsamen Konto, und sie überlegten sich gelegentlich, ob sie ein Haus kaufen sollten.

Aus dem Babyfon in der Küche war das trockene Husten eines Kleinkindes zu hören. Beat stand auf und ging ins Haus, um seine Tochter Laura, die kürzlich ihren ersten Geburtstag gefeiert hatte und an einem zähen Husten litt, zu beruhigen. Am Himmel zeigten sich die ersten Sterne, es war kühler geworden, und von Westen her kam ein leichter Wind auf.

»Will noch jemand eine Jacke oder einen Pullover?«, fragte Andrea, die sich aus dem Rattansofa erhob. Sie trug die langen schwarzen Haare offen und wie oft nach Feierabend den schwarzgelben Trainingsanzug des Volleyballclubs Olten.

»Ich hätte nicht fragen sollen«, sagte sie schulterzuckend und ging in den Korridor, der gleich hinter der Küche quer durch die ganze Etage lief. An der Garderobe, die aus in die Wand gehämmerten Hundertachtziger-Nägeln bestand, hing eine Unmenge

Kleider. Sie zog sich eine gestreifte Strickjacke an und nahm zwei blaue Faserpelzjacken und einen grob gestrickten, beigen Pullover mit.

Mit dem Rücken zur Wand sass Lea in einem gelben Korbstuhl. Ihr schmales Gesicht wurde von grossen hellgrauen Augen geprägt, die glatten blonden Haare trug sie schulterlang. Sie arbeitete als Betreuerin auf einem Robinsonspielplatz und einen Tag im Roten Hof, wie sie ihre WG nannten. Sie zog sich einen Faserpelz über den schwarzen Sweater. Ihr schräg gegenüber balancierte Moritz auf einem wackeligen Holzstuhl. Seine Füsse steckten in roten Turnschuhen und lagen auf dem Tisch, und er legte sich die Jacke über die Beine. Seine buschigen dunklen Haare fielen ihm unter dem breitrandigen schwarzen Filzhut auf die Schultern. Er hatte braune Augen und trug einen dichten Vollbart. Er und Lea waren seit Jahren liiert, und sie erledigten ihre Arbeit auf dem Hof gemeinsam.

Alain sass in einem weissen Korbsessel gegenüber von Andrea und drehte sorgfältig einen langen Joint. Sein rundes Gesicht wurde von einem blonden Seehundschnauz dominiert, und die langen blonden Locken hatte er im Nacken zusammengebunden. Er zog sich den Pullover aus Schafwolle an. Er hatte im Chemins gejobbt und war, nicht ganz überraschend, hängen geblieben. Seit der Auflösung des Kollektivs arbeitete er als Koch in einem Wohnheim. Er arbeitete nur fallweise auf dem Hof, etwa wenn es darum ging ein Tier zu metzgen. Dafür erledigte er praktisch alle Grosseinkäufe.

Andrea, die sich wieder neben Lea setzte, galt, um abschbaren Schwierigkeiten mit Behörden und Eltern aus dem Weg zu gehen, seit sie im Job-Sharing als Primarlehrerin arbeitete, als Alains Freundin. In der Regel arbeitete sie zwei Tage auf dem Hof. Sie liebte die praktische Arbeit mit den Händen.

Das Babyfon knackte. Beat kehrte mit einer Wolldecke in der Hand auf den Balkon zurück und setzte sich in einen Schaukelstuhl. Beat war gross und hager und trug wie immer auf dem Hof einen farbigen Overall. Er arbeitete als Hausmann, kümmerte sich um Laura, die Küche und den Hof, während Sonja ihrer Arbeit als Sekretärin in einem linken Anwaltsbüro nachging und dafür sorgte, dass ordentlich Geld in die Kasse kam. Im Stall hatte sich Beat ein

Büro eingerichtet, wo er die Administration des Roten Hofs führte und die Buchhaltung einiger Kleinbetriebe besorgte.

»Wenn ihr weiter so laut durcheinander quasselt, versteht man das eigene Wort nicht mehr«, sagte er.

»Ich geniesse die Stille, geniesse die Landschaft. Ich spüre sie, auch wenn ich sie nicht sehe. Am Ende des Winters, wenn wir so lange in diesen niedrigen Zimmern gesessen sind, habe ich manchmal das Gefühl, dass mir buchstäblich die Decke auf den Kopf fällt. Jetzt geniesse ich, dass wir wieder draussen sitzen können«, sagte Lea nach einer Weile.

»Wenn wir tatsächlich ein Haus kaufen, dann will ich ein helles Zimmer mit hohen Wänden. Mir sind diese tiefen Decken auch schon an die Nieren gegangen«, sagte Alain.

»Für mich ist es wichtiger, dass wir aus dem verdammten Nebel rauskommen. Erst dann wird Lauras Husten verschwinden«, sagte Beat.

»Wenn diese Drecksuppe verschwindet, wird es ihr schnell besser gehen, also ist es bald ausgestanden«, sagte Moritz zuversichtlich.

»Schön, aber im Herbst beginnt es wieder von vorn. Wenn wir nicht warten wollen, bis der Treibhauseffekt dafür sorgt, dass der Nebel für immer verschwindet und wir hier Palmen pflanzen können, sollten wir uns in Wisen oder im oberen Baselbiet, wo der Nebel kein Thema ist, nach einem Haus umschauen«, sagte Beat.

»Dann müssen wir zuerst besprechen, wie wir ein Haus finanzieren wollen. Wir müssen unsere Statuten ändern, private Darlehen und einen Bankkredit organisieren. Das geht nicht von heute auf morgen. Es dauert mindestens ein Jahr, bis wir umziehen können«, gab Moritz zu bedenken.

»Wenn wir wirklich ein Haus kaufen, dann nur eines, das gross genug ist, damit noch mehr Leute, zum Beispiel noch eine oder zwei autonome WGs darin Platz finden«, wandte Andrea ein.

»Ich weiss nicht. Die Gefahr, dass wir uns dann gegen aussen abschotten und uns nur noch um unsere Welt kümmern, würde zunehmen«, sagte Moritz. »Allerdings bin ich auch der Meinung, dass wir Zuwachs brauchen. Langsam werden wir zu einem etwas langweiligen Haufen.«

Alain hielt den Joint mit beiden Händen, und Beat gab ihm Feuer. »Die Gefahr der Isolation hängt nicht von der Zahl der Leute ab, sondern von deren Mentalitäten und Lebenszusammenhängen. Wenn das Leute sind, die wie wir draussen arbeiten, sollte das keine Probleme geben. Schwieriger wird es sein, unseren Lebensstil gegenüber Menschen mit anderen Erfahrungen durchzusetzen«, sagte Lea.

»Davon träume ich, seit ich Franquin gelesen habe: Wir sitzen in der Küche, und im Korridor stehen die Leute Schlange, die sich auf unser Inserat gemeldet haben, und sie alle müssen sich vor uns verantworten. Wow! Ich sass noch nie in einer Jury. Das wäre das Grösste«, sagte Alain und grinste.

»Den Comic kenne ich. Du bist ein Schwein, Alain«, lachte Andrea. »Ich weiss genau, was du meinst. Ich kenne auch ein paar Saftsäcke, die ich mir gerne mal vorführen liesse.«

»Ich glaube nicht, dass wir überrannt werden, wenn wir neue Leute suchen. Ich bin zwar auch dafür, dass wir uns vergrössern, aber es muss nicht gerade eine autonome Gruppe sein. Ich denke, wir könnten problemlos noch zwei, drei Neue vertragen, ohne dass wir als Gruppe funktionsunfähig werden«, sagte Lea.

»Ich werde den Punkt Hauskauf auf die Traktandenliste der nächsten Hofsitzung setzen, dann können wir die Diskussion ernsthaft angehen«, schlug Beat vor. Aus dem Stall war Kufu zu hören, als ob auch er einen Kommentar abgeben wollte, dabei war klar, dass er den Umzug höchstens ausgebeinelt erleben würde.

Von Süden kletterte der Nebel herauf und senkte sich über den Ifleter Berg wie überkochende Milch. Moritz erhob sich und küsste Lea.

»Ich will noch in die Stadt. Kommst du mit?«, fragte er.

»Nein, ich muss morgen in den Stollen, und du gehst ja wohl kaum nur auf ein Bier. Aber wenn du mitwillst«, wandte Lea sich an Beat, »gehe nur, ich werde auf Laura aufpassen.«

Dieses Angebot schlug Beat nicht aus, und auch Andrea und Alain gingen mit. Bis auf die Geschirrspülmaschine und den Kühlschrank war die Küche reichlich antiquiert. Im Wohnzimmer stand eine grosse Polstergarnitur, ein altmodisches Sofa, ein niedriger Holztisch, zwei schwarze Ledersessel und ein roter Sitzsack. Auf Moritz' Gesellenstück, einem eleganten Gestell aus Kirschenholz, das er aus Resten und Abschnitten mit unterschiedlichsten Techniken so zusammengefügt hatte, dass weder Leim noch Metall nötig waren, um sie dauerhaft zu verbinden, stand der Fernseher und die Stereoanlage.

Lea schaute zuerst nach Laura und setzte sich dann mit einer Flasche Bier vor den Fernseher. Beat und Andrea zogen sich um, während Alain und Moritz die Küche aufräumten.

Sie besassen zwei Wagen, die beide vor dem Haus auf dem Parkplatz standen, und diverse Motorräder, die sie im Schopf unterstellten. Sie entschieden sich für den nachtblauen Ford Granada, der komfortabler war als der kleine weisse Renault R4. Beat steuerte den grossen Kombi langsam durch den schmalen Durchgang zwischen dem steilen Scheunendach und der mächtigen Linde auf den ungeteerten Weg, der ins Dorf hinunterführte.

II

Am Jurasüdhang über dem Autobahnkreuz von Egerkingen stand ein gelbes Taxi auf dem überdachten Vorplatz des hell beleuchteten Hotel Mövenpick, die Kofferraumtür des Opel Omega war offen, und auf der Ladefläche sass rauchend Eric. Er schnippte die Kippe in die Nähe eines Gullys und ging durch die Glastür an den Empfang. Seine Fahrgäste waren nun daran auszuchecken, und er nahm die zwei leichten Koffer mit.

Eric hatte auf eine Fahrt nach Kloten oder wenigstens zum Basler Flughafen gehofft. Seine Enttäuschung, die Kundschaft wollte nur nach Olten zum Bahnhof, hielt sich in Grenzen. Es war seine letzte Nachtschicht, und er wollte die spät nachts leeren Strassen und die Überlandfahrten noch einmal richtig auskosten. Die Nacht war noch lang, und bisher konnte er sich über mangelnden Umsatz nicht beklagen. Egerkingen lag gerade noch in Funkreichweite, und er meldete: »Blanko Sieben, Bahnhof, anschliessend fahre ich Richtung Pause.«

Die Kunden sassen im Fonds und schwiegen. In Wangen begann der Mann dann doch ein bisschen Konversation zu machen. In fast perfektem Deutsch mit einem leichten Akzent fragte er: »Wie gross ist Olten? Es erscheint mir kleiner, als ich es in Erinnerung hatte. Aber es ist lange her, seit ich das letzte Mal hier war.«

»Ihre Feststellung entbehrt nicht jeder Grundlage«, antwortete Eric in Schriftdeutsch. »Die Einwohnerzahl von Olten ist in den letzten Jahren tatsächlich geschrumpft. Früher waren es rund zwanzigtausend und heute sind es noch etwas mehr als achtzehntausend Einwohnerinnen und Einwohner. Trotzdem ist Olten heute grösser. Nicht nur weil die Agglomeration stark gewachsen ist und Olten immer mehr Zentrumsfunktionen für die über fünfzigtausend Menschen der Region übernehmen musste, sondern vor allem, weil die Leute heute mehr Wohnfläche beanspruchen«, sagte er und schmunzelte, denn das war nur der Auftakt zu seinem Standardspruch für neugierige Gäste aus dem Ausland. »Im Prinzip ist Olten jedoch gar keine Stadt, sondern bloss ein Quartier dieser Grossstadt mit über drei Millionen Menschen, die sich von St. Gallen bis nach Genf erstreckt, jedenfalls wenn man sich nach geografisch-wissenschaftlichen Kriterien richtet. Politisch hingegen ist Olten nichts anderes als eine typische Schweizer Kleinstadt. In Olten gibt es zwei Bahnhöfe, zwei Theater, fünf Kinos, einen Strassenstrich, einen nationalligatauglichen Eishockey-Club, eine Badeanstalt, eine Discothek, drei Nachtclubs, vier Bordelle, sieben Hotels, ein Dutzend Bars und über fünfundachtzig Beizen.«

»Beizen? Was ist das?«, fragte der Gast.

»Eine Beiz ist ein Restaurant«, erklärte Eric, während er auf den Bahnhofplatz einbog. Wie sich am Trinkgeld zeigte, hatte er mit seinem Dozentenstil auch diesmal Erfolg. Die Fahrt kostete dreiunddreissig Franken und sechzig Rappen, der Mann gab ihm Vierzig.

Eric lud das Gepäck aus dem Kofferraum, stellte es beim Taxistand aufs Trottoir, fuhr Richtung Pause und parkte quer hinter zwei Autos auf dem überfüllten Platz vor dem Chemins. Das Restaurant war fast voll, und am Dock standen die Gäste gedrängt. In seiner Ecke an der Bar sass Sigi, neben ihm Fritz der Dachdecker, der mit seiner hohen Stimme rief: »Hallo Taxi! Nein Eric, ich habe dich nicht bestellt. Später vielleicht, aber jetzt ist noch zu früh.«

»Ciao zämme«, sagte Eric bloss und meinte damit auch Heinz Stalder, der mit einer älteren Frau neben Fritz an der Bar stand. Am Ausschank arbeitete Mireille, und er bestellte sich einen Kaffee und ein Mineralwasser. Als er vorgefahren war, hatte er Vreni an einem Tisch am Fenster sitzen sehen, und er wollte die Getränke gleich mitnehmen, damit ihm sicher genügend Zeit blieb, zwei Tassen zu trinken. Konzentriert den Kaffee auf der Untertasse balancierend, ging er am Dock, das er en bloc grüsste, vorbei und stellte ihn vorsichtig auf den Tisch. Er betrachtete Vreni, stellte fest, dass sie mit jedem Tag schöner wurde, und auf eine ungewohnte Art, die ihm lächerlich vorkam, war er stolz, dass sie seine Gefährtin war. Vreni war mit Conny, einer Freundin aus Zofingen, im Kino gewesen. Beat und Andrea hatten sich kurz vorher zu ihnen gesetzt. Eric suchte sich einen leeren Stuhl und nahm an der Kopfseite des Tischs Platz.

»Schöne Frauen! Wüster Mann!«, begrüsste Eric die Runde.

»Hallo Eric, du Albtraum aller Autofahrer«, gab Beat zurück.

»Hoy Eric, wie gehts?«, fragte Conny, und Andrea sagte: »Lange nicht mehr gesehen, schöner Mann. Du darfst dich ruhig wieder einmal blicken lassen. Du könntest Vreni endlich die geilste WG der westlichen Hemisphäre vorstellen.«

»Ab nächster Woche arbeite ich auf der Tagschicht, dem steht nichts im Weg«, gab Eric zurück.

»Andrea, ich kann es nicht leiden, wenn eine andere Frau zu Eric sagt, er sei ein schöner Mann«, sagte Vreni scherzhaft, »Recht hast du trotzdem.«

»Wir haben gerade über das Fest gesprochen, und ich habe Vreni gefragt, ob ihr noch Hilfe braucht, worauf sie meinte, das solle ich dich fragen. Also?«, fragte Beat.

»Klar brauchen wir eure Hilfe. Ich wollte sowieso bald anrufen. Mit dem Strom hilft mir Ramon, ein Arbeitskollege. Aber für das Notdach brauche ich Moritz' Hilfe. Und Alain will ich fragen, ob er uns hilft, das Selbstbedienungs-Buffet vorzubereiten«, sagte Eric.

»Frag ihn, er ist auch hier. Hast du ihn nicht gesehen?«, sagte Andrea. Sie blickte zum Dock und rief laut: »Alain!«

Jemand rief »Ja!«, aber es war eine andere Stimme.

»Zwei Stunden oder so werde ich mich sicher hinter den Ausschank stellen, nur nicht gerade dann, wenn die Wilde Eva spielt«, sagte Andrea.

»Du bist ein Schatz, ich werde gerne darauf zurückkommen«, sagte Eric, »aber wir wollen es nicht kompliziert machen, damit wir alle das Fest geniessen können. Zudem bringt Vince wieder seine Rockerstifte mit, die uns die ganze Nacht zur Verfügung stehen werden.«

»Was soll das bedeuten, Rockerstifte?«, fragte Conny,

»Bereits bei meinem ersten Fest machte mir Vince dieses Angebot, und ich wollte absagen, weil ich diese Typen nicht ausnützen wollte. Rockerstift kannst du wörtlich nehmen. Wenn du in eine Bikergang aufgenommen werden willst, musst du eine Probezeit absolvieren. Bei den Bad Snakes, wo Vince so eine Art Vize-Chef ist, dauert das ein halbes Jahr. In dieser Zeit müssen die Stifte, sie haben immer nur zwei, ohne zu murren alles tun, was ihnen die alten Rocker auftragen.«

»Das tönt ziemlich beschissen«, sagte Conny. Eric lachte: »Das ist es. Ein Beispiel: Longo, ein altgedienter Snake, der gerne das Männchen macht, schickte seine Freundin nach Hause. Ihr Auto stand draussen vor dem Club-Lokal. Es regnete in Strömen, und es war kalt, es hätte beinahe geschneit. Weil seine Freundin besoffen war, gab Longo einem Stift den Auftrag, sie nach Kestenholz zu fahren, wo sie wohnten. Otto, so nannten sie den Stift, wollte mit seinem Wagen fahren, doch Longo bestand darauf, dass er das Auto seiner Freundin nahm. Also bat Otto Johann, den zweiten Stift, ihn mit seinem Auto zu begleiten, damit ihn dieser mit zurücknehmen konnte. Kestenholz liegt etwa zehn Kilometer von Olten, und es fuhr noch lange kein Bus oder Zug. Doch Longo hatte Blut geleckt, und er stauchte Otto vor allen Leuten, und das waren ziemlich viele, nach Strich und Faden zusammen. Was ihm einfalle, einen solchen Wirbel zu machen. Johann sei hinter der Bar unabkömmlich, was offensichtlich gelogen war. Longo wartete nur darauf, dass Otto aufbegehrte, doch der erkannte, worauf Longo hinauswollte, schluckte und schwieg. Ihr müsst wissen, dass Longo ein Shorty ist, höchstens einsfünfundsechzig. Otto dagegen ist ein Schrank. ›Wenn du zurück bist, dann kannst du hier aufräumen‹, setzte Longo noch einen drauf. Ungefähr um eins sind sie abgefahren und etwa um halb vier Uhr tauchte Otto nass bis auf die Knochen und total erschöpft wieder im Lokal auf, wo Longo auf ihn gewartet hatte und ihn noch zwei Stunden lang den Club schrubben liess.«

Eric bestellte bei Mireille den zweiten Kaffee. »Ich wollte also absagen, doch Vince erklärte mir, dass er bereits alles organisiert hatte. Ich hatte gedacht, dass die künftigen Rocker keinen Spass haben würden, leere Flaschen oder Abfall zu sammeln, doch sie hatten die ganze Nacht den Plausch. Unschlagbar waren sie beim Einsammeln der freiwilligen Kollekte. Am Morgen, als wir fertig aufgeräumt hatten, sagten mir Otto und Johann, dass das ihr bester Einsatz gewesen sei. Also habe ich kein schlechtes Gewissen mehr, wenn mir Vince wieder seine Leute anbietet. Zudem sind sie alt genug zu wissen, worauf sie sich einlassen.«

»Wenn die alles machen, was man ihnen sagt, kann das spannend werden. Vreni, du musst mir diese Typen unbedingt vorstellen«, sagte Conny.

»Ich kann nicht glauben, dass du darauf angewiesen bist«, sagte Eric. Conny war gewiss kein Mauerblümchen.

»Angewiesen nicht, aber wenn einer gut aussieht und ich ihm sagen kann, was er machen soll und was nicht, warum nicht? Das wäre mal von Anfang an eine ganz klare Rollenverteilung.«

»Das funktioniert nur, wenn du selbst ein Snake bist. Wenn du dir einen Stift ausleihen willst, kannst du das bei Vince anmelden. Dann musst du jedoch aufpassen, dass er sich nicht selbst anbietet«, grinste Eric.

»Den ganzen Abend will niemand etwas von mir, aber kaum gehe ich auf die Toilette, sucht man mich«, sagte Alain, an den Tisch tretend. »Sali Eric. Lass mich raten. Du machst ein Fest, wir haben deine Einladung erhalten, und nun möchtest du wissen, ob ich dir in der Küche helfe.«

»Lotto im Säli.«

»Wenn du nicht wieder so blödsinnige Ideen hast wie das letzte Mal, als du unbedingt eine neumodische kalte Gurkensuppe auflegen wolltest, für die ich hart arbeiten musste und die dann kaum jemand angerührt hat, kannst du auf mich zählen. Aber ist das Fest nicht schon bald?«

»Wir sollten uns zusammensetzen und die Bestellungen besprechen«, sagte Eric.

Alain schüttelte den Kopf. »Seit Wochen weisst du, wann das Fest steigen wird, und ich wette eine Flasche Burgunder, dass du wieder im letzten Moment gekommen wärst, wenn wir uns nicht zufällig getroffen hätten.«

»Ach was, es dauert noch einen Monat, das reicht locker.«

»Das sagst du jedes Mal, und doch wirds am Schluss immer hektisch. Montag und Dienstagabend bin ich zu Hause, dann kannst du vorbeikommen, wenn du willst, und wir machen die Einkaufsliste.«

»Am Montag bin ich im Training. Kommt doch am Dienstagabend, dann koche ich etwas Gutes«, sagte Andrea.

»Seit wann kannst du gut kochen?«, fragte Beat. »Hast du den Kochkurs jetzt gemacht, den ich dir empfohlen habe?«

Andrea lächelte. Beat zog sie oft mit ihren Kochkünsten auf, doch sie hatte keine Lust, für ihn den Pawlowschen Hund zu spielen. Widerwillig verabschiedete sich Eric nach einer guten halben Stunde und bezahlte an der Kasse den zweiten Kaffee. Die Situation an der Bar war unverändert, und er unterbrach Heinz, der seine Begleiterin mit einem endlosen Monolog traktierte.

»Hene, hast du etwas über die Zigeuner-Kartei der Kantonspolizei herausgefunden, die im Zug der Fichenaffäre entdeckt wurde? Ich habe noch nichts darüber gelesen.«

»Eric, das ist Rita Gunzinger, sie ist neu bei der AZ«, sagte Heinz. »Rita, das ist Eric Waser. Ihn wirst du noch näher kennen lernen. Er ist nicht nur nebenamtlicher Literaturkritiker, sondern auch der härteste Kritiker der AZ. Meistens ruft er bloss an, aber manchmal kommt er auch unangemeldet vorbei. Weil er oft radikale Positionen vertritt, aber doch nicht immer ganz falsch liegt, und weil er uns alle persönlich kennt, setzt das auch mal lautstarke Dispute ab. Allerdings muss ich ihm zugestehen, dass er sich jeweils schnell wieder beruhigt.«

»Du kannst ihr später Geschichten erzählen, Hene. Also, was ist mit dieser Kartei? Ich habe keine Zeit, ich muss los«, sagte Eric ungehalten.

»Ich weiss nichts Konkretes. Die Radgenossenschaft der Landstrasse, einige Familien und Einzelpersonen haben Einsicht verlangt. Bisher ist aber kein Fall bekannt, wo sie gewährt wurde. Ein Vorstoss von Ruedi Kaspar, zu den kantonalen Fichen eine parlamentarische Untersuchungskommission einzusetzen, wurde nicht für dringlich erklärt und schmort nun in der Schublade des Ratsbüros, bis sich der Fichenskandal gelegt hat, und wird dann von der bürgerlichen Mehrheit ohne grosse Diskussionen abgeschrieben. Auf dem Latrinenweg habe ich aus dem Justizdepartement erfahren, dass die Einsicht äusserst restriktiv gehandhabt werden soll. Das Ziel ist klar: Es darf keine Information raus, die reicht, damit Betroffene dem Staat erfolgreich den Prozess machen können. Dazu werden alle Stellen abgedeckt, aus denen hervorgeht, welche

Institutionen, Amtsstellen und Personen in die dokumentierten Vorgänge verwickelt waren. Du brauchst dir keine Hoffnungen zu machen, es sieht verdammt schlecht aus.«

»Alles andere hätte mich auch gewundert. Ich habe deinen Optimismus nie geteilt. Die antiziganistischen Bürokraten waren schon immer so. Warum sollten sie jetzt, wo sie den Sieg ihres Systems feiern können, sich selbst an den Pranger stellen? Du bleibst trotzdem dran?! Ich muss, ciao zämme!«

Eric wollte gerade zur Tür hinaus, als jemand vom Dock her rief: »Hey, Eric! Kannst du mich nach Aarau bringen?«

Er drehte sich um und sah Fredi, der am Dock neben Moritz stand und winkte. Fredi war ein selbständiger Architekt, der viel Geld machte und dieses gern ausgab. Trotz seinen teuren italienischen Anzügen und seiner Föhnfrisur fiel er im Chemins nicht mehr auf, da er regelmässig hier verkehrte und mindestens so viel Durst hatte wie die jüngeren Stammgäste. Gelegentlich führte er in seiner extravaganten Wohnung in der Altstadt spontane Nachbeizenschlusspartys durch, wo meist auch Vertreter der lokalen Künstlerszene zugegen waren und Bier, Wein und Schnaps in Strömen flossen, während die weissen Linien nur wenig diskreter hochgezogen wurden. Bei Vollmond kam es vor, dass Fredi ein Taxi für die ganze Nacht buchte und sich von einem Cabaret zum nächsten Nachtclub fahren liess, während er den Chauffeur draussen auf sich warten liess. Diese Rechnungen, die auch mal über fünfhundert Franken hinausgingen, bezahlte er immer bar und mit einem Trinkgeld in der Höhe von gut zehn Prozent. Eric wusste nicht, wann Vollmond war, aber er hatte keinen Bock, diese Nacht Fredis Privatchauffeur zu spielen.

»Nach Aarau bringe ich dich gern. Du musst aber gleich mitkommen, da meine Pause zu Ende ist und ich mich zurückmelden muss. Wenn du jedoch für die ganze Nacht einen Wagen brauchst, dann rufe ich dir Igor«, sagte Eric. Es war nicht Vollmond, und Eric meldete am Funk: »Blanko Sieben ist zurück, habe Aarau geladen.« Fredi sass auf dem Beifahrersitz und roch nach Schnaps. Seiner Stimme oder seinem Benehmen war nichts anzumerken, nur das Gesicht war leicht gerötet. Das Problem an Fredi war, dass er pausenlos schwatzte, und wenn er eine Pause einschaltete, erwartete er eine stimmige Bemerkung zu seinen Ausführungen. Falls er nicht eine befriedigende Antwort erhielt, konnte er unangenehm werden. Also hörte Eric mit einem halben Ohr zu, was er über Konkurrenten, Kunden und Liebschaften zu erzählen wusste, und unterbrach ihn gelegentlich von sich aus, um sich über ein Detail Klarheit zu verschaffen. Er heuchelte damit nicht nur Interesse, was sich erfahrungsgemäss beim Trinkgeld ausbezahlt machte, sondern umging so auch die Kontrollfragen. Ohne Zwischenfälle lud er seinen Gast vor dem Restaurant Affenkasten in Aarau ab, und zehn Minuten später meldete er sich bei der Zentrale: »Blanko Sieben, frei, Dulliken.« Er fuhr zum Bahnhof.

In Igors Wagen sassen Karin und Gregor, ein Psychologiestudent, der bei Jean-Luc als Aushilfe arbeitete. Eric öffnete die Türe und wollte sich hinter Karin auf die Rückbank setzen, da hörte er, wie Igor eine Bestellung quittierte. »Nichts da mit Kaffeekränzchen. Du musst noch etwas arbeiten, Eric. Auch wenns deine letzte Nacht ist, kannst du nicht bloss rumhängen. Charlys Pub, du sollst dich melden«, sagte Igor.

»Ich habe einen Kuchen gebacken und einen Thermoskrug mit Kaffee in der Garage versteckt. Ich schlage vor, dass wir zwischen zwei und drei rüberfahren. Später werden wir kaum mehr Zeit haben, und dann ist auch Jean-Luc bald auf, und den brauche ich am Morgen nicht unbedingt live«, sagte Karin.

»Ich wusste, auf dich ist Verlass!«, sagte Eric. »Ich nehme an, du hast es den anderen auch gesagt.«

»Lass du besser deine Kundschaft nicht warten und zerbrich dir nicht meinen Kopf«, gab Karin zurück.

III

Ohne Unterbruch arbeitete Eric durch, bis er kurz vor zwei Uhr wieder zum Bahnhof fuhr. Karin hatte eine Stunde zuvor Zürich gemeldet, und Igor war nach Solothurn unterwegs. Die Kaffeepause würde kaum vor halb drei drin liegen, dachte Eric, als er seinen Wagen auf dem leeren Standplatz abstellte. Seine Augen brannten. Er hasste es, bei diesem Wetter zu fahren, es erforderte höchste Konzentration, und man kam trotzdem nicht vom Fleck. Hier allerdings gefiel ihm der Nebel, der dem Bahnhof eine geheimnisvolle Aura verlieh. Er betrachtete die weichen, fliessend in der Nacht verschwindenden Lichtkränze, die wie Heiligenscheine die Strassenlaternen umstrahlten. Der Verkehr war spärlich und der Bahnhofplatz bis auf zwei geparkte Autos leer. Eric beobachtete das skurrile Schattenspiel der Bahnpostarbeiter, die jenseits der Geleise schemenhaft aus dem Nebel auf- und untertauchten. Er hatte keine Wehmut, dass er diese Bilder so schnell nicht wiedersehen sollte. Es war eine gute Zeit gewesen, und die Arbeit war oft angenehm und mitunter lustig, es hatte jedoch auch mühsame Zeiten gegeben. Normalerweise machte ihm die Warterei, die nun mal zum Job gehörte, nichts aus, aber manchmal fand er es zum Kotzen, dass weder die Stadtbehörde, welche die Betriebskonzessionen vergab und dafür kassierte, noch die Taxihalter dafür sorgten, dass die Chauffeure einen geheizten Aufenthaltsraum mit hellem Licht, mit einer Funkverbindung und einer Kaffeemaschine erhielten. Es war kalt geworden, er startete den Motor und stellte den Ventilator der Heizung auf die zweitoberste Stufe.

Vielleicht, dachte Eric, sollte er sich weiterbilden oder ein Studium beginnen. Seine Situation hatte sich grundlegend verändert. Das Taxifahren gefiel ihm, doch der Lohn war unanständig tief, er kriegte noch nicht einmal eine Nachtschichtzulage, wie sie in der Industrie seit Jahrzehnten üblich war, und mit gegen fünfzig Stunden pro Woche arbeitete er viel zu lange. Seit Jahren war er gewohnt nur für sich zu sorgen, aber jetzt musste er auch für die Beziehung mit Vreni und für ihr künftiges Kind Verantwortung übernehmen. Nicht dass das für ihn besonders problematisch gewesen wäre, schliesslich wurde er durch Vreni in Sphären entführt, von denen er meinte, sie niemals wieder geniessen zu können. Er liebte sie, und sie liebte ihn, und sie hatten zu einem erstaunlich reibungslosen, weitgehend konfliktfreien Zusammenleben gefunden. Vreni war nicht nur lebenslustig, trinkfest, schlagfertig, intelligent und witzig, sie war auch praktisch veranlagt. Bevor sie gezügelt hatte, nahm sie sich eine Woche Ferien und verpasste der Wohnung einen neuen Anstrich. Die Gipswände und die Decken strahlten in schönstem Weiss, das Täfer hatte sie mit Grundfarben bemalt, auf der sie kleine geometrische Formen unregelmässig verteilte. Die Küche hatte einen hellblauen Himmel mit kleinen weissen Wolken erhalten, und die Wandtäferungen waren mit einem warmen Dunkelgrün gestrichen. Das Nachtblau im hinteren Teil des Wohnzimmers, das dunkle Weinrot im Schlafzimmer und das milchige Violett im

Entree, wo sie ihr Französisches Bett aufgestellt hatte, vervollständigten das Werk. Natürlich hatten sie oft über ihre Zukunft diskutiert. Sie waren sich einig, nicht zu heiraten und dass Vreni, die besser verdiente als er, nach der Geburt ihre Ausbildung fortsetzte, während Eric als Hausmann arbeiten und nur noch einen Tag pro Woche als Aushilfe Taxi fahren wollte. Vrenis Eltern, die noch immer nichts von ihrer Schwangerschaft und von Eric wussten, lebten, seit ihr Vater sich pensionieren liess, im Tessin und kamen als Hütedienst auch aus diesem Grund nicht in Frage. Ursula hatte zugesagt, einen Tag pro Woche auf ihr künftiges Grosskind aufzupassen, und auch Claudia hatte angeboten, in der Not als Babysitter einzuspringen.

»Blanko! Ins Tropicana«, krächzte eine Stimme aus dem Funkgerät. Eric wartete ab, er hatte nicht auf den Funk geachtet.

»Blanko Sieben, bist du nicht am Bahnhof?«, fragte die Zentrale emotionslos.

»Tropi! Bin schon unterwegs«, sagte Eric, zog den Hebel des Automaten zurück und fuhr los. Das Tropicana, die einzige Discothek in der Stadt, gehörte zum Kundenstamm von Jean-Luc. Er beeilte sich, denn nach dieser Fahrt wollte er in die Garage, bis dann sollte auch Karin zurück sein.

Den Fahrgast kannte er nicht beim Namen, obwohl er ihn oft gefahren hatte. Eric vergass kaum ein Gesicht und erst recht keine Adresse, die er einmal angefahren war, doch Namen konnte er sich schlecht merken. Der Mann war gegen fünfzig Jahre alt, gut gewandet und adrett frisiert. Als unglücklich verheirateter Mann, der über eine Menge Geld verfügte, war er im überschaubaren Nachtleben der Stadt bekannt und bei den Taxichauffeuren beliebt, weil er immer Trinkgeld gab und nie ausfällig wurde. Sein Gesicht leuchtete, aber er hatte nur wenig Schlagseite.

»Sali Eric, bist du auch noch unterwegs?« Er kicherte über seinen Scherz. »Bringst du mich ins Bolero?«

»Sali, gern«, sagte Eric, meldete der Zentrale das Ziel und erhielt postwendend den Auftrag, im Bolero gleich wieder zu laden. Sie durchquerten Trimbach, dieses lang gezogene Dorf am Fuss des Hauensteins, das Motorradfreaks in halb Europa ein Begriff war, weil auf dem riesigen Parkplatz des Restaurant Isebähnli während der Saison jeden Donnerstagabend internationale Treffen für Biker mit Tausenden Motorrädern stattfanden. In einer unscheinbaren Klus fuhren sie unter der alten Bahnstrecke nach Basel durch, und Eric beschleunigte in der ansteigenden verkehrten S-Kurve vor dem Isebähnli. Es war eine Déformation Professionelle: Enge Kurven fuhr er immer möglichst am Limit, und die Reifen quietschten in der zweiten Kurve, die er mit knapp siebzig Kilometern pro Stunde durchzog. Ihn faszinierte die Strecke noch immer, obwohl er sie mit allen erdenklichen Fahrzeugen zigtausendmal befahren hatte. In der leichten Rechtskurve auf der Höhe des Tennis-Zentrums liess er den Wagen bis auf sechzig ausrollen, damit er in der folgenden scharfen S-Kurfe wieder auf fünfundsiebzig Sachen beschleunigen und die Fliehkräfte geniessen konnte. Sein Gast hielt sich an der Türe fest und entspannte sich erst, als sie auf die kurze Gerade kamen. An deren Ende zog Eric den Wagen konzentriert in die Rechtskurve, die im Vergleich zur folgenden Linkskurve, die über die Cheibeloch-Brücke führte und perfid immer enger wurde, zwar harmlos war, die er dennoch präzise anfahren musste, weil er eine falsche Linienwahl bei vollem Tempo nicht mehr korrigieren konnte. In der letzten Rechtskurve, bevor die Geschwindigkeitsbegrenzung auf achtzig angehoben wurde, beschleunigte er, und mit knapp hundert Stundenkilometern bretterten sie durch den Wald dem Berg entlang hinauf zum Rankbrünneli, der einzigen Haarnadelkurve des knapp siebenhundert Meter hohen Passes. Diese Kurve eignete sich nicht für seine bevorzugte Fahrweise. Die lang gezogenen Kurven bis zum Steinbänkli, dem kleinen Ausstellplatz mit der verwitterten Ruhebank neben der letzten scharfen Linkskurve waren uninteressant, und er drückte das Bodenbrett durch, um wenigstens auf Fünfundneunzig zu kommen. Der Nebel verdichtete sich wieder, als sie den Wald verliessen. Eric schaltete das Fernlicht aus, reduzierte die Geschwindigkeit auf sechzig Stundenkilometer, die er durchhielt, bis sie das Dorf passiert hatten und auf dem Kulminationspunkt des Unteren Hauensteins angelangt waren. Im Motel waren vor der Eröffnung der Nord-Süd-Autobahn Durchreisende beherbergt worden, doch vor einigen Jahren war es zu einem Saunaclub mit Massageangeboten und einer Bar umgebaut worden.

Eric stoppte vor dem überdachten Fussgängerweg, der zum Cabaret hochführte und ging, nachdem er einkassiert hatte, mit seinem Gast den gewundenen, teilweise mit Stufen versetzten Weg zum Eingang des Bolero hinauf. In der Bar wurde ihm beschieden, dass der Gast, den er hätte abholen sollen, das Taxi nun doch nicht brauchte. Erst nach einer hartnäckig geführten Diskussion konnte Eric dreissig Franken für die Leerfahrt einkassieren. Den Barmann, den er nicht kannte, musste er erst davon überzeugen, dass er die Auslage seinem Gast verrechnen musste, da sich Jean-Luc mit Kaspar, dem Manager des Bolero geeinigt hatte, Fehlbestellungen auf diese Weise abzuwickeln. Der Barkeeper war misstrauisch und sicherte sich erst bei Kaspar ab. Während Eric wartete, näherte sich ihm eine Frau mit wasserstoffblonden Haaren, die oft das Taxi benutzte.

»Hallo Schatz. Schön dass du hier bist. Bezahlst du mir einen Drink, oder hast du eine Bestellung?«, fragte sie lächelnd. Sie legte einen Fuss auf die Querstrebe von Erics Barhocker, schob ihr Knie zwischen seine Beine und eine Parfumwolke hüllte ihn ein.

»Ich warte nur auf mein Geld, Lady. Ich habe aber einen Kerl mitgebracht, der was für dich sein könnte. Wahrscheinlich kennst du ihn. Er sieht zwar nicht so gut aus wie ich, hat aber jede Menge Kohle bei sich, und er steht auf falsche Blondinen, die französisch sprechen.« Sie schenkte ihm ein Lächeln und liess ihn sitzen. Die Luft stank nicht nach billigem, aber nach zu viel Parfüm, und die sabbernden Kerle an der Bar entlockten Eric ein spöttisches Lächeln. Er war froh, als er sein Geld bekam und in die kalte Nacht hinaustreten konnte.

»Da ist ja endlich der Abtrünnige«, sagte Igor, als Eric eine Viertelstunde später die Taxi-Garage betrat. Zusammen mit Karin, Gregor und Hubi, einem anderen Aushilfschauffeur und mit Erkan und Willi, die beide für das Bifangtaxi arbeiteten, sass er an einer hölzernen Festbank, die sie mitten in die Garage gestellt hatten. Sie tranken Kaffee, und auf dem Tisch lag noch ein Stück Kuchen. Nur Giuseppe und Oli, zwei Aushilfschauffeure, die ausschliesslich an Umsatz interessiert waren, hielten draussen die Stellung.

»Lange könnt ihr noch nicht hier sein. Ich wurde im Motel aufgehalten, sonst wäre ich seit zehn Minuten hier«, sagte Eric und setzte sich.

»Zehn Minuten. Du bluffst. Ich wette, dass ein Quicky bei dir nicht länger als drei Minuten dauert«, sagte Igor lachend.

»Du darfst deiner Frau nicht alles glauben«, gab Eric zurück.

»Wir prahlten gerade mit unseren weitesten Fahrten. Es fehlen nur noch Hubi und du. Igor war in Lyon, Gregor in Mailand, Erkan kam nie über Genf hinaus, Willi reichte es bloss nach St. Gallen, und ich habe einmal München gesehen. Du bist gerade noch rechtzeitig gekommen«, sagte Karin und schenkte sich noch einen Kaffee ein.

»Also nach dir, Hubi«, sagte Eric zu dem mageren Aushilfschauffeur mit der Elvis-Tolle.

»Das ist nicht lange her«, begann Hubi. »Im letzten Herbst berichteten sie im Radio über einen bekannten deutschen Industriellen, der in St. Moritz unter mysteriösen Umständen gestorben war. Die Polente suchte einen grossen, dicken Deutschen, der als Zeuge Licht ins Dunkel bringen sollte. Da steigt bei mir doch tatsächlich kurz nach acht ein Detlef ein. Der war aber nicht besonders gross und mager, und ich habe ihn in Olten und nicht in St. Moritz geladen. Er fragte mich, was es nach Zürich kostet.«

»Du willst doch nicht sagen, dass du nur bis nach Zürich gekommen bist«, lachte Gregor.

»Abwarten. Ich kassierte zweihundert Franken gleich ein. Der Kraut machte einen nervösen Eindruck, sagte aber bis zum Baregg-Tunnel vor Zürich keinen Ton. Dafür begann er zu quasseln, sobald wir in die Röhre eingefahren waren. Er wollte wissen, wie lange wir nach St. Moritz hätten, und was das kosten würde. Ich hatte keine Ahnung, doch ich wusste, dass es verdammt weit war. Also sagte ich ihm, da müsse er mit etwa tausend Franken und mit gut vier Stunden Fahrtzeit rechnen. Er überlegte nur kurz, dann reichte er mir tausendfünfhundert Mark rüber, das waren ungefähr tausendzweihundert Franken plus die Zweihundert, die ich schon im Sack hatte. Im Licht des Tunnels versuchte ich zu überprüfen, ob die Scheine echt waren. Sie machten einen abgegriffenen Eindruck, und ich sagte ihm, das würde reichen. Ich war ganz aus dem Häuschen, denn ich hatte den Wecker nicht eingeschaltet. Der Kraut bestand darauf, dass ich ihm versprach, ihn nie gesehen zu haben. Ich dachte mir Blasius Rohr, wenn wirklich jemand nachfragen sollte, was ich stark bezweifelte, konnte ich immer noch weiterschauen, und ich versprach ihm hoch und heilig, dass ich schweigen würde, wie Grossmutters Grab. Ich hatte nicht an den Schnee in den Bergen gedacht, bis ich noch lange vor der Julierpasshöhe die Schneeketten montieren musste. Wir kamen erst nach über sechs Stunden in St. Moritz an. Der Zwaspli gab mir noch mal hundert Mark für ein Hotel, das ich aber erst irgendwo auf dem Heimweg beziehen sollte. Aus Thusis, wo ich mir ein günstiges Zimmer besorgte, rief ich Jean-Luc an und sagte ihm, dass ich Nachmittag wieder losfahren werde. Auf dem Rückweg habe ich den Wecker laufen lassen, und in Olten zeigte er knapp achthundert Franken an. Das war nicht nur meine längste Fahrt, es war auch das grösste Trinkgeld. Als ich Jean-Luc davon erzählte, lachte er und sagte, das gehe in Ordnung, wenn man ihnen schon nicht aus dem Weg gehen könne, dann solle man die Teutonen wenigstens ausnehmen, wo man kann.«

»Hat jemals jemand nach diesem Idioten gefragt?«, wollte Karin wissen.

»Wo denkst du hin. Aber jetzt ist Eric dran! Du warst garantiert schon mal in Barcelona.«

»Davon träume ich bloss jede Nacht. Meine längste Fahrt habe ich in meinen ersten Tagen eingefahren und dabei gleich etwas gelernt.«

»Er ist dir doch nicht etwa abgehauen?«, fragte Igor.

»Nur langsam, schön der Reihe nach wie in Paris. Ich fuhr noch auf der Tagschicht, damit ich mir die Strassennamen einprägen konnte. Es war an einem Freitagmorgen ziemlich früh. Ich hatte um fünf begonnen und noch nicht lange gearbeitet, als ein etwa fünfunddreissigjähriger Mann mit einem eleganten Anzug die Treppe rauf und auf mich zu rannte. Er stammelte, ich solle ihn so schnell wie möglich nach Bern fahren. Als er wieder besser auf der Lunge war, erzählte er, dass er als Artdirector einer grossen Werbeagentur arbeitete, und dass er zu der Schweizerischen Milchzentrale in Bern musste, wo ich auf ihn zu warten hatte. Den ganzen Weg unterhielt er mich mit Geschichten aus der Werbebranche, und den komplizierten Weg zur Milchzentrale kannte er genau. Ich hatte also keinen Grund misstrauisch zu sein, als er ausstieg und sagte, er käme gleich wieder. Nach zehn Minuten, den Wecker liess ich natürlich ticken, kam er aufgeregt zurück. Er trug eine Mappe aus Karton unter dem Arm und sagte, dass ich ihn nach Lugano fahren sollte. Da erinnerte ich mich, dass Jean-Luc davon gesprochen hatte, dass ein Hochstapler in Aarau Chauffeure gelinkt hatte und ohne zu bezahlen ins Tessin gefahren war. Ich sagte ihm also, dass das teuer werde, und fragte ihn, ob er Geld hätte. Er lächelte verständnisvoll und zeigte mir sein Portemonnaie, in dem ein Bündel Hunderternoten steckte. Also bin ich weitergefahren. In der Gotthard-Autobahnraststätte lud er mich zum Kaffee ein, weil ich meine Pause machen musste. Ich telefonierte mit der Zentrale und orientierte sie, wohin ich unterwegs war. Gret wies mich eindringlich darauf hin, ja mit dem Geld zurückzukommen. Ich sagte ihr, sie solle sich keine Sorge machen. Der Werbefritze hatte ein banales Durchschnittsgesicht, war dem Dialekt nach ein Aargauer und fiel nur durch seinen ungewöhnlichen Gang auf. Er schlenkerte beim Gehen seine Arme ein wenig spastisch wie Joe Cocker am Mikrofon, dazu schwang er seine Hüften wie ein Mannequin auf dem Laufsteg. In Lugano hiess er mich vor einem noblen Hotel an der Seepromenade anhalten. Die Uhr zeigte achthundertundzweiundsechzig Franken vierzig an, und er lud mich zum Mittagessen ein, weil ich so gut gefahren sei. Beim Essen wollte er mir dann auch die Fahrt bezahlen. Wir gingen also in diesen Kasten hinein. So etwas habe ich noch nie gesehen: überall Gold und Spiegel, und von der Decke der turmhohen Eingangshalle hing ein riesiger Kronleuchter herunter, dienstfertige Lakaien standen herum, in den schweren Polstersesseln lasen Leute die Financial-Times, knöcheltiefe Läufer schluckten jedes Geräusch, und ein Türsteher im Frack öffnete uns das Tor zum Speisesaal, nachdem sich mein Kunde an der Rezeption gemeldet hatte. Wir setzten uns ans Fenster und bestellten den Aperitif. Plötzlich sagte der Kerl, er müsse schnell telefonieren. Er nahm seine Mappe mit, und ich wurde misstrauisch, wollte es mit ihm aber nicht verderben, denn das Essen in diesem Palazzo wollte ich mir nicht entgehen lassen. Also sagte ich nichts, folgte ihm jedoch, sobald er hinter der Tür verschwunden war. Der Speisesaal war bis auf das Bedienungspersonal leer, und ich öffnete die Tür einen Spalt, und tatsächlich sah ich in einem Spiegel, wie er den Hörer von der Gabel nahm. Ich behielt ihn im Auge, bis er aufhängte und auf mich zukam. Als er den Speisesaal betrat, sass ich wieder auf dem Biedermeiersessel. Ich erinnerte ihn daran, dass er mir achthundertzweiundsechzig Franken und vierzig Rappen schuldete. In dem Moment, als er die Brieftasche zückte und mir sagte, er gebe mir neunhundert, kam ein Kellner auf uns zu und fragte ihn, ob er der Signore Beat Näf sei, was er bejahte.

Näf sagte, dass er den Anruf draussen entgegennehme, steckte das Portemonnaie wieder ein, packte seine Mappe und entschuldigte sich förmlich. Diesmal sah ich nicht mehr nach. Nach etwa fünf Minuten ging ich dann doch an die Rezeption hinaus, aber dieser verdammte Näf war nirgendwo zu sehen. Also fragte ich eine der Empfangsdamen, ob sie ihn gesehen hatte. Der Name sagte ihr nichts, aber als ich seinen komischen Gang nachäffte, erinnerte sie sich. Er hatte gesagt, dass er sein Gepäck aus dem Wagen holen würde, und ich rannte los, aber von diesem Aas war natürlich nichts mehr zu sehen. Ich wartete noch zehn Minuten im Speisesaal, obwohl mir klar war, dass er mich geleimt hatte. Ich war wütend auf mich, dass ich mich derart hereinlegen liess, aber auch über diesen Näf, der kalten Arsches einen Taxichauffeur um über achthundert Piepen betrog. Jean-Luc reagierte kulant, als ich ohne einen Cent zurück war. Er bot mir an, sowohl den Umsatz als auch meinen Arbeitstag aus den Büchern zu streichen. Das wars, weiter bin ich nie gekommen, und beschissen hat mich seither keiner mehr.«

»Hast du diesen Näf nie mehr gesehen?«, fragte Karin, die sich ein Lächeln nicht verkneifen konnte.

»Nein. Sein Gesicht würde ich nicht mehr erkennen, aber seinen Gang vergesse ich nie. Irgendwann läuft mir dieser ausgekochte Halunke über den Weg.«

»Na ja, wir wurden alle einmal hereingelegt, wenn auch die meisten dafür nicht erst ins Tessin fahren durften«, lachte Igor.

»Wir sollten langsam wieder auf die Gasse«, sagte Eric, nach einem Blick auf die Uhr. Sie deponierten die Festbank auf einem Stapel Sommerpneus und stiegen in ihre Taxis, um den letzten Teil der Schicht in Angriff zu nehmen. Bald schlossen die Bars und Cabarets, und es dauerte nicht lange, bis die Bestellungen der Zentrale schneller kamen, als sie sie erledigen konnten. Jean-Luc war nun mit Blanko Zehn unterwegs und half die Zentrale zu entlasten. Nach einer kurzen Fahrt vom Chöbu an die Aarauerstrasse übernahm Eric eine Bestellung zur Bar 85.

IV

In Begleitung eines etwa fünfundvierzigjährigen Mannes, der einen dunkelgrauen Anzug und einen schwarzen Regenmantel mit Schulterklappen trug, kam Eric an der Wildsau vorbei zum Wagen zurück, der vor der Walliser Kanne auf dem Trottoir stand. Sein Fahrgast setzte sich hinter den Beifahrersitz in den Fonds und wollte nach Bern. Eric kassierte zweihundert Franken Akonto, legte sie auf den freien Sitz neben sich und fuhr in Richtung Aarburg zur Autobahnauffahrt davon. Vor Rothrist bog er auf die Autobahn ein und beschleunigte auf hundertzwanzig.

»Von mir aus brauchen Sie nicht so schnell zu fahren. Ich habe es nicht pressant«, sagte sein Gast gedehnt. Das waren seine ersten Worte, seit er das Fahrtziel genannt hatte. Dem Dialekt nach stammte er aus der Gegend von Solothurn, vielleicht aus dem Wasseramt oder vom Leberberg. Seine Stimme hatte einen kehligen Klang.

»Sie müssen sagen, wenn es Sie stört. Aber gegen pünktlichen Feierabend habe ich nichts einzuwenden«, sagte Eric.

»Das verstehe ich gut. Wenn ich eine so schöne Frau zu Hause hätte, möchte ich auch so schnell wie möglich in die Heja«, sagte der Mann, der seinen Trenchcoat nicht ausgezogen hatte. Eric blickte überrascht in den Innenspiegel, doch er konnte das Gesicht seines Kunden nicht sehen, und er drehte den Kopf. Er hatte ihn genau taxiert, bevor er ihn einsteigen liess. Der Mann war mittelgross, leicht untersetzt, hatte sehr kurze braune Haare, eine steile Falte zwischen buschigen Augenbrauen, kleine, tief liegende Augen und einen Zitronenmund. Er wirkte nicht sportlich, aber doch trainiert, nicht sympathisch, aber auch nicht degoutant.

»Kennen wir uns?«, fragte Eric misstrauisch.

»Ich habe mir gedacht, dass Sie mich nicht mehr kennen. Es ist eine Weile her, und ich befasste mich mit Ihnen mehr, als Sie sich mit mir. Schwitzer, Christian Schwitzer. Ich arbeite für die Innere Sicherheit der Schweiz. Bei Ihrem Prozess arbeitete ich als Praktikant bei der Bundesanwaltschaft. Sie sahen mich im Gerichtssaal, aber ich bin nicht überrascht, dass Sie sich nicht erinnern, wenn ich auch weiss, dass Sie ein hervorragendes Gedächtnis haben. Keine Angst, ich nehme das nicht persönlich«, sagte Schwitzer leutselig.

Eric setzte sein Pokerface auf, während sein Herz raste, und er versuchte sich auf die Strasse zu konzentrieren. Seit seiner Entlassung hatte er damit gerechnet, dass irgendwann ein solcher Kerl auftauchen würde, doch seit er mit Vreni zusammen war, hatte er darauf geachtet, vorwärts zu schauen. Er hatte Gedanken an seine

Vergangenheit bewusst verdrängt, und jetzt sass dieser Typ in seinem Taxi und quatschte ihn an, als wären sie alte Kumpel.

»Was wollen Sie von mir?«, fragte Eric eine Spur zu laut.

»Warum so unfreundlich, Hudere-Waser? Haben wir Sie zu lange in Ruhe gelassen? Erinnern Sie sich daran, was Ihnen Tobler sagte? Sehen Sie, bisher war es doch halb so schlimm, und so soll es auch bleiben. Ihre Provokationen stören uns wenig, die unsäglichen Statements an Ihren Stammtischen oder die langatmigen Buchbesprechungen sind höchstens manchmal lästig. Wir freuen uns, wenn Sie sich auf diese Art austoben, dann bringen Sie wenigstens niemanden um«, sagte Schwitzer unpassend sanft.

»Sagen Sie mir, für wen Sie arbeiten und was Sie von mir wollen! Ich erwarte klare Antworten, sonst fahre ich von der Bahn und lade Sie im nächsten Dorf aus«, sagte Eric. Er wollte sich von diesem Schwitzer nichts bieten lassen. Es war lange her, dass ihn jemand Hudere-Waser genannt hatte.

»Sie können mich hinfahren, wo Sie wollen, los werden Sie mich nicht. Spielt es eine Rolle, in welchem Budget mein Lohn ausgewiesen wird? Ich kann Ihnen bloss verraten, dass ich dafür verantwortlich bin, dass Sie nicht noch einmal quer schlagen. Nicht, dass ich Ihnen etwas unterstellen will, gerade jetzt, wo Sie endlich Ihr Privatleben in den Griff kriegen. Ich darf doch schon jetzt zu der bevorstehenden Geburt gratulieren? Sie werden sehen, das Kind wird Sie vernünftiger machen. Sie werden die Sicherheitsaspekte, die auch für unser Land so zentral sind, in einem neuen Licht beurteilen.«

Schwitzer brach ab, und Eric fuhr an der nächsten Ausfahrt vorbei. Er wusste, dass Schwitzer Recht hatte, er konnte nicht davonlaufen, sie würden immer wieder kommen. Er wusste auch, dass Schwitzer nicht bluffte. Oft genug hatte er den Eindruck gehabt, dass er von Leuten beobachtet wurde, denen offensichtlich daran gelegen war, dass sie von ihm bemerkt wurden. Tobler hatte angekündigt, dass Eric draussen keinen Schritt machen würde, ohne dass er davon erfahren würde, und er hatte gedroht, dass er ihm das Privatleben kaputt machen würde, wenn er bloss das Gefühl hätte, dass Eric daran dachte, ein krummes Ding zu drehen.

»Woher wissen Sie, dass ich Vater werde?«, fragte Eric rhetorisch.

»Ich weiss, dass Sie gerne den Naiven spielen, aber ich darf doch bitten! Vielleicht hatten Sie damals, als Sie glaubten die Welt retten zu müssen, noch nicht gewusst, worauf Sie sich einliessen, aber so einfältig sind Sie nicht, dass Sie unterdessen nicht wissen, was mit Leuten wie Ihnen passiert. Wahrscheinlich waren wir tatsächlich zu nett mit Ihnen. Und jetzt hören Sie gut zu!« Schwitzers Stimme hatte einen militärischen Klang angenommen. »Mich interessiert es, wie es Ihnen geht, Waser«, sagte er wieder sanft. »Im Gegensatz zu einigen meiner Kollegen, die Sie schon lange neutralisieren möchten. Trotz Ihrer zweifelhaften Herkunft sind Sie überdurchschnittlich intelligent, das hatte sogar das Gericht vermerkt, und das kommt auch in unserem psychologischen Profil zum Ausdruck. Meiner Meinung nach ist es fahrlässig, Ihre Intelligenz nicht zu nutzen, und wenn ich ganz ehrlich sein darf, ich mag Sie trotz Ihrer ideologischen Sturheit, die Sie ja geradezu kultivieren. Bald jedoch wird Kindergeschrei Ihren Alltag prägen. Sie wollen wirklich als Hausmann arbeiten? Kommt ihr damit finanziell durch?«, fragte Schwitzer besorgt. Es sah aus, als wollte er sein ganzes Repertoire durchspielen.

Eric sagte nichts, er konzentrierte sich auf die Fahrt durch den nun stellenweise stockdicken Nebel. Er wartete ab, wie sich die Situation entwickelte. Schwitzer wollte etwas Konkretes, so viel war klar. Diese Fahrt war inszeniert, und Schwitzer führte mit ihm so etwas wie ein Anwerbungsgespräch. Entweder war der Fichenskandal der Bluff des Jahrzehnts, oder die Verunsicherung in den geheim operierenden Diensten war noch grösser, als die Medien dokumentiert hatten, dachte Eric. Er fuhr an der Verzweigung Luterbach vorbei und wechselte auf die Überholspur, um die rechte Fahrbahn freizumachen. Auf der Einspurstrecke leuchteten schwach rote Rücklichter durch den Nebel.

»Du willst nicht mit mir sprechen, Hudere-Waser? Das macht nichts, das wird sich geben. Weisst du, ich bin ein hartnäckiger Hund, man nennt mich intern auch Pitbull. Wie gesagt, ich mag dich, und ich rechne es dir hoch an, dass du damals niemanden verpfiffen hattest, obwohl wir alles wussten und du dir zwei Jahre hättest ersparen können. Deine Naivität macht dich fast sympathisch. Ich habe mich für dieses Projekt eingesetzt und will damit erfolgreich sein. Du darfst aber nicht denken, dass ich einfach gutmütig bin. Wenn du nicht genau das tust, was ich von dir verlange, werden du und deine hübsche Verena und künftig auch dein Kind ein hartes Leben führen. Du kannst Gift darauf nehmen, dass ich den längeren Atem habe. Wenn nötig ist unsere Geduld fast grenzenlos, aber schliesslich kriegen wir jeden. Normalerweise reicht es, ein wenig die Schraube anzuziehen, bevor wir ihnen einen guten Job oder einen interessanten Ausbildungsplatz anbieten, der sie vernünftig werden lässt. Natürlich gibt es auch härtere Brocken, die uns mehr Mühe bereiten, aber wir machen unsere Arbeit gerne. Nach unseren Operationen, glaube nur nicht, dass wir gleich mit dem Holzhammer zuschlagen, ziehen es manche vor auszusteigen, und sie gehen auf eine Alp oder ins Ausland. Einige finden die Erlösung in harten Drogen, und leider gibt es auch einige, die zu sensibel sind und ihrem Leben selbst ein Ende setzen. Nicht alle kommen so gut zurecht wie du, als sozial Untote zu leben.«

»Für einen Zombie werde ich nicht schlecht geachtet«, verteidigte sich Eric und merkte gleichzeitig, dass er einen Fehler gemacht hatte, sich so aus der Reserve locken zu lassen.

»Du wirst nicht geachtet, du bist geächtet. Vielleicht tut es deinem Seelenhaushalt gut, wenn du das verwechselst. Bloss weil du mit dieser charmanten Verena König Glück gehabt hast, solltest du dir keine falschen Hoffnungen machen. Auch sie wird nicht in der Lage sein, dich aus der gesellschaftlichen Isolation herauszuführen. Dafür fehlt es ihr nicht nur an Format, sondern vor allem an Macht. Nein, Waser, sie kann dir keine Hilfe sein. Nur die Kooperation mit mir holt dich aus dem virtuellen Gefängnis raus. Lass mich den Gedanken zu Ende bringen. Die meisten unserer Zielpersonen haben keine Ahnung, was mit ihnen passiert, können sich nicht vorstellen, dass wir hinter ihren Fisimatenten stecken, und die wenigen, die ahnen, dass sie es mit uns zu tun haben, sind in der Regel auch intelligent genug, nicht darüber zu sprechen. Ich bin sicher, dass auch du bald einsehen wirst, dass du nicht den Hauch einer Chance hast.«

»Du glaubst doch nicht, dass ich für deinen Verein auch nur einen Finger krümme? Ich weiss nicht, woher deine Informationen stammen, aber ich sage dir, dass deine Quellen nichts wert sind, sonst wüsstest du, dass ich mich nicht einschüchtern lasse, auch wenn du Vreni ins Spiel bringst. Sicher, ich bin verliebt und werde

Vater, aber ich werde mich nicht verleugnen, bloss weil du glaubst, dass du mir jetzt den Arsch aufreissen kannst«, entfuhr es Eric, der Schwitzer nun auch duzte, was diesen dazu brachte, wieder bürgerliche Konventionen zu pflegen.

»Sehen Sie, Waser, Sie sprechen mit mir. Das ist ein Fortschritt und mehr, als ich zu hoffen wagte. Sie bezweifeln meine Informationen und meine Analysen? Da mögen Sie sogar Recht haben. Sie glauben nicht, wie schwierig es ist, jedes Detail richtig einzuordnen. Aber in einem habe ich mich nicht getäuscht. Ich hatte schon oft gedacht, dass Sie mit Ihren unkontrollierten Sexattacken aus dem Schlaf heraus eine Art russisches Beziehungsroulette spielen, und nun haben Sie tatsächlich einen Volltreffer gelandet«, sagte Schwitzer seifig.

»Geh doch zu Fuss, du verdammtes Schwein!«, rief Eric aus. Er zog den Wagen abrupt nach rechts, und als das Taxi den Pannenstreifen erreicht hatte, trat er auf die Klötze. Wie immer, wenn er im Nebel auf der Autobahn unterwegs war, hatte er sich angeschnallt. Er wurde von den Gurten gehalten, als die Eisen griffen. Schwitzer prallte an die Lehne des Beifahrersitzes. Er stöhnte ein wenig, rappelte sich aber schnell auf, und kaum war der Wagen zum Stillstand gekommen, hielt er Eric einen Revolver an den Hals.

»Du überhebliches Arschloch! Fahr weiter, du verdammter Kesselflicker und beruhige dich! Was hast du erwartet? Ich kann dir jederzeit beim Ficken zuhören, du einfältiger Trottel!« Sein Atem ging keuchend, seine Stimme aber war hart und kompromisslos, und Eric hatte das Gefühl, dass Schwitzer es genoss, für einen Moment sich selbst zu sein. »Glaubst du wirklich, du hast in den letzten Jahren auch nur einen Furz gemacht, von dem wir nicht erfahren haben. Du unterschätzt unsere Möglichkeiten. Wir können dich zwar nicht sehen, aber wir hören dich, wo immer du bist. Wir amüsieren uns jeweils über deine Kommentare bei Fussballspielen im Fernsehen. Wir waren überrascht, dass du so toll hinter unserer Fussball-Nati stehst. Wenn du willst, bringe ich dir für das nächste Spiel zwei Tribünenkarten mit«, sagte Schwitzer nun wieder betont freundlich. Den Lauf der Waffe drückte er noch immer hart gegen Erics Hals.

»Drück doch ab, verdammter Scheissbulle, dann bist du mich und deinen Job los!«, keuchte Eric, der seine Hände ins Lenkrad krallte und zu explodieren drohte. Nach einer endlos anmutenden Minute des Schweigens liess er die Schultern sinken und gab langsam Gas. Er wusste, dass er von nun an extrem vorsichtig sein und seine Emotionen unter Kontrolle halten musste, und er entschied sich, sich so zu verhalten, als wäre Schwitzer ein bewaffneter Taxiräuber, den er nicht zu einer vorschnellen, vielleicht tödlichen Handlung provozieren wollte. Also beschleunigte er weiter und bog auf die Normalspur ein. Er fuhr jetzt bloss noch mit hundert Kilometern pro Stunde, er wollte demonstrieren, dass er sich nicht stressen liess.

»Eric Waser«, sagte Schwitzer sanft. »Wenn ich wollte, könnte ich Ihnen verraten, wie es zu dem Unfall gekommen ist, der Ihr Leben verändert hat, dem Sie es zu verdanken haben, dass Sie bei uns als extrem gewalttätig eingestuft sind. Aber glauben Sie nicht, dass ich auch nur einen Sekundenbruchteil zögern würde, Sie aus Notwehr umzulegen. Um meinen Job bräuchte ich mir deshalb keine Sorgen zu machen. Im Gegenteil, für heldenhaften Einsatz im Dienst würde ich eine Auszeichnung erhalten. Ihre Reaktion zeigt mir, dass meine Informationen korrekt und meine Quellen zuverlässig sind. Sie haben doch genau gewusst, dass wir Sie mit Argusaugen beobachten werden. Spielen Sie also nicht die beleidigte Leberwurst.«

Geschickt hatte Schwitzer seinen Köder erst offen ausgelegt und dann mit einem Redeschwall zugedeckt. Er wartete gespannt, ob Eric anbeissen würde. Er wusste, wie es zu dem Unfall gekommen war! Blufftte Schwitzer bloss oder wusste er wirklich Bescheid? Eric hatte sich oft den Kopf zerbrochen, wie das Unglück hatte geschehen können, doch er war nie zu einem schlüssigen Urteil gekommen. Es konnte ein Unfall gewesen sein, oder jemand hatte den Wecker manipuliert, dann wäre es Mord gewesen. Falls es Mord gewesen war, in dieser Hinsicht war sich Eric sicher, dann konnte es nur der vierte Mann gewesen sein, denn dieser, ein Student, der in der gleichen WG wie Xandra gelebte hatte und jetzt im Zürcher Oberland als Zahnarzt praktizierte, hatte zusammen mit Xandra die Bombe fabriziert, wogegen weder Eric noch sein Schulkollege, der nach der Matur ans Mittelmeer ausgewandert war, die Bombe in den Händen gehabt hatten. Egal ob Schwitzer blufftte oder nicht, auf diesen Taschenspielertrick fiel Eric nicht herein. Schwitzer konnte ihm erzählen, was er wollte, solange Eric keine Möglichkeit bekam, diese Informationen zu überprüfen, und falls der Vierte ein Saboteur gewesen war, würde Schwitzer sich hüten, ihn in die Pfanne zu hauen. Eine Krähe hackt der andern kein Auge aus.

»Was wollen Sie? Sie behaupten mich zu mögen. Ich aber mag keine Schnüffler. Sagen Sie mir, was Sie von mir wollen«, sagte Eric.

»Für den Moment bin ich zufrieden, wenn ich die Zusage für Ihre Mitarbeit bekomme.«

»Vergessen Sies«, sagte Eric, der wusste, dass er sich selbst betrügen würde. Allerdings war die Aussicht, dass das noch frische Glück mit Vreni und die Zukunft mit ihrem Baby, die sie sich einigermassen romantisch ausgemalt hatten, durch die Schnüffler gestört werden könnte, nicht eben erbaulich.

»Ich würde Ihnen liebend gerne mehr Zeit geben, mein Angebot zu überlegen, und ich kann Ihnen versichern, es ist ein faires Angebot, ein besseres werden Sie nie kriegen, aber ich kann nicht für alle meine Kollegen garantieren. Es kann sein, dass Sie bereits in wenigen Tagen ernsthafte Schwierigkeiten bekommen. Ich kann Ihnen nur dringend empfehlen, mich anzuhören. Den Auftrag werden Sie auf jeden Fall erledigen, das verspreche ich Ihnen. Wie entscheiden Sie sich?«, fragte Schwitzer, als sie vom Grauholz gegen Bern hinunterfuhren.

»Wie kann ich zusagen, wenn ich keine Ahnung habe, worauf Sie hinaus wollen? Sie erwarten doch nicht, dass ich Ihnen die Katze im Sack abkaufe?«, sagte Eric höhnisch.

»Sie werden mir nur zu gerne vertrauen! Wenn Sie nicht kooperieren, bin ich bald der Einzige, der weiss, dass Sie nicht verrückt oder pervers sind. Ich habe einige Kampagnen geführt, und ich kann Ihnen sagen, dass es manchmal auch für mich hart ist. Aber ich bin gewohnt, meine Ziele zu erreichen, und wenn nötig gehe ich über Leichen. Sagen Sie nun aber nicht, wir seien schuld, dass die Schweiz eine der höchsten Selbstmordraten der Welt hat.«

»Dementis im Voraus kaschieren bloss das schlechte Gewissen«, warf Eric ein. Doch Schwitzer fuhr unbeirrt weiter. »Wir erleben manch unschöne Geschichte, nur weil es Menschen gibt, die die Tatsachen nicht akzeptieren wollen. Waser, je eher Sie sich der Realität stellen, dass Sie eine Null sind, je eher Sie einsehen, dass

Sie ein absolutes Nichts sind, desto einfacher ist es für Sie und für uns. Sie haben die Wahl zu kooperieren oder fertig gemacht zu werden. Hin und wieder werden wir unterschätzt, aber das ist einer der Vorteile eines Geheimdienstes: Wir sind immer da und überall dabei, aber man sieht uns nicht, man ahnt nicht mal was von uns. Wir sammeln Informationen, die uns aus Quellen in allen Redaktionen, Parteien, Verbänden und Organisationen zufliessen, und diese Informationen werden durch Experten ausgewertet, die nicht dümmer sind als Sie, Waser. Durch unsere nebenamtlichen Agenten ist es uns jederzeit praktisch lückenlos möglich, jene, welche die Grenze des Tolerierbaren überschreiten, sofort zu erkennen, so dass wir umgehend Gegenmassnahmen einleiten können. Ich will uns nicht selbst loben, aber ich darf erwähnen, dass wir auch Ausbildungskurse zur Inneren Sicherheit für ausländische Beamte durchführen. Für die Kontingente des Bundeskriminalamts und des FBI bestehen Wartelisten.«

»Gratuliere, Sie haben die Freunde, die Sie verdienen!«

»Die Ironie können Sie sich sparen. Ich sage Ihnen das nur, damit Sie nicht meinen, es mit Amateuren zu tun zu haben. Hören Sie, Waser, ich bin ein umgänglicher Mensch, deshalb gebe ich Ihnen bis Montag Zeit. Natürlich können Sie auch später jederzeit einsteigen, aber ab Montag beginnt unsere Maschine zu laufen«, sagte Schwitzer selbstsicher, und Eric spürte, wie sehr er von sich und seiner Firma überzeugt war.

»Dann war der Fichenskandal also doch nur eine Finte«, sagte Eric, mehr zu sich selbst.

»Bin ich dafür verantwortlich, dass es so viele an sich intelligente Menschen gibt, die noch naiver sind als Sie, Waser. Für Sie wird es ein Vergnügen sein, mit uns zu arbeiten. Uns ist nicht verborgen geblieben, dass Sie beruflich unterfordert sind. Wir werden Ihnen beweisen, dass wir keine schlechten Ziele verfolgen, sondern nur das Wohl unseres Volks im Auge haben. Wenn Sie sich bewähren, woran ich nicht zweifle, dann haben Sie gute Aufstiegschancen. Aber ich will nicht zu viel verraten, sonst steht es am Montag noch in der AZ.«

Schwitzer lachte. Eric fuhr von der Autobahn runter und schaute wehmütig zu dem für einen Augenblick sichtbaren Hüttendorf Zaffaraya hinüber, das die Berner Polizei vor Jahren auf diesen trostlosen Platz zwischen der Ein- und Ausfahrt und der Autobahn vertrieben hatte. Sein Hirn arbeitete fieberhaft. Am liebsten wäre er an der Lindenhofkreuzung abgebogen und hätte am Rand des städtischen Waldparks diesem aalglatten Schwitzer nach allen Regeln der Kunst ein paar Kilogramm Respekt in den Kopf geprügelt, doch er liess sich seine Fantasie nicht anmerken und hielt die Spur.

»Hören Sie, Schnüffler-Schwitzer, Sie wissen, was ich von Ihrem Staat und Ihrem Volk halte, Sie sollten sich also vorstellen können, dass ich es nicht zulassen werde, dass ich für etwas den Arsch hinhalten muss, für das ich bereits im Knast gesessen habe.«

»Was Sie wollen, ist irrelevant. Sie schätzen die Kräfteverhältnisse noch immer nicht realistisch ein!«

»Sie können sich das Treffen vom Montag sparen. Ich habe mit Ihnen und ihren Kohorten nichts gemein. Lassen Sie mich in Ruhe, oder Sie werden ein Problem bekommen. Vorläufig werde ich nichts unternehmen, wenn ich aber feststellen muss, dass dreckige Geschichten gegen mich oder gegen Vreni laufen, kann ich unangenehmer werden, als Sie sich vorstellen können«, sagte Eric.

Bei der alten Reithalle bog er nach rechts ab und fuhr kurz darauf auf den Platz vor dem Berner Hauptbahnhof. Schwitzer öffnete die Türe und sagte: »Sie haben nicht verstanden, oder Sie weigern sich wider besseres Wissen, mir zu glauben. Ich sehe Sie am Montag. Sie werden mich nicht los. Denken Sie an den Pitbull.« Er stieg aus und wollte die Türe zuschlagen, doch er streckte noch einmal den Kopf in den Wagen und sagte: »Falls Sie mit jemandem über dieses Gespräch sprechen werden, machen Sie einen Fehler, den Sie bitter bereuen werden. Damit würden Sie einen verhängnisvollen Schritt zum medizinisch diagnostizierten paranoiden Schizophrenen machen. Das sind gefährliche Zeitgenossen, die auf unbestimmte Zeit verwahrt werden, wie Sie sicher wissen. Bei einem gerichtsnotorisch gewalttätigen Zigeuner wird niemand über diese Diagnose erstaunt sein.«

V

Mit quietschenden Pneus fuhr Eric los, er wollte so schnell wie möglich Land gewinnen. Nun war es also so weit. In der äussersten Ecke des Hinterkopfs hatte er befürchtet, dass seine Glückssträhne mit Vreni zu schön gewesen war. Nach und nach drang ihm mit voller Wucht ins Bewusstsein, was sich gerade abgespielt hatte. Vor der Raststätte Grauholz erinnerte er sich daran, dass er im Taxi sass, die letzten Kilometer hatte er in einer Art Trance zurückgelegt. Nach einem Schock soll man nicht Auto fahren, schoss es ihm durch den Kopf, und er fuhr von der Bahn runter, ging auf die Toilette und wusch sich mit kaltem Wasser das Gesicht. In einer WC-Kabine drehte er sich einen Joint, den er anzündete, als er wieder auf die Autobahn einbog.

Eric öffnete das Fenster zweifingerbreit, damit der Rauch abziehen konnte. Keine Sekunde dachte er daran, dass Schwitzer nur geblufft hatte oder dass er ein Hochstapler war, der die allgemeine Verunsicherung durch den Fichenskandal für perverse Spiele ausnützen wollte. Seine Informationen waren beeindruckend, und Eric zweifelte nicht, dass Schwitzer seine Drohungen in Taten umsetzen würde, falls er nicht nach Drehbuch mitspielte. Obwohl Eric stets darauf bedacht gewesen war, seine Abhängigkeiten möglichst klein zu halten, bot er mehr Angriffsflächen, als ihm lieb war. Wenn sie die Kapazität hatten, ihn, der seit mehr als zwölf Jahren keine Straftat mehr begangen hatte und politisch kaum mehr aktiv gewesen war, so intensiv zu überwachen, dann hatte er sie unterschätzt. Er wusste nur ansatzweise Bescheid, wie die öffentlichen und privaten Sicherheitsdienste organisiert waren, da er sich nie besonders für die geheimen Dienste interessiert hatte. Illusionen über das Ausmass und die Ziele des Staatsschutzes machte er sich keine. Das Sprichwort besagt, dass jeder Schweizer ein halber Polizist ist, und Eric war dezidiert der Meinung, dass dieses Bonmot stark untertrieben war. Die Lust der anständigen Kleinbürger, auffällige Menschen, die nicht in ihr Raster eines richtigen Schweizers passten, bei der Polizei anzuschwärzen, war ungebrochen. Auch der Kreuzzug gegen die Fahrenden wäre nicht möglich gewesen ohne Unterstützung der sesshaften Biedermänner und ohne Zustimmung der gewissenhaften Bürgerinnen. Durch das Milizsystem der Armee mit seinen Tausenden von Bürgern im Offiziersrang, verfügte der staatliche Repressionsapparat zudem über eine immense Reserve, die jederzeit punktuell eingesetzt werden konnte und die im Notfall in der Lage war, praktisch das ganze wirtschaftliche und gesellschaftliche Leben flächendeckend zu überwachen und zu manipulieren. Die etablierte Linke konnte ihm keinen Schutz bieten, da sie nicht über Machtmittel verfügten, die Schnüffler ernsthaft zurückzubinden. Allerdings hätten sie wohl so oder so kein Interesse, sich für ihn einzusetzen. Den Sozialdemokraten war nach jahrzehntelanger Ausgrenzung durch das herrschende Bürgertum die Fähigkeit zum Regieren erst zugesprochen worden, als sie sich voll und ganz hinter den repressiven bürgerlichen Staat stellten, als sie die Rolle des Militärs als Garant der Ruhe und Ordnung vorbehaltlos unterstützten und das staatliche Gewaltmonopol ohne Wenn und Aber akzeptierten. Ihre Reputation als vertrauenswürdige Regierungspartner würden sie wegen einem Waser nicht zur Diskussion stellen.

Tom hatte Recht, dachte Eric. Schwitzers Auftritt war der beste Beweis, dass Vreni sauber war. Oder doch nicht? Wäre sie nicht schwanger, könnten sie ihn nicht so einfach unter Druck setzen, für sich hatte er keine Angst. Konnte er Vreni vertrauen? Ihr Zusammenleben war locker und problemlos, sie hatte keine Ecken und Kanten, wurde nie laut, und sie hatte ihn noch nie abgewiesen, als er sie begatten wollte. Sie harmonierten sowohl im Bett als auch im Alltag, und trotzdem hatte er das Gefühl, dass er sie bloss oberflächlich kannte. Er war sich bewusst, dass sich das ändern musste. Seine Gedanken purzelten durcheinander, und vergessen geglaubte Bilder kamen hoch. Er schüttelte den Kopf, selbst wenn er einen Fehler machte, er musste Vreni vertrauen.

Er schloss das Fenster, er war jetzt gefährlich ruhig. Noch wusste er nicht wie, aber er war fest entschlossen, Vreni und sich aus diesem Schlamassel hinauszubringen, ohne dass ihre Beziehung irreparablen Schaden nehmen würde. Die Fahrt in die Zentrale, während der er an Gegenstrategien herumhirnte, Arbeitshypothesen aufstellte und verwarf und mögliche Entwicklungen vorauszuahnen versuchte, dauerte länger, als es ihm vorkam, und seine Ablösung wartete seit einer halben Stunde, als er vor die Garage fuhr.

Mit seinem gelben Rekord fuhr Eric in die Innenstadt und kaufte beim Hintereingang einer noch geschlossenen Bäckerei backfrische Croissants. Zu Hause schenkte er sich einen doppelten Whiskey ein, den er in einem Zug runterstürzte. Dann setzte er eine grosse Kanne Kaffee auf, drehte sich einen Joint und deckte den Tisch für das Frühstück. Aus einer Schublade des Küchenschranks nahm er einen Papierblock und begann zu schreiben. Der Kaffee war fertig, als er seine Geschichte beendete, und er leerte ihn in einen Thermoskrug, den er sorgfältig verschloss. Die beschriebenen Blätter faltete er und schob sie in die Hosentasche. »amore mio! geliebte königin! wecke mich bitte, ich will mit dir das morgenessen geniessen. ich liebe dich. eric«, schrieb er auf das oberste Blatt des Blocks und legte ihn auf den Tisch. Es begann zu tagen, als er unter die Bettdecke schlüpfte und sich an Vreni schmiegte. Er wollte sie nicht wecken, aber trotzdem ihre Wärme spüren, und er gab ihr einen Kuss auf den Nacken. Sie drehte sich stöhnend um und schlief weiter. Bald fiel auch Eric in einen tiefen Schlaf.

VI

»Ja, ja, merci. Es reicht!«, rief Eric, der durch die stetig lauter werdende Musik geweckt wurde. Vreni drehte die Lautstärke zurück. Mit Bedacht hatte sie Patty Smith gewählt. Hin und wieder kam es vor, dass er Croissants mitbrachte, oft trank er vor dem Einschlafen ein Bier, aber Whiskey hatte er noch nie getrunken, und geschrieben hatte er ihr auch noch nie. Sie war nicht beunruhigt, aber sie war sicher, dass etwas passiert war, und sie wollte ihm signalisieren, wie sehr sie ihn liebte.

»Hallo mein Grosser!«, sagte Vreni und blieb im Türrahmen stehen. Sie trug einen roten Sweater und schwarze Jeans. Eric hatte die Arme hinter dem Kopf verschränkt und musterte sie, und was er sah, liess sein Herz höher schlagen. Zuerst setzte die Erinnerung bruchstückhaft ein, dann überschwemmte sie ihn ungedämmt, und Vreni beobachtete, wie sich seine Augenbrauen zusammenzogen und sich sein Gesicht verfinsterte. Er breitete die Arme aus und lud sie wortlos ein, sich zu ihm zu legen. Lange küssten sie sich und hielten sich fest in den Armen.

»Ich liebe dich, Vreni«, flüsterte Eric ihr ins Ohr. Nach einem langen Kuss schauten sie sich tief in die Augen.

»Ich liebe dich, mein grosser König. Danke für deinen Morgengruss. Ich wollte dich schlafen lassen, denn ich stand um halb neun auf und war einkaufen. Jetzt ist es bald zwölf, ich habe Hunger und möchte endlich mit dir frühstücken«, sagte Vreni gut gelaunt.

Sie erhob sich und zupfte ihn am Ärmel des alten Baumwollhemdes, das er als Pyjama trug. Eric nahm die gefalteten Blätter aus den Arbeitshosen, zog sich die schwarzen Lederhosen, ein Jeanshemd und die schweren Lederstiefel an. Vreni sass mit dem Rücken zum Kochherd am Tisch und las den Tages-Anzeiger. Sie blickte auf, als er die Küche betrat. Es duftete nach frischem Kaffee, und durch die Fenster war der strahlend blaue Himmel zu sehen. Die Szene wirkte auf Eric so idyllisch, dass es ihn fast körperlich schmerzte, wenn er an die heimlichen Lauscher dachte. Er setzte sich an den Tisch, schenkte Kaffee ein, schnappte sich ein Gipfeli und die AZ und begann schweigend zu essen und zu lesen, genau so, wie er das auch sonst tat. Heute war er besonders froh, dass Vreni seinen ausdrücklichen Wunsch, ausserhalb des Betts am Morgen nicht angesprochen zu werden, bis er den ersten Kaffee getrunken hatte, immer respektiert hatte.

Nach der zweiten Tasse brach er das Schweigen und sagte: »Ich bin froh, dass ich gestern meine letzte Nachtschicht hatte. Das war vielleicht eine Scheissnacht. Vielleicht werde ich langsam alt und kann nicht mehr alles so locker ertragen wie früher.«

»Ich sah den Whiskey und dachte mir schon, dass etwas passiert ist. Was war denn los?«, fragte Vreni und legte die Zeitung weg.

»Das ist es ja! Eigentlich war nichts Besonderes, bloss die übliche Kundschaft. Es war eine gewöhnliche Freitagnacht, aber ich habe erst heute Morgen gemerkt, wie sehr mir dieser Job zum Hals raushängt.«

»Na ja, das Gröbste hast du überstanden.«

»Eine Geschichte war jedoch etwas speziell, die ging mir schon an die Nieren. Willst du sie hören?«

»Natürlich!«

»Bist du fertig mit Essen? Es ist eine unappetitliche Story.«

»Nun leg schon los!«

»Es ging gegen Feierabend zu, als ich die Bar 85 übernahm.« Eric räusperte sich. »Habe ich dir schon einmal von Manuela erzählt?«

»Nein, nicht dass ich wüsste.«

»Manuela ist eine Prostituierte, die oft das Taxi benutzt.«

»Nein, die kenne ich nicht.«

»Es war Manuela, die das Taxi bestellt hatte. Sie war breiter als der Atlantik, und ich habe sie nach Hause gebracht. Ich kenne sie schon lange, und sie erzählte mir schon früher Geschichten. Manuela kam vor etwa dreiundzwanzig Jahren als Manuel zur Welt, aber sie ist ein verdammt steiler Zahn. Mit siebzehn outete sie sich. Sie schmiss die Bürolehre und zog sich betont weiblich an. Zu Beginn ihrer Karriere reichte es, wenn sie sich schminkte, den Büstenhalter mit Watte ausstopfte und es auf Französisch machte. Als sie auf der Strasse genug verdient hatte, liess sie sich Silikonbrüste verpassen und arbeitete in einem Salon in Zürich, wo sie sich schnell einen speziellen Stamm von Freiern aufbaute, die darauf standen, eine junge schöne Frau mit einem kleinen Pimmel zu ficken. Obwohl sie eine Menge Kohle gemacht hatte, reichte es ihr bis heute nicht, die dreissigtausend Franken beiseite zu legen, die sie für die Operation braucht. Jetzt hat sie einen eigenen Salon, und normalerweise geht es ihr gut, doch hin und wieder feiert sie elendige Abstürze. Gestern war wieder so eine Nacht, und sie hat mir eine haarsträubende Geschichte erzählt. Willst du sie wirklich hören?«

»Nun hab dich mal nicht so!«

»Manuela arbeitete damals in Zürich. In einer flauen Nacht, in der sie bloss zwei Stammkunden bedient hatte, wollte sie den Salon schliessen, da kam ein stattlicher älterer Mann herein, den sie aus der Klatschpresse kannte, die sie gerne las, weil darin immer mal wieder Freier von ihr abgebildet wurden. Sie wusste, er war ein Boss der Finanzwelt, aber sie hatte es ihm noch nie besorgt. Er nannte den Namen eines Bundesrichters als Referenz, obwohl das nicht nötig gewesen wäre, blätterte zehn Tausendernoten aufs Bett und sagte, er habe ein spezielles Anliegen. Manuela versicherte ihm, dass er für dieses Geld alles haben könne, nur körperliche Misshandlungen liesse sie sich nicht gefallen. Er versicherte ihr, dass ihr nichts passieren würde. Manuela machte sich also an ihm zu schaffen, doch er wehrte sie ab, zog ein Schmucketui aus einer Manteltasche und legte es neben das Geld. Als sie es öffnete, fand sie sechs eingelegte silberne Nägel. Unterdessen hatte ihr Freier noch einen Hammer, ein glattpoliertes Stück Holz und ein kleines Fläschchen mit reinem Alkohol hervorgeholt. Dann öffnete er sich die Hose, seinen langen Mantel legte er nicht ab. Manuela musste den Brechreiz bezwingen, als sie die vielen kleinen Löcher sah, doch sie überwand sich angesichts der zehn Tausender und trieb einen Nagel nach dem anderen durch die perforierte Haut seines schlaffen Penis, der sich erstmals regte, als sie den fünften Nagel durch die Vorhaut trieb.«

»Das ist widerlich.«

»Ich habe dich gewarnt. Beim letzten Nagel gab Manuelas Freier den ersten Ton von sich, und als sie den Nagel mit dem letzten Schlag fast versenkte, stöhnte er, und ein wenig Sperma floss zwischen der Vorhaut hervor. Der Schlappschwanz holte seelenruhig eine Beisszange aus dem Mantel, riss die Nägel aus dem Holz, schüttete sich ohne mit der Wimper zu zucken den Alkohol über die Wunde, packte seine Utensilien ein und verschwand, so schnell er aufgetaucht war.«

»Nach einer solchen Geschichte hätte ich als Mann auch einen Whiskey gebraucht«, sagte Vreni.

»Hast du heute Nachmittag schon etwas vor? Bei diesem Wetter könnten wir spazieren gehen«, sagte Eric nach einer Weile.

»Eric, du überraschst mich! Eine ausgezeichnete Idee. Das hätte ich dir nicht zugetraut«, grinste Vreni.

»Zuvor müssen wir noch schnell in die Stadt, ich brauche neue Filme. Ich will die Kamera mitnehmen, damit ich von dir einige Aufnahmen machen kann.«

»Wanderung mit Fotosession? Das wird ja immer besser.« Sie staunte, denn bisher hatte Eric immer unwirsch reagiert, wenn sie spazieren gehen wollte, und dass er eine Kamera besass, hatte er nie erwähnt.

Vom Schreibtisch holte Eric einige lose Blätter Schreibmaschinenpapier, schnitt sie zweimal in der Mitte durch und legte die Zettel zusammen mit zwei Kugelschreibern auf den Tisch. Er stellte sich hinter Vreni auf, hielt ihr eine Hand auf den Mund und legte ihr die zwei Seiten, die er am frühen Morgen vollgeschrieben hatte, auf die Zeitung. Sie drehte sich verwundert um, doch er deutete wortlos auf seine Notizen.

Also begann Vreni zu lesen: ›auch wenn es verrückt klingen mag, ich mache keinen scherz. wir werden abgehört!‹ Verwirrt blickte sie zu Eric hoch, der ihr bedeutete, zu schweigen. Sie überflog die Zeilen und begann dann noch einmal langsamer von vorn. Ihre anfängliche Skepsis wich zunehmend einem zornigen Entsetzen. Sie wirkte, als wäre sie gegen eine Wand gelaufen. Eric kritzelte ein paar Worte auf einen Zettel und schob ihn zu ihr hin: ›wir müssen jetzt beide stark sein. aber wir werden es schon schaffen‹. Er wollte ihr Mut machen, da er ihr nachfühlen konnte. Vreni las den Zettel, studierte noch einmal seinen Brief und schrieb zurück: ›Bist du dir sicher? Ich kann es nicht glauben!‹

Er sah ihr in die Augen, fasste sie an den Händen und sagte laut: »Ja.« Auf einen neuen Zettel notierte er: ›wir fahren in die Stadt und kaufen dort je ein kleines diktafon, an verschiedenen kassen.‹ Vreni nickte und begann den Tisch abzuräumen, der Appetit war ihr vergangen, und die Zeitung interessierte sie nicht mehr. Eric zerriss den Brief und die Zettel, schmiss die Fötzel ins blecherne Löchersieb und zündete sie über dem Schüttstein an. Mit einer Holzkelle sorgte er dafür, dass alles verbrannte. Die Asche spülte er mit Wasser runter. Dann wusch er das Morgengeschirr ab.

Eric parkte am Amtshausquai in der Nähe des Postens der Kantonspolizei, und sie spazierten händchenhaltend am Stadttheater und drei Bankfilialen vorbei zu einem Elektrodiscounter, der keine dreihundert Meter weiter an der Baslerstrasse lag. Eric sah sich beim Computerzubehör um, während Vreni sich ein günstiges Diktafon erstand. Mit einem Farbfilm und dem kleinsten Aufnahmegerät im Angebot ging er wenig später an die andere Kasse. Obwohl er sich immer wieder diskret im gut frequentierten Laden umsah, entdeckte er niemanden, der sie zu beschatten schien.

»Jetzt fahren wir auf die Froburg«, sagte Eric, als sie wieder im Wagen sassen. Vreni war überrascht, schliesslich hatte er ihr geschrieben, dass auch der Wagen verwanzt war. Aus den Lautsprechern dröhnte laut Jimi Hendrix' ›Go Go Shoes‹, und sie fuhren schweigend auf den Hauenstein, bogen im Dorf nach rechts ab und folgten einer schmalen Strasse dem Waldrand entlang, bis sie das Restaurant Froburg, das zusammen mit einem Bauernhof und einer Plattenlegerschule auf dem ersten Jurahöhenzug lag, erreichten. Eric stellte seinen gelben Wagen auf den fast voll besetzten Parkplatz zwischen dem Restaurant und dem Kinderspielplatz ab.

VII

Der am Stall angekettete Hund bellte, als sie in Richtung Osten an ihm vorbeispazierten. Neben dem leicht ansteigenden Wanderweg ragte hinter einem Wäldchen die rostige Antennenanlage der PTT mit ihren grossen weissen Satelliten-Empfangsschüsseln in die Höhe. Es waren einige Spaziergänger unterwegs, und hin und wieder beanspruchten Mountainbiker Platz auf dem breiten Wanderweg. Eric schlug ein hohes Tempo an, denn er wollte schnell von den Leuten wegkommen. Nach etwa zehn Minuten hatten sie die Weide durchquert, auf der, durch einen grob gezimmerten Holzzaun vom Weg getrennt, gefleckte Fribourgerkühe und ein halbes Dutzend Pferde weideten, und sie traten über einen Viehrost in den Wald ein. Nur noch selten kamen ihnen Spaziergänger entgegen, und in ihrer unmittelbaren Umgebung war niemand zu sehen.

»Jetzt brauchen wir nicht mehr so zu rennen. Wo willst du eigentlich hin?«, fragte Vreni schwer atmend.

»Wir lassen das Auto stehen und wandern zum Bad Lostorf hinunter. Dazu brauchen wir knapp eine Stunde, wenn wir dann noch immer unter Ausschluss der Öffentlichkeit plaudern wollen, können wir nach Hause spazieren, sonst nehmen wir den Bus oder bestellen uns ein Taxi. Das Auto holen wir später mit dem Töff wieder ab«, sagte Eric redselig. Er war nervös.

»Wieso hast du so laut gesagt, wo wir hin wollen, wenn wir selbst in deinem Auto abgehört werden sollen?«

»Wenn du etwas verstecken willst, musst du das offen tun. Du darfst nicht den Argwohn der Gegenseite wecken. Ich wollte, dass sie es wissen, damit sie uns nicht gleich ein Team hinterherschicken«, erklärte Eric.

»Das klingt verdächtig nach John Le Carré«, sagte Vreni. »Aber warum willst du ausgerechnet hier, in der Nähe dieser Antennen, wo jemand unauffällig mit einem Richtstrahlmikrofon hantieren könnte, darüber sprechen?«, fragte sie, ihn mit ihrem nüchternen Sachverstand verblüffend. Sie kamen aus dem Waldstück heraus und mussten ein Viehgatter umgehen, bis sie die offene Matte vor sich überqueren konnten. Eric zeigte nach hinten in Richtung der Antenne, die so riesig war, dass sie von weit im Mittelland draussen sichtbar war. Vom Metallturm war hier jedoch nichts zu sehen. Bloss der Umriss einer Stabantenne ragte in den Himmel, der Rest war hinter dem Berg verschwunden.

Eric erwartete Fragen, doch Vreni zog es vor zu schweigen. Also sagte er nach einer Weile: »Vreni, du weisst, ich liebe dich. Du brauchst keine Angst zu haben. Du hast sicher viele Fragen. Leg einfach los.«

»Ich weiss nicht, was ich sagen soll. Ich kann mir das noch immer nicht vorstellen.«

»Mein Brief war leider kein Gag. Ich bin nicht dumm und falle nicht so schnell auf jemanden rein, das weisst du. Aber ich nehme es dem verdammten Kerl ab, dass er seine Drohungen wahr macht.«

»Kann es nicht sein, dass sich jemand einen üblen Scherz mit dir erlaubt hat, jemand, der Details über dich wusste, vielleicht eine verschmähte Liebhaberin?«, fragte Vreni.

»Deine Zweifel in Ehren, aber ich kenne niemanden, den ich so verletzt habe, dass er oder sie sich derart rächen müsste. Nein, nein, Schwitzer repräsentiert die realexistierende Schweiz. Ich will dir dazu eine Geschichte erzählen. Hast du etwas vom ›Tod in Winterthur‹ gehört oder gelesen?«

»Nein.«

»So hiess ein Buch, das später darüber verfasst wurde. Vor einigen Jahren hat ein Polit-Kommissar der Bundespolizei in Winterthur eine junge Frau im Knast in den Selbstmord getrieben, weil er ihr, die in Untersuchungshaft sass, glaubhaft machen konnte, dass ihr Freund, mit dem zusammen sie festgenommen worden war, ausgepackt und alle Schuld auf sie abgewälzt hätte und deshalb bereits wieder auf freiem Fuss wäre, wo er sich von seiner neuen Freundin trösten liesse. Das war natürlich gelogen, denn ihr Freund war in seiner Einzelzelle genauso isoliert wie sie, und er hielt die Verhöre gut durch, doch das konnte sie nicht wissen. Also begann sie dem väterlichen Bupomann zu glauben, der ihr mit seiner Geschichte das junge Herz brach. Dabei ging es bloss um einen kleinen Kracher, der vor dem Haus des damaligen Justizministers ohne grossen Sachschaden anzurichten explodiert war, der aber von den Medien und den bürgerlichen Politikern zu einem Sprengstoffattentat hochstilisiert wurde. Ich verfolgte die Geschichte in den Medien und las später das dokumentarische Buch von Erich Schmid. Ich weiss nicht, mit welcher Abteilung ich es zu tun habe, aber ich kann dir sagen, und das weiss ich auch aus eigener Erfahrung, dass dieser Kerl, der in Winterthur sein übles Spiel inszenierte, der seiner würdelosen Existenz wenigstens bald darauf ein Ende setzte, keine Ausnahme war. Nein, das ist kein Spass, das ist eine verdammt ernste Angelegenheit«, sagte Eric. Nach einer kurzen Pause fragte er: »Hast du nie etwas von den enttarnten Polizeispitzeln gehört, die im Nachgang zur Zürcher Achtziger-Bewegung aufgeflogen waren?«

»Das hat mich nie interessiert.«

»Es waren üble Kerle, die sich durch besondere Gewaltbereitschaft ausgezeichnet hatten. Es konnten aber nur drei oder vier dieser Typen enttarnt werden; das war die Spitze des Eisbergs. Du darfst niemals den Fehler machen, Macht und Möglichkeiten der repressiven Kräfte zu unterschätzen. Du darfst nicht glauben, dass diese Leute so dumm sind, wie sich entlarvte Spitzel jeweils geben.«

Vreni hatte ihn an der Hand genommen und hörte ihm aufmerksam zu. Sie verstand nicht, was diese Geschichten mit ihm zu tun hatten. An einer Wegkreuzung bogen sie rechts ab und spazierten die schwach abfallende Weide hinunter auf den Wald zu. Neben den immergrünen Tannen und Föhren begannen die Laubbäume erste Triebe sichtbar zu machen. Eric bog auf einen schmalen Trampelpfad nach rechts ein, der zu einer Ruhebank am Waldrand hochführte, von der aus man den ganzen Sattel überblicken konnte. Die letzten Minuten hatten sie nicht gesprochen, da sie sich die Luft für den Aufstieg sparten. Trotzdem etwas ausser Atem liessen sie sich auf die Bank fallen. Über die Weide hinweg sahen sie auf die Hügel des oberen Baselbiets hinunter.

»Erinnerst du dich an unser erstes Essen im Kastaniengarten?«, fragte Eric.

»Natürlich, wieso?«

»Du hast mich gefragt, ob mich eigentlich alle Leute kennen, und ich habe dir erklärt, das sei nichts Besonderes.«

»Ich erinnere mich. Und?«

Eric versuchte zu lächeln, doch seine Augen blieben hart. »Ich habe geschummelt. Ich bin bekannt wie ein bunter Hund. Es ist erstaunlich, dass du nichts darüber weisst.«

»Die Ehefrau erfährt auch immer als Letzte, dass ihr Mann ein Verhältnis hat«, sagte Vreni leichthin.

»Es ist mir peinlich, und ich möchte mich förmlich entschuldigen«, sagte Eric, und Vreni sah ihn überrascht an. Das entsprach nicht seiner Art. »Ich hätte dir schon lange erzählen sollen, wie ich damals in den Knast gekommen war. Bisher war aber irgendwie nie der richtige Zeitpunkt. Vielleicht habe ich es einfach verdrängt. Jedenfalls will ich es dir jetzt erzählen, bevor man dir eine verdrehte Variante meiner Story auftischt. Dir ist sicher aufgefallen, dass ich selten über meine Vergangenheit spreche.«

»Das ist untertrieben. Ausser in den ersten zwei Tagen unserer Beziehung, in denen ich von Tom eine Menge erfahren habe, war dein Vorleben nie ein Thema«, korrigierte ihn Vreni. »Am besten erzählst du mir die Geschichte von Anfang an.«

»Begonnen hat es wahrscheinlich damit, dass ich von klein an ein leidenschaftlicher Leser war, und ich hatte schon immer einen ausgeprägten Gerechtigkeitsfimmel. Ich war Stammkunde der Jugendbibliothek in Olten, wo ich mir Kinderbücher über den US-Astronauten Mike Mars oder den jungen Sheriff Cox auslieh, bis ich Jonathan Swifts ›Gullivers Reisen‹ entdeckte. Ich las Daniel Defoes ›Robinson‹, streifte mit Charles Dickens ›Oliver Twist‹ durch die schmutzigen Gassen von London und fuhr mit Melvilles Kapitän Ahab über die Weltmeere, um ›Moby Dick‹ zu jagen. Das waren herrliche Geschichten, hatten aber scheinbar wenig mit Politik zu tun. Das änderte sich, als ich von Franz zum fünfzehnten Geburtstag Fritz Brupbachers Autobiografie ›Sechzig Jahre Ketzer‹ geschenkt bekam. Ich war fasziniert von diesem anarchistischen Zürcher Arbeiterarzt, der als Linksabweichler nacheinander aus der Sozialdemokratischen und der Kommunistischen Partei ausgeschlossen wurde, und ich begann politischere Bücher zu lesen. Vom elterlichen Bücherbord, Franz hatte Zeit seines Lebens an seiner miserablen Schulbildung gelitten, wurde dann aber ein um so eifrigerer Leser klassischer und politischer Werke, holte ich mir Bücher von Zola, Steinbeck, Sinclair, Hemingway oder Orwell. Den Grossen Bruder habe ich aber nicht nur als Horrorvision kennen gelernt. In den Westerngroschenromanen, die ich wie Jerry-Cotton-Heftchen oder Comic nebenbei verschlang, spielte der grosse Bruder eine andere Rolle. In allen Varianten wird die Story vom starken, nach Jahren aus der Fremde heimkehrenden grossen Bruder, der oft gegen seinen Willen in die Auseinandersetzungen zwischen dem schurkenhaften Grossrancher und den kleinen guten Farmern hineingezogen wird und dann mit den Tyrannen abrechnet und die Gerechtigkeit im Alleingang wieder herstellt, erzählt. Am besten aber haben mir die Geschichten über Desperados gefallen. In einer anderen Ecke des Büchergestells stiess ich dann auf John Reeds ›Zehn Tage, die die Welt erschütterten‹, diesen grossartigen Bericht eines us-amerikanischen Journalisten über die ersten Tage der russischen Revolution. Dieses Buch hat mir endgültig bewusst gemacht, dass ich persönlich mitverantwortlich bin für die herrschenden Zustände, ob ich will oder nicht. Ich musste mich also entscheiden, ob ich zu den Profiteuren und Mitläufern gehören wollte oder ob ich zum Widerstand bereit war, und ich habe mich für den Widerstand entschieden. Ich war nicht ganz siebzehn, als ich bei einem Abendessen meinen Entscheid feierlich vortrug. Franz unterstützte mich, warnte mich aber, dass dieses Leben kein Zuckerschlecken sein würde. Von da an habe ich praktisch nur noch politische Bücher gelesen. Die autobiografischen ›Erinnerungen eines Revolutionärs‹ des russischen Anarchisten Victor Serge haben dabei meine frühen politischen Ansichten mehr geprägt als das Manifest der Kommunistischen Partei. Jedenfalls verstand ich mich in jungen Jahren als glühender Revolutionär, und ich diskutierte oft hart mit Vaters Kollegen, die nicht selten der PCI angehörten. Während ich mich vor allem mit politischen Geschichtsbüchern auseinander setzte, arbeitete sich Tom durch die Wälzer der linken Theoretiker. Er las Marx und Engels, Lenin und Rosa Luxemburg, theoretische Bücher, die mir zu kompliziert waren. Tom war es auch, der eine Lehrlingsgruppe organisierte, die sich Rotstifte nannte. Über zwei Jahre lang trafen wir uns jeden Mittwochabend bei uns zu Hause, wo wir im Schopf ein improvisiertes Versammlungslokal eingerichtet hatten. In der Regel war es Tom, der Textstellen aussuchte, über die wir dann diskutierten. Die Gruppe war nicht sehr gross, mehr als sechs, sieben Leute waren selten dabei, aber sie löste sich erst auf, als Tom von der politischen Theorie genug hatte und sich mit Heroin in den Venen auf die Praxis der Gasse einliess. Unter den Rotstiften befand sich auch eine ziemlich radikale Frau. Sie hiess Alexandra Wind und beeindruckte mich, weil sie als erste Frau im Kanton eine Lehre als Maschinenmechanikerin absolvierte. Mir gefiel auch ihre angriffige Art zu streiten. Sie hielt Theorien nicht für überflüssig, doch sie war mehr daran interessiert, was konkret getan werden konnte, um die herrschenden Verhältnisse zu verändern. Damit lag sie genau auf meiner Wellenlänge. Sie war es, die Texte und Verlautbarungen der RAF in die Gruppe einbrachte, und es war auch ihrer Initiative zu verdanken, dass wir einige spektakuläre Aktionen machten. Am Erfolgreichsten waren wir, als die Armee auf der langen Geraden zwischen Egerkingen und Oberbuchsiten ein grosses Defilee mit allem Brimborium durchführte. Links und rechts der Strasse erstellten Genietruppen Tribünen, damit die Zuschauer, die zu Zehntausenden erwartet wurden, den marschierenden Soldaten und den auffahrenden Panzern applaudieren konnten. Ein antimilitaristisches Komitee organisierte eine Gegenkundgebung gegen dieses perverse Schauspiel und gab eine Zeitung heraus, zu der auch Tom einen Artikel beitrug. Wir wollten uns nicht damit begnügen und dachten uns einen Plan aus, auf den wir per Zufall bei einer früheren Aktion gestossen waren. Zwei Nächte bevor das Defilee über die Strasse ging, fuhren wir ins Gäu hinauf und bemalten mit wasserlöslicher weisser Farbe die Strasse zwischen den Tribünen. Der Wetterbericht sprach zu unseren Gunsten, und wir trugen die Farbe in einer dicken Schicht auf. Wir zitierten einen Satz von Tucholsky – *Soldaten sind Mörder* –, den wir viermal mit meterhohen Lettern hinpinselten. Wir vertrauten darauf, dass der Strassenunterhaltsdienst oder das Militär unsere Parolen übermalen würden, was auch prompt am nächsten Tag geschah. Pflichtbewusst wie die aufgebotene Zensurkolonne war, verwendete sie für ihre Übermalaktion eine hochwertige, wetterfeste Farbe, genau wie wir es erwartet hatten. Also rückten wir in der Nacht vor dem Defilee morgens um drei Uhr mit einem kleinen Hochdruckreiniger, den wir auf einen alten Pick-up geladen hatten, noch einmal aus, und spritzten unsere billige Farbe von der Strasse, sodass sich unsere Sprüche dunkelgrau von der weissen Farbe abhoben und hervorragend lesbar waren. So kam es, dass nicht nur die genudelte Prominenz ständig unser Werk vor sich sah, auch im Fernsehen wurde darüber berichtet. Alexandra war die Frau, deren Foto bei uns in der Stube hängt. Sie hasste ihren Namen und liess sich Xandra rufen.«

»Deine Freundin, die den Unfall hatte.«

»Es war nicht Liebe auf den ersten Blick, denn ich ging schon lange in die Kantonsschule, als es zwischen uns funkte. Obwohl sie zwei Jahre älter war als ich, in diesem Alter ist das eine Ewigkeit, verliebten wir uns, und wir wurden ein wunderbares Paar.«

»Wie alt warst du damals?«

»Knapp achtzehn. Xandra war bereits mit sechzehn zu Hause ausgezogen und lebte in Olten in einer grossen Wohngemeinschaft, und ich war bald mehr dort als zu Hause. Wir politisierten, kifften und feierten oft ohne Grund bis in die Morgenstunden. Die Kommunarden waren fast alle in der Bewegung gegen das AKW Gösgen engagiert, wenn auch in verschiedenen Fraktionen. Es gab solche, die waren in der POCH, andere in der Revolutionären Marxistischen Liga, wieder andere verstanden sich als Anarchisten, Maoisten oder einfach als Spontis, und die meisten Frauen waren in der Ofra. Gemeinsam fuhren wir an Ostern fünfundsiebzig nach Kaiseraugst, wo gegen zwanzigtausend Leute die Besetzer und Besetzerinnen des Geländes, auf dem das AKW geplant war, unterstützten. Ich hatte immer geglaubt, ich sei etwas Spezielles, aber dort habe ich Leute gesehen, die um einiges wilder waren. Wir blieben drei Tage über Ostern hinaus. Prompt holte ich mir Ärger mit der Schulleitung ein, die sich ausrechnen konnte, warum ich gefehlt hatte, doch Ursula hatte mir eine Entschuldigung wegen Krankheit unterschrieben. Xandra und ich nahmen regelmässig an Sitzungen der Anti-AKW-Bewegung teil, wo wir aufgrund unserer Statements bald als besonders radikal galten. Unsere Aktivitäten waren jedoch nicht besonders spektakulär. Wir sammelten Unterschriften oder verteilten Flugblätter in der Schule oder vor Betrieben. Daneben führten wir ein ausgelassenes Leben und erledigten die Schule oder die Lehre nebenbei. Wir liebten uns und galten als Nachwuchs-Traumpaar der Szene. Wir waren die Jüngsten und fühlten uns in diesem Haufen von Hippies und Spontis gut aufgehoben, und im Sommer fuhren wir mit einigen von ihnen nach Korsika in die Ferien, wo wir in der Nähe von Ajaccio für einen Monat eine grosse alte Villa gemietet hatten. Auch wenn man dazu neigt, vor allem wenn man oft allein ist, alte Beziehungen durch eine rosarote Brille zu sehen, waren wir glücklich zusammen. Ich las damals gerade Willhelm Reichs ›Massenpsychologie des Faschismus‹. Reich wies darin unter anderem nach, dass die Unterdrückung der Sexualität das Kernprogramm aller autoritären Ideologien ist, dass also echter Kommunismus nur mit der sexuellen Befreiung einhergehen kann. Xandra und ich waren nicht darauf aus, bloss monogam zu leben, und wir genossen auf Korsika promiskuitiven Sex, denn auch die anderen waren nicht prüde. Als wir derart gestärkt wieder in die Schweiz zurückkehrten, glaubten wir erst recht aus tiefstem Herzen heraus, dass es uns gelingen würde, längerfristig eine andere Gesellschaft, eine Gesellschaft ohne Krieg und ohne Ausbeutung, ohne Hunger und Elend und eine Wirtschaft ohne

Umweltzerstörung aufzubauen, und nichts schien uns stoppen zu können. Dies änderte sich im Jahr darauf, nach dem zweiten Besetzungsversuch in Gösgen, von da stammt übrigens das Foto im Wohnzimmer. Hast du in der Schule Walters ›Wie wird Beton zu Gras‹ gelesen?«

»Das war Pflichtstoff.«

»Wenn ich mich richtig erinnere, wird darin dieser Besetzungsversuch, der beinahe in einem Blutbad endete, ausführlich geschildert. Rund sechstausend AKW-Gegner beteiligten sich am zweiten gewaltfreien Versuch, das Gelände zu besetzen, nachdem unser erster Versuch mit rund dreitausend Demonstranten zwei Wochen zuvor am Grossaufgebot der Polizei gescheitert war. Wir standen mehr als tausend Polizisten in Kampfmontur gegenüber. Die Stimmung war gut und kämpferisch. Die AKW-Gegner und -Gegnerinnen kamen aus der ganzen Schweiz, teilweise aus Deutschland und Frankreich. Die Bullen sind mit Hunden, Tränengas und Gummigeschossen eingefahren, und es kam zu bürgerkriegsähnlichen Situationen.«

Eric brach ab, packte seinen Fotoapparat aus dem Rucksack und legte einen Film ein. Er schraubte das zweihunderter Zoom auf und schaute sich die Gegend durch den Sucher wie durch ein Fernglas an. Ausser einigen Wanderern, die er schon lange beobachtet hatte, entdeckte er nichts.

»Kannst du ein wenig posieren? Ich habe kein einziges Foto von dir«, fragte er.

»Dazu habe ich jetzt bestimmt keine Lust!«, knurrte Vreni.

»Ich möchte, dass wir wie ein normales verliebtes Paar wirken. Also ist eine Fotosession genau das Richtige. Ausserdem kann ich mich so unauffälliger umschauen«, sagte Eric und ging dem Waldrand entlang einige Meter den Hang hoch. Er setzte sich im Schneidersitz auf den Boden und gab Vreni Anweisungen. Nachdem er den Film im Kasten hatte, kam er zurück, setzte sich auf die Bank, holte einen Joint und eine Flasche Mineralwasser aus dem Rucksack, trank einen Schluck, gab die Flasche an Vreni weiter und zündete sich den Joint an.

»Das brutale Vorgehen der Polizei führte zu harten Auseinandersetzungen in der Anti-AKW-Bewegung. Die Meinungen, wie wir auf die Kriegserklärung der Staatsmacht reagieren sollten, gingen weit auseinander. Die meisten waren der Ansicht, dass wir uns nicht provozieren lassen sollten und weiterhin auf gewaltfreien Protest setzen müssten, während Xandra und ich ganz entschieden der Meinung waren, dass man diese Eskalation nicht unbeantwortet lassen durfte, weil die Bullen sonst das nächste Mal noch schlimmer dreinfahren würden. Ich weiss noch genau, wie Xandra ausgerufen hat: ›Wollt ihr warten, bis es Tote gibt?‹ Heute kann man sich nicht mehr vorstellen, wie aufgeheizt das politische Klima damals war. Die Welt war in Bewegung, und in einigen Ländern versuchten bewaffnete Gruppierungen ihre Ziele mit Militanz zu erreichen. Die hysterische Angst vor dem linken Terrorismus wurde von der Reaktion auch hierzulande heftig geschürt, und der katholischkonservative Polizeiminister wollte mit grossem Getöse eine Bundessicherheitspolizei einführen. Xandra und ich diskutierten oft über den bewaffneten Widerstand, und wir waren beide fasziniert von der Bereitschaft, das eigene Leben aufs Spiel zu setzen, um die Ziele zu erreichen, die wir, soweit wir sie kannten, teilten. Vor der Schlacht zu Gösgen vertrat ich den Standpunkt, dass der Terror der Sache der Linken schadete, weil durch die Antiterrorgesetze, die überall schleunigst durch die Parlamente gepeitscht wurden, die staatliche Repression auch gegenüber der legalen Opposition ständig verschärft wurde, um das Umfeld des Terrorismus trockenzulegen, wie das die führenden Politiker in ihrer faschistoiden Sprache nannten. Xandra war härter als ich. Sie war dezidiert der Meinung, dass der bewaffnete Kampf damit nur offen legte, was die bürgerliche Fassade verdecken sollte. Nach Gösgen verstand ich, wie sie das gemeint hatte. Jedenfalls waren wir bitter enttäuscht über die lauen Reaktionen, die eher symbolischen Charakter hatten und sich auf Protestnoten, Communiqués und Anfragen oder Motionen im Parlament beschränkten. Nur in Basel und Zürich trugen einige autonome Gruppen ihren Protest weiter auf die Strasse, und es flogen einige Molotow-Coktails gegen Firmen, die am AKW Gösgen beteiligt waren. Wir entfremdeten uns immer mehr von Xandras Wohngenossen, die wir als inkonsequent kritisierten, und wir begannen uns ernsthaft zu überlegen, wie wir auf diese Eskalation effizient reagieren konnten. Wir brauchten über ein Jahr, bis wir den Plan bis ins Detail ausgearbeitet und alle nötigen Vorkehrungen getroffen hatten. Wir waren zu viert, als wir uns einen Monat vor meinen Maturaprüfungen aufmachten, unseren Plan in die Tat umzusetzen. Tom fuhr uns auf die Froburg, und wir wanderten hierher und weiter auf dem Höhenzug Richtung Aarau, bis wir unter den Hochspannungsleitungen durchkamen, auf die wir es abgesehen hatten. Du kannst sie von hier aus nicht sehen, aber ein paar Kilometer weiter östlich liegt die internationale Freileitung, über welche das AKW Gösgen seine Stromüberschüsse nach Deutschland exportiert. Wir gingen bis zu einer Feuerstelle abseits des Wanderwegs, wo wir unser Lager aufschlugen und den Beginn der Dämmerung abwarteten. Dann verwischten wir unsere Spuren und machten uns zu einem Strommast in der Nähe auf, den wir Wochen zuvor bestimmt hatten. In einem Rucksack hatten wir die Bombe dabei. Das Dynamit hatten wir aus einem Militärdepot geklaut und mit einem Zeitzünder versehen, der uns zwei Stunden Zeit geben sollte, wegzukommen, bis die Ladung hochging. Vorerst klappte der Plan wie am Schnürchen. Unsere Begleiter standen auf dem Wanderweg Schmiere, während Xandra und ich zu dem Mast im Wald hochgingen, an dem wir die Bombe deponieren wollten. Xandra hatte sich beim Training als die talentierteste Kletterin erwiesen, und sie war es also, die den Sprengstoff hoch oben am Mast befestigte. Ich wartete ein paar Schritte vom Sockel des Mastes entfernt, während Xandra schnell und flink an Höhe gewann. Wir hatten ausgerechnet, dass sie die Bombe bei der zweitobersten Querverstrebung anbringen sollte, damit alle Leitungen zerstört würden. Im Lichtkegel meiner grossen Taschenlampe kletterte Xandra vorsichtiger, als sie fast oben war, da dort die Gefahr bestand, dass ein Funkenwurf einen Lichtbogen erzeugte und sie durchbriet, doch sie kam problemlos durch und befestigte die Dynamitstangen am vorgesehenen Platz. Nun brauchte sie nur noch den Knopf des Zeitzünders zu drücken, runterzukommen, und wir hatten unser erstes Ziel erreicht. Ich leuchtete ihr den Weg zurück und schaute ihr zu, wie sie sich langsam auf den Abstieg machte, als das Dynamit detonierte. Im selben Moment, in dem ich den riesigen explodierenden Feuerball sah, wurde ich zu Boden geschleudert und fiel in Ohnmacht. Es dauerte nicht lange, bis ich wieder zu mir kam, und ich sah einen Kumpel mit Entsetzen im Gesicht auf mich zulaufen. Er schrie etwas, ich konnte jedoch nichts hören, der Knall hatte mich vorübergehend taub gemacht. Mein Kopf dröhnte, und mein ganzer Körper tat mir weh, aber ich rannte los, um nach Xandra zu suchen, die ich blutüberströmt über dreissig Meter im Innern des Waldes fand. Sie lag unnatürlich verdreht am Boden, das Blut strömte aus offenen Wunden über verkohltes Fleisch, und ihre Kleider hingen als Fetzen an ihr hinunter, aber sie lebte noch, wenn sie auch nicht bei Bewusstsein war. Ohne zu zögern schickte ich die anderen los, damit sie die Ambulanz alarmierten. Während sie durch die Dunkelheit davonrannten, kümmerte ich mich um Xandra, riss mein Hemd in Streifen und versuchte damit ihre gröbsten Blutungen zu stillen. Ich weiss nicht, wann sie starb, sie kam nicht mehr zu sich und hauchte in meinen Armen den letzten Atem aus. Ich merkte es erst, als ihr Körper kalt wurde. Ich ergriff ihre Hand und legte mich neben sie, und alles in mir war tot. Später kamen die Feuerwehr und die Ambulanz, und die Bullen schleppten mich in Handschellen ins Spital, und von dort, weil ich nur einen Riss im Trommelfell, einige Schrammen und Prellungen abbekommen hatte, direkt ins Untersuchungsgefängnis, wo ich bis zum Abschluss des Prozesses in Einzelhaft sass. Sie bearbeiteten mich nach allen Regeln ihrer Kunst, mit Schlafentzug, Dauerlicht und Dauerlärm und mit Verhören, die ganze Nächte dauerten. Ich hatte nichts zu lesen, keinen Radio, keinen Fernseher, nichts. Doch das machte mir nichts aus, ich habe es kaum mitgekriegt. In mir war bloss eine unendliche Leere, ich hatte keine Gefühle mehr, sprach kaum ein Wort, kannte weder Hunger noch Durst. Wenn ich die Augen schloss, sah ich das immer gleiche Bild vor mir: die gewaltige Explosion und der kleine, puppenhaft wirkende Körper von Xandra, der hoch durch die Luft in den Wald hinausgeschleudert wurde. Ich dachte an Selbstmord, doch mein Selbsterhaltungstrieb funktionierte, und ich wollte meinen Gegnern diesen Gefallen nicht tun.«

Erics Stimme klang belegt, er räusperte sich und nahm einen Schluck Wasser. Vreni sah, dass ihm Tränen über die Wangen liefen, ohne dass er sie abwischte. Er zündete sich eine Zigarette an.

»Der Prozess vor dem Amtsgericht in Olten wurde zum Schaulaufen des Bundesanwalts, der die Klage führte, weil Sprengstoffdelikte in seine Domäne fallen. Seine Leute hatten gründliche Arbeit geleistet, und mein Pflichtverteidiger kriegte nie den Hauch einer Chance. Sie boten Zeugen auf, die, ohne zu erwähnen, wie sie mich zuvor beleidigt hatten, ausführlich schilderten, wie ich sie auf dem Pausenplatz verprügelt hatte. Ehemalige Lehrer berichteten, dass ich ein aufsässiger Schüler gewesen war, der andere zu renitentem Verhalten angestiftet hatte, und Misteli, der pensionierte Pfarrer, schilderte meine vermeintliche Gotteslästerung so anschaulich, dass er wieder nur knapp an einer Herzattacke vorbeischrammte. Der Bundesanwalt hatte mich zu einem Psychopathen gestempelt. Nach seiner Version war ich der Kopf des KGN, des ›Kommandos Gösgen Nie‹. Mit dieser Bezeichnung hatten wir die Pressecommuniqués unterschrieben, die sie bei mir gefunden hatten. Ich war der Rädelsführer, der die anderen angestiftet und den Tod von Xandra fahrlässig verursacht hatte. Als besonders verwerflich bezeichnete der Bundesanwalt Arnold von Liebefeld, ein überzüchtet wirkender älterer Mann aus einer Berner Patrizierfamilie, der einen ausgesprochen militärischen Umgangston pflegte, dass ich es gewesen sei, der Xandra befahl, mit der Bombe hochzuklettern. Sie unterstellten mir Kontakte zur internationalen Terrorszene und beschworen, dass wir im Rahmen einer breit angelegten Kampagne gehandelt hätten. Mich interessierte weder der Prozess noch das Theater, das die Medien darum machten, und von den Solidaritätsaktionen, die vor dem Knast stattgefunden hatten, nachdem das Gerücht aufgekommen war, dass ich einen Hungerstreik gemacht hatte, um aus der Isolationszelle herauszukommen, erfuhr ich erst im Nachhinein. Mein Schweigen wurde strafverschärfend als besondere Kaltblütigkeit gedeutet, und ich kriegte sechs Jahre und zwei Monate. Nach dem Urteil wurde ich in den ordentlichen Strafvollzug verlegt. Erst nach zwei Jahren, unterdessen hatte ich eine Schreinerlehre wieder abgebrochen, weil ich mich nicht konzentrieren konnte und der Leiter der Werkstatt die Verantwortung für meine Gesundheit nicht mehr übernehmen wollte, erholte ich mich so weit, dass ich begann, mich auf die eidgenössische Matura vorzubereiten. Tom bezahlte mir das Fernstudium, das ich erfolgreich abschloss, bevor mir ein halbes Jahr später wegen guter Führung ein Drittel der Strafe erlassen wurde. Für die Übergangszeit, den halboffenen Vollzug, liessen sie mich zwischen Brig und Chur auswählen, so kam ich ins Wallis. Dort lernte ich Helen, eine Serviertochter, kennen. Nachdem ich auf Bewährung entlassen worden war, zog ich bei ihr ein. Bevor es jedoch soweit war, kriegte ich

Besuch von einem klassischen Militärkopf, der bei den Verhören in der U-Haft manchmal anwesend gewesen war, dort aber nie etwas gesagt hatte. Er stellte sich als Tobler vor, kein Dienstrang, kein Vorname, einfach Tobler, und eröffnete mir, dass es ihn nicht interessierte, dass ich entlassen wurde. Für ihn war ich immer noch ein Terrorist, den man mit allen Mitteln bekämpfen musste. Er kündigte mir an, dass er mich ständig im Auge behalten würde, und wenn er es für nötig hielt, wollte er auf mich zurückgreifen, ohne auszuführen, was er darunter verstand. Er warnte mich davor, wieder in die Nähe des AKW Gösgen zu ziehen. Ich arbeitete dann als Dachdecker in einer Zimmerei und machte nebenbei das Lastwagenbillet. Allmählich begann ich mich wieder an ein normales Leben zu gewöhnen. Die harte Arbeit, die mich in den ersten Wochen ganz schön geschlaucht hatte, brachte mich in Form, und die Arbeit in der Höhe direkt unter dem meist wolkenlosen Himmel der Walliser Bergwelt und der Umgang mit den Arbeitskollegen, die teilweise ganz schön spleenig waren, brachten mir die Lebensfreude und das Selbstvertrauen zurück. Helens Zärtlichkeit half mir über den Verlust von Xandra hinweg. Ich habe auch eine neue Erfahrung mit dem Tod gemacht. Ein Arbeitskollege trat auf dem Dach einer hohen Industriehalle durch eine ungesicherte, mit einer grünen Plastikfolie abgedeckte Aussparung für ein Dachfenster, verschwand innert Sekundenbruchteilen und schlug zehn Meter tiefer auf den Betonboden. Nach der Beerdigung in seinem Heimatdorf hoch oben fuhren wir alle, die mit ihm gearbeitet hatten, zu einem Platz am Fuss einer Felswand, wo es einen kleinen Teich gab, und wir kifften und becherten Weisswein, bis wir platt waren. Wir wussten alle, dass es Zufall gewesen war, dass es nicht einen von uns erwischt hatte. Das Bewusstsein, täglich einen Schritt vom Tod entfernt zu arbeiten, schärft deine Sinne, und mit jedem Tag, den du überlebst, steigt dein Selbstbewusstsein, wobei du den Respekt vor der Höhe nie verlieren darfst. Die anstrengende Arbeit in der freien Natur hat mich hart gemacht, härter gegenüber mir selbst, und ich habe zum Tod ein unverkrampfteres Verhältnis gefunden. Helen erhielt dann eine besser bezahlte Stelle in Zermatt angeboten und sagte zu. Ich wollte nicht mit, und als wenig später Franz starb, beschloss ich nach Olten zu ziehen, wo ich bei Jean-Luc einsteigen konnte. Natürlich hatte ich an Toblers Warnung gedacht, doch ich war wieder der Alte und liess mir von niemandem etwas vorschreiben. Meine Situation war jedoch anders als vor meiner Verurteilung. Wenn ich mich engagierte hätte, wäre ich durch meine Vorstrafe für Gesinnungsgenossen eine schwere Belastung gewesen, abgesehen davon, dass ich keine Organisation kannte, in der meine radikalen Ansichten gefragt waren. Ich verhielt mich also ruhig. In Geheimdienstkreisen nennt man das einen Schläfer. Ich verstand mich als revolutionären Schläfer, der bloss auf die Gelegenheit wartete, wieder aktiv zu werden. Allerdings war ich der Gegenseite nur zu gut bekannt. Da es unübersehbare Indizien gab, dass ich unter einer largen Beobachtung stand, und ich niemanden in ernsthafte Schwierigkeiten mit dem Überwachungsapparat bringen wollte, habe ich ein Leben als sozial Unberührbarer, der keine Beziehungen eingehen konnte, ohne Gefahr zu laufen, die Partnerin mit hineinzuziehen, gelebt. Dann bist du aufgetaucht. Und jetzt holt mich die Vergangenheit ein, werde ich brutal aus dem Schlaf gerissen.«

Eric gab Vreni einen Kuss, den sie zögernd erwiderte. Sie legte ihm den Arm um die Schulter. Nachdem sie eine Weile ihren Gedanken nachhingen, sagte Vreni: »Ich habe geahnt, dass es für das, was ich an dir als anders, als speziell wahrnahm, tiefere Ursachen gab. Diese unnahbare Härte und die unerschütterliche Ruhe, die du manchmal ausstrahlst, konnten nicht nur durch eine schwierige Kindheit entstanden sein. Ich bin froh, dass du es mir endlich erzählt hast. Das hättest du schon lange tun sollen.«

»Ich habe mich entschuldigt.«

»Das ist nicht nötig. Für mich bist du noch der gleiche Eric. Jetzt müssen wir vorwärts schauen und uns überlegen, wie wir dieses Problem lösen. Warum wolltest du eigentlich, dass ich ein Diktafon kaufe?«

Eric fiel ein Stein vom Herz, dass sie sich nicht weiter über seine Geschichte aufregte, und er bewunderte sie, wie sie gleich das Heft in die Hände nahm. »Im Moment habe ich bloss eine Ahnung, wie es laufen könnte, aber so viel überblicke ich bis jetzt: am Montag taucht dieser Schwitzer wieder auf, und ich werde ihn abweisen. Dieses Gespräch will ich aufnehmen, dazu brauche ich das kleine Diktafon, das ich in die Jacke stecken kann. Deines dient als Reserve. Ich muss mir einen Beweis beschaffen. Das ist mein erster Schritt. Auf meine Weigerung hin wird Schwitzer seine Schmutzkampagne starten, die zuerst auf mich, vielleicht aber auch dich oder auf Ursula abzielt. Je nachdem wie starkes Geschütz er auffährt, wird der Druck früher oder später zu gross, und ich werde ihm meine Mitarbeit zusagen müssen. Das ist der zweite Schritt. Sobald ich genügend Beweise habe, müssen wir einen Weg finden, wie ich damit an die Öffentlichkeit gelangen kann. Das ist der letzte und entscheidende Schritt. Wenn das gelingt, werden wir nicht nur dieses eine Mal aus dem Schneider sein, sondern können solche Machenschaften für lange Zeit ausschliessen. Das tönt einfacher, als es ist, aber wir werden das Ding schon schaukeln. Der Kerl, der es mit uns aufnehmen kann, ist noch nicht geboren!«, sagte Eric selbstbewusst und schlug mit der Faust in die offene Hand. »Von entscheidender Bedeutung wird unser Verhalten sein. Du darfst niemandem gegenüber auch nur eine Andeutung machen, dass ich dich informiert habe. Wir werden uns wenn nötig mit Zetteln verständigen, sonst müssen wir so tun, als wäre nichts passiert. Die Provokationen werden nicht auf sich warten lassen, und ich möchte, dass du dann aus der Schusslinie verschwindest.«

Damit war Vreni nicht einverstanden. »Du willst mich aus dem Weg haben, weil du glaubst, dass du allein besser klarkommst? Da hast du dich aber geschnitten. Du kannst meine Hilfe gut gebrauchen, gerade wenn du die Öffentlichkeit suchst. Zudem kann ich dir den Rücken freihalten, und generell sehen vier Augen mehr als zwei. Ich kann übrigens gut allein auf mich aufpassen. Nein, ich lasse mir meinen König nicht mehr nehmen!«, sagte sie bestimmt.

Eric schüttelte den Kopf. »Glaubst du, ich lasse es zu, dass die Schnüffler einen Keil zwischen uns treiben. Ich bin ein misstrauischer Kerl, auch wenn man mir das nicht anmerkt. Ich lasse niemanden an mich heran und lasse mich nur selten von meinen Emotionen leiten. Du bist die grosse Ausnahme. Dir vertraue ich, wie ich seit meiner Beziehung mit Xandra keiner Frau mehr vertraut habe. Vielleicht macht die Liebe wirklich blind, aber ich kann mir nicht vorstellen, dass du mich in die Pfanne hauen willst. Natürlich brauche ich deine Hilfe, aber wenn wir weiterhin zusammenwohnen, ist die Gefahr zu gross, dass wir unsere Rollen nicht permanent durchhalten und zufällig mal aus dem Text fallen. Wir dürfen einen Fehler nicht machen, den die Linke schon manchen Sieg gekostet hat: Wir dürfen den Gegner nicht unterschätzen. Ich weiss nicht, wann Schwitzers Intrigen greifen werden, aber die nächste Woche sollten wir überstehen, ohne dass unser Umfeld einbricht. Dann aber werden wir permanent unter Hochdruck stehen. Eine ihrer Strategien wird es sein, uns zu trennen, denn sie wissen, dass ich dich liebe, und dass sie mich so treffen können. Wenn es so weit ist, werden wir tun, als ob wir darauf einsteigen. Das bedeutet, du wirst ausziehen müssen. Am besten gehst du in den Roten Hof, dort bist du in guter Gesellschaft. Ich hoffe, dass wir bis dahin sehen werden, wie sich die Geschichte entwickelt und wie wir sie beenden können.«

Eric bemühte sich Zuversicht auszustrahlen, die er nicht hatte. Die Chancen für sein Vorhaben waren klein, doch er kannte keinen anderen Weg.

»Es wird für mich nicht einfach sein, diese Rolle zu spielen, aber ich vertraue dir und überlasse dir die Regie, du hast mehr Erfahrung auf diesem Gebiet«, sagte Vreni nachdenklich. »Du hast mir von Tobler und seiner Drohung erzählt. Hattest du nie das Gefühl, dass er dir bloss Angst einjagen wollte?«

»Es gab immer Hinweise, dass ich überwacht wurde, aber es ist nie etwas Dramatisches passiert. Auch auf meinen Reisen hatte ich manchmal das Gefühl, dass ich beschattet wurde, wenn ich die gleichen Gesichter an verschiedenen Orten sah, aber es beschäftigte mich nie gross, da es nie zu einem Zwischenfall kam. Jedenfalls habe ich das bisher gedacht. Jetzt aber frage ich mich schon, ob nicht Probleme, die ich gelegentlich zur Genüge hatte, gezielt inszeniert wurden. Ich wusste, dass Tobler nicht gebluflt hatte, aber es war nicht so, dass ich jeden Tag spürte, dass er mich an der langen Leine führte. Seine Drohung hat sich aber insofern auf mein Leben ausgewirkt, dass ich eine solche Situation unbedingt vermeiden wollte«, sagte Eric.

»Ich kann es nicht glauben, dass das in der Schweiz möglich ist. Das tönt wie eine Geschichte aus der DDR oder aus der Sowjetunion, aber in der Schweiz, ich kapiere das nicht!«, sagte Vreni.

»Das braucht dich nur zu wundern, wenn du der bürgerlichen Propaganda über den demokratischen Sonderfall Schweiz aufgesessen bist. Die Schweiz war schon immer die Demokratie der Gleichgesinnten, die für Militär, Privatbesitz, Kirche und Familie Feuer und Flamme sind. Wer etwas anderes wollte, wie die Kommunisten und Anarchisten, oder anders gelebt hat, wie die Fahrenden, wurde in der Schweiz schon immer unterdrückt, ausgegrenzt und schikaniert. Wer sich nicht den Vorgaben der patriotischen Demokraten anpasste, wurde mit allen Mitteln der Repression und mit allen bürokratischen Schikanen gnadenlos bekämpft. Obwohl in den letzten siebzig Jahren nie die Gefahr eines Aufstands oder gar einer Revolution bestand, wurde Generation um Generation mit dem Gift der geistigen Landesverteidigung indoktriniert, wonach jeder mithelfen musste, die Schweiz vor dem gottlosen Kommunismus zu schützen. Selbst als rund um die Schweiz die braunen Horden der Nazis wüteten und in der Schweiz die Fröntler für eine Anpassung mobil machten, galt die verbotene Kommunistische Partei als der gefährlichste innenpolitische Feind. Ich war nie Parteikommunist, sondern verstand mich immer als linksradikal, aber das macht für den Staat keinen Unterschied. In meinem speziellen Fall kommt hinzu, dass ein Atomkraftwerk ein so hoch komplexes, extrem gefährliches Gebilde ist, dass es ungeheure Sicherheitsvorkehrungen nötig macht. Robert Jungk wies schon vor Jahren in seinem Buch über den Atomstaat nach, wie ein AKW den bereits bestehenden Repressionsapparat automatisch weiter aufbläht. Nein, die schweizerische Demokratie taugt nur für blauäugige Sonntagsreden vor Gleichgesinnten. Im Alltag der Anderen, der Oppositionellen, der Emigranten oder der Fahrenden, im Alltag der Minderheiten, dort wo spürbar sein müsste, dass die Staatsgewalt demokratisch kontrolliert wird, reden die Erfahrungen eine andere Sprache.«

»Mein Vater war freisinniger Grossrat im Aargau und ein eingefleischter Antikommunist. Ich weiss, was du meinst. Für ihn war jeder, der links von der SP politisierte, ein Stalinist, der dadurch automatisch seine demokratischen Rechte verwirkt hatte. Obwohl er in anderen Bereichen fortschrittliche Positionen vertrat, wäre ihm nie ein Kommunist ins Haus gekommen. Noch schlimmer fand er die Terroristen. An die Wand stellen und standrechtlich erschiessen, war einer seiner vornehmeren Kommentare. Mutter kümmerte sich nie um Politik, aber auch sie war als gutgläubige Katholikin zutiefst von der Empörung über die roten Antichristen, die Klöster verbrannt und Priester ermordet hatten, geprägt. Diese Intoleranz und die Ignoranz anderen gegenüber sind es, die den idealen Nährboden für den Fichen-Staat bilden, da hast du Recht. Bisher habe ich mich wenig damit beschäftigt, das werde ich nachholen müssen«, sagte Vreni. Sie erhob sich und streckte die Arme aus.

Die Sonne stand tief über dem Horizont, und sie machten sich auf den Weg zum Bad Lostorf hinunter. Hand in Hand spazierten sie auf dem mit gebrochenem Kalk befestigten Weg. Es gab nichts mehr zu besprechen, und sie hingen ihren Gedanken nach. Vreni hätte gerne mehr über Xandra erfahren, aber sie wollte nicht in der Wunde rühren, die eben erst wieder aufgebrochen war. Als sie die Lichter des Thermalbads durch das Geäst scheinen sahen, war es im Wald schon ziemlich düster, und sie waren froh, dass sich der helle Strassenbelag vom Waldboden abhob. Vreni entdeckte eine Abzweigung zu einem Aussichtspunkt, und sie bogen zu einem kleinen Felsvorsprung ab, auf dem eine Ruhebank stand, von der man am Hotel vorbei aufs Mittelland hinausblicken konnte. Sie setzten sich, und Eric sagte, dass er hungrig und durstig sei.

»Wir können da unten im Restaurant etwas essen und dann mit dem Taxi nach Hause fahren. Aber vorher habe ich Appetit auf dich, du mein König der Terroristen«, sagte Vreni. Sie rutschte ein wenig näher und griff ihm unters Hemd.

»Ich liebe dich, Vreni, und ich kann es kaum erwarten, bis du mich frisst. Aber damit es keine Missverständnisse gibt: Ich schäme mich meiner Vergangenheit nicht, aber wir verstanden uns nie als Terroristen. Wir wollten nie jemanden verletzen, geschweige denn töten, wir sahen uns als Widerstandskämpfer. Nenn mich also nicht so, auch nicht im Spass. Wir machten damals einen grauenhaften Fehler, weil wir im jugendlichen Übermut keine Geduld hatten und die politische Notwendigkeit unserer Aktion mit der Befriedigung unserer persönlichen Bedürfnisse verwechselten. Trotz des Anschlags wurde die Leistung des AKW Gösgen nie auch nur ein Mü gedrosselt. Den Sachschaden bezahlte die Versicherung. Unsere Aktion war für die Katz, hätte als Symbol des Widerstands bloss unser Image und unser Selbstbewusstsein aufpoliert, wenn sie denn geklappt hätte. Es war eine törichte Idee, die zu einer Tragödie wurde. Ich habe gelernt, dass man ein Revolutionär sein kann, ohne dass man mit Sprengstoff hantieren muss. Wir haben einen tödlichen Fehler gemacht und dafür bitter bezahlt. Ich will damit aber nicht sagen, dass es generell falsch, ist Gewalt anzuwenden. Der

Blödelbarde Biermann hat am Stop-the-army-Festival der GSoA in Bern für einmal etwas Richtiges gesagt: Die Nazis waren nicht zu stoppen mit den Tränen von Grossmüttern.« Eric machte eine Pause und schüttelte den Kopf, als wollte er damit die Erinnerung an die Vergangenheit abwerfen. »Was den Sex betrifft, muss ich sagen, dass es mich grauenhaft ankotzt, dass uns die Schnüffler dabei belauschen können. Wir werden uns auf taubstummen Sex verlegen müssen oder die Musik so laut aufdrehen, dass sie uns nicht mehr hören können.«

Noch während er sprach, glitt Vrenis Hand weiter unter sein Hemd, und sie kraulte ihm die Brust. Er gab ihr einen Kuss, spürte, wie gut sie schon in Fahrt gekommen war, und sie drängte ihn, sich mit dem Rücken auf die Bank zu legen. Sie setzte sich auf ihn, und er begann ihre Brüste zu massieren. Sie öffnete die Hosen und bewegte sich sanft auf ihm, der ihren Körper nur zu gerne auf sich tanzen liess. Eric genoss diese fast unerträgliche Leichtigkeit des Vögelns. Als er Vreni zu sich herabziehen und küssen wollte, spürte er einen stechenden Schmerz im Rücken. Er richtete sich auf, um den spitzen Stein von der Bank zu fegen, da nahm er im Augenwinkel eine flüchtige Bewegung wahr. Ruckartig drehte er den Kopf nach links und sah, dass sie vom obersten Stockwerk des Hotels aus beobachtet werden konnten, denn auf der kleinen Lichtung war es einiges heller als im Waldinnern. Also zogen sie sich in den Wald zurück. Beide brannten vor Begierde und mit fliegenden Händen entkleideten sie sich, bevor Eric Vreni unter den Po griff und sie sanft über seinen Ständer gleiten liess. Vreni legte die Arme um seinen muskulösen Hals und begann mit dem Becken zu kreisen. Es dauerte nicht lange, bis sie sich nicht mehr festhalten konnte, und sie liessen sich langsam auf ihre Kleider nieder, wo sie in der Liebesschaukel weitermachten. In dieser Stellung bekundete Eric Mühe, zum Orgasmus zu kommen, und als Vreni befriedigt war, erhoben sie sich. Er lehnte sie leicht gebeugt an den nächsten Baum und penetrierte sie von hinten. Mit den Händen packte er ihre Brüste, und mit purer Kraft und ungezügelter Energie kam er schnell zum Ziel. Damit sie sich nicht erkälteten, zogen sie sich schnell an und gingen, noch immer leicht schwitzend zum Bad Lostorf hinunter.

VIII

Der Wecker ging am Montagmorgen um zwanzig nach fünf los. Vreni bewegte sich nicht, als Eric ungelenk unter der Decke hervorkroch. Er setzte die kleine Espressokanne auf den Herd und ging auf die Toilette, wo er sich rasierte und die Zähne putzte. Zwanzig Minuten später befand er sich auf dem Weg zur Arbeit. Die Taxizentrale war in einer kleinen Autogarage in der Nähe des Hammerbahnhofs untergebracht. Eric stellte seinen Wagen neben das Haus und ging durch das offene Tor in die Werkstatt, wo er Jean-Luc Budry grüsste, der an die alte Werkbank gelehnt einen Kaffee trank.

»Salut, Eric. Ich hätte nicht geglaubt, dass du rechtzeitig raus kommst«, sagte Jean-Luc, der älter wirkte, als er mit seinen knapp fünfzig Jahren war. Sein genussfreudiger Lebenswandel hatte Spuren hinterlassen, und seine Augen waren blutunterlaufen. Jean-Luc war ein fröhlicher Mensch, der zum Feiern wenig Anlass brauchte, aber jetzt, frisch aus dem Bett, wirkte er wenig lebenslustig. Sein Bauch hing aus dem offenen grünen Hemd, und die Beine steckten in ölverschmierten blauen Überhosen, die von breiten Hosenträgern gehalten wurden, und doch sah man ihm den ehemaligen Sportler an, wirkte er athletisch und kräftig. Er war einer der Ersten gewesen, die in Olten im Eishockey Geld verdient hatten. Nachdem er aus Genf zum EHC Olten gekommen war, spielte er sieben Saisons im Kleinholz-Stadion und wurde in dieser Zeit zweimal Topskorer der Nationalliga B. Neben dem Hockey hatte er als Automechaniker gearbeitet, und als er dem bezahlten Sport Adieu sagte, übernahm er die Garage und baute den grössten Taxibetrieb in Olten auf.

»Hoi, Jean-Luc. Das Aufstehen kam mir spanisch vor, aber ich werde mich daran gewöhnen. Wie siehts aus, kann ich die Sieben nehmen?«, fragte Eric, der ungebügelte schwarze Bundfaltenhosen, ein weisses Hemd und einen abgetragenen schwarzen Kittel trug. Nur die roten Turnschuhe passten nicht zu einem perfekten professionellen Chauffeur-Outfit.

»Heute kannst du die Sieben noch nehmen, weil Gusti nicht da ist, aber ab morgen nimmst du die Acht«, sagte Jean-Luc.

»Dann nehme ich bereits heute die Acht, wenn sie frei ist«, sagte Eric und nahm den Schlüssel vom Brett, das neben dem Schüttstein an der Wand hing. Der Wagen Nummer acht war auch ein Opel

Omega, aber eine Limousine und natürlich ebenfalls gelb. Eric richtete sich ein, startete den Taxameter, schrieb die Daten aufs Abrechnungsblatt, legte eine neue Scheibe in den Fahrtenschreiber, der im Handschuhfach untergebracht war, schaltete den Funk und den ›Gueni‹, wie die Chauffeure die Taxileuchte auf dem Dach nannten, ein und meldete: »Blanko Acht frei Zentrale.«

Er fühlte sich unerwartet wach und war zuversichtlich, wenn er an die angesagte Begegnung mit Schwitzer dachte. Am Bahnhof schloss er von hinten an die Schlange der wartenden Taxis an, und bei Brigitte, einer knapp dreissigjährigen Frau, die eine blau getönte Designerbrille trug und etwa zur gleichen Zeit wie er bei Jean-Luc zu fahren begonnen hatte, holte er sich die regionalen Tageszeitungen. In der Nachtschicht erhielten sie frühmorgens einige Exemplare der Regionalzeitungen gratis von den Verlagschauffeuren, welche die Bahnpost anfuhren.

»Ganz schön hart, wenn man so früh aus den Federn muss«, sagte Brigitte sarkastisch, doch Eric grüsste nur knapp zurück. Mässig interessiert blätterte er die Zeitungen durch, bis die Zentrale die erste Bestellung durchgab. Die Arbeit unterschied sich nicht wesentlich von der frühen Phase der Nachtschicht, nur gingen die Fahrten den umgekehrten Weg. Um halb sieben und um sieben begannen noch weitere Chauffeure mit der Arbeit, bis sie zu acht im Einsatz waren.

Da Eric als Dritter gestartet war, durfte er um halb neun in die halbstündige Pause, und er entschied sich für das Café Ring, weil es dort die besten Croissants gab. Er setzte sich so an den einzigen leeren Tisch an der Fensterfront zur Ringstrasse, dass er die Eingangstür im Auge hatte. Das Ring war im Stil eines französischen Bistros eingerichtet, und Eric grüsste zwei Bekannte, die mit ihren Überkleidern an der Bar standen, bestellte einen Kaffee und vertiefte sich in die NZZ, die er sich vom Zeitungsbord geholt hatte.

Das erste Croissant hatte er noch nicht aufgegessen, als er sah, wie Schwitzer vom Kino Palace her auf den Eingang des Cafés zustrebte. Eric spürte, wie sich sein Magen krampfhaft zusammenzog und in seinem Rückgrat ein Ameisenstamm ein Rennen startete.

Trotzdem gelang es ihm, ein spöttisches Grinsen aufzusetzen, als sich Schwitzer ungefragt an seinen Tisch setzte. Obwohl Eric nicht damit gerechnet hatte, dass sich Schwitzer in einem Restaurant mit ihm in Verbindung setzen würde, hatte er vorgesorgt. Das grössere Aufnahmegerät lag zwar im Seitenfach der Fahrertür des Taxis, aber das kleine schmale Diktafon hatte er dabei. Die Minikassette konnte fünfundvierzig Minuten aufnehmen, und er hatte das Gerät eingeschaltet, bevor Schwitzer das Café betrat.

Schwitzer bestellte Kaffee, sah Eric lange an und sagte: »Guten Morgen Herr Waser. Haben Sie Muskelkater?«

»Wie kommen Sie denn darauf?«, fragte Eric lockerer, als er es sich zugetraut hatte.

»Ich war ein wenig erstaunt, dass Sie am Samstag eine Wanderung gemacht haben, das passt nicht zu Ihnen, Fahrende sind sonst keine grossen Wanderer. Hoffentlich sind die Fotos etwas geworden, aber das sollte bei diesem Sujet nicht besonders schwierig sein.« Schwitzer grinste, wurde aber gleich wieder ernst. »Ich hoffe, dass Sie keinen Fehler gemacht haben, den Sie bereuen werden.«

Eric sagte nichts, er war erleichtert, dass Schwitzer keine Ahnung hatte, worüber er mit Vreni gesprochen hatte, und er war nicht am Zug. Sollte doch Schwitzer seine Karten auf den Tisch legen. Er nahm den Rest des Gebäcks in den Mund und bereute es nur wenig später. Durch die Nervosität war sein Mund staubtrocken, und er kaute und kaute. Selbst als er einen Schluck Kaffee nahm, um den Klumpen aufzuweichen, hatte er das Gefühl, dass er den Bissen nicht runterbrachte. Damit seine Nervosität nicht noch stärker auffiel, überwand er sich und schluckte den Happen runter, was prompt einen Hustenanfall auslöste. Die Kellnerin, die er als regelmässigen Fahrgast kannte, klopfte ihm auf den Rücken, nachdem sie Schwitzer den Kaffee serviert hatte.

»Das kommt davon, wenn man den Mund nicht voll genug kriegt«, witzelte sie.

»Das sollten Sie ihm hinter die Ohren schreiben, damit er das nie vergisst!« Schwitzer lächelte sie an, doch sie hob bloss eine Augenbraue und ging kommentarlos davon.

»Nun, Herr Waser, haben Sie sich mein Angebot überlegt? Ich brauche Ihre Antwort jetzt. Ich will Sie aber noch einmal darauf hinweisen, dass wir Sie unbedingt wollen.«

»Ich bin nicht interessiert«, sagte Eric. »Ich habe Ihnen bereits gesagt, dass ich Ihnen nicht helfen kann. Ich lehne Ihr Angebot definitiv ab.«

Schwitzer zeigte zuerst keine Reaktion, dann beugte er sich vor und flüsterte: »Du verdammter Bastard. Du weisst genau, dass du keine Wahl hast!« Langsam lehnte er sich zurück, versuchte seinerseits ein spöttisches Grinsen und sagte freundlich: »Wir können Ihnen alles bieten, was Sie sich wünschen, vor allem aber bieten wir einen gut bezahlten, krisensicheren Arbeitsplatz. Man könnte sogar sagen, je grösser die Krise, desto sicherer die Stelle. Was auch nicht zu unterschätzen ist: Wir bieten Ihnen in allen Bereichen des Lebens umfassende Sicherheit. Herr Waser, Sie wissen selbst am besten, welche Gefahren da draussen lauern, da ist es beruhigend, wenn man weiss, dass eine schützende Hand über einem wacht.« Er sprach wie ein Versicherungsvertreter.

»Ich weiss, was Sie sagen wollen, aber ich bin jung und fit. Ich weiss mir selbst zu helfen, setze also lieber auf Freiheit als auf Sicherheit«, sagte Eric. Er freute sich, dass er ihm so billig eines auswischen konnte. Eigentlich hatte er ihn fragen wollen, worin seine Aufgabe konkret bestünde, doch das war hier schwierig. »Wie kommen Sie eigentlich darauf, dass ausgerechnet ich der geeignete Mann für Ihren Job bin? In den letzten Jahren habe ich keine Stricke zerrissen, die mich für besondere Aufgaben empfehlen würden. Es überrascht mich, dass Sie gerade mir einen solchen Job anbieten.«

Den Verlauf des Gesprächs hatte sich Schwitzer wohl anders vorgestellt, jedenfalls glaubte Eric eine leichte Irritation zu erkennen, und er setzte gleich nach. »Sie sollten besser Kaffee ohne Koffein trinken, das schont die Nerven. Zu viel Kaffee kann nervös machen, und man hat Mühe, das Zittern der Finger unter Kontrolle zu halten.« Eric wollte seinen Abgang provozieren, doch Schwitzer dachte nicht daran.

»Sie können es nicht wissen, aber ich bin am besten, wenn man mich unter Druck setzen will, und jetzt gerate ich langsam unter Druck. Ich habe den Auftrag, den besten Mann für diese Aufgabe zu finden. Der Beste sind Sie, also will ich Sie!« Er strahlte nun wieder dieses harte Selbstvertrauen aus, das Eric bereits in der Nacht aufgefallen war, als Schwitzer ihm den Revolver an den Hals gehalten hatte. Vielleicht hatte er seine Knarre in die Hand genommen, als er in den Mantel gegriffen hatte, und das kalte Metall gab ihm dieses Gefühl der Stärke, von dem Eric in US-Groschenromanen gelesen hatte. So einfach war Schwitzer jedenfalls nicht aus der Bahn zu werfen. Eric musste gröberes Geschütz auffahren.

»Wie gesagt, ich kann mir nicht vorstellen, dass ich Qualifikationen besitze, die andere nicht haben. Ich muss Sie enttäuschen, ich werde nicht für Sie arbeiten. Mir gefällt mein Leben ausgezeichnet, und ich sehe keinen Grund, ein solches Wagnis einzugehen. Man weiss ja nie, was man an einer neuen Stelle antrifft. Nein, tut mir leid.« Eric rief nach der Kellnerin und wartete, bis sie zu ihm hinüberblickte. »Paula, bring mir den zweiten Kaffee bitte nach hinten. Ich will dort in Ruhe die Zeitung fertig lesen.«

Betont langsam erhob er sich, packte sein Taxiportemonnaie und verabschiedete sich förmlich von Schwitzer, der über diese Behandlung, die man höchstens einem aufdringlichen Sektenmissionar zukommen liess, höchst aufgebracht war, was aber nur ein sehr aufmerksamer Beobachter feststellen konnte. Die Hand, die ihm Eric zum Abschied hinstreckte, drückte Schwitzer hart zusammen, doch Eric hielt dem Druck stand und grinste ihm ins Gesicht.

»Hat mich gefreut, Herr Schwitzer«, sagte Eric hohntriefend. Er wollte diese Situation geniessen. »Wir werden nie miteinander ins Geschäft kommen. Mir wird die Sicherheit nie wichtiger sein als die Freiheit. Ich will nicht, dass Sie noch einmal versuchen mich anzuwerben.«

Im hinteren Teil des Cafés sass eine Rentnerin allein an einem Tisch. Eric kannte sie vom Job her, und sie freute sich, als er sich zu ihr setzte. Nach seinem Auftritt fühlte er sich noch immer wie unter Strom, und er fragte sich, ob er nicht zu dick aufgetragen hatte, doch er wusste, dass es jetzt nichts mehr nützte, zu grübeln, er würde es früh genug merken, wenn das Theater losging. Also konzentrierte er sich auf die Zeitung und las den freisinnig gebürsteten Auslandteil der NZZ gegen den Strich. Seine Rechnung konnte er nicht begleichen, da Schwitzer bereits bezahlt hatte, wie ihm Paula erklärte.

Schwitzer sass noch immer an seinem Platz, als Eric an ihm vorbei zur Tür ging. Der Zitronenmund lächelte ihn freundlich an und sagte »auf baldiges Wiedersehen«. Auf dem Weg zum Taxi musste Eric an der Fensterfront vorbei, und er glaubte Schwitzers Blick im Kreuz zu spüren, nachdem er an ihm vorübergegangen war. Bevor er einstieg, vergewisserte er sich, dass sich niemand in der unmittelbaren Umgebung aufhielt, und hörte sich einen kurzen Abschnitt des aufgezeichneten Gesprächs ab. Obwohl er nichts hatte aufnehmen können, was als Indiz, geschweige denn als Beweis verwertbar war, stimmte ihn die Aufnahmequalität optimistisch. Diesen aufgeblasenen Wicht würde er so demontieren, dass er sich künftig nicht mehr allein in ein Café getrauen würde. Eric war zuversichtlich, dass er dieses Ding schaukeln würde.

IX

Mit einer gefüllten Baguette, die er in einer Bäckerei gekauft hatte, verbrachte Eric die Mittagspause zu Hause. Vreni ging normalerweise mit Arbeitskolleginnen in einem Warenhausrestaurant essen. Zum Essen trank er Mineralwasser, während er den Tee mit einem guten Schuss Kaffeerahm und einer Mischung aus Pfefferminze und Hanfkraut lange ziehen liess. Er konnte es sich nicht leisten, bekifft Taxi zu fahren, aber gegen einen Hanftee hatte er keine Einwände. Zum Dessert verdrückte er einen Nussgipfel, dann begab er sich mit dem Tee ins Wohnzimmer, wo er den Kassettenrecorder anstellte, den Wecker richtete und sich aufs Sofa legte. Es dauerte, bis die Musik ertönte, und Eric war erstaunt, Gianna Nannini zu hören. Es war eine Kassette, die er nicht kannte, Vreni musste sie eingelegt haben. Als die italienische Rocklady skandierte: ›voglio uno scandalo!‹, wusste er, dass es passende Musik war.

Die Vögel zwitscherten in den Bäumen vor dem Bahnhof, und Eric sass mit Brigitte und Yves unter dem vorgezogenen Dach des Velounterstandes auf einer morschen Holzbank im Schatten. Brigitte und Yves lagen sich in den Haaren. Sie war gut in Form und gab ihm Saures. Yves, der sich von seinen Freunden Bär nennen liess, hatte in der Tat gewisse Ähnlichkeiten mit Meister Petz. Nicht ganz so gross wie Eric, aber doch über einsachtzig, breitschultrig und massiv untersetzt, wirkte er mit seinem breitbeinigen wiegenden Gang etwas tappig, und sein feistes Gesicht mit dunklen Knopfaugen und gepflegtem Wochenbart erinnerte an einen Teddybären. Yves Kommentare über körperliche Vorzüge und Schwächen der am Standplatz vorbeigehenden Frauen fand Eric zwar auch daneben, doch er mochte sich darüber nicht weiter aufregen.

»Hör zu Yves, dein Macho-Getue geht mir auf den Keks. Du kannst nicht selbst so dick und fett auf dieser Bank sitzen, dass du ohne fremde Hilfe kaum aufstehen kannst, und ständig deine sexistischen Kommentare abgeben. Schau doch mal deine hässlichen Hängebrüste an!«, fuhr sie ihn an, als sich Yves wieder unverschämt über die Qualität der Möpse, wie er sich ausdrückte, einer Passantin ausliess.

»Was willst du? Die Frauen mögen es, wenn man ihnen sagt, dass sie schöne Beine oder schöne Titten haben«, verteidigte sich Yves. »Schau mal, die da!« Mit einer eindeutigen Geste zeigte er auf eine junge Frau. »Die braucht nun wirklich nichts zu verstecken. Da kann ich ihr zeigen, dass ich beeindruckt bin. Es ist doch schön, wenns warm wird und man wieder zeigen kann, was man hat!«, sagte Yves im Tenor des unerschütterlichen Dummkopfs.

»Du bist ein Arschloch, Yves! Wie kommst du darauf, dass Frauen deine Sprüche mögen? Wenn dem so wäre, wärst du immer noch mit deiner ersten Frau verheiratet und nicht von der dritten geschieden. Pass auf was du sagst, wenn du hier sitzt. Was du privat verzapfst, ist mir schnuppe, aber ich lasse nicht zu, dass du am Bahnhof einen solchen Zirkus aufführst und öffentlich Frauen erniedrigst«, kanzelte sie ihn ab.

Das hatte gesessen und liess Yves vorübergehend ruhig sein. Eric wusste, dass er noch nicht über seine letzte Scheidung hinweg war, doch Brigitte liess das als Entschuldigung nicht gelten. Sie war eine engagierte Feministin und wusste, dass sie keinen Zentimeter nachgeben dufte. Nach einiger Zeit startete Yves noch einen Versuchsballon, den Brigitte abschoss, bevor er aufsteigen konnte.

»Begreifst du es immer noch nicht«, sagte sie zornig. »Du sollst deine Fresse halten, du dummer Fettsack!«

Das wollte sich Yves von einer Frau nicht bieten lassen, und er begann sich aus dem Sitz zu wuchten, damit er sich vor ihr aufbauen konnte, wie er das als ehemaliger Karatekämpfer sonst gerne zum Spass machte. Doch Eric, der zwischen den beiden sass, legte ihm den Arm auf die Schultern und sagte: »Es reicht Yves! Brigitte hat Recht. Deine Sprüche sind daneben, das weisst du selbst.«

»Jetzt musst du auch noch das Maul aufreissen«, gab Yves mürrisch zurück, doch er lehnte sich zurück. »Dann gehe ich halt unter die stillen Geniesser«, schmollte er.

»Eric, bist du die Kinder auch schon gefahren?«, fragte Brigitte nach einer Weile.

»Nein, noch nie«, antwortete er, und sie erklärte ihm die Route nach Hohenrain, einem kleinen Dorf im Kanton Luzern, wo sich eine Schule für behinderte Kinder befand. Jeden Tag brachte ein Taxi drei taubstumme Kinder aus Olten und Trimbach am Morgen in die Schule und am Abend wieder nach Hause.

Kurz vor zwei machte sich Eric auf den Weg. Die Wegmarken hatte er sich gemerkt, und er genoss es, aus dem Stadtverkehr hinauszukommen und auf der Autobahn zu beschleunigen. Diese Rechnung hatte er allerdings ohne den Schwerverkehr gemacht, der dafür sorgte, dass er nur selten schneller als hundertzwanzig fahren konnte. Die Fahrt auf der Landstrasse von Sempach nach Hohenrain entschädigte ihn für die schleppende Fahrt auf der Bahn. Über zwei Hügel führte eine wenig befahrene, kurvenreiche Strecke, und er freute sich über die Limousine, deren Grenzen er mit seiner bevorzugten Fahrtechnik auslotete. Kurz nach der Autobahnausfahrt fuhr er an dem Ort vorbei, wo ein halbes Jahrtausend zuvor die Schlacht von Sempach geschlagen worden war, in welcher der sagenhafte Winkelried sich die Speere seiner Feinde in den Ranzen rammte und mit den Worten auf den Lippen, er schlage den Seinen eine Gasse, in die ewigen Jagdgründe einging. Das Denkmal war ein Wallfahrtsort wehrhafter Patrioten. Auf der Wiese vor der Schlachtkappelle und dem Ausflugsrestaurant stand hinter dem Gedenkstein ein Helikopter der Schweizer Armee auf der Matte, und Soldaten lungerten herum. Eric grinste beim Gedanken, dass er ihnen den Winkelried bald auf seine Art geben würde.

Er fand die Schule auf Anhieb, seine Sorge, dass er die Kinder nicht finden würde, waren unbegründet. Der kleine Parkplatz vor der Schule war zwar mit Taxis und Kleinbussen überfüllt, aber seine kleinen Gäste kannten ihr Taxi. Auf der Fahrt nach Olten staunte Eric über den Lärm, den taubstumme Kinder machen können. Sie sassen im Fonds und machten unartikulierte Laute, zeigten ihm den Mittelfinger und kreischten mitunter so laut, dass es ihm zu viel wurde. Auf dem zweiten Hügel hielt er an und drehte sich um. Er legte sich den Zeigefinger auf den Mund, doch sie lachten ihn aus. Ohne Vorwarnung brüllte er die tauben Kinder aus voller Lunge an, dazu setzte er seine aggressivste Miene auf. Die Kinder begriffen und verhielten sich fortan gesitteter, wenn auch Eric das Gefühl nicht loswurde, dass sie sich über ihn lustig machten.

Diese Tour hatte ein optimales Timing, und Eric fuhr um viertel nach vier in die Garage, um seinen Wagen an Igor zu übergeben, der um halb fünf mit der Nachtschicht begann.

»Ciao Eric! Ich hoffe, du hast auf meine Süsse gut aufgepasst«, begrüsste ihn Igor, der sich auf den Beifahrersitz setzte, um gleichzeitig mit Eric die Daten des Taximeters abzuschreiben. Sie wünschten sich eine gute Nacht, und Eric machte, dass er aus der Garage kam. Er wusste, dass einige Chauffeure mit Jean-Luc und Dieter, dem ewig durstigen Hilfsmechaniker, gerne noch in der Garage sitzen blieben und Weisswein oder Bier zechten. Er hatte kein Interesse, gab Dieter einen Korb und fuhr nach Hause, wo er duschte, Jeans und einen weinroten Sweater anzog und einen Joint rauchte, bevor er wieder ins Auto stieg.

X

Von Westen zogen dunkle Regenwolken auf, der böige Wind brachte kalte Luft, und Eric zog den Reissverschluss seiner Lederjacke zu, als er aus dem Auto stieg. Das Chemins war fast leer, nur am Tisch in der Ecke sassen einige Leute. Bevor er sich an die Bar setzte, holte er sich hinter der Theke einen Zettelblock und einen Kugelschreiber. Es dauerte nicht lange, bis Ruth mit zwei Getränkeharassen beladen aus dem Keller in die Wirtsstube kam. Sie begrüssten sich formlos.

Eric bestellte eine Stange, und Ruth fragte: »Wie gehts dir, Eric? Ich vernahm erst kürzlich, dass du bald Nachwuchs erhältst. Läuft alles gut bei Vreni?« Sie zeigte echtes Interesse, das war nicht bloss das übliche Bargeplauder. Doch gab Eric ihr Floskeln zur Antwort, während er auf einen Zettel schrieb: »ich brauche deine Hilfe!« Er reichte ihr den Zettel über die Theke. Ruth runzelte die Stirn und sah ihn fragend an. Mit einer knappen Geste bedeutete er ihr, ihm das Papier zurückzugeben. Sie kam um die Theke herum, gab ihm den Wisch und setzte sich neben ihn. Sie war beunruhigt, das heimliche Getue passte ihr gar nicht.

Prüfend blickte sie ihm in die Augen und sagte: »Kommt darauf an. Was soll das? Was ist los?«

Eric wusste, falls sie zusagte, konnte er sich auf sie verlassen. Allerdings lehnte sie Gewalt prinzipiell ab, und es war keineswegs sicher, dass sie einen einschlägig Vorbestraften unterstützen würde, auch wenn sie ihn zweifellos mochte. Auf einen neuen Zettel notierte er: »man will mich fertig machen – wurde bedroht – werde überwacht.« Er machte eine kleine Pause und fügte hinzu: »meine einzige chance ist öffentlichkeit!«, und schob ihr das Blatt hin.

Ruths Antwort war kurz: »Wer?« Doch sie kamen nicht dazu den Dialog fortzusetzen, denn die Vordertür öffnete sich, und Fritz, der Dachdecker, trat mit Arbeitskollegen ein. Ruth musste an der Zapfsäule grosse Bier abfüllen. »ich brauche deine kontakte zu grossen medien! keine gewalt! melde mich« notierte Eric auf ein neues Blatt. Die alten Zettel steckte er in eine Jackentasche. Ruth hatte nun keine Zeit mehr, sich um ihn zu kümmern, da sich die Beiz schnell füllte. Eric hielt ihr den Zettel wortlos vor die Nase, als sie wieder einmal an der Zapfsäule stand.

Aus ihrer Reaktion konnte er keine Antwort lesen, und er wollte gerade gehen, als Fredi reinstürmte und ihn zu einer Stange einlud, weil er einen dicken Auftrag feiern wollte. Seine Laune war mehr als aufgekratzt, und Eric roch, dass er bereits vorgelegt hatte. Sie prosteten sich zu. Fredi schlug ihm die Hand auf die Schulter, zog ihn an sich heran und lachte, als er sagte: »Ich habe gehört, dass du heute im Ring einen aufgeblasenen Kerl lächerlich gemacht hast. Ich mags dem Arschloch gönnen, dass er mal auf den Latz gefallen ist.«

Eric fiel auf, dass Fredi sehr laut sprach, doch er wollte das nicht zu stark bewerten. Er wusste, dass er aufpassen musste, nicht paranoid zu werden.

»Aber du solltest dich vor diesem Typ in Acht nehmen. So viel ich weiss, ist ihm alles zuzutrauen«, fuhr Fredi dröhnend fort.

»Du kennst ihn?«, fragte Eric verwundert. Er staunte nicht, dass sich sein Auftritt so schnell herumgesprochen hatte, schliesslich war das Ring eine beliebte Umschlagbörse für Gerüchte aller Art, und seine Diskussion mit Schwitzer war laut genug gewesen.

»Nein. Aber ein Kunde hat mir erzählt, dass er gehört hat, dass er ein skrupelloses Schwein ist.«

»Und wie kommt dein Kunde darauf, sich Sorgen um mich zu machen?«, fragte Eric aggressiver als beabsichtigt.

»Ach komm schon, Eric! Du willst doch nicht den einsamen Wolf raushängen, das passt nicht zu dir. Mein Kunde kennt dich nicht, aber er fand es Spitze, wie du diesen Kerl abgeputzt hast, und nun möchte er nicht, dass du in einen Unfall reinläufst, verstehst du?«, sagte Fredi pomadig lächelnd. Eric war nicht besonders überrascht, aber dass es so schnell, so offen und so dicht aufeinander passierte, hatte er nicht erwartet. Das Spiel hatte also begonnen, und die Ratten kamen aus den Löchern.

»Ach was«, sagte Eric kalt, »um mich brauchst du dir keine Sorgen zu machen. Wird wohl nicht so heiss gegessen, wie es gekocht wird.«

»Weisst du, wie es ist, wenn man einen Unfall hat?«, Fredi liess nicht locker. »Du entwickelst ein völlig anderes Zeitgefühl. Obwohl alles rasend schnell geht, hast du das Gefühl, dass du dich im Zeitlupentempo bewegst. Du siehst alles ganz klar und willst eingreifen, kommst aber nicht voran, du bist einfach zu spät. Ein brutales Gefühl kann ich dir sagen.«

Am liebsten hätte Eric ihm das Bier ins Gesicht geschüttet, doch er riss sich zusammen und spielte ein Spiel, das er im Knast gelernt und im Taxi perfektioniert hatte. Er nannte es Göschenen–Airolo, er stellte die Ohren auf Durchzug. »Ich fahre seit Jahren immer mit einem Bein in der Kiste auf der Gasse herum und hatte nie einen Unfall. Warum? Weil ich auf Draht bin und mich nicht überraschen lasse. Nein, nein, keine Angst, ich werde mir schon zu helfen wissen«, gab Eric sich betont zuversichtlich.

»Vergiss es, Eric! Wenn die wirklich wollen, dann hast du nicht den Hauch einer Chance. Dann wirst du wie Ungeziefer weggeputzt!« Fredi bemühte sich, freundschaftliche Fürsorge auszustrahlen, und wollte ihm wieder auf die Schulter klopfen, doch Eric drehte sich wie zufällig weg, und der Schlag ging ins Leere.

»Ungeziefer?«, fragte Eric gedehnt und glitt vom Barsessel, er hatte definitiv genug, musste gehen, bevor er handgreiflich wurde. »Das ist die Sprache des Faschismus. Kennst du den Film ›Die Rache der Heuschrecken‹? Wenn die Heuschrecken in Massen losschlagen, haben selbst die härtesten Kammerjäger kein Brot mehr. Den solltest du dir mal ansehen.«

Mit einem »ciao zäme« verliess er das Chemins, fuhr nach Hause und bereitete das Nachtessen vor. Die Spaghetti warf er erst in die Pfanne, als Vreni, die ihren ersten Tag auf der Sportredaktion verbracht hatte, die Wohnung betrat. Auf dem Notizblock, der auf ihrem Teller lag, hatte Eric seine Erfahrungen des Tages zusammengefasst, und sie las seine Shortstory, nachdem sie ihm, der am Herd stand und in der Tomatensauce rührte, einen Klaps auf den Hintern und einen Kuss auf den Mund gegeben hatte.

»Nichts Neues bei mir«, schrieb sie unter seine Aufzeichnungen und legte das Blatt neben seinen Teller.

»Wenn ich das ganze Leben als Sportredaktorin verbringen müsste, dann würde ich den Job wechseln. Du kannst dir nicht vorstellen, was ich für Manuskripte bearbeiten muss. Man könnte meinen, dass alle Sportvereine ausgerechnet die Analphabeten ihrer Clubs zu Berichterstattern ernennen.«

»Du wirst die zwei Monate beim Sport auch überleben. Wie du erzählt hast, sind die Vorlagen im Lokalteil teilweise auch nicht besser«, sagte Eric vom Kochherd her. »Danke übrigens für die Nachfrage. Ich bin am Morgen gut aus dem Bett gekommen!«, sagte er, als er die angerichteten Teigwaren in der Pfanne auf den Tisch stellte.

»Oh, Entschuldigung, geliebter König!«, flötete Vreni. »Wie unsensibel von mir, also?«

»Es war eine Qual und morgen muss ich bereits um fünf ran, das heisst etwa um zwanzig nach vier aufstehen. Ich hoffe, du kommst heute früh mit mir ins Bett«, sagte er und fuhr ihr mit dem Fuss zwischen die Beine.

»Du hast immer nur das Eine im Kopf«, sagte Vreni. So blieben sie zu Hause und vertrieben sich die Zeit im Bett, wobei sie die Musik ab Band voll aufgedreht spielen liessen. Der Regen, der in der Nacht eingesetzt hatte, war richtiges Taxiwetter. Er hielt den ganzen Dienstag über an, und Eric war fast ununterbrochen unterwegs. Mit Fredis Warnung im Ohr fuhr er noch kontrollierter als sonst, und in einer Situation hatte er das Gefühl, dass ihn ein Lieferwagen abgeschossen hätte, wäre er nicht vorsichtig genug gewesen, doch solche Situationen hatte er schon oft erlebt. Bis Schichtende hatte er einen Umsatz von über fünfhundert Franken gemacht und zweiundvierzig Fahrten erledigt, und er spürte, dass er weniger als fünf Stunden geschlafen hatte. Abgespannt fuhr er nach Hause, trank ein Bier, rauchte einen Joint und legte sich hin, bis Vreni pitschnass die Wohnung betrat.

Sie kam spät, und Eric erinnerte sie daran, dass Andrea gesagt hatte, sie würde auf halb acht kochen. Der Regen prasselte ans Küchenfenster, und es dauerte eine Weile, bis Eric begriff, dass sie weinte. Er trocknete ihr Gesicht und ihre Haare mit seinem Pullover, umarmte, küsste und streichelte sie, bis sie sich beruhigt hatte. Als sie zu erzählen begann, war ihrer Stimme nichts anzuhören.

»Ich hatte einen absolut beschissenen Tag. Am Morgen lief es noch normal. Ich redigierte die Post, plante die Seiten und nahm mit dem Ressortleiter an der Redaktionssitzung teil. Dort fiel mir auf, dass mich Holzmann und Blaser, das ist der Dienstchef, anstarrten, aber ich dachte mir nichts dabei. Nach dem Mittagessen wurde ich zu Holzmann gerufen. In seinem Büro erwarteten mich Holzmann, Blaser und ein Mann, den ich nicht kannte und der sich als Schild vorstellte. Holzmann wies mich mit düsterer Miene an, mich zu setzen. Er habe von Schild, den er als Berater für Sicherheitsfragen vorstellte, Informationen erhalten, die er nicht glauben wolle, denen er aber nachgehen müsse, und wenn es nur darum ginge, mich zu entlasten. Er nannte meine neue Adresse und fragte mich förmlich, ob sie so stimme. Ich bejahte und fragte, was denn los sei. Es war Schild, der mir eine Antwort gab, die mich fast umhaute. Er gab mir ein dickes Dossier mit Kopien von Zeitungsartikeln aus den späten siebziger Jahren und erklärte mir, dass du ein vorbestrafter Terrorist und Bombenleger bist, der eine Frau umgebracht hat.«

Sie schluchzte ein wenig, gerade laut genug. Eric war stolz auf ihr schauspielerisches Talent, auch wenn ihm nicht verborgen blieb, dass sie tatsächlich mitgenommen war. »Ich sagte ihm, dass ich das nicht glaube, aber er wies bloss aufs Dossier. Während ich darin blätterte und die Bestätigung seiner Angaben fand, musterten mich diese Arschgeigen die ganze Zeit. Ich war bestürzt und wütend, dass du mir nie davon erzählt hast, aber auch darüber, wie sie diese Sache aufgezogen hatten. Doch das war erst der Anfang. Zuerst hatte Blaser, bei dem ich mich schon oft wunderte, wie er mit seinen offensichtlichen Lücken im Intelligenzhaushalt zu diesem Job gekommen war, seinen Einsatz. Mit wirren Sätzen, die weder einen Anfang noch ein Ende kannten, versuchte er mir die Vorzüge der Kernenergie weiszumachen, bis ich ihn unterbrach und sagte, dass mich dieses Thema nicht interessiert, was ihn völlig aus dem Takt brachte. Der nächste war Schild, der mit dramatischen Worten ein Tschernobyl in Gösgen heraufbeschwor, das über uns hereinbrechen würde, wenn man Leute wie dich nicht konsequent bekämpfen würde. Ich gab ihm zurück, dass du schon lange kein Terrorist mehr bist und deine Strafe abgesessen hast. Nun war wieder Holzmann an der Reihe. Mit aufgesetzter Empathie würdigte er meinen Einsatz für die Liebe, stellte aber klar, dass meine Zukunft in seiner Zeitung in Frage gestellt sei. Solange ich mit dir zusammen sei, gelte ich als Sicherheitsrisiko, das er nicht verantworten könne, und er stellte mir ein Ultimatum. Wenn ich ihm morgen Nachmittag nicht sagen werde, dass ich hier ausziehe und mich von dir trenne, werde ich fristlos entlassen. Schild fügte lächelnd bei, dass ich ihn nicht täuschen könnte, bevor mich Holzmann ins Büro zurückschickte, wo ich das Dossier studieren sollte. Ich fühlte mich, als wäre ich verprügelt worden. Diese drei selbstgerechten Wichser gingen mir mit ihrer knallharten Erpressung grausam auf die Nerven, aber am meisten war ich von dir enttäuscht, dass du mich wie eines deiner Wochenendliebchen im Dunkeln liessest. Konntest du dir nicht denken, dass mich das mitten ins Herz trifft!« Vreni schluchzte wieder.

Während sie sprach, hatte sie auf einen Zettel »Das ist eine verdammte Scheisse« geschrieben, und er hatte geantwortet: »ja, aber du bist spitze!« Eric entschuldigte sich umständlich für sein Versäumnis und zog dann ungehemmt über Holzmann her, bis Vreni meinte, dass sie später darüber diskutieren sollten.

Sie trafen einige Minuten nach halb acht auf dem Roten Hof ein, wo die Mitglieder der Land-WG bereits über den Selleriesalat gebeugt sassen. Im Backofen brutzelten überbackene Gemüsegratins in zwei grossen Auflaufformen, die Atmosphäre war angeregt und lebhaft. Beat speiste Laura mit einem pürierten Gemüsebrei, den sie nicht besonders mochte und immer wieder raus liess, bis er resignierte und sich selbst verpflegte. Neben ihm sass Sonja Frieden. Sie trug ihre dicke Brille, die ihre braunen Augen stark vergrösserte und sie etwas naiv wirken liess. Der Sellerie stammte ebenso aus ihrem Garten wie das Gemüse, das Andrea nun auftischte. Zum sichtlichen Stolz der Landkommunarden lobte Vreni nicht nur das Essen an sich, sondern speziell auch den Goût des Gemüses als aussergewöhnlich schmackhaft. Nach dem Essen brachte Sonja Laura ins Bett. Das liess sie sich nicht nehmen, wenn sie schon mal abends zu Hause war. Lea begleitete Vreni auf eine ausgedehnte Hausbesichtigung, während Andrea die Küche aufräumte und Eric mit Moritz, Beat und Alain die Vorbereitungsarbeiten für das Fest besprach.

Viel zu diskutieren gab es nicht, denn Moritz und Lea hatten bereits einen Plan für das Notdach erarbeitet, und das Material hatten sie an ihren Arbeitsplätzen auch schon geschnorrt. Auch Alain, gewitzt durch die Erfahrungen der letzten Jahre, hatte sich ein Konzept für ein Selbstbedienungs-Buffet ausgedacht, das nicht aufwändig war und durch die Kollekte locker finanziert werden konnte, aber doch eine gute Akzeptanz versprach. Sie hatten damit gerechnet, dass Eric Einwände erheben würde, da sie wussten, dass er gerne jedes Detail so hatte, wie er es sich vorstellte, doch er zeigte sich beeindruckt und bedankte sich für ihre Hilfe. Das Fest interessierte ihn wenig, da er nicht wusste, ob es je stattfinden würde.

Sie sassen im Wohnzimmer und liessen den Joint, den Beat mit selbst gezogenem Gras gebaut hatte, kreisen, als Vreni sichtlich begeistert von der Besichtigungstour mit Lea zurückkehrte.

»Eric Waser, du bist ein Gauner! Warum hast du mir dieses Juwel so lange vorenthalten? Dieser Hof ist fantastisch. Ich kann es nicht erwarten, das Haus und den Garten bei Tageslicht zu sehen. Kennst du Kufu?«, fragte Vreni enthusiastisch.

»Natürlich«, sagte Eric stolz. »Ich war der Pate und Stifter von Kufu dem Ersten, das ist bereits Kufu der Dritte.«

»Was heisst Kufu, ist das griechisch?«

»Nein, nicht ganz. Rate noch einmal.«

»Nein, ich will jetzt keine Spiele machen.«

»Also gut. Kufu ist die Abkürzung für einen gefährlichen Ostschweizer, so haben ihn seine glühendsten Verehrer genannt. Er war Bundesrat, ein reaktionärer Scharfmacher.«

»Das ist nicht gerade charmant gegenüber diesem niedlichen Schwein. Es ist entzückend und faszinierend, wie sauber sie Kufu halten können. Wie sich die Leute hier organisiert haben und wie sie sich selbst managen, hat mich aber noch mehr beeindruckt«, sagte Vreni euphorisch, und Eric wusste nicht, ob sie sich einen Oscar erspielte, oder ob sie sich auf den ersten Blick in Haus und Hof verliebt hatte.

»Ich habe nicht gewusst, dass du eine Landei-Romantikerin bist, Vreni, aber es freut mich, dass du es magst, wie meine Freundinnen und Freunde hier leben«, sagte Eric und gab ihr einen Kuss. »Hört ihr mir bitte kurz zu?«, fragte er mit erhobener Stimme in die Runde. »Ich möchte mit euch etwas besprechen, das alle angeht. Wie ihr wisst, bekommen wir bald ein Baby, und ihr wisst auch, dass Vreni bei der Oltner Zeitung arbeitet und dass die Typen von der Oltner Zeitung nicht gerade zu meinen Intimfreunden gehören. Heute nun, oder hast du etwas dagegen, dass ich es erzähle?«, zögerte er und blickte fragend zur Seite, doch Vreni schüttelte den Kopf. »Heute also hat Holzmann Vreni zu sich gerufen und von ihr verlangt, dass sie sich von mir trennt, sonst will er sie fristlos freistellen.«

»Dieses verdammte Patriarchenschwein!«, entfuhr es Lea. »Das kann er nicht tun. Während der Schwangerschaft geniesst du Kündigungsschutz, und eine Beziehung kann kein Grund für einen Fristlosen sein. Das darfst du nicht auf dir sitzen lassen«, sagte sie kämpferisch.

»Natürlich dürfen sie mir nicht kündigen, solange ich schwanger bin. Aber sie stellen sich auf den Standpunkt, dass ich meinen Arbeitsvertrag verletze, wenn ich mit einem Terroristen zusammenlebe, was ein genügend starker Vertrauensbruch sei, um eine fristlose Trennung zu rechtfertigen. Nachdem was heute passiert ist, möchte ich nicht unbedingt weiter dort arbeiten, doch ich habe sonst keine Ausbildung, und wir können es uns finanziell nicht leisten, dass ich meinen Job verliere, denn Eric verdient allein zu wenig«, sagte Vreni sachlich und kühl.

»Vreni und ich werden sicher bald einen Ausweg finden, aber für den Moment wäre es das Beste, wenn sie hier einziehen könnte. Was meint ihr, und was meinst du dazu, Vreni?«, fragte Eric.

»Das Sauberste wäre es, wenn du mit dieser Geschichte zur Journalistenunion gehen würdest und die Gewerkschaft diese Erpressung öffentlich machte. Das gäbe aber einen grossen Wirbel, der zu einer Schlammschlacht ausarten würde, da du für deine Version keine Zeugen hast und Holzmann alles leugnen und deine fachliche und charakterliche Eignung für diesen Beruf bezweifeln würde. Du könntest sicher einen halben Jahreslohn herausholen, würdest aber, ausser vielleicht bei einer Gewerkschaftszeitung, nirgendwo mehr eine Stelle als Journalistin finden«, meinte Sonja.

»Ich habe mich schon gewundert, dass es bisher keine Probleme gab. Man weiss ja, wie Holzmann auf unsereins zu sprechen ist. Von mir aus bist du hier willkommen, solange du willst, aber ob ausgerechnet wir eine Adresse haben, die Holzmann genehm ist?« Moritz lächelte charmant.

»Wenn ich mir einen neuen Job suche, wo ich die Ausbildung beenden kann, ohne dass mein Fall grosse Wellen schlägt, finde ich sicher schon bald etwas, schliesslich habe ich nun einige Erfahrung. Klar kotzt es mich an, vor Holzmann zu kuschen, doch ich trickse ihn lieber aus, als ihn offen anzupissen. Die Idee, dass ich hierher ausweichen könnte, finde ich Klasse. Ich werde einfach eine Postfachadresse angeben.« Vreni hatte sich entschieden.

»Ich will nicht den Spielverderber spielen, aber wäre es nicht klüger, wenn du dich in der Stadt bei einer Freundin einquartierst?«, fragte Beat.

»Wenn wir Holzmann eins auswischen können, bin ich dabei. Ich begrüsse es, dass Vreni bei uns einzieht. Vielleicht erledigen sich dann unsere Diskussionen über eine Erweiterung der WG von selbst«, sagte Andrea.

»Nur nicht so schnell, dieses Provisorium soll ganz schnell wieder aufgehoben werden. Ihr kriegt mich nicht aufs Land hinaus«, protestierte Eric.

Kurz darauf stellte sich heraus, dass auch Alain, der sich zurückgezogen hatte und erst jetzt zu der Runde stiess, nichts einzuwenden hatte. Sie einigten sich darauf, dass Vreni die Gästepauschale bezahlen und sich in den Haushaltsdienst einordnen musste. Eric drängte zum Aufbruch, denn es war bald zwölf, und er musste um zwanzig nach sechs wieder aus den Federn. Auf der Heimfahrt sagte Vreni, dass sie sich freute, fortan im Roten Hof zu wohnen, da sie schon immer davon geträumt hatte, einmal in einem alten Bauernhaus auf dem Land zu leben. Nur der Umstand, dass Eric in der Industrie bleiben würde, machte ihr zu schaffen, doch er beruhigte sie mit dem Hinweis, dass er die letzten Jahre auch allein zurecht gekommen war.

XI

Der Regen fiel noch immer in Strömen, und die wenigen wetterfesten Prostituierten hatten sich bei den Unterständen der Bushaltestellen versammelt. An der Ecke vor der Hofeinfahrt zu Erics

Wohnung stand einsam eine Frau mit kniehohen Lackstiefeln und roten Satinhosen unter einem grossen Regenschirm und trotzte dem Regen. Damit er sie nicht nass spritzte, holte Eric mit einem weiten Bogen aus und umkurvte die Pfütze am Strassenrand. Erst wunderte er sich, dass sie nicht bei ihren Arbeitskolleginnen stand, doch er hatte sie noch nie gesehen und ging davon aus, dass sie als neue Konkurrentin noch nicht akzeptiert wurde.

Direkt vor der Treppe stellte er das Auto ab, und dicht hinter Vreni hastete er die Stufen hoch. Sie waren fast oben, als die Frau an der Ecke plötzlich zu schreien begann. Was genau passierte, konnte Eric durch den Regen und geblendet durch das Licht im Hof nicht sehen, doch es war unmissverständlich, dass die Frau Hilfe brauchte. Reflexartig drehte er sich um und eilte die Treppe runter, während Vreni die Wohnungstür aufschloss und im Türrahmen zu beobachten versuchte, was sich auf der Strasse abspielte. Falls die Situation eskalieren würde, konnte sie in die Wohnung rennen und die Polizei rufen, dachte sie und wartete ab, was Eric erreichen würde.

»Verdammte Scheisse! Was ist denn hier los?«, rief Eric, der aus dem taghellen Hof auf die Frau und den Wagen zustürmte, der am Strassenrand stand. Noch ehe sich seine Augen auf die Dunkelheit eingestellt hatten, ging die hintere Tür des Wagens auf, und ein knapp dreissigjähriger hagerer Mann in einem eleganten Anzug stieg geziert langsam aus. Er trug eine randlose runde Brille, die ihm ein intellektuelles Aussehen verlieh.

»Bist du ihr Zuhälter?«, fragte der Mann grob. Auf sein Zeichen liess der Typ auf dem Beifahrersitz die langen Haare der Frau los. Das Geschrei riss ab und ging in ein Schluchzen über. So schnell die Frau auf ihren hochhackigen Stiefeln konnte, rannte sie über die Strasse und runter zum nächsten Bushäuschen.

»Ich habe nichts mit ihr zu tun. Ich wohne hier und wollte bloss nachsehen, was hier abgeht«, sagte Eric ruhig. Er hatte keine Lust, sich auch noch in eine Milieugeschichte reinziehen zu lassen.

»Ich mag es nicht, wenn sich Idioten wie du in mein Business einmischen«, sagte der Mann im Anzug in einem sanften Ton. Der Typ schien auf eine Prügelei aus zu sein, doch er machte nicht den Eindruck eines primitiven Schlägers. Er wollte sich nicht provozieren lassen. Oft genug hatte er im Taxi die Situation erlebt, dass sich ein Kerl aufspielen und seinen Frust bei ihm abladen wollte, und er hatte gelernt die Ruhe zu bewahren.

»Das Problem hat sich ja nun erledigt, ich wünsche den Herrschaften eine angenehme Nacht«, sagte er emotionslos, drehte sich um und ging langsam zum Hof zurück. Eric winkte zu Vreni hoch und rief, dass alles okay war. Er war am Fuss der Treppe angelangt, und Vreni war in der Wohnung verschwunden, als er hörte, dass ihm die dunkle Limousine gefolgt war und auf den Platz fuhr. Er wartete, bis der Fahrer gewendet hatte, er wollte die Sache gleich klären.

Das Auto rollte noch aus, als sich blitzartig drei Türen des Wagens öffneten, nur der Fahrer wartete im Wagen, den Motor liess er laufen. Zwei stämmige Typen in schwarzen Trainingsanzügen und der Mann im Anzug stürmten auf ihn zu. Endlich erkannte Eric die Gefahr, wollte die Treppe hochrennen, rutschte aber auf dem mit Moos überwachsenen Betonsockel aus und fiel hin. Noch ehe er sich aufrappeln konnte, waren die beiden kräftigen Typen über ihm. Sie schlugen ihm den Schirm aus der Hand, packten ihn hart an den Oberarmen und verpassten ihm Kniestiche in die Oberschenkel, bevor sie ihm die Beine spreizten. Der Kerl im Nadelstreifenanzug baute sich vor ihnen auf, lächelte Eric an und donnerte ihm ansatzlos die rechte Faust mit voller Wucht in die Magengrube. Eric krümmte sich, wollte schreien, doch er kriegte keine Luft. Als er wieder atmen konnte, steckte ihm der Schläger einen stinkenden Stofflappen in den Mund und überklebte ihn mit einem breiten Isolierband. Noch immer lächelnd tänzelte der Boxer und begann ihn mit beiden Fäusten zu traktieren. Erst jetzt spürte Eric, dass der Mann einen Schlagring in der rechten Faust hielt.

Mit gezielten Schlägen, am besten gefielen ihm rechts-links-rechts-Kombinationen, bearbeitete ihn die Nadelstreife systematisch, während die Gorillas sich darauf beschränkten, Eric hochzuhalten. Der Schläger vermied Kopftreffer, doch sonst verschonte er kaum einen Fleck von Erics Körper. Nach drei, vier Schlagkombinationen legte er jeweils eine kleine Pause ein. Eric versuchte seine Muskeln anzuspannen, damit sie die Schläge ein wenig abfederten, doch seine Kräfte schwanden schnell. Sein Peiniger schlug präzise und mit einer Kraft, die für diese schmächtige Postur enorm war. Es dauerte nicht lange, bis Erics Beine das erste Mal einknickten. Der Schläger griff grob in Erics nasse und wirr runterhängende Haare und zog den Kopf hoch. Er starrte ihm in die Augen und schlug erneut genau auf den Solarplexus. Er grinste, als Eric die Augen verdrehte und stöhnte.

»Hör mir gut zu, Hudere-Waser«, sagte er ein wenig keuchend. »Ich werde dich noch ein wenig bearbeiten, und du kannst mir glauben, dass es mir Spass macht. Ich bläue dir ein, dass wir uns nicht auf der Nase herumtanzen lassen!« Er atmete kräftig durch. »Damit du es nicht nur weisst, sondern auch spürst und nie wieder vergisst, dass du zu rennen hast, wenn wir pfeifen, werde ich mein Werk jetzt vollenden.« Er sprang zurück, weil Eric mit einer schnellen Bewegung ein Bein befreien konnte und nach ihm trat.

Der Schläger lachte leise. »Du willst noch mehr? Das freut mich! Es ist mir ein Vergnügen, dich zu brechen.« Er schlug ihm ein paar mal mit der offenen linken Hand ins Gesicht, und Eric erkannte, dass er sich für seine Schmutzarbeit Lederhandschuhe angezogen hatte. »Der Chef hat mir nicht zu viel versprochen, als er sagte, dass es mir ein göttliches Vergnügen bereiten werde«, sagte die Nadelstreife lächelnd, und beim nächsten rechten Haken knackte hörbar eine Rippe. Noch einmal bearbeitete er den Oberkörper, auch der Rücken kam nicht zu kurz. Dann ging er zum Auto zurück, holte einen Polizeiknüppel und begann auf die Beine einzudreschen. Eric hatte sich vergeblich gegen das Abtauchen in die Ohnmacht gewehrt.

Unter der Dusche interpretierte Vreni Janis Joplin und sang sich aus voller Kehle den Frust von der Leber. Sie genoss es, auf diese Art Druck abzulassen, aalte sich unter dem heissen Wasserstrahl und liess sich Zeit. Erst als sie im Morgenmantel in die Küche ging und Eric nicht da war, sah sie, dass seine Jacke an der Garderobe fehlte. Sie rannte ins Schlafzimmer, stürzte sich in Hosen und Pullover, hastete in die Küche zurück, schlüpfte in Gummistiefel und nahm einen Schirm aus dem Ständer. Die Scheinwerfer flammten auf, als sie aus der Tür trat.

Mit gespreizten Armen und Beinen lag Eric neben seinem Auto auf dem Sockel. Sie stiess einen spitzen Schrei aus und flog förmlich die Treppe hinunter. Eric lag mit geschlossenen Augen auf dem Rücken, der Regen lief ihm über das bleiche Gesicht. Erleichtert stellte sie seinen Puls fest, dann versuchte sie ihn auf der Seite zu lagern. Sein Körper war schwer, und es gelang ihr erst nach einigen Versuchen, ihn zu stabilisieren. Den Regenschirm legte sie so auf den Boden, dass er Erics Kopf schützte, dann raste sie die Treppe hoch und alarmierte die Ambulanz.

Mit einer Wolldecke und einem Regenmantel in den Händen rannte sie wieder runter, unterlegte seinen Kopf und bedeckte seinen Körper. Bisher hatte sie instinktiv getan, was sie konnte, doch als sie auf den Krankenwagen wartete, fuhr ihr der Schock in die Glieder, sie begann zu zittern und zu weinen. Noch vor der Ambulanz traf eine Streife ein. Die zwei jüngeren Polizisten wollten sich um Eric kümmern, doch sie konnten nicht mehr tun, als Vreni getan hatte. Also befragten sie Vreni, die jedoch nicht in der Lage war, zu antworten. Das Notfallteam fuhr mit Blaulicht und Sirene auf den Hof. Die Pfleger behandelten den noch immer bewusstlosen Eric und legten ihn auf die Bahre, Vreni gaben sie ein Beruhigungsmittel, und im Konvoi preschten sie zur Notaufnahme ins Spital, wo Eric schnell weggebracht wurde.

In der Aufnahmestation im Souterrain des Kantonsspitals erholte sich Vreni. Die Polizisten, die im Vorraum gewartet hatten, kamen rein und nahmen ihre Aussage auf. Obwohl sie insistierten, konnte sie ihnen nicht mehr sagen, als sie gesehen hatte, und das war praktisch nichts. Die Polizisten machten trotzdem fleissig Notizen, nahmen ihre und Erics Personalien auf und fragten beiläufig, in welchem Verhältnis sie zu Eric stand, bevor sie sich verabschiedeten.

Die nüchterne Atmosphäre und die sachliche Geschäftigkeit des Personals sorgten dafür, dass Vreni wieder klar denken konnte, und sie erkundigte sich nach Erics Zustand. Die Ärztin versprach nachzufragen, und der Pfleger untersuchte sie zum wiederholten Mal. Ihr Zustand war stabil, als die Ärztin eintrat und sagte, dass Eric das Bewusstsein wieder erlangt hatte und auf der Intensivstation versorgt wurde. Ungeduldig liess Vreni die letzte Untersuchung über sich ergehen, dann eilte sie zum Lift und fuhr in den zweiten Stock hoch.

Die Tür zur Intensivstation war offen, zwei Pflegerinnen standen am Bett. Weiss wie Hüttenkäse und unsicher lächelnd lag Eric im Bett. Er war mit einer Infusion versorgt und mit aufgeklebten Elektrosonden versehen, die seine Daten auf kleine Monitore übertrugen. Vreni wartete, bis sie von den Pflegerinnen ans Bett gelassen wurde. Ausser zahlreichen Prellungen, Quetschungen und einer angebrochenen Rippe hatte Eric einen Kopfschwartenriss am Hinterkopf und eine Hirnerschütterung abbekommen. So fasste Eric die Diagnose der Ärztin zusammen, nachdem Vreni ihn vorsichtig geküsst hatte.

»Ich bin auf der glitschigen Treppe ausgerutscht, als ich fast oben war, habe den Halt verloren und bin rückwärts die Stufen runtergefallen. Immer und immer wieder habe ich auf den Metallkanten aufgeschlagen, ohne dass ich den Sturz aufhalten konnte. Den Aufschlag ganz unten habe ich nicht mehr gespürt, und so bin ich hier wieder erwacht«, erzählte Eric.

Während seiner eigenwilligen Schilderung der Geschehnisse war unbemerkt Claudia eingetreten. Auf der Pflegestation im fünften Stock, wo sie die Nachtwache schob, war sie informiert worden, dass ein Eric Waser eingeliefert worden war. Claudia hatte eine kurzzeitige Vertretung organisiert, war hinuntergefahren und ins Zimmer gekommen, wo sie seine feste Stimme gehört und mit einem Blick auf die Monitore feststellt hatte, dass sein Zustand keineswegs dramatisch war. Erst als Eric zu Ende gesprochen hatte, zeigte sie ihren blonden Lockenkopf und ihr von Sommersprossen übersätes Gesicht über der Schulter ihrer Kollegin und sagte: »Unverhofft kommt oft. Ich hatte mich schon auf eine langweilige Nachtschicht eingerichtet, da kommt mein Lieblingsschwager und besucht mich. Wie lange bleibst du? Zwei, drei Tage?«, fragte sie locker.

»Zwei Tage haben sie gesagt, aber morgen will ich hier raus. Mir tut zwar alles weh, aber ich weiss genau, wenn ich länger hier bin, werde ich krank«, sagte Eric gepresst.

»Das ist nicht sehr charmant, Herr Waser«, mischte sich die Pflegerin ein, die den Tropf seiner Infusion regulierte. Sie war jung und hübsch und warf ihm einen koketten Blick zu. Eric fand einen Flirt unpassend, zog Vreni näher zu sich heran und sagte: »Seit ich dich sehe, Vreni, bin ich auf dem besten Weg zur Genesung. Gib mir noch einen Kuss.«

»Freut mich, dass du schon wieder gesunden Appetit hast«, grinste Vreni erleichtert und beugte sich über ihn. Seine Schmerzen waren grösser, als er zugeben wollte, und er stöhnte, als sie ihn am Brustkasten berührte, doch er hielt durch. Nach einem flüchtigen Kuss auf die Stirn flüsterte er ihr leise ins Ohr: »Du musst trotzdem umziehen wie geplant, ich komme schon zurecht.« Wieder stöhnte er leise. Stechende Schmerzen bohrten sich in die Lungen. Erschöpft liess er sich ins Kissen zurückfallen, und die diensthabende Ärztin wies Vreni an, das Zimmer zu verlassen.

Auf dem Weg zum Lift beteuerte Claudia, dass sie nach Eric sehen und ihr sofort Bescheid geben würde, wenn sich sein Zustand verschlechtern sollte. Ihre lockere Reaktion auf seinen Unfall, aber auch sein ungebrochener Lebensmut gaben Vreni den Mut zurück, den sie gänzlich verloren hatte, als sie auf die Ambulanz gewartet hatte. An der Rezeption liess sie sich ein Taxi bestellen. Sie informierte Karin über Erics Unfall und bat sie, Jean-Luc Bescheid zu sagen.

XII

Nach dem Morgenessen wurde Eric durch eine ältere Ärztin, die gerne Witze machte, noch einmal gründlich untersucht. Doktor Irma Jugovic ging im kleinen Diagnosezimmer vor ihm, der barfuss auf einem Schragen sass, stirnrunzelnd von Wand zu Wand. Eben noch hatte sie gut gelaunt mit einem jungen Hilfspfleger geschäkert. Den linken Arm hielt sie hinter dem Rücken, und mit der rechten Hand rieb sie ihr Kinn.

Unvermittelt blieb sie stehen, drehte sich langsam um und sagte: »Herr Waser, ich will mich nicht in Ihre Angelegenheiten einmischen, aber Sie wissen vielleicht, dass wir bei Verletzungen, bei denen der Verdacht besteht, dass sie in einem strafrechtlichen Zusammenhang entstanden sind, verpflichtet sind, die Polizei zu informieren. Ich weiss nicht, in was Sie verwickelt sind, und will Ihnen auch keine Schwierigkeiten machen.« Sie setzte sich wieder in Bewegung. »Die Kopfwunde verheilt schnell, und die Hirnerschütterung ist weniger dramatisch, als wir aufgrund Ihrer Bewusstlosigkeit zuerst diagnostiziert hatten. Aber sonst.« Sie blieb stehen und sah ihm prüfend in die Augen. »Wenn Sie zu Hause eine Treppe haben, die mit einem Schlagring auf Sie losgeht, dann sollten Sie schleunigst umziehen.« Sie lächelte nicht.

Langsam drehte sie sich um, nahm sein Krankenblatt in die Hände und setzte sich auf das kleine Pult. »Ich habe erst einmal einen Mann gesehen, der so systematisch verprügelt wurde, ohne ernsthafte Verletzungen oder Spuren davon zu tragen, aber das ist lange her. Sie müssen grosse Schmerzen haben, nicht nur wegen der Rippenfraktur, die noch einige Zeit andauern werden. Sie hatten unglaubliches Glück, dass keine inneren Organe verletzt wurden. Sind Sie sich wirklich sicher, dass Sie bei Ihrer Aussage bleiben und keine Anzeige erstatten wollen?«

»Anzeige? Weil ich ausgerutscht und ungeschickt gefallen bin? Ich bitte Sie, Frau Jugovic. Soll ich den Vermieter verklagen? Sie scherzen.« Das Sprechen bereitete ihm Mühe, trotzdem versuchte er zu lächeln. »Es reicht, wenn ich künftig besser aufpasse, dann brauche ich nicht zu zügeln. Also, Frau Jugovic, wann lassen Sie mich nach Hause?«

Die Ärztin schüttelte scheinbar resigniert den Kopf, so schnell steckte sie jedoch nicht auf. »Leute, die einen Mann wie Sie derart fertig machen können, verfügen über eine ausgezeichnete Ausbildung und handeln absolut emotionslos, sonst wären Sie nie mehr aufgewacht, Herr Waser. Solche Leute haben keine Skrupel, noch ganz andere Methoden anzuwenden. Heute Morgen haben sich einige Geschichten über Sie herumgesprochen, Herr Waser, und ich kann verstehen, dass Sie von der Polizei keine Hilfe erwarten, aber ich glaube nicht, dass wir Sie das nächste Mal noch einmal so unkompliziert aufpäppeln können. Ich möchte Ihnen eine kleine Geschichte erzählen, die ich kürzlich in einem anderen Spital erlebt habe. Eines Abends brachten zwei Polizisten in Zivil einen jungen Mann auf die Notfallstation, der in einem äusserst miserablen Zustand war. Ich sah sofort, dass der Mann verprügelt worden war. Er sah kaum noch aus seinen zugeschwollenen Augen, die Nase war gebrochen, die Lippen aufgerissen, ein Schneidezahn fehlte, und an seinem rechten Ohrläppchen hatte sich eine Kruste mit geronnenem Blut gebildet. Seine Kleider waren zerrissen und mit Blut befleckt. Der ältere Polizist erklärte mir, dass dieser Mann ein Drogendealer war, der sich in der Zelle des Gefängnisses selbst so zugerichtet hatte, um sich so der angeordneten Ausschaffung nach Marokko zu entziehen. Ich erfuhr später, dass der Patient Mustafa hiess und dreiundzwanzig Jahre alt war. Er wuchs in einem kleinen Küstendorf in der Nähe von Villa Cisneros in der Westsahara auf. Die Westsahara wurde schon vor Jahrzehnten von Marokko besetzt, und seither herrscht dort ein bei uns vergessener Krieg. Mustafa war Mitglied der Befreiungsfront Polisario, die gegen die Besatzungsmacht kämpft, bevor er gefangen genommen wurde und später in die Schweiz flüchtete. Sein Asylgesuch wurde abgelehnt, und er tauchte unter, bis ihn die Polizei mit ein paar Gramm Haschisch erwischte. Er wurde in Haft genommen, damit sie ihn ausschaffen konnten. Also, mir war sofort klar, dass der Polizist gelogen hatte, doch ich untersuchte zuerst den Patienten und stellte neben den erwähnten Verletzungen weitere Quetschwunden und kleinere Frakturen fest. Während der Patient versorgt wurde, stellte ich die Polizisten zur Rede. Der Jüngere lächelte zynisch, als der Ältere seine Aussage wiederholte. Ich erwiderte, dass der Patient sich diese Verletzungen unmöglich selbst zugefügt haben konnte und dass ich Meldung machen musste. Da schüttelte der Jüngere den Kopf und sagte, dieser Dreckn*gger habe sich den Kopf gegen die Zellenwand gerammt, und als sie ihn beruhigen wollten, sei er auf sie losgegangen, worauf sie sich bloss verteidigt hätten. Das sei noch lange kein Grund, Meldung zu machen. Ich sagte ihm, ich könne seine Version nicht bestätigen, da keiner von ihnen auch nur eine Schramme aufwies. Da nahm der Ältere demonstrativ seine linke Hand in die rechte, machte einen kurzen heftigen Ruck, und es tönte, als ob ein trockener Zweig breche. Er lächelte mich an und sagte, ich solle zu Protokoll nehmen, dass dieser Kaffer ihm den Finger gebrochen habe. Ich machte trotzdem eine Meldung beim Oberarzt, der versprach der Sache nachzugehen. Als ich ihn Tage später darauf ansprach, reagierte er ungewohnt arrogant. Ob mir bewusst sei, dass ich hier nicht in meinem Heimatland sei, als Gastarbeiterin hätte ich mich gefälligst anzupassen. Die Polizei habe sich offiziell über eine ausländische Ärztin beschwert, die Polizisten schikanierte und bei der Ausübung ihres Berufes behinderte. Dann warnte er mich davor, weitere Schritte zu unternehmen, ich würde sonst ernsthafte Schwierigkeiten kriegen. Ausserdem sei der Patient unterdessen in Nordafrika eingetroffen. Ich wechselte die Stelle und landete hier in Olten.«

»Viele Schweizer mögen keine Fremden, schon gar nicht solche, die sich zu wehren wissen.«

»Es gibt glücklicherweise auch viele andere. Ich glaube nicht, dass auch Sie so sind, Herr Waser.«

»Ich bin auch kein richtiger Schweizer. Ich bin ein Halbblut, ein

Bastard, ein Mestize. Die Vorfahren meines Vaters haben keine Landesgrenzen anerkannt, sie waren Fahrende. Aber ich muss meine Aussage präzisieren. Die Schweizer mögen Fremde, die als reiche Touristen einreisen und hier eine Menge Kohle liegen lassen. Dann entwickeln sie als Gastgeber die typisch schweizerische Servilität, die nicht nur im internationalen Jet-Set längst Legende ist. Diese unterwürfige Liebdienerei wendet sich aber in hemmungslose Xenophobie, wenn es sich bei den Fremden um mittellose Flüchtlinge handelt. Den abgrundtiefen Hass, den manche Schweizerinnen und Schweizer Asylbewerbern gegenüber entwickeln, hängt damit zusammen, dass sie nur zu gut wissen, dass ihr eigener vergleichsweise üppiger Wohlstand auf deren Armut beruht, und damit sie trotzdem ein gutes Gewissen haben können, behaupten sie dreist, die Armen der Welt seien selbst Schuld an ihrem Schicksal. Dabei weiss heute jedes Kind, dass der sagenhafte Reichtum der Schweiz nur möglich ist, weil gleichzeitig Milliarden von Menschen weltweit ihr Recht auf Nahrung, ihr Recht auf eine anständige Gesundheitsversorgung und ihr Recht auf ein Dach über dem Kopf verweigert wird. Exponenten der Wirtschaft sind geradezu stolz, wenn sie verkünden, dass jeder zweite Franken, der in der Schweiz ausgegeben wird, im Ausland erwirtschaftet wurde.«

»So radikal habe ich das noch nie gesehen. Aber zurück zu Ihnen, ich muss mich noch um andere Patienten kümmern. Um fünfzehn Uhr kommt die Polizei, sagen Sie ihnen von mir aus, was Sie wollen, ich werde dabei sein und Ihre Version unterstützen. Ich kann mich nur wiederholen und Ihnen raten, erzählen Sie die Wahrheit und erstatten Sie Anzeige!«

»Das kann ich nicht!«

»Überlegen Sie es sich. Danach können Sie nach Hause, wenn Sie weiterhin darauf bestehen und das Austrittsformular unterschreiben. Wegen der Hirnerschütterung sollten Sie sich mindestens zwei Tage ins Bett legen. Bis Ende Woche lasse ich Sie krank schreiben. Besuchen Sie Ihren Hausarzt, wenn Sie am Freitag noch immer Schwindelgefühle haben.«

Sie rief nach dem Hilfspfleger, der Eric im Rollstuhl in die allgemeine Abteilung im vierten Stock brachte, wohin er früh am Morgen verlegt worden war. Aus dem Kleiderkasten neben dem Bett holte sich Eric die frischen Kleider, die Vreni am Empfang für ihn abgegeben hatte, bevor sie zur Arbeit gegangen war, und zog sich vorsichtig an. Bloss einmal hatte er sich annähernd so schlecht gefühlt. Nachdem er im Knast das erste Mal im Kraftraum gewesen war und gemeint hatte, seine Muskeln auf die gleiche Art trainieren zu können wie früher. Die Folge war ein intensiver Ganzkörpermuskelkater gewesen, der selbst die gewöhnlichsten Bewegungen zur Qual gemacht hatte. Schweissgebadet ruhte er sich auf dem Bett aus, bevor er sich hinkend auf den Weg machte.

Im Aufenthaltsraum am Ende des Korridors zündete er sich eine Zigarette an und las die AZ, die zusammen mit den anderen Regionalzeitungen auflag. Jemand stiess ein Messer in seine Brust, als er inhalierte. Er fühlte sich, als trüge er das Nadelhemd eines leidenschaftlichen Masochisten. Abgesehen davon fühlte er sich nicht schlecht. Er verfluchte sich zwar, dass er so unbedarft in die Falle gegangen war, doch sein Selbstbewusstsein war bloss angeknackst, und er sagte sich, dass dies sein letzter Fehler gewesen war, und dass er jetzt erst recht gewillt war, mit diesen Halunken Schlitten zu fahren. Er wusste, dass ihm das nur dann gelingen konnte, wenn auch er eiskalt ans Werk ging. Deshalb liess er Hassgefühle gegen Schwitzer und seinen Schläger gar nicht erst aufkommen. Dazu wandte er eine Methode an, die er von seinem Vater gelernt und im Knast perfektioniert hatte. Die Menschen, die ihn ausgrenzten, prügelten oder sonstwie malträtierten, stellte er sich als den Dummen August vor, den er als Kind im Zirkus gesehen hatte. Franz hatte ihm gesagt, dass Peiniger und Folterer nichts als Dumme Auguste sind, nicht in der Manege, sondern im wirklichen Leben, weil sie selbst das Einfachste, das sonst jeder Trottel beherrscht, nicht auf die Reihe kriegen. Sie bringen ihren Pimmel nicht hoch, also reagieren sie ihre Frustrationen an Schwächeren ab. Mit Schmerzen und Einsamkeit hatte er umzugehen gelernt, was sollte er sich also beleidigt fühlen, wenn ein Dummer August meinte, ihn anpöbeln zu müssen. Die Fähigkeit, in entscheidenden Situationen seine Gefühle fast vollständig zu unterdrücken, machte ihn unberechenbar und hatte ihm im Knast und im Taxi verschiedentlich geholfen, aus brenzligen Situationen mit heiler Haut rauszukommen. Auch jetzt gelang es ihm, sich mit dieser emotionalen Kälte zu panzern.

Als er den Sportteil des Oltner Tagblatt durchblätterte, erinnerte er sich daran, dass er telefonieren wollte. Er schleppte sich ins

Zimmer zurück, meldete bei der Hauszentrale seinen Anschluss an und wählte die Nummer der Oltner Zeitungs-Redaktion.

»Guten Tag, Frau Kieser, hier ist Moser vom Turnverein Kappel, ich möchte mit Frau König von der Sportredaktion sprechen.«

Es dauerte nicht lange, bis Vreni sich meldete. »Haben sie Bleistift und Papier parat?«, herrschte er sie mit verstellter Stimme an. Bevor sie jedoch antworten konnte, sagte er in gewohntem Ton: »Vreni, mein Schatz, wie hast du die Nacht ohne mich bloss überstanden?«

»Dir geht es wohl schon wieder zu gut, Eric! Dir werde ich nichts mehr erzählen, du veräppelst mich ja bloss. Was ist, kommst du wieder auf die Beine? Ich komme dich über Mittag besuchen und bringe dir einen Nussgipfel mit«, sagte Vreni.

»Ich habe noch Schmerzen, aber sonst gehts mir besser. Ich darf am Nachmittag nach Hause und bin bis Ende Woche krank geschrieben, damit ich meine Hirnerschütterung auskurieren kann. Ich warte auf dich. Ich liebe dich, ciao.«

Eric wählte die Nummer der Taxizentrale.

»Sali Gret, kann ich mit Jean-Luc sprechen?«, fragte er.

»Salut Eric, wie geht es dir? Karin hat erzählt, du hättest einen Unfall gehabt«, sagte Jean-Luc, und mit wenigen Worten erzählte ihm Eric seine Version und meldete sich für den Rest der Woche ab.

Er wollte bereits aufhängen, als Jean-Luc sagte: »Ich habe heute Morgen einen Anruf der Kantonspolizei erhalten. Jemand hat dich gestern angezeigt, weil du in der Solothurnerstrasse von der Tankstelle her über die doppelte Sicherheitslinie abgebogen bist und einem entgegenkommenden Auto den Weg abgeschnitten hast. Das war wohl nicht dein Tag gestern«, sagte Jean-Luc trocken.

»Was soll das heissen, eine Anzeige? Verdammt, ich wende dort nie, ich bin doch nicht doof! Das muss jemand anders gewesen sein«, entfuhr es Eric. Doppelte Sicherheitslinie hiess, dass er eventuell das Billet abgeben musste. »Ich weiss, dass einige Kollegen dort gern mit den Verkäuferinnen schäkern, aber ich war seit Wochen nicht mehr da, das muss eine Verwechslung sein.«

»Ach komm schon, Eric! Sie haben dein Kennzeichen. Alle machen mal Fehler, und du hattest bisher keine Geschichten mit der Polizei. Das wird nur eine Busse absetzen. Also, ich sehe dich am Montag.« Jean-Luc legte auf.

Obwohl er sich vorgenommen hatte, seine Gegner nicht zu unterschätzen, stellte Eric fest, dass ihn die Ereignisse überrollten. Noch vor zwei Tagen war er davon ausgegangen, dass ihm genügend Zeit bleiben würde, seine Strategie genauer festzulegen, und jetzt machte er sich mit dem Gedanken vertraut, dass er bereits beim nächsten Kontakt mit Schwitzer kapitulieren würde. Er befürchtete, dass es nur noch eine Frage von Tagen war, bis der Druck auch auf Ursula ausgeweitet wurde.

Die Hälfte des Mittagessens, das bereits um zwanzig nach elf Uhr serviert wurde, liess er stehen, den ungesüssten Kräutertee trank er in einem Zug aus. Mit dem Gras, das er in einem Zellophansäcklein in der Jacke gefunden hatte, baute er sich einen Joint. Da er keine Papierchen hatte, drehte er den Filter einer Zigarette heraus, ersetzte ihn mit einem gerollten Kartonfilter und bröselte den Tabak vorsichtig aufs Tablett. Die Mischung aus dem Gras und der Hälfte des Tabaks schüttete er vorsichtig in die Hülle zurück und stopfte sie mit einem Bleistift. Diese Prozedur wiederholte er, bis die Zigarette gefüllt war.

Eric schmiss die schmutzigen Kleider in einen Plastiksack und ging ins Raucherzimmer, wo ein Patient mit einer Tropfinfusion vor dem Fernseher sass. Er setzte sich in einen Polstersessel, schlug eine Zeitung auf und steckte den improvisierten Joint an.

»Herr Waser, in Ihrem Zimmer wartet ein Herr Schwitzer. Er möchte Sie sprechen«, sagte eine Krankenpflegerin von der Türe her, als er gerade den Joint ausgedrückt hatte.

»Sagen Sie ihm, dass ich hier bin!«, sagte Eric. Es gelang ihm, kalt zu bleiben.

Gemessenen Schrittes betrat Schwitzer den Aufenthaltsraum. Er trug den obligaten Trenchcoat, einen hellen Leinenanzug, ein blaues Hemd und eine dunkelblaue Lederkrawatte. Ohne zu zögern ging er quer durchs Zimmer zum Fernseher, schaltete ihn aus, trat vor den bleichen mageren Mann in der Ecke und sagte: »Verschwinden Sie, ich muss diesen Mann hier unter vier Augen sprechen!«

Doch der ausgemergelte Patient im hellblauen Bademantel, der mit seinen strähnigen Haaren und dem dünnen Schnurrbart wie ein Junkie auf Entzug aussah, reagierte nicht wie Schwitzer erwartet hatte. Zwar stand er mühsam auf, doch er ging mit seinem Infusionsgestell langsam zum Fernseher und stellte ihn wieder an. Er sagte kein Wort, blieb einfach stehen. Empört ging Schwitzer erneut zum Gerät und schaltete es aus.

»Jetzt aber raus hier!«, herrschte er den Mann an, der ihn demonstrativ gelangweilt anblickte.

»Seit drei Wochen sitze ich jeden Mittag hier und schaue mir diese Serie an. Noch nie hat sich jemand daran gestört, dann kommen Sie Lackaffe und glauben, Sie können mir die Kiste abstellen. Was bilden Sie sich ein? Mich beeindrucken Sie nicht mit Ihren Klamotten. Je feiner der Stoff, desto grösser der Gauner. Wenn Sie mit dem Dampfross allein sprechen wollen, dann suchen Sie sich einen anderen Platz!«, sagte er bestimmt.

Ohne seine Augen von Schwitzer zu nehmen, schaltete er den Kasten wieder ein. Er setzte sich erst wieder hin, als Schwitzer Eric am Ärmel zupfte und sie auf den Gang hinaustraten. Eric forderte Schwitzer auf loszulegen, doch dieser sagte: »Gehen wir in die Cafeteria hinunter, da ist es bequemer.«

»Das geht nicht. Ich erwarte jederzeit die Polizei, die meine Aussage aufnehmen will.«

Eric glaubte eine leichte Irritation bei Schwitzer festzustellen, bevor dieser fragte: »Polizei? Man sagte mir, es war ein Unfall.«

»Sie haben nicht einmal Ihren Laden im Griff und wollen sich in Dinge einmischen, die Sie nichts angehen. Man sagte mir, das sei Routine«, sagte Eric spöttisch.

»Ich habe selten mit dem Spital zu tun. Aber machen Sie sich keine falschen Hoffnungen. Also, Herr Waser, haben Sie sich mein Angebot, nachdem ich Ihnen einige Argumente vorgelegt habe, überlegt?«, fragte Schwitzer ausgesucht freundlich.

»Ich weiss, dass Sie mir einmal dafür büssen werden. Aber ja verdammt, Sie haben gewonnen, ich gebe auf. Ich kann es nicht zulassen, dass Ihr auf Vreni losgeht«, knurrte Eric.

»Sehen Sie, ich begreife sehr gut, dass Sie nicht noch einmal eine Freundin Ihrer wirren Ideologie opfern wollen. Ihr Hass gegen mich ist normal. Ich nehme das nicht persönlich. Das wird sich legen, und Sie werden feststellen, dass wir mehr Gemeinsamkeiten haben, als Sie zugeben wollen. Sie werden aber verstehen, dass ich mich nicht auf Ihr Wort verlassen kann, deshalb werden wir Sie ab jetzt an der ganz kurzen Leine halten. Ich rate Ihnen: Versuchen Sie nicht uns zu hintergehen, sonst ist es mit der Gemütlichkeit vorbei.«

Eric verkniff sich einen Kommentar.

»Obwohl Sie keine Ahnung hatten, haben Sie bereits exzellente Vorarbeit geleistet. Vorerst wird es Ihre Aufgabe sein, in diese linksextreme Kommune auf dem Hauenstein, in der Sie gestern zu Besuch waren, einzuziehen. Ihnen wird schon etwas einfallen, sonst werden wir uns darum kümmern und wenn nötig Ihre Wohnung warm renovieren. Ich gebe Ihnen eine Woche Zeit. Auf Wiedersehen, Waser, hat mich gefreut«, sagte Schwitzer. Ohne eine Antwort abzuwarten, drehte er sich um und verschwand über die Nottreppe nach unten. Das Gespräch hatte keine fünf Minuten gedauert, und Eric sass wieder im Aufenthaltsraum, bevor die Serie fertig war.

»Was wollte der Bulle von dir?«, fragte der Patient im Morgenmantel.

»Wie kommst du darauf, dass er ein Bulle ist?«, fragte Eric.

»Das sah ich auf den ersten Blick! Dann sein Auftritt, als ob das hier der Gruppenraum im Knast wäre. Willst du etwa sagen, das war kein Bulle?«, fragte er misstrauisch. Die Sendung im Fernsehen interessierte ihn nicht mehr.

»Du hast Recht, aber behalte es bitte für dich, ich habe sonst schon genug Ärger am Hals.«

»Logo, Mann, das kenne ich. Ich musste mich lange genug vor diesen Säcken ducken. Wenn ich draussen bin, lasse ich mir nichts bieten. Hast du gesehen, wie ich ihn abgeputzt habe?«

»Hat mir extrem gut gefallen!«

»Hast du mir etwas zu rauchen, ich sitze völlig auf dem Trockenen?«

Eric gab ihm die Zigaretten und das Gras und ging ins Zimmer zurück. Zwölf war vorbei, er wartete auf Vreni, die jeden Augenblick kommen musste. Mit geschlossenen Augen lag er auf dem Bett und versuchte das pfeifende Geröchel eines Zimmerkollegen zu überhören. Als Provokateur in den Roten Hof, das konnte nicht Schwitzers Ernst sein. Wie konnte dieser Lump davon ausgehen, dass er mitspielen würde? Garantiert hielt er noch Trümpfe im Ärmel. Die Anzeige, die Jean-Luc erwähnt hatte, ärgerte ihn nicht mehr. Da konnte er nichts dafür. Aber dass er sich so leichtsinnig hatte verprügeln lassen, dass er zu spät die Gefährlichkeit der Situation erkannt hatte und auch noch hingefallen war, nagte mehr an seinem Selbstvertrauen, als er zugeben wollte.

Ein kühler Kuss unterbrach seine Gedanken, und er zog Vreni, die ihm mit der Hand zwischen die Beine fuhr und erfreut feststellte, dass dort noch alles ordnungsgemäss funktionierte, an sich.

»In den nächsten Tagen gibts bloss Rentnersex. Ich fühle mich, als wäre eine Rinderherde über mich hinweg getrampelt.«

»Und die lassen dich wirklich schon laufen?«, fragte sie.

»Ja. Sie wollten mich noch einen Tag behalten, aber ich habe mich durchgesetzt. Ausruhen kann ich mich auch zu Hause.«

Vreni packte zwei Vanillecornets aus ihrer Umhängetasche. Nach dem Dessert legte sie sich zu ihm aufs Bett, und sie kuschelten sich, so gut es eben ging. Von Schwitzers Besuch erzählte Eric nichts. Er sagte bloss, dass er sie am Abend besuchen würde.

Auf der Redaktion hatte Vreni festgestellt, dass ihre Kolleginnen ausnehmend freundlich zu ihr gewesen waren und sie so behandelten, als hätte sie jedes gute Wort nötig. Von Holzmann, Blaser oder gar Schild hatte sie nichts gesehen, doch sie zweifelte nicht daran, dass sie es mit ihrem Ultimatum ernst meinten. Eric bekräftigte sie in ihrer Meinung und empfahl ihr, sich noch heute abzumelden.

Die uniformierten Polizisten waren pünktlich und bemüht freundlich. Sie stellten bloss Routinefragen und trugen die Antworten in ein Formular ein, das Eric unterschreiben musste. Die Ärztin verliess mit den Streifenpolizisten das Zimmer. Eric verabschiedete sich von seinen Mitpatienten und ging mit dem Plastiksack in der Hand auf den Gang hinaus, wo Doktor Jugovic auf ihn wartete.

»Lassen Sie sich in einer Woche von ihrem Hausarzt noch einmal untersuchen, achten Sie vor allem auf die Rippen. Passen Sie auf sich auf, Herr Waser, ich möchte Sie hier nicht mehr sehen«, sagte sie lächelnd und gab ihm die Hand.

»Keine Bange, Frau Jugovic. Ein zweites Mal falle ich nicht dieselbe Treppe runter«, sagte Eric augenzwinkernd, und er schleppte sich Richtung Lift.

Kapitel 3

Er war der Meinung, dass es zur Verscheuchung der Melancholie kein besseres Mittel gäbe, als einem Kriminalprozess beizuwohnen, weil die Dummheit der Richter so ergötzlich zu sein pflegt (...)
»Wohlan«, sagte unser Philosoph, »wir wollen diese Richter da Menschenfleisch essen sehen. Das ist ein Schauspiel wie jedes andere.«

I

»Sie werden erwartet, Frau König.« Der adrett frisierte Portier des Holzmann-Verlags machte sich wichtig. »Sie sind zu spät, Frau König! Doktor Holzmann hat zweimal angerufen und nach Ihnen gefragt.«

»Ich war den ganzen Morgen hier. Was ist so dringend?«

»Ich weiss nicht mehr als Sie«, sagte er sibyllinisch. »Doktor Holzmann wartet seit einer Viertelstunde auf Sie. Fahren Sie gleich rauf! Es wäre schade, wenn wir Sie verlieren würden.« Er sprach mit der kalten Höflichkeit eines professionellen Telefonisten.

Es dauerte, bis die Lifttür sich öffnete und Vreni in die Chefredaktion hochfahren konnte. Das Warten hatte sie nervös gemacht, und sie versuchte sich mit Atemübungen zu beruhigen. Sie hatte sich vorgenommen, sich nicht noch einmal als trottelige Volontärin vorführen zu lassen.

Etwas steif ging sie an Frau Schläfli vorbei und sagte ohne sie anzublicken: »Ich werde erwartet.« Bevor die verdutzte Vorzimmerdame etwas sagen konnte, war sie hinter der massiven Tür von Holzmanns Büro verschwunden.

Holzmann mischte sich wenig in die Arbeit der Redaktion ein und schrieb selten einen Artikel, ausser die dreispaltigen Kommentare, die er etwa jeden zweiten Tag auf der Titelseite abdrucken liess, eröffnet mit seinem halbspaltigen, in filigranen Bleistift-Strichen gezeichneten Konterfei und unterzeichnet mit Chefredaktor, Dr. Adalbert G. Holzmann. Titel gingen ihm über alles. Vom Gerücht, dass er seine Texte von Hand schrieb und sie von seiner Sekretärin korrigiert in den Computer tippen liess, hatte Vreni gehört, und so war sie nicht erstaunt, als sie ihn mit dem Füllfederhalter in der Hand über das Pult gebeugt antraf. Hastig verstaute er die Schreibmappe und mutierte vom ertappten Computerbanausen zum autoritären Chef, der sich und seine Untergebenen jederzeit im Griff hat.

»Ah, unsere Frau König. Sie kommen zu spät! Ich habe Sie vor einer halben Stunde erwartet. Ich hasse Unpünktlichkeit. Ich hoffe, Sie haben eine gute Entschuldigung«, sagte er schroff, ohne Vreni zu bedeuten, sich zu setzen.

»Von diesem Termin habe ich eben erst erfahren. Ich ging etwas früher in die Mittagspause, weil ich im Spital eine Freundin besucht habe, die einen Unfall hatte«, sagte Vreni knapp und verschränkte ihre Arme auf der Brust. Holzmann runzelte die Stirn und wies ihr mit einer knappen Geste einen Stuhl zu.

»Ich will nicht um den heissen Brei reden, Frau König. Sie hatten einen Tag Zeit, über unser Gespräch nachzudenken. Wie haben Sie sich entschieden? Wollen Sie bei uns an Ihrer Karriere arbeiten, oder hat Sie die Liebe zu diesem Fanatiker um den Verstand gebracht?« Seine Augen fixierten Vreni.

»Ich will weder meinen Job noch meinen Freund verlieren, Herr Holzmann.« Den Doktor brachte sie nicht über die Lippen. »Aber ich will auch meine Selbstachtung nicht verlieren. Ich kann verstehen, dass Sie mit der Vergangenheit meines Partners Mühe bekunden. Allerdings hat mein Freund seine Strafe abgesessen und gegen ihn liegt nichts vor. Sie können einen Menschen nicht lebenslang stigmatisieren, weil er einmal einen Fehler machte! Darüber hinaus handelt es sich hier um eine private Beziehung, die meine Arbeit nicht beeinträchtigt.« Sie wollte eine kleine Pause einlegen, doch Holzmann fuhr sofort dazwischen.

»Tatsächlich hat er sich nichts mehr zu Schulden kommen lassen, aber das will nichts heissen, im Gegenteil, es scheint, als sei er noch extremer geworden. Sie brauchen bloss seine Beiträge in der AZ zu lesen, das sind als Buchkritiken kaschierte anarchistische Pamphlete. Er ist gegen alles, gegen das Militär, gegen die Polizei, gegen den Staat und gegen das Kapital, wie er die Wirtschaft nennt. Er ist gegen die Familie und erst recht gegen die heilige Kirche, die er regelrecht hasst. Ich will Ihnen erzählen, wie ich ihn zuletzt erlebte: Im letzten Herbst organisierte der Presseclub in Egerkingen eine Podiumsdiskussion zur Armeeabschaffungsinitiative. Ich nahm neben dem freisinnigen Nationalrat und Oberst im Generalstab Christoph Habächerli auf der Gegnerseite teil. Der Gesprächsleiter war mein Kollege vom Oltner Tagblatt, Doktor Phillip O. Koch. Als Befürworter waren der Berner Grossrat Rainer Ochsenbein und die linksextreme Oltnerin Lea Schmid eingeladen. Es entwickelte sich eine überraschend kultivierte Diskussion, vor allem Ochsenbein machte einen erstaunlich vernünftigen Eindruck, auch wenn er natürlich völlig naiv war. Doch diese Schmid, diese giftige Emanze, natürlich eine Pädagogin, störte mit ihren unqualifizierten Angriffen auf die Rolle der Schweizer Armee im Zweiten Weltkrieg das hoch stehende Gespräch. Als sich das Publikum mit Fragen melden durfte, riss dieser Waser das Wort an sich. Er sprach mich direkt an und betonte dabei meinen Doktortitel, als wäre er eine Beleidigung. Er wollte mir auf meine Frage antworten, wie die Schweiz ohne Armee verteidigt werden könnte. Es sei doch plausibel, dass niemand Interesse an der Ballenberg-Schweiz habe, begann er despektierlich einen abstrusen Monolog. Er sagte, dass niemand wegen der schönen Berge oder der Schaukäsereien in die Schweiz einmarschieren würde. Was einen Feind dazu veranlassen könnte, seien die Goldlager und die Schliessfächer der Grossbanken in Zürich, Lugano und Genf und die Goldvorräte der Nationalbank unter dem Bundesplatz in Bern. Darüber hinaus gäbe es bloss noch die Produktionsanlagen der chemischen Industrie in Basel und die Hauptsitze der schweizerischen Grosskonzerne, die eine fremde Macht interessieren könnten. Die vorlaute Schmid freute sich unverschämt über den Ausguss dieses vaterlandslosen Zigeuners, während Ochsenbein mich anguckte, als wollte er sich entschuldigen. Zum Glück sagte der hervorragende Gesprächsleiter Doktor Koch, Waser solle seine Toleranz nicht überstrapazieren und eine Frage stellen. Da sagte dieser Terrorist: ›Herr Doktor Holzmann, denken Sie nicht, dass es für die Landesverteidigung ein besseres Pfand wäre, wenn wir das, was den Feind interessiert, mit Sprengminen aus langlebigem radioaktivem Material so bestücken würden, dass die Schweiz im Ernstfall plausibel drohen könnte, all das auf Jahrzehnte hinaus zu verstrahlen, was die Schweiz lohnenswert macht. Das wäre wirkungsvoller als alle die milliardenschweren Panzer und Düsen-Kampfjets.‹ Diese Unsäglichkeiten, diese Ungeheuerlichkeiten trug er in einem betont freundlichen Tonfall vor. Sie können sich vorstellen, dass ich ob einer so perversen Idee von einem heiligen Zorn gepackt wurde. Zum Glück hat ihn Nationalrat Habächerli zuerst in den Senkel gestellt. Er fragte Waser, wie viele Diensttage er geleistet habe, und dieser gestand, noch nie eine Uniform getragen zu haben, worauf er auch noch stolz war. Unter dem Gelächter des Publikums sagte Nationalrat Habächerli, dass er bei diesem ausgewiesenen Sachverstand von seinem Vorschlag nicht mehr überrascht sei. Dann sagte ich ihm alle Schande und las ihm gehörig die Leviten. Er aber lachte mir ins Gesicht. Nein, Frau König, mit diesem Mann ist nicht zu spassen. Er lacht über alles, was uns heilig ist, aber er ist zu intelligent, als dass man ihn noch einmal so anpacken könnte, wie er es verdient. Das macht ihn noch gefährlicher. Sie dürfen ihn nicht unterschätzen, Frau König.«

»Ich diskutiere mit Ihnen nicht über meinen Freund und seine politischen Ansichten.« Holzmann sah sie erstaunt an, sagte aber nichts, und Vreni liess sich Zeit, bis sie sagte: »Sie haben mir mit Ihrem Ultimatum keine Wahl gelassen. Ich habe mich nach Rücksprache mit einem Anwalt entschieden, mich Ihrem Verlangen zu beugen. Ich werde nicht mehr mit Eric zusammenwohnen. Allerdings lasse ich mir nicht verbieten, ihn weiterhin zu treffen, wann, wo, wie oft und wie lange ich will«, sagte Vreni noch eine Spur härter, als sie sich vorgenommen hatte.

»Ich wusste, dass Sie nicht nur eine äusserst attraktive und intelligente Journalistin sind, Frau König. Sie verfügen auch über den Sinn für die Realität und für das Machbare, der vielen jungen Leuten leider abgeht. Sie werden bald feststellen, dass es bessere Partien gibt als einen Taxi fahrenden Zigeuner«, sagte Holzmann im Ton des über jeden Selbstzweifel Erhabenen. »Wichtig ist, dass Sie sofort ausziehen, alles andere wird sich geben.« Er sprach nun sehr jovial. »Frau König, ich gebe Ihnen heute Nachmittag frei, damit Sie sich um Ihren Umzug kümmern können. Sie wissen sicher schon, wo sie hinziehen?«

»Zu einer Freundin auf den Hauenstein, ich werde die neue Adresse im Personalbüro angeben. Da ist noch etwas, Herr Holzmann. Ich werde in Zukunft nicht mehr gegen das Redaktionsstatut verstossen, aber ich will auch, dass meine Privatsphäre gewahrt bleibt.«

Holzmann blickte sie milde an und sagte: »Wenn Sie sich aufregen, dann erinnern Sie mich stark an Ihren Vater. Wir waren zusammen im Dienst. Sagen Sie ihm einen Gruss. Also dann, Frau König, bis morgen.«

Vreni ging zu Fuss ins Stadthaus, wo sie sich abmeldete. Dann setzte sie sich in den Chöbu an einen freien Tisch, trank eine Stange Weissbier und blätterte in einer Zeitung. Eine halbe Stunde später ging sie zum Verlag zurück und fuhr nach Hause.

II

Zwei Bananenschachteln, drei Einkaufstüten und ein grauer Hartschalenkoffer standen neben der Treppe im Kies, als das Taxi auf den Platz rollte. Eric stieg umständlich aus dem Wagen. Er wartete, bis das Taxi nicht mehr zu sehen war, dann machte er sich daran, die Treppe hochzusteigen. Nach drei Stufen floss ihm der Schweiss aus allen Poren. Er stellte fest, dass es eine Ewigkeit dauern würde, bis er ohne Hilfe oben sein würde. Er setzte sich und wollte eine Zigarette anzünden, doch die letzten hatte er dem unerschrockenen Patienten gegeben. Also versuchte er es wieder mit der Treppe, denn er wollte weder in der Garage noch in der Druckerei um Hilfe fragen. Er verlegte sein Gewicht stärker auf die Arme, mit denen er sich aufs rostige Geländer stützte, biss auf die Zähne und nahm in einem Anlauf schnell vier Stufen hintereinander. Nach Luft japsend liess er sich nieder. Tausende kleiner Sterne tanzten um seinen Kopf, und in seiner Brust trugen zwei scharfe Schwerter ein Duell aus, das ihn zwang, nur ganz flach zu atmen, und es kam ihm vor, als dauerte es ewig, bis er das Gefühl, ersticken zu müssen, wieder los war. Er beschloss, eine andere Taktik zu versuchen. Nach jedem Tritt machte er eine Pause, bis sein Atem wieder normal ging, dann nahm er die nächste Stufe in Angriff. Als er endlich oben war, lehnte er sich mit schlotternden Knien an die Fabrikmauer. Die Kleider waren nass, der Schweiss brannte in den Augen, und die Schmerzen tobten am ganzen Körper mit einer ihm fremden Intensität.

Da öffnete sich die Tür, und Vreni trat heraus. Sie liess den Rucksack fallen, griff ihm unter die Arme und half ihm auf den hölzernen Schaukelstuhl in der Küche, den sie in den gemeinsamen Haushalt eingebracht hatte.

»Dir geht es doch nicht so gut, wie du behauptet hast. Willst du etwas trinken oder etwas essen? Ich bin fertig mit Packen und warte auf Beat, der mein Gepäck abholen kommt«, sagte Vreni.

»Die Treppe war ein hartes Stück Arbeit. Aber ich muss meine Muskeln bewegen, sonst bin ich bald steif wie ein Brett. Keine Angst, das wird schon wieder.« Eric rückte den Schaukelstuhl näher zum Küchentisch. »Gibst du mir bitte ein Bier, eine Packung Zigaretten und den Korb«, sagte er stockend.

Vreni schüttelte den Kopf. »Du kannst kaum richtig atmen und willst kiffen. Das ist sogar für mich zu heavy! Ich bin nicht prüde, aber du musst dir dein Zeugs schon selbst holen.« Sie nahm zwei Flaschen Bier aus dem Kühlschrank und brachte die Zigaretten mit.

»Ich möchte auch noch etwas anderes«, stöhnte Eric leise. Er war mit dem Stuhl an das Regal und mit dem Korb auf dem Schoss wieder an den Tisch gerückt. »Aber ich fürchte, ich bin nicht in der Lage, mein Bedürfnis auszuleben.«

»Wenn du mich so ansiehst, brauche ich nicht zu fragen, was du meinst. Eric, du bist ein selten geiler Bock! Aber warum so kompliziert? Hast du keine Fantasie? Wenn du willst, blase ich dir die Internationale, wie du sie noch nie gehört hast«, flüsterte Vreni.

Sie ging zur Stereoanlage, und als sie zurückkam, dröhnten die Bluesbrothers in einer Lautstärke aus den Boxen, als hätte das Konzert in der Küche stattgefunden. Sie legte einen improvisierten Striptease aufs Parkett. Dann half sie ihm aufzustehen, küsste ihn und fuhr mit beiden Händen unter seinen Pullover, doch er schreckte zurück, als sie den Verband berührte. Also öffnete sie seinen Gurt und zog ihm vorsichtig die Hosen aus, bevor sie ihm half, sich auf die Tischplatte zu setzen, damit sie nicht vor ihm knien musste. Beim Fellatio bekundete Eric noch mehr Mühe zum Orgasmus zu kommen als in der Liebesschaukel, erst recht wenn er sich nicht gleichzeitig erkenntlich zeigen konnte, und als er so verwöhnt wurde, glaubte er zuerst, dass es trotz zunehmender Lust nicht klappen würde. Doch Vreni trieb ihn weiter und weiter. Mit beiden Händen griff er ihr schliesslich in die Haare, erhöhte kurzfristig die Kadenz ihrer Bewegungen und stöhnte gepresst, als er in ihrem Mund kam, wie er es noch selten erlebt hatte.

Unter der Dusche betrachtete Vreni bestürzt seinen mit unzähligen Flecken und Schürfungen übersäten Körper. Trotz der noch offenen Kopfwunde wusch sich Eric den Dreck auch aus den Haaren. Die Seife brannte, aber die Dusche erfrischte ihn. Vreni legte ihm den Brustverband neu an und half ihm beim Anziehen, nachdem sie ihn von oben bis unten mit einer Hanf-Wundsalbe eingerieben hatte. Er versuchte Dehnungsübungen für die Arme und die Beine zu machen, während sie in der Küche Kaffee aufsetzte.

Auf einem Zettel, den sie neben seine Tasse gelegt hatte, las er: ›Was ist gestern wirklich passiert?‹ Die Kaffeemaschine röchelte, und Vreni brachte die Kanne an den Tisch. Sie füllte die Tassen, setzte sich neben Eric, nahm den Zettel mit seiner Antwort in die Hand und sagte: »Weisst du, dass es mich ankotzt, dass ich hier ausziehen muss, nur weil Holzmann deine politischen Ansichten nicht passen.«

»Das ist die bürgerliche Demokratie. Die Pressefreiheit ist einer ihrer Grundpfeiler!« Er lachte. Als Antwort hatte er notiert: ›ich werde es heute abend erzählen‹. ›Bin ich nur noch eine unter anderen?‹, kritzelte sie schnell auf einen neuen Zettel. Sie blickte ihn verärgert an, als er den Kugelschreiber ansetzte. ›ich liebe dich, vreni. du kannst mir helfen. ich glaube schwitzer war mal kandidat für ein politisches amt. kannst du mir die fotos aller kandidaten der letzten zwei kantonsratswahlen besorgen?‹

›Kein Problem. In zwei Tagen sollte ich die Bilder haben.‹ Vreni war froh, ihm helfen zu können, und sie vergass ihren Ärger.

›vergiss die beamtenwahlen nicht‹, schob er gleich nach. Nickend gab sie ihm zu verstehen, dass er sich auf sie verlassen konnte.

Jemand klopfte an die Tür, und ohne eine Antwort abzuwarten, trat Beat in die Küche. Vreni war froh, dass er nicht eine Stunde früher so hereingeplatzt war. Ausser einem blauen Overall trug Beat eine mehrfach geflickte, fast weisse Jeansjacke und schwarze Wanderschuhe.

»Sali zäme. So, nun ists vorbei mit trautes Heim, Glück allein. Vreni, ist das unten alles, was du mitnehmen willst?«, fragte er und grinste dabei zu Eric hinüber.

»Hoy, Beat. Willst du auch einen Kaffee oder ein Bier?«, fragte Vreni.

»Danke, weder noch, ich muss gleich weiter.«

»Ach Beat, spielst du den gestressten Hausmann? Bei uns brauchst du diese Nummer nicht zu geben. Ich weiss, wie streng du arbeitest, und Vreni wird auch bald dahinterkommen«, spottete Eric.

»Also gut, überredet. Dann nehme ich ein kleines Bier«, sagte Beat und liess sich am Tisch nieder. »Was ist mit dir los, Eric? Bist du krank?«

»Es ist nicht so schlimm, wie es aussieht. Ich hatte gestern einen kleinen Unfall. Bist du heute Abend zu Hause? Ich werde es beim Essen erzählen, dann muss ich es nicht zigmal wiederholen«, sagte Eric.

»Ein Unfall?« Beat verzog das Gesicht, sagte aber nichts, und Eric bot ihm den Joint an, den er ablehnte. »Ich habe noch eine Besprechung bei einem Kunden, da muss ich einen klaren Kopf haben.«

Beat machte Smalltalk mit Vreni, während Eric den Joint genoss. Als Beat das Bier getrunken hatte, sagte Vreni: »Wenn du willst, können wir fahren. Ich komme mit der Honda hinterher.«

Sie kauerte sich neben Eric, umarmte ihn vorsichtig und gab ihm einen Kuss. »Kommst du allein klar? Willst du nicht mit Beat fahren? Ich möchte nicht, dass du in deinem Zustand allein die Treppe runtergehst«, sagte sie besorgt.

»Mach dir keine Sorgen. Ich komme euch heute Abend besuchen. Keine Angst, ich passe schon auf mich auf«, sagte Eric zuversichtlicher als er war.

Von der Türe her sah er ihnen zu, wie sie das Gepäck im Ford verluden, und er winkte Vreni nach, als sie auf die Strasse hinausfuhr. Er schloss die Tür ab und holte sich ein kaltes Bier aus dem Kühlschrank, schleppte sich ins Wohnzimmer, stellte den Wecker auf achtzehn Uhr und legte sich vorsichtig aufs Sofa. Weil er vergessen hatte die Musik anzustellen, wollte er aufstehen, doch es war ihm zu mühsam, und er schlief ein, ohne einen Schluck des Biers getrunken zu haben.

III

Das Schrillen des Weckers holte ihn aus bodenlosen Tiefen, aber Eric brauchte nicht wie sonst geraume Zeit, bis er wusste, was los war. Umständlich setzte er sich auf, die Schmerzen hatten nachgelassen. Der Schlaf hatte ihm auch mental gut getan, und er spürte, dass sein Lebenswille ungebrochen war. Noch immer konnte er sich keinen Reim darauf machen, was Schwitzer genau von ihm wollte. Also konnte er sich keine List ausdenken, wie er ihm eine

Falle stellen konnte, doch er wusste, dass ihm unter Umständen wenig Zeit blieb, wenn es soweit war. Er musste unter den Augen von Schwitzers Zuträgern vorsichtig die nötigen Kontakte knüpfen.

Er ging in die Küche, schüttete das Bier aus und stellte die kleine Kaffeekanne auf den Herd. Unter Toms Nummer meldete sich der Telefonbeantworter, und er sprach aufs Band. Die Espressomaschine röchelte, Eric nahm sie vom Gas, schenkte sich eine grosse Tasse voll und gab drei Würfelzucker dazu. Routiniert packte er Wäsche, das Necessaire mit dem Rasierzeug, ein paar Bücher und den Walkman mit einigen Kassetten in seine Reisetasche. Ein Oberlicht im Schlafzimmer kippte er schräg, und er achtete darauf, dass alle anderen Fenster gut geschlossen und die Verbindungstüren offen waren. Der Kaffee war noch heiss, als er in die Küche zurückkam. Den Gedanken, schnell im Chemins hineinzuschauen, verwarf er wieder, weil Ruth so spät keine Zeit für ihn hatte, und er beschloss, auf dem Weg zum Roten Hof bei Vince und Rebecca vorbeizusehen.

Mit der Tasche auf dem Rücken kletterte er rückwärts langsam die Treppe runter, fuhr in die Stadt, wo er vor dem mit historischen Fresken bemalten Chöbu einen Parkplatz fand, und wandte sich der Zielempgasse zu. Es war gleich halb sieben Uhr, und er musste sich beeilen, wenn er Ursula noch im Kiosk in der Hauptgasse erwischen wollte. Er traf jedoch bloss ihre Kollegin an.

Der Ladenschluss sorgte für viel Verkehr, und es dauerte fast eine Viertelstunde, bis Eric die Kreuzung passieren konnte. Mit regelmässigen Blicken in den Rückspiegel kontrollierte er die Wagen, die ihm aus der Stadt folgten. Bis auf einen grünen Volvo, der erst in Trimbach hinter ihm auf die Hauptstrasse einbog, waren alle verschwunden, als er hinter einem Lieferwagen am Isebähnli vorbeifuhr. Zu Beginn der Geraden vor dem Cheibeloch fuhr Eric auf den Ausstellplatz für Lastwagen und liess den Volvo vorbei, der sich sofort ans Überholen des Kleintransporters machte, und er rollte wieder auf die Fahrbahn. Im Rückspiegel war niemand zu sehen, als er statt in die Linkskurve fast ungebremst geradeaus in den Wald hineinfuhr, auf einem ausgefahrenen Schotterweg in einer scharfen Linkskurve unter der Brücke in Richtung Cheibeloch hinunterschlitterte und das Auto auf dem steilen Weg vorsichtig zum Stehen brachte. Er schaltete Licht und Motor aus und zündete sich eine

Zigarette an. Falls ihm jemand folgte, konnte er es von seinem Platz aus beobachten, ohne sich den Hals zu verdrehen.

Als er die Zigarette ohne Hast geraucht hatte, fuhr er die letzten Meter zu den zwei geduckt im Tobel liegenden Häuser hinunter. Die Ziegeldächer waren mit Welleternit geflickt, und der Platz am Ende der Zufahrt war lange nicht mehr gekiest worden. Zwischen einer mit Wellblech abgedeckten Holzbeige und dem windschiefen Holzschopf, wo Vinces Fat Boy eingestellt war, ging er zum Eingang des hinteren Hauses und betrat durch eine niedere Tür den Hausflur. Die Küchentür war angelehnt, und er klopfte nur kurz, bevor er eintrat.

Auf dem Küchentisch standen eine zugedeckte Pfanne, eine Salatschüssel und eine Konservendose mit Apfelmus, und in zwei Suppentellern türmten sich Berge aus Hörnli mit Gehacktem. Ohne Umstände holte Rebecca einen Teller aus dem Schrank. Sie hatte eine ähnliche Postur wie Vince, war aber einen Kopf kleiner und hatte die langen schwarzen Haare zu einem Zopf gebunden. Während des Essens sprachen sie wenig. Eric verzichtete auf den Salat und konzentrierte sich darauf, den Teller mit den Teigwaren leer zu essen, während sich die beiden Schwergewichte über die zweite Portion hermachten.

»Was ist der Grund für die Ehre deines Besuchs?«, fragte Vince, nachdem er sich mit der Serviette den Bart geputzt hatte.

»Ich bin unterwegs auf den Hauenstein und habe mir gedacht, ich schaue wieder mal bei euch rein. Einen speziellen Grund habe ich nicht«, sagte Eric.

»Wie geht es Vreni?«, fragte Rebecca vom Abwaschtrog her.

»Körperlich geht es ihr gut, bisher gab es keinerlei Komplikationen, und auch psychisch ist sie robust, sie hat noch nicht mal komische Gelüste. Aber ihrem Chef, sie arbeitet bei der Oltner Zeitung, passt es nicht, dass sie meine Freundin ist. Deshalb hat er verlangt, dass sie sich von mir trennt, was wir jetzt dem Schein nach gemacht haben. Vreni ist bei mir ausgezogen und wohnt nun auf dem Roten Hof, bis sie einen neuen Job gefunden hat.«

»So beschissen das ist, ich kann nicht sagen, dass mich das wundert. Ich hatte von Anfang an ein komisches Gefühl. Nicht wegen ihr, aber wegen ihres Jobs. Als nichts passiert ist, habe ich beinahe wieder an das Gute im Menschen zu glauben begonnen. Eigentlich ist es nicht schlecht, dass sie sich eine bessere Stelle suchen muss«, sagte Vince, der in einer Krise immer nach positiven Aspekten suchte. Er hatte sich von der Sitzbank erhoben und kam mit einer Flasche Grappa und Schnapsgläsern an den Tisch zurück. Dann schlug er Eric freundschaftlich die Hand auf die Schulter. Eric brüllte los und schlug mit der Faust auf den Tisch, dass die Gläser tanzten. Seine Freunde erschraken, und er erklärte, dass er verprügelt worden war und die Nacht im Spital verbracht hatte. Vince neigte den Kopf.

»Und warum sieht man nichts von einer Schlägerei? Du hast nicht einmal ein blaues Auge, und deine Hände sehen nicht aus, als ob du zugeschlagen hättest. Wer war das? Wer wagte es, auf dich loszugehen?«, fragte er wütend. Schon in der Schulzeit hatte er sich gerne als Erics Beschützer gesehen.

»Ich kann dir nur sagen, das waren Profis. Ich weiss nicht, was genau abging, aber ich vermute, dass ich zufällig in einen Milieustreit geraten bin«, sagte Eric.

»Warum hast du dich nicht gewehrt?«, fragte Vince, der wusste, wie gnadenlos Eric berserkern konnte, wenn es nötig war.

»Es ging zu schnell. Zwei Kerle hielten mich an den Armen und spreizten mir die Beine, und der Dritte schlug mich mit Hilfe eines Schlagringes kaltblütig zusammen. Ich hatte nicht den Hauch einer Chance. Aber jetzt bin ich gewarnt.« Rebecca setzte sich, und sie stiessen mit dem Grappa an.

»Du hast nicht gerade eine Glückssträhne, Eric. Ich werde dir die Karten legen, auch wenn ich weiss, dass du das als Habakuk bezeichnest«, sagte Rebecca, die davon träumte, ihren Job an den Nagel zu hängen, um sich als Wahrsagerin selbstständig zu machen. Es fiel ihr schwer zu begreifen, dass Eric, in dessen Adern doch Zigeunerblut floss, von Esoterik so wenig wissen wollte wie von den staatlich anerkannten Aberglauben. Eric wollte sich nicht streiten und sagte bloss, dass er keine Zeit habe.

Nachdem er sich mit einer Umarmung bei Rebecca für das Essen bedankt hatte, ging er mit Vince nach draussen. Zwischen dem Holzstapel und dem Schopf blieb er stehen und sagte: »Vince! Ich stecke in der Scheisse. Ein Politbulle heizt mir zünftig ein. Ich werde wahrscheinlich bald deine Hilfe brauchen.«

»Von wegen Milieu! Du hast früher oft gesagt, dass du mit so was rechnest. Ruf mich zu Hause oder in der Bude an, jederzeit. Ich kann es nicht erwarten, diesen Schweinehunden den Arsch zu versohlen. Du weisst nichts Näheres?«

»Nein. Ich habe eine Ahnung, wie ich es vielleicht drehen kann. Wahrscheinlich brauche ich auch den einen oder anderen deiner Freunde, aber das ist noch unsicher. Habt ihr so eine Art Kettentelefon?«

»Mach dir keine Sorgen. Auf mich kannst du dich verlassen, das weisst du doch.« Vince umarmte ihn zum Abschied fast zärtlich.

Mit durchdrehenden Rädern preschte Eric den Schotterweg hinauf. Es war beinahe acht Uhr, als er den Opel neben dem Ford parkte. Die Reisetasche liess er im Wagen. Der lange Korridor war mit zwei schwachen Glühbirnen nur schlecht beleuchtet, und er kletterte vorsichtig über herumliegende Schuhe. Bis auf Andrea und Sonja sassen alle Roten Höfler am Küchentisch und tranken Kaffee.

Eric setzte sich auf den leeren Stuhl zwischen Vreni und Alain, der gerade eine Anekdote aus dem Heim zum Besten gab. Alain drehte sich um und sagte zu Eric: »Vreni hat uns berichtet, dass du im Spital warst, dass du ihr aber nicht erzählt hast, was passiert ist. Also leg los! Wir haben auf dich gewartet.«

Alle Augenpaare waren neugierig auf ihn gerichtet, und Eric begann seinen Bericht mit der Szene, die Vreni noch beobachtet hatte, bevor er ihnen die Version erzählte, die er bei Vince und Rebecca auf ihre Plausibilität abgecheckt hatte. Ausser Vreni, die kaum merkbar den Kopf schüttelte, schienen ihm die anderen die Story zu kaufen. Doch Beat rümpfte die Nase und fuhr sich mit der Zunge bedeutungsvoll über die Lippen. »Das sieht mir nicht nach einem Zufall aus. Wenn sie dich so verprügelt haben, wie du sagst, dann wollten sie dich, und zwar aus einem bestimmten Grund. Worum geht es?«, fragte er fordernd.

Gelassen antwortete Eric: »Ich bin nicht sicher, aber es ist möglich, dass es mit einer alten Geschichte zusammenhängt, von der ich glaubte, es sei längst Gras darüber gewachsen.« Während er sprach, blickte er Vreni in die Augen, nahm aber in den Augenwinkeln wahr, dass ihm auch die anderen weiterhin gespannt zuhörten. Langsam blickte er in die Runde, bevor er weitererzählte.

»Begonnen hat es damit, dass ich vor etwa vier Jahren an einem

Konzert Angela kennen lernte. Wir begannen eine lockere Beziehung, die ungefähr ein halbes Jahr dauerte. Das heisst, wir trafen uns regelmässig bei mir, bis sie mich eines Tages anrief und sagte, sie habe sich von ihrem Mann getrennt und komme auch nicht mehr zu mir. Ich sah sie erst etwa ein Jahr später wieder. Es war kurz nach zwölf, als ich eine Bestellung zum Valentino übernahm. Der Laden war gerammelt voll, die Musik laut, und ich schrie vom Treppenabsatz beim Eingang so laut ich konnte: »Taxi«. Einzelne Gäste schauten mich an, als hätten sie noch nie einen Chauffeur gesehen, doch es reagierte niemand. Also kämpfte ich mich an den Tresen durch und fragte einen Barkeeper. Vom Personal wusste niemand etwas, und ich ging zurück auf die Treppe und schaute mich um, doch es tat sich nichts. Ich hatte das Taxi vor der Fensterfront geparkt und fuhr via Klosterplatz die Römerstrasse rauf, um nachzusehen, ob unterdessen jemand am Hintereingang wartete, und tatsächlich stand da eine Frau am Strassenrand, die mir winkte. Ich hielt an und erkannte Angela, die ziemlich aufgeregt war. Sie schien sich zu freuen mich zu sehen und fragte, ob ich mit ihr reingehen könne, weil sie ihre Jacke und ihre Tasche holen wollte. Das kam mir zwar komisch vor, aber weil ich ein netter Kerl bin wenn ich arbeite, ging ich mit, und wir waren bereits wieder beim Taxi, als plötzlich ein Typ schreiend auf uns zu rannte und auf mich losging. Er war ziemlich aggressiv, wahrscheinlich hatte er sich kurz vorher eine Linie Kokain reingezogen, aber nicht besonders kräftig, und ich konnte ihn problemlos auf Distanz halten. Er verlangte, dass Angela wieder ausstieg, und ich erklärte ihm, dass ich entscheide, wen ich im Taxi mitnehme, und dass ich es nicht zulasse, dass meine Gäste bedroht werden. Dann stiess ich ihn auf die Brust, er knallte mit dem Rücken an die Mauer und ging in die Knie. Auf der Fahrt zu ihrer Mutter erzählte mir Angela, dass das ihr Freund gewesen war, von dem sie sich trennen wollte, nachdem er sie schon seit Monaten anschaffen geschickt hatte. Sie war schon fast bodeneben, und ich versuchte sie aufzumuntern, wollte mich aber nicht einmischen. Jedenfalls dauerte es, bis sie sich gefasst hatte, und ich fuhr zum Bahnhof, wo der Kerl auf mich gewartet hatte. Ich war kaum auf den Platz eingebogen, als er laut zu schreien begann und auf dem Trottoir einen wahren Kriegstanz aufführte. Ich parkte am Ende der Schlange, und er kam fluchend und gestikulierend auf mich zu. Ich stieg aus. ›Wo hast du diese Schlampe hingebracht, du blödes Arschloch?‹, blaffte der Typ. Breitbeinig und mit den Armen fuchtelnd stand er da, bereit mir an die Gurgel zu gehen.«

Eric machte eine Pause, trank seinen Kaffee aus, schenkte sich ein Glas Wein ein und wartete, bis Beat Laura aus ihrem Hochsitz genommen, in der Spielecke im Wohnzimmer abgesetzt hatte und wieder am Tisch zurück war.

»Also, dieser Kerl bellte mich an wie ein tollwütiger Dobermann, und ich sagte ihm, er solle sich trollen. Doch er brüllte weiter herum, bis ich ihm sagte, dass er bei mir an der falschen Adresse sei, da ich nichts dafür könne, dass er einen so kleinen Pimmel habe, dass er zum Wichsen eine Pinzette brauche. Ehe ich mich versah, traf er mich mit der Faust auf die Brust. Ich hatte nicht übel Lust ihm die frisch gepuderte Nase zu polieren, doch ich beherrschte mich und drehte ihm nur die Arme so weit auf den Rücken, dass er die Schnauze hielt. Meine Kollegen riefen die Bullen, die prompt kamen und den nun winselnden Dobermann mitnahmen. Am nächsten Tag erstattete ich Anzeige wegen Körperverletzung. Ein paar Tage vor der Verhandlung fuhr der Dobermann in einem Golf GTI am Bahnhof vor und hielt direkt neben meinem Taxi. Wir waren nur Zentimeter voneinander entfernt. Auf seinem Beifahrersitz sass ein hart wirkender Typ, der mich die ganze Zeit blöde anstarrte, aber kein Wort sagte. Der Dobermann forderte mich auf, die Anzeige zurückzuziehen, weil mir sonst seine Organisation die Knie auf den Boden nageln würde. Statt ihm eine Antwort zu geben, nahm ich den Funk in die Hand und sagte, ohne auf den Knopf zu drücken, was er nicht sehen konnte: ›Blanko-Zentrale, kannst du die Polizei rufen. Am Bahnhof macht jemand Probleme.‹ Fluchend gab der Dobermann Gas und brauste davon, und ich habe ihn erst vor Gericht wieder gesehen, wo er dann für diverse Delikte neun Monate Knast kassierte. Vor einigen Wochen tauchte er wieder im Valentino auf, tat aber so, als ob er mich nicht kennen würde. Angela habe ich nie mehr gesehen. Wie gesagt, ich weiss nicht, ob der Überfall von gestern damit zusammenhängt, aber es ist möglich. Jedenfalls sehe ich die Sache so, dass es für mich gesünder ist, mich vorläufig nicht mehr in der Industrie blicken zu lassen. Deshalb wollte ich euch fragen, ob ich nicht vorübergehend meinen Wohnwagen in den Hof stellen und mich eurem Haushalt anschliessen kann.« Erschöpft lehnte er sich zurück. Die lange Rede hatte ihn mitgenommen.

Sie verabredeten sich zur weiteren Besprechung in einer halben Stunde im Wohnzimmer, damit Alain die Küche machen konnte. Vreni half beim Abräumen, und Moritz ging ins Wohnzimmer, wo er eine Platte von Miles Davis auflegte, während Eric einen Joint drehte.

»Ich schlage vor, dass ich die Gesprächsleitung übernehme und dass Beat wie gewohnt ein Stichwortprotokoll macht«, sagte Lea, als alle sich im Wohnzimmer eingerichtet hatten. »Ich möchte klarstellen, dass wir nichts entscheiden können, solange Sonja und Andrea nicht da sind. Aber wir können darüber sprechen, wie es für uns aussieht und welche Probleme auftauchen könnten, wenn wir plötzlich zu acht statt zu sechst sind. Damit ihr zwei, Vreni und Eric, auf dem Laufenden seid: wir haben in zwei Wochen eine Sitzung, an der wir über unsere nähere Zukunft diskutieren wollen. Konkret stehen zwei Punkte zur Diskussion, die eng miteinander verbunden sind. Erstens, ob wir ein Haus kaufen wollen, und zweitens, ob wir unsere Gruppe vergrössern wollen. Ich habe den Eindruck, dass ihr beide für längere Zeit, vielleicht bis im Herbst, hier bleiben werdet. So wie ich Holzmann kenne, gibt der nicht auf, und wenn sich Eric mit einer Milieu-Mafia angelegt hat, kann ich mir nicht vorstellen, dass er so schnell wieder in seine Bude ziehen kann«, fasste Lea die Sachlage zusammen.

»Ich will mich nicht in eure Zukunftspläne einmischen«, sagte Eric. »Länger als einen Monat werde ich nicht brauchen, bis ich rausgekriegt habe, warum ich überfallen wurde. Ich kenne einige Leute, die sich für mich umhören werden. Ich bin guter Dinge, dass ich eure Gastfreundschaft nur kurz in Anspruch nehmen muss. Was Vreni betrifft, hast du wohl Recht. Ich bin auch eher pessimistisch, dass sie rasch eine neue Stelle findet, und Holzmann lenkt garantiert nicht ein.«

»Ich kenne dich nur wenig, Vreni, doch ich kann mir vorstellen, dass wir ein gutes Team sein werden. Für solche Fälle haben wir unser Gästezimmer eingerichtet. Beim Wohnwagen habe ich ambivalente Gefühle. Du weisst, ich habe nichts gegen dich, Eric, doch du bist vorbelastet, und wenn es sich rumspricht, dass du hier wohnst, dann hat Vreni das gleiche Problem wie zuvor, und zudem werden wir dann als Roter Hof nicht mehr nur in die linksradikale Ecke gestellt, sondern als Terroristenhof gehandelt«, sagte Beat, während er Notizen machte.

»Bin ich hier im falschen Film?«, fragte Moritz, der mit Lea auf dem Sofa sass. »Du heisst doch nicht Holzmann«, fuhr er Beat an. »Wenn dieser widerliche Reaktionär Vreni zwingt, sich von Eric zu trennen, dann ist das Willkür, auf die wir keinen Einfluss haben. Wenn aber einer aus unserem Haus Angst hat, dass man uns einen Terroristenhof nennen könnte, weil wir Eric vorübergehend Asyl gewähren, dann ist das ein Riesenmist. Da muss ich mich doch fragen, wozu denn der Rote Hof überhaupt gut sein soll, wenn wir nicht einmal so frei sind, einen Freund aufzunehmen.«

»Macht mal halblang, Jungs«, sagte Alain, fuhr sich mit der Hand über den riesigen Schnauz. »Als Hausmann ist Beat näher beim Gerede der Leute im Dorf und bekommt eher mit, was und wie über uns gesprochen wird, aber ich finde auch, dass er übertreibt. Aber dass du, Moritz, daraus gleich eine Grundsatzdebatte machen willst, finde ich auch daneben. Von mir aus kann Vreni so lange bleiben, wie sie will. Für Eric und seinen Wohnwagen gilt dasselbe.«

»Dieser Meinung kann ich mich anschliessen. Mir ist es egal, wenn jemand das Maul aufreissen will. Solange Eric und Vreni nicht beide hier angemeldet sind, Eric behält ja seine Wohnung, gibt es auch für Vreni keine Probleme. Glaubst du wirklich, die Leute im Dorf machen einen solchen Wind wegen Eric? Das glaube ich nicht, Beat«, sagte Lea.

»Meine Worte waren vielleicht ein wenig hart, aber wir sind nun endlich ein wenig integriert, und ich bin nicht sicher, ob wir die Bauern nicht unnötig vor den Kopf stossen, wenn wir Eric einen Standplatz anbieten. Du hast sie noch nie über Zigeuner reden hören. Aber an mir solls nicht scheitern, auch wenn ich ein komisches Gefühl im Bauch habe. Mir wäre lieber, wenn du deinen Wohnwagen woanders aufstellen könntest«, signalisierte Beat Einlenken.

»Wenn es sein muss, kann ich auch sonstwo für einige Wochen unterkriechen. Ihr müsst nicht glauben, dass es sich um einen absoluten Notfall handelt, auch wenn ich es heute vorziehe, bei Vreni zu pennen«, sagte Eric emotionslos.

Im Korridor rumpelte es, jemand fluchte gedämpft, und kurz darauf traten Andrea und Sonja in die Stube. Mit wenigen Worten erzählte ihnen Lea von Erics Anliegen, und Beat fasste die Voten zusammen. Sonja nahm neben Vreni Platz, während sich Andrea in den roten Ledersack fallen liess.

»Ich hätte nie geglaubt, dass du dich einmal verprügeln lässt, Eric«, sagte Sonja. »Aber Spass beiseite, ich verstehe dich nicht, Beat. Ausgerechnet du versteckst dich hinter reaktionären Stammtischbrüdern, die du früher als Bauerntrottel qualifiziert hast. Also, von mir aus ist das kein Problem. Wenn sich das technisch machen lässt, kann Eric schon morgen mit dem Wohnwagen hier aufkreuzen.«

»Wenn du mir den Schlüssel für deine Wohnung gibst und sie mir überlässt, solange du weg bist, lasse ich mich kaufen«, grinste Andrea. Eric hatte es abgelehnt, dass sie während seiner Ferien die Wohnung hüten konnte. »Ich hätte auch sonst nichts dagegen, aber wenn ich ein Druckmittel habe, um einen alten Wunsch durchzusetzen, will ich es auch benutzen«, setzte sie lachend hinzu.

»Ich habe ja gesagt, dass ich mich nicht sperren werde, Sonja, du brauchst mich also nicht so hinzustellen! Ich will bloss, dass hinterher niemand kommt und sich beklagt«, versuchte sich Beat zu erklären.

»Und wenn Laura älter wäre, hättest du gesagt, es wäre wegen den Mitschülerinnen«, lästerte Sonja. Obwohl die beiden ein Paar waren, das sich scheinbar optimal ergänzte, verhielten sie sich oft wie Katz und Maus, wobei Sonja den Part der Katze spielte.

Eric musste eine reduzierte Pauschale abliefern und sich im Haushaltsplan eintragen, und er sagte, dass er am Freitag den Wagen aufstellen wollte. Sonja, Beat, Andrea, Lea und Alain zogen sich in ihre Zimmer zurück.

IV

»Ich bin froh, dass ihr beide unseren Alltagstrott etwas durcheinander bringt«, sagte Moritz, nachdem er drei kleine Flaschen Bier aus dem Kühlschrank geholt hatte. Er liess sich auf die Couch fallen.

Eric, der auf dem Rücken liegend den Kopf in Vrenis Schoss gebettet hatte, sagte: »Ich kann mir nicht vorstellen, dass euch hier langweilig ist.«

»Langweilig ist nicht das richtige Wort. Aber die Abläufe rund um den Hof sind im Wesentlichen immer die gleichen. Klar, durch die Geburt von Laura gab es einige Umstellungen, aber ich habe immer öfter das Gefühl, dass sich die Wochen wiederholen und wir auf der Stelle treten. Am Anfang stritten wir stundenlang über Dinge, die heute diskussionslos entschieden werden. Die anderen sehen das ähnlich.«

»Du versprichst dir von uns zu viel. Ich würde mich hier längerfristig nicht wohl fühlen. Wenn ich auch sesshaft bin, ein Bauer werde ich nie!«

»So weit sollten wir nicht blicken. Mir reicht es, dass ich wieder Boden unter den Füssen habe und weiss, dass ich mir hier mein Storchennest einrichten kann. Dafür ist der Rote Hof ideal«, sagte Vreni. »Was sich weiter entwickelt, werden wir sehen.«

»Habt ihr eine Art WG-Midlife-Crisis, oder hast du persönlich ein Problem, weil du nach der GSoA-Initiative in ein Loch gefallen bist?«, fragte Eric.

»Nein und nein. Das ist mir zu psychologisch. Natürlich ist die Abstimmung vorbei, doch unsere Forderung bleibt aktuell, auch wenn wir sie nicht gleich wieder aufs Tapet bringen werden. Von Loch kann aber gerade jetzt, wo uns diese trotteligen Schnüffler den Ball auf den Penaltypunkt gelegt haben und wir die Chance haben, die politische Polizei ins Aus zu schiessen, keine Rede sein. Allerdings hat der Fichenskandal vielen Leuten Angst gemacht. Also, die politische Arbeit ist vielleicht schwieriger, aber sicher nicht langweiliger geworden. Und dass wir hier je länger, je mehr in einem steten Trott leben, ist keine Laune von mir. Das empfinden die meisten von uns so, Beat und Sonja vielleicht am wenigsten.«

»Dann steht am Ende der blossen Vermutung also die Verbiederung und nicht die Verwilderung?«, kalauerte Eric.

Vorsichtig hob Vreni seinen Kopf an und verabschiedete sich.

»Ihr solltet den Heuschober zu einem Versammlungsraum mit einer kleinen Bar ausbauen. Dann könntet ihr linken Gruppen einen günstigen Raum anbieten oder Konzerte organisieren. Dann wäre mehr los hier, und ihr hättet als Kollektiv sinnvollere Arbeit, als Kartoffeln zu ziehen und Kaninchen zu züchten«, sagte Eric, als Vreni verschwunden war.

»Das haben wir diskutiert und abgelehnt. Das käme zu teuer.«

Moritz nahm einen Schluck Bier und zündete sich eine Zigarette an. »Du hast vom Loch nach der Abstimmung gesprochen, schön wärs. Die Initiative für eine Schweiz ohne Schnüffelstaat gibt eine Menge Arbeit.«

»Du glaubst doch nicht, dass es möglich ist, die politische Polizei abzuschaffen, ohne dass es gleichzeitig zu einem revolutionären Machtwechsel kommt?!«

»Ich bin nicht naiv, aber einen Abstimmungserfolg halte ich für durchaus realistisch, schliesslich wurde die Busipo seinerzeit auch abgelehnt, und das hätte wenigstens zur Folge, dass die Schnüffler in die Illegalität abgedrängt würden. Ich habe übrigens bei der GSoA jeweils ähnlich argumentiert. Die Abschaffung der Armee ist nur wünschenswert, wenn damit gleichzeitig das umgesetzt wird, was wir eine umfassende Friedenspolitik nannten. In der Anfangsphase der GSoA waren wir uns einig, dass damit nur die Überwindung des Kapitalismus gemeint sein konnte. Wir haben entsprechende, teilweise originär kommunistische Forderungen ausgearbeitet.«

»Davon war aber im Abstimmungskampf wenig zu hören.«

»Lea und ich haben immer grossen Wert auf diese Forderungen gelegt, aber die meisten GSoAten, vor allem die Trotzkisten, die erst sehr spät auf den fahrenden Zug aufsprangen, haben sich auf rein pazifistische Argumente beschränkt. Entweder wollten sie mit unseren Forderungen nach Vergesellschaftung von Finanzkonzerne und der Grossindustrie und nach Vergesellschaftung von Grund und Boden keine Ja-Stimme verlieren, oder sie waren nicht überzeugt, dass diese Postulate so richtig wie wichtig sind. Dass sich unsere Linie nicht halten konnte, hatte auch damit zu tun, dass sich die zwei Radikalen des Gründerquartetts der Initiative schon früh zurückgezogen hatten. Und damit sind wir wieder beim Schnüffelstaat. Hast du in der Aktionswoche vor der Abstimmung den Zauberer gesehen?«

»Du meinst den langen Kerl mit der liebenswert grossen Klappe? Er hat mir gefallen, aber was hat er damit zu tun?«

»Das war Ernst, der radikalste GSoA-Mitbegründer. Blitzgescheit und rhetorisch brillant zog er vorab die linken Kritiker der GSoA, und von denen gab es am Anfang mehr als genug, durch den Kakao. Er hatte in Zürich als Lehrer gearbeitet und war Vater von vier Kindern. Den Job verlor er, und auf ihn und seine Familie wurde so viel Druck ausgeübt, dass sie nach Südfrankreich auswanderten, wo er begann, als Zauberer aufzutreten. Der Zweite war Robert, ein Baselbieter, einer der wenigen der ersten GSoA-Generation, die nicht studierten. Mir gefiel seine energische Art, und dass er auf arabischen Ölfeldern gearbeitet hatte, beeindruckte mich als neunzehnjährigen Schüler enorm. Er hielt nichts vom hiesigen System und vertrat ausgesprochen anarchistische Positionen, obwohl er Mitglied der Jungsozialisten war. Nicht lange nachdem sie Ernst verjagt hatten, war es um Robert auch geschehen. Zuerst fiel uns auf, dass er plötzlich mit Bundfaltenhosen und Seidenhemden an den Sitzungen des Vorstands erschien. Über unsere Bemerkungen lachte er unbekümmert und meinte, dass das zu seinem neuen Job gehörte. Bald darauf gab er das Amt als Kassier ab, und vor zwei Jahren wurde vor Gericht gegen ihn verhandelt. Als Chef der Schweizer Niederlassung einer dubiosen deutschen Vertriebsgesellschaft für teuren Edelkitsch, die von Franchisenehmern eine Vorauskasse von zigtausend Franken verlangte, wurde er angeklagt und bedingt verurteilt. So haben sie den Ersten verjagt und den Zweiten gekauft. Der Dritte war schon früher ausgestiegen, um sich fortan esoterischen Themen zu widmen, und der Vierte war Rainer Ochsenbein, ein Religiös-Sozialer aus dem Berner Seeland, den aus nahe liegenden Gründen alle Randy rufen. Er will in den Nationalrat, und ich habe ihn im Verdacht, dass er letztlich Bundesrat werden möchte.«

»Ich habe ihn ein paar Mal reden hören. Mir fiel auf, dass er immer gesagt hat: wir müssen lernen, dass... Ekelhaft.«

»Er ist ein intriganter Opportunist. Ich wollte aber auf etwas anderes hinaus. Ich war vor zwei Wochen für die GSoA an einem europäischen Kongress in Berlin. Eingeladen hatte ein internationales Komitee, das von Primo Maggio, einer Landgenossenschaft aus Italien, die auch in Frankreich, der BRD und der Schweiz autonome Bauernhöfe betreibt, angeführt wurde. Sie wollten den Erfolg der Bürgerbewegung in der DDR nutzen, um ein europäisches Projekt von unten zu propagieren. Der Kongress war liebenswert chaotisch organisiert, aber die Primo-Maggio-Leute, die als Organisatoren stets präsent waren und die Diskussionsforen leiteten, wirkten auf mich wie eine Mischung aus Hare-Krishna-Jüngern und Vollblut-Trotzkisten. Interessant war meine Begegnung mit jungen Linken aus der DDR, die sich in einer Arbeitsgruppe über den Führungsanspruch der jungen Primo Maggios, die sich selbst als die Speerspitze der Revolution deklarierten, weil sie als Einzige in Freiheit aufgewachsen wären, mokierten. Ich lernte die Leute aus Magdeburg und Dresden näher kennen, nachdem ich am Samstagabend im Plenum dem Moderator einen Denkzettel verpassen wollte. Der informelle Chef von Primo Maggio war ein kleiner älterer Mann von erlesener Arroganz, von dem seine Leute erzählten, dass er als Partisan gegen die Faschisten gekämpft hatte, der fünf Sprachen beherrschte und sich vor allem gerne reden hörte. Ich forderte ihn, als er wieder ein Votum ellenlang kommentierte, am offenen Mikrofon freundlich auf, die Klappe zu halten, um endlich die Leute zu Wort kommen zu lassen, die aus ganz Europa angereist waren, um miteinander zu diskutieren. Nicht ganz unerwartet wurde er ausfällig. Da meldete sich ein etwa siebzigjähriger Holländer zu Wort, der ihm auf Englisch die Leviten las. Er sei auch im Widerstand gegen die Nazis gewesen, doch er habe immer geglaubt, dass damals jeder anständige Mensch einfach so handeln musste, ohne sich etwas darauf einzubilden. Er unterstützte mich mit den Worten, dass er nicht zum ersten Mal erlebe, dass aus einem Partisanen ein lausiger Politiker geworden war. Eine Gruppe aus Liverpool brachte einen ausformulierten Antrag ein, die Redezeit des Moderators auf jeweils eine halbe Minute zu beschränken, der im Plenum schallendes Gelächter auslöste. Als ihn auch noch die Leute aus Dresden auspfiffen, räumte der Primo-Maggio-Guru das Podium. Mit diesen Ossis, die meisten von ihnen waren jünger als ich, diskutierte und feierte ich die ganze Nacht und hätte am Morgen beinahe den Zug verpasst.«

»Ausgerechnet mit Deutschen!«

»Na, komm schon, Eric. Ich erzählte ihnen einige ungereimte Storys aus dem Abstimmungskampf der GSoA, interne Geschichten, die mir Bauchweh bereitet hatten, und sie lachten mich aus und fragten, ob ich nie auf die Idee gekommen war, dass die Alpen-Stasi am Werk gewesen war. Als ich verneinte, hielten sie sich die Bäuche vor Lachen und schalten mich den naseweisesten Naivling, der ihnen je untergekommen war. Zum Abschied gaben sie mir einige schlecht gebundene Bücher, die ich auf der Heimfahrt durchsah. Es handelte sich um Protokolle der Staatssicherheit über Sitzungen,

Versammlungen und über einzelne feindlich-negative Subjekte. Aus diesen Abschriften ging eines deutlich hervor: Die Stasi war überall mehr als nur einmal vertreten. Durch die doppelte und dreifache Überwachung sollten Fehlinterpretationen vermieden werden, und die Stasi war so in der Lage, die Gruppen zu manipulieren und zu instrumentalisieren.«

»Genutzt hat es viel!«

»Mich brachten diese Protokolle ganz schön ins Hirnen. Die Diskussionen mit den Ossis haben mir gezeigt, dass die Zustände in der DDR nicht viel anders waren, als sie hier sind, und ich hatte auf der langen Zugfahrt genügend Zeit mich zu fragen, wie weit auch die GSoA unterlaufen ist, und ob auch ich manipuliert oder instrumentalisiert wurde.«

»Bist du zu einem Schluss gekommen?«

»Ich habe für mich Schlüsse gezogen. Zum Beispiel, dass es in der Schweiz keine linke Organisation gibt, die nicht mit Spitzeln durchsetzt ist. Ich wage zu behaupten, dass die meisten vollständig unterwandert sind. Einige Geschichten, die in der GSoA passiert sind, bei denen ich vorher nicht durchgestiegen bin, sind mir jetzt als inszenierte Intrigen klar geworden. Ich bin auch vorsichtiger geworden, wem ich was erzähle«, sagte Moritz.

»Was meinst du mit inszenierten Intrigen?«

»Meistens ging es um prestigeträchtige öffentliche Auftritte, respektive darum, wer von uns reden durfte. Da haben sich manchmal die unmöglichsten Koalitionen gebildet, und mit teilweise haarsträubenden Argumenten wurde fast immer erfolgreich verhindert, dass Lea oder ich bei einer grossen Kiste dabei waren. Als beispielsweise ein deutscher Privatsender ein Interview wollte, boxte Randy einen Typen durch, den nie jemand zuvor gesehen hatte. Das Fieseste war, als Randy beim Schweizer Fernsehen durchsetzte, dass sie ein Statement von mir, das in der Abstimmungsvorschau hätte ausgestrahlt werden sollen, gegen die Einwände des Filmautors wieder rausgenommen wurde.«

»Der Staatsschutz und der private Kapitalschutz in der Schweiz werden wirklich grobfahrlässig unterschätzt. Die verdeckte Repression in der Schweiz hat tatsächlich ein ähnliches Ausmass wie in der DDR. Ich gehe aber davon aus, dass hier öfter mit technischen Hilfsmitteln gearbeitet wird«, sagte Eric.

»Nach Auffliegen des Fichenskandals habe ich mich intensiv in dieses Thema eingearbeitet. Ich habe einschlägige Bücher über die Schweiz, vor allem aber über die deutschen, englischen und französischen Dienste gelesen und festgestellt, dass das Niveau der Kontrolle überall ähnlich hoch ist, dass weder die DDR noch die Schweiz Einzelfälle darstellen. Aber die Protokolle aus der DDR waren die ersten authentischen Dokumente, die ich in den Händen hielt, und mir sind ganz übel die Augen aufgegangen. Ist dir übrigens auch schon aufgefallen, dass man aus guten Romanen mehr lernen kann als aus Sachbüchern?«

»Das habe ich vor drei Jahren fast wörtlich in einer Buchkritik geschrieben.«

»Weil in der Schweiz nur wenige Fakten bekannt sind, habe ich mir überlegt, was ich getan hätte, wenn ich der Geheimdienstchef gewesen wäre. Ich hätte meine Leute, die mich laufend mit Informationen versorgen oder bei Aktionen Dienst leisten, ich hätte sie überall. Meine Leute wären unter linken Medienschaffenden, wären linke Kabarettisten, Schriftsteller und Musiker. Weisst du, wie man linke Helden schafft?«

»Du wirst es mir gleich sagen.«

»Eine Kommission schlägt einen kritischen Künstler für einen Preis vor. Dann lehnt die bürgerliche Mehrheit der Exekutive den Vorschlag ab, und im Nu hast du eine neue Gallionsfigur des linken Kulturpublikums. Ich bin überzeugt, dass auch diese Geheimarmee zum grössten Teil aus Leuten besteht, die sich im linken Milieu bewegen wie die Fische im Wasser. Du musst dich dort verstecken, wo dich der Feind nicht erwartet.«

»Es muss herrlich sein, in Allmachtsfantasien zu schwelgen. Vielleicht steckt ja auch hinter der GSoA nichts als die alte CIA-Taktik, nichtkommunistische linke Gruppen aufzubauen.«

»Ohne konkrete Informationen bist du auf Spekulationen angewiesen. Sich in die Gegenseite zu versetzen und zu überlegen, wie sie funktioniert, ist eine Methode, die auch die Polizei einsetzt. Ich wollte dir noch sagen, wie ich die Gymnasien und die Gewerbeschulen mit Leuten durchsetzt hätte, die Schülerinnen und Schüler oder Lehrlinge, die linkes oder potenziell linkes Gedankengut äussern, melden und beobachten. Ich frage dich, wer eignet sich besser, der fortschrittliche Lehrer oder der konservative Pauker?«

»Wer wohl?«

»Genau. Ich hätte überall Typen, die bei den linken Jugendlichen gut ankommen. Ich hätte schon Fichen über alle potenziellen Unruhestifter, bevor sie auch nur daran denken aktiv zu werden. Mir ginge keiner durch die Lappen, und ich würde mich um sie kümmern.«

»Was macht deine Arbeit als Zimmermann? Bist du noch zufrieden?«, fragte Eric, um das Thema zu wechseln.

»Die Arbeit gefällt mir gut, und mit den Arbeitskollegen läuft es wie immer rund. Aber durch den Immobiliencrash sind die Preise fürs Handwerk in den Keller gefallen. Die Konkurrenz ist gross, und alle unterbieten einander, damit wenigstens die Leute und die Maschinen ausgelastet sind. Entsprechend stiegen die Arbeitsvorgaben an, du kannst heute keine Qualitätsarbeit mehr leisten. Obwohl unser Chef noch zurückhaltend ist, hat sich auch bei uns das Betriebsklima verändert. Das Gehetze wird noch zunehmen, genauso wie die Unfallzahlen weiter in die Höhe gehen werden.«

»Was willst du tun?«

»Im Herbst beginne ich mit der Bauführerschule, und der Boss hat mich zum Chef für die Aufrichtarbeiten gemacht. Das ist ein Spitzenjob, denn beim Aufrichten darf man nicht hetzen, sonst gibt es Tote. Ich bin für jeden Dachstock verantwortlich, von der Planung über den Einkauf und das Abbinden bis zur Aufrichte selbst. Das ist ein Schoggi-Job.«

»Ich muss langsam in die Heja, muss morgen arbeiten«, sagte Moritz nach einer Weile. Gemeinsam räumten sie das Wohnzimmer auf, und Moritz entsorgte die leeren Flaschen im Keller.

Die Luft war kühl, und am wolkenlosen Himmel waren Sterne zu sehen. In eine Wolldecke gehüllt setzte sich Eric in einen Korbsessel auf dem Balkon, legte die Füsse auf einen Hocker, zündete einen Joint an und liess vor dem geistigen Auge den Tag passieren. Dann schmiedete er Pläne und entwarf Szenarien, wie er erreichen konnte, dass er mit beiden Füssen fest auf dem Boden stehen würde, wenn er wie beabsichtigt die Erde unter sich zum Beben brachte. Er musste erreichen, dass er vor dem 1. Mai genug Material besass, damit er Schwitzer an der Feier in der Reithalle auffliegen lassen konnte. Bis zum 1. Mai dauerte es noch gut zwei Wochen. Zuerst musste er abklären, ob er überhaupt ans Mikrofon gelassen würde. Natürlich konnte er beiläufig Sonja fragen, die im 1. Mai-Komitee dabei war, doch er traute ihr nicht hundertprozentig. Zudem war Schwitzer über seinen gestrigen Besuch informiert gewesen, er musste also auch hier vorsichtig sein, und er glaubte in Moritz' Ausführungen eine Warnung zu erkennen. Während ihres Gesprächs hatte er überlegt, ob er ihn einweihen sollte, doch ohne ersichtlichen Grund hatte er es sein lassen. Die Tasche liess er im Auto, und er schleppte sich nach oben, wo er zu Vreni ins vorgewärmte Bett kroch.

V

Die Sonne stand hoch und strahlte auf die alte Tanne, die neben dem Bienenhaus vor dem Haus stand. Vor dem offenen Fenster zwitscherte ein Vogel. Das Brummen im Kopf war verschwunden, aber sonst fühlte sich Eric nur unwesentlich besser, als er sich umständlich ankleidete. Mit einer Tasse Kaffee in der Hand stellte er sich vorne auf den Balkon und schaute Andrea zu, die im Gemüsegarten Unkraut jätete. Zwischen den niederstämmigen Apfelbäumen, die hinter dem Garten in der Wiese standen, krabbelte Laura im Gras und versuchte eines der frei laufenden Hühner zu fangen. Obwohl ihr Kufu immer wieder ein Huhn zutrieb, war sie auf ihren kurzen Beinen und Armen zu langsam, was sie jedoch wenig störte. Aus dem Holzschopf tönte der Gesang einer Kreissäge, und in kleinen Wolken drang Sägemehl aus der Tür. Nach dem letzten Schluck rief er Andrea »auf Wiedersehen!« zu, und sie drehte sich um, hob den Arm und winkte. Auf dem Weg zum Auto kam er an Lea und Moritz vorbei, die eine kleine Holzhütte auf Rädern flickten.

»Ich dachte, du musst auswärts arbeiten«, sagte Eric.

»Ich nehme die Arbeit hier ernst, auch wenn wir hier nicht gerade um sieben beginnen« sagte Moritz. »Kufu hat eine stabile Sommerhütte verdient, findest du nicht?«

»Aber sicher. Wenn er so gut schmeckt wie der Letzte, dann könnt ihr ihm von mir aus auch einen Palast bauen.«

»Moritz, lass uns eine Rauchpause einlegen, dann können wir uns gleich ansehen, wo Eric den Wohnwagen hinstellen kann«, sagte Lea.

Es kamen bloss zwei Standorte neben dem mit Kies bedeckten Parkplatz in Frage, entweder links unter den ausladenden Ästen der

Linde oder rechts gegen den Gemüsegarten hin. Nach einem Blick auf die Uhr, es war bald zwölf, und er hatte sich bei Ursula zum Mittagessen eingeladen, entschied sich Eric, und er fragte die beiden, ob sie ihm helfen könnten, den Platz urbar zu machen. Er wollte den Wohnwagen so hinstellen, dass er den Durchgang zur Magerwiese zwischen dem Garten und dem Brennesselwald nicht blockierte. Moritz sagte für den ganzen Tag zu, Lea nur für den Morgen, da sie am Nachmittag Lohnarbeit verrichten musste. Eric beeilte sich in die Stadt zu kommen. Gerade weil Pünktlichkeit nicht seine Stärke war, wollte er es nicht übertreiben, doch er bezwang den Drang, den Pass hinunterzurasen.

Das Essen wurde gerade serviert, als er Ursulas Wohnung betrat. Nach einer Umarmung begann ihn seine Mutter zu schelten.

»Selbst jetzt, wo du den ganzen Morgen ausschlafen konntest, schaffst du es nicht, pünktlich zu sein. So wie du als Baby nicht aus dem Bauch wolltest, kommst du heute nicht aus dem Bett.«

»Lass ihn doch, Nonna, er muss sich erholen«, verteidigte ihn Silas.

Nach dem Essen half Eric in der Küche, und Silas erledigte am Küchentisch flüchtig Schulaufgaben. Mit einer Tasse Kaffee und Zeitungen, die Ursula aus dem Kiosk mitgebracht hatte, verzog sich Eric auf die Couch. Lustlos blätterte er die Weltwoche durch. Obwohl er einen Artikel entdeckte, der ihm lesenswert schien, brachte er die Geduld nicht auf, die er zum Lesen brauchte, und er legte die Zeitung weg. Er holte sich einen Kugelschreiber und Notizpapier und setzte einen Brief an Ruth auf.

Silas war wieder in die Schule gegangen, als sich Eric von Ursula, die an einem Strampelhöschen strickte, verabschiedete.

Vor dem Hotel Europe bog er nach links ab und fuhr durch eine schmale Gasse zu einem baufälligen Gebäude, in dem die Genossenschafts-Druckerei und die Redaktion der Solothurner AZ untergebracht waren. Den Wagen stellte er auf den Parkplatz, der für den Direktor reserviert war. Langsam ging er die knarrende Holztreppe in den dritten Stock hoch, wo er im Korridor auf Heinz traf, der sich am Automaten einen Kaffee rausliess.

»Was haben wir jetzt wieder verbrochen?«, stöhnte Heinz gespielt. Er bot Eric einen Becher an, doch der lehnte ab.

»Du brauchst nicht zu jammern. Ich bringe dir eine Kritik über den sowjetischen Sammelband. ›Es gibt keine Alternative zur Perestroika‹, über Glasnost, Demokratie und Sozialismus.«

»Dann sollten wir uns beeilen und deinen Artikel drucken, solange er noch aktuell ist«, lachte Heinz.

»Hast du einen Moment Zeit, oder bist du im Stress? Nein? Also nehme ich doch einen Kaffee.« Eric wartete, bis die Kaffeemaschine lärmte. »Es geht um die 1. Mai-Feier, du bist doch im Komitee?«, fragte Eric in den Krach hinein.

»Klaro. Worum geht es?«, fragte Heinz, mässig interessiert.

»Ich habe gehört, dass ihr auf das Offene Mikrofon verzichten wollt, weil es in den letzten Jahren nur von GSoA-Leuten benutzt wurde, was zu Krach mit konservativen Gewerkschaftern geführt hatte. Ich will mich vergewissern, ob das stimmt. Wie sieht es aus?«, fragte Eric jetzt leiser, denn die Kaffeemaschine röchelte bloss noch.

»Ach was. Diese Diskussionen gab es zwar früher, doch das ist vorbei. Heute sind alle froh, dass überhaupt noch Junge dabei sind. Wenn du willst, kannst du gern ans Mikrofon, aber ich kann dir nicht garantieren, dass dir jemand zuhören wird. Du wirst der vierte Redner sein, und aus Erfahrung weiss ich, dass selbst dem Hauptredner höchstens die ersten zehn Minuten zugehört wird, bis das Bier und die Sangria die Lufthoheit über den Festbänken übernehmen.«

»Du hast mich falsch verstanden, nicht ich will eine Rede halten«, sagte Eric nun in normaler Lautstärke. Er hatte einen Fehler gemacht. Falls hier jemand mithörte, und warum sollten sie die Redaktion der bisweilen aufmüpfigen AZ nicht überwachen, wenn sie ihn, den ausrangierten Aktivisten anzapften, musste er Gegensteuer geben. »Vreni wohnt neuerdings im Roten Hof, und wir diskutierten gestern über mögliche Aktionen am 1. Mai. Dabei ist diese Frage aufgetaucht, und ich sagte, dass ich dich fragen würde.«

»Das verstehe ich nicht. Sonja weiss das so gut wie ich.«

»Schon, aber Sonja ist die ganze Woche an einem Kurs, und am Telefon wollen sie nicht darüber sprechen, weil sie seit dem Fichenskandal davon ausgehen, dass ihre Leitung abgehört wird.« Eric lächelte innerlich, als er so schamlos flunkerte.

»Das sind vielleicht Revolutionsromantiker! Weshalb sollte ihr Telefon angezapft werden? Bloss weil einige in der GSoA mitmachen oder im Chemins gearbeitet haben? Die nimmt doch keiner ernst. Bio-Tomaten sind nicht staatsgefährdend, obwohl sie rot sind. Aber wie du willst. Sie können mit dem Offenen Mikro rechnen. Doch zuhören wird niemand, da selbst diejenigen, die es möchten, nichts verstehen werden, da der Geräuschpegel viel zu hoch sein wird«, sagte Heinz bestimmt. »Hast du sonst noch was auf dem Herzen?«

»Nein«, sagte Eric seine Enttäuschung verbergend, und trank den Kaffee aus.

Heinz verabschiedete sich: »Ciao, ich muss noch arbeiten.«

Das Argument, dass bereits dem zweiten Redner niemand mehr zuhört, geschweige denn einem vierten, war überzeugend und stürzte Eric in eine mittlere Krise. Er hätte es selbst wissen müssen, hatte aber nicht daran gedacht. Wenn er es unter diesen Umständen trotzdem versuchte, lief er Gefahr, seine Trümpfe auszuspielen, ohne das Spiel beenden zu können. Eine zweite Möglichkeit würde ihm Schwitzer nicht zugestehen. Er musste sich etwas anderes einfallen lassen. Ursprünglich hatte er mit Heinz auch darüber sprechen wollen, ob und wie die AZ über den geplanten Coup berichten würde, doch als Heinz über die Leute vom Roten Hof hergezogen war, liess er es sein.

Vorsichtig rückwärts aus dem Parkfeld zirkelnd, drehte Eric im engen Hof ab, da schoss ein Auto aus der Mündung der Gasse. Die Bremsen quietschten, und mit blockierten Rädern rumpelte der weisse Audi über den Teerbelag, bis nur Zentimeter die beiden Autos trennten. Im Audi sass fluchend Kneubühler, der Direktor der Druckerei. Obwohl er noch nicht lange im Amt war, waren er und Eric bereits einmal aneinander geraten. Damals konnte Kneubühler nicht aus dem Parkplatz rausfahren, weil Eric hinter seinem Auto geparkt hatte. Kneubühler war in die Redaktion gestürzt und hatte geschrien, der Trottel mit dem ausrangierten Taxi solle sofort seine Gurke wegstellen. Der Kragen war ihm vollends geplatzt, als Eric ihn fragte, welche aufgeblasene Witzfigur denn er darstellte.

Kneubühler musste sein Auto zurücksetzen, damit Eric abdrehen und ihm Platz machen konnte. Grinsend sah Eric ihm zu, wie er vorsichtig zwischen der Mauer und Erics gelbem Rekord hindurch manövrierte. Bevor Eric durch die freie Gasse wegfahren konnte, bremste Kneubühler ab, lehnte sich aus dem Fenster und brüllte: »Jetzt haben Sie aber ein Glück gehabt, Waser! Wäre ich eine Minute früher gewesen, hätten Sie Ihre Karre hier stehen lassen können. Ich sage es zum letzten Mal: das ist mein Parkplatz, und die anderen sind für Kunden reserviert. Wenn ich Ihre Schrottkiste noch einmal hier sehe, lasse ich sie auf Ihre Kosten abschleppen!« Gegen Ende seiner Rede versuchte er souverän zu wirken, doch Eric zeigte sich wenig beeindruckt. Er hatte das Gefühl, dass Kneubühler seinen Spruch auswendig gelernt hatte.

»Herr Direktor, Sie würden besser dafür sorgen, dass mehr Aufträge reinkommen, als mir auf den Keks zu gehen. Ein guter Chef geht mit gutem Beispiel voran und ist nicht der Letzte, der zur Arbeit kommt. Nun machen Sie Platz, oder wollen Sie mich nötigen?« Eric lockerte den Druck auf die Bremse und rollte auf das Heck des Audis zu. Kneubühler gab Gas, Eric lächelte in den Rückspiegel und fuhr langsam weg.

Den Rest des Nachmittags verbrachte er damit, den Wohnwagen rauszuputzen. Die anstrengende Arbeit setzte seinen mitgenommenen Muskeln zu, und der Schweiss tropfte ihm von der Nase. Miguel, der Mechaniker aus der Garage, half ihm den Wagen aus dem Unterstand zu ziehen, damit er das Dach abspritzen konnte.

Seit dem Umzug aus dem Wallis, wo Eric im Sommer jeweils im Wohnwagen gelebt hatte, war er nicht mehr benutzt worden, doch es funktionierte noch alles einwandfrei. Es war ein kleiner Wohnwagen mit einer Schlafkoje, einem kleinen Gas-Kochherd, einem winzigen Kühlschrank und einem Tisch, der von einer Sitzbank umrandet wurde. Zum Schluss putzte Eric die Aussenfenster, als ihn Michael Jäger vom Atelier her anrief: »Hoi Eric! Fährst du schon wieder in die Ferien?«

Wenn sich der Erfolg der Maler nach ihrem Auftreten richten würde, müsste Jäger weltberühmt sein, dachte Eric, während er ihn beobachtete, wie er auf den Wagen zu schlenderte. Der knapp vierzigjährige Michael Jäger, der seinen Lebensunterhalt als Teilzeit-Lehrer an der Gewerbeschule verdiente, trug einen dunkelgrauen Anzug mit breiten weissen Längsstreifen, schwarze Lackschuhe, ein Rüschenhemd und ein rotes Seidenfoulard. In der rechten Hand hielt er eine dünne Zigarre, in der linken ein Weinglas, und auf seinem Kopf trug er einen neuen Panamahut.

»Sali«, sagte Eric distanziert. »Ich hörte, dass du wieder öfter hier arbeiten willst, also entschloss ich mich, Land zu gewinnen.«

»Du brauchst dir keine Mühe zu geben, freundlich zu sein.«

»Wenn du willst, kannst du anpacken, aber sonst verzieh dich wieder, ich habe zu tun. Ciao, Michael!«, sagte Eric und drehte sich wieder zu seiner Arbeit um.

»Ich wollte bloss fragen, wie es ums Fest steht.«

»Im Moment habe ich anderes zu tun, das siehst du doch.«

»Aber es findet wie angekündigt statt?«

Eric drehte sich um, blickte Michael zornig an und wollte ihn wegschicken, als er seine geröteten Augen sah und ihm die Weinfahne in die Nase stach.

»Weshalb nicht? Weisst du mehr als ich?«

»Nein. Ich dachte nur, weil du den Wohnwagen rüstest.«

»Das hat nichts zu bedeuten. Ich leihe ihn aus. Aber was ist mit dir los? Du siehst noch etwas kränklicher aus als sonst.«

»Im Gegenteil!«, sagte Michael schnell. »Mir geht es gut, kann mich nicht beklagen. Bald habe ich eine Ausstellung und komme gut voran. Willst du dir die Bilder anschauen?«

»Bloss weil ich mal nett bin, bin ich doch kein Masochist. Wenn du willst, kannst du mir ein Bier bringen.«

»Als Maler bin ich dir nicht gut genug, aber als Kellner reicht es. Leck mich, Eric!«, sagte Michael und verzog sich. Eric rollte die Kabelrolle zusammen, rief Miguel um Hilfe, und sie schoben den Wohnwagen wieder zurück. In der Garage wusch sich Eric die Hände, und er sagte Miguel, dass er in nächster Zeit seine Wohnung einer Freundin überlassen würde, und er schrieb ihm die Nummer auf, die er anrufen sollte, falls sich etwas Ungewöhnliches tat. Miguel war nicht weiter erstaunt, denn er passte auch während Erics Ferien jeweils auf die Wohnung auf.

Oben angekommen, packte Eric Kleider in die zweite Reisetasche und einen alten Rucksack aus Rindsleder, den er aus der Truhe hervorgeholt hatte. In einer Holzharasse versorgte er Gewürze, die Espressomaschine, Zucker und eine Tüte Kaffee, damit er sich bei Bedarf unabhängig vom Roten Hof verpflegen konnte. Geschirr packte er für zwei Personen ein, obendrauf legte er das Kifferkörbchen.

Seine effiziente Arbeitsweise hatte sich gelohnt. Das Chemins war praktisch leer, als er kurz nach vier eintrat, nur hinten in der Ecke sassen einige Jugendliche beim Bier, und am Fenster sass der pensionierte Maurer Domenico bei einem Halben Roten und las Zeitung. Manuel und Helen hatte er draussen gesehen, wo sie in der Gartenbeiz zu lauter Reggaemusik die Gartenmöbel fegten. Mit einem Serviertablett voll leerer Stangen kam Ruth hinter den Tresen und begrüsste ihn augenzwinkernd.

»Ciao, Eric, geht es dir wieder besser?«

»Hoi, Ruth, danke, ich komme zurecht. Gib mir bitte ein Mineralwasser. Hast du es dir überlegt?«

Sie runzelte die Stirn. Sein Verhalten beim letzten Besuch war ihr mehr als merkwürdig vorgekommen, und dass er jetzt ohne Umschweife gleich wieder zur Sache kam, machte ihr deutlich, dass er es ernst meinte. Sie blickte ihn nachdenklich an. »Du solltest mich gut genug kennen, um meine Antwort zu wissen«, sagte sie und nahm den Brief, den er ihr hinstreckte, in die Hand. Er legte einen Zeigefinger auf seinen Mund. Ruth zog die Lesebrille aus der Brusttasche ihres Gilets, kniff die Augen zusammen und begann zu lesen.

›liebe ruth, ich kann dir leider nicht mehr sagen als das letzte mal. ich stecke in existenziellen schwierigkeiten, aus denen ich nur rauskomme, wenn ich die geschichte an die breite öffentlichkeit bringen kann. noch habe ich keine ahnung wie, wann und wo das geschehen soll, aber wenn es so weit ist, brauche ich kurzfristig kontakte zu medien, die gewähr bieten, dass diese chose nicht unterdrückt wird. ich kann dir nicht sagen, wie es detailliert ablaufen wird, aber ich garantiere, dass ich nichts illegitimes tun werde, und ich garantiere, dass ich keine gewalt brauchen werde. ich weiss, dass du einige journalisten kennst, und ich bitte dich, drei oder vier von ihnen darauf hinzuweisen, dass in nächster zeit mit einer aktion zu rechnen ist. du musst sie darauf aufmerksam machen, dass sie unter umständen kurzfristig aufgeboten werden. keine Angst, du wirst deshalb keine schwierigkeiten bekommen. dein alter freund eric. ps: gib mir den brief gleich zurück. danke‹.

Bedächtig nahm Ruth die Brille von der Nase, faltete den Brief sorgfältig und legte ihn auf den Tresen. Ohne auf seine Geste einzugehen sagte sie: »Tut mir Leid, Eric. Du weisst, ich mag dich, und ich habe dich oft verteidigt, selbst wenn ich selten deiner Meinung war.« Sie neigte den Kopf. »Ich hatte gehofft, dass du nicht bloss älter, sondern auch reifer würdest, erst recht jetzt, wo du bald Vater wirst. Wie du siehst, habe ich meine künstlerische Arbeit für den Moment zurückgesteckt. Das heisst aber nicht, dass ich nicht einen Ruf zu verlieren habe. Wenn ich dich unterstützen würde, ohne zu wissen, was dahinter steckt, würde ich fahrlässig meine künstlerische Existenz aufs Spiel setzen. Das kann und will ich nicht tun. Aber ich möchte nicht, dass du das persönlich nimmst, Eric. Es tut mir Leid.« Sie legte ihm die Hand auf den Arm.

»Was kostet das Wasser?«, fragte er.

»Kannst du mich nicht verstehen, Eric?«

»Was kostet das Wasser? Reichen Zweifünfzig?«

»Vergiss es!«

»Ich brauche keine Almosen, also?«, sagte er hart.

»Ach Eric!« Sie seufzte. »Also, wie du willst. Das macht zwei Franken vierzig«, sagte sie, und er legte drei Franken auf die Theke, drehte sich grusslos ab, verschwand durch die offen stehende Tür und brauste davon.

Das war die zweite Abfuhr, die er heute erhalten hatte, es war deprimierend. Auf dem Klosterplatz parkte er in der Nähe des Kinos Lichtspiel, und er ging ins Valentino.

Obwohl er hier selten einkehrte, kannte er die meisten der Gäste, die an der Bar und an den kleinen Tischen sassen. Hier verkehrten neben Kiffern und Hängern all jene, die in anderen Beizen nicht mehr bedient wurden, zu ihnen gesellte sich die kleinstädtische Halbwelt.

Bei Jessy, die in einem weissen Top und einem roten Minirock hinter der Bar stand, bestellte er sich eine Stange. Er sass allein aussen an der Bar, so dass er die Glasfront und die Eingangstreppe ebenso überblicken konnte wie die Theke. Mässig interessiert schaute er zwei altgedienten Junkies zu, die Billard spielten, aus den Lautsprechern dröhnte eine Hard-Rock-Ballade. Eric hatte gehofft, dass er hier Hugo antreffen würde, den er im Knast von seiner besten Seite kennen gelernt hatte. Hugo kannte sich in der Schattenszene von Olten wie kein Zweiter aus. Eric wollte ihn fragen, ob er für ihn die Ohren spitzen würde, damit er vielleicht etwas über Schwitzer und seine lokalen Helfershelfer erfahren konnte.

Weil Eric keine Spuren hinterlassen wollte, fragte er Jessy nicht, ob sie etwas von Hugo wusste. Er fühlte sich auch nicht besser, als er seine Lage mit jener der anderen Gäste verglich. Die Tatsache, dass es Leute gab, deren Lage noch beschissener war als seine, konnte ihn nicht aufmuntern. Auch Jessy, die ihm kokette Blicke zuwarf, hob seine Stimmung nicht, auch wenn er pro forma zurücklächelte. Er legte die Zeitung weg und trank aus.

In Trimbach deckte er sich mit Pommes-Chips und anderen Snacks, Spaghetti, ein paar Büchsen Pelati und einigen Tafeln Schokolade ein. Bei Rebecca kaufte er eine Stange Zigaretten, und er fragte sie, ob ihn Vince am Abend im Roten Hof anrufen konnte, denn er brauchte am Freitag seinen Bus, um den Wohnwagen zu zügeln. Rebecca meinte, dass das für Vince kein Problem sein würde, doch er war noch immer deprimiert, als er sich eine halbe Stunde später im Gästezimmer des Roten Hofs aufs Bett legte und die Augen schloss.

Obwohl er müde war, fand er keinen Schlaf. Den 1. Mai-Auftritt konnte er sich sparen, und er hatte keine Ahnung, wie er einen genügend grossen Wirbel entfachen konnte, wenn er keine namhaften Medien anlocken konnte. Natürlich konnte er einen linken Journalisten um Hilfe bitten, doch er vertraute keinem, und er durfte sich keinen Fehlversuch erlauben. Seine Enttäuschung über Ruths Entscheid hielt sich in Grenzen. Er nahm diesen Fehler, etwas in sie hineinprojiziert zu haben, dem sie nie entsprochen hatte, auf seine Kappe. Sie hatte nie die Grenzen des Comme-il-faut überschritten, war nie eine Kämpferin gewesen. Diese Erfahrung bekräftigte ihn in der Ansicht, dass er bis auf zwei Ausnahmen niemandem vertrauen durfte.

VI

Es klopfte, Moritz streckte den Kopf ins Zimmer und sagte: »Wenn es dem Herrn beliebt, können wir in zwanzig Minuten essen.«
»Und wenn es ihm nicht beliebt?«, fragte Eric.
»Dann essen wir allein, und du kannst deine Apfelwähe später kalt essen«, antwortete Moritz trocken und schloss die Tür.

Im Badezimmer am Ende des Gangs wusch sich Eric die Hände und das Gesicht, ehe er sich nach unten ins Wohnzimmer begab. In der Küche schlug Moritz in einer Teigschüssel Rahm. Der Tisch war für sechs Personen gedeckt, und Eric sah, dass neben Wein auch eine Flasche Apfelsaft auf dem Tisch stand. Er schenkte sich ein Glas voll ein, das er in einem Zug runterstürzte.

»Pass bloss auf«, warnte Moritz. »Wenn du zu viel davon trinkst, verbringst du den ganzen Abend auf der Toilette. Ich habe sonst mit Süssmost keine Probleme, aber wenn ich mehr als zwei Gläser von unserem trinke, kriege ich den Dünnpfiff.«

»Danke für die Warnung«, sagte Eric. »Ich kann mich noch gut daran erinnern, als mir genau das passiert ist. Keine Angst, ich passe auf, ich habe sonst genug am Arsch, da muss ich nicht auch noch meine Hämorrhoiden foltern.«

»Das kommt vom vielen Sitzen«, sagte Beat bestimmt, »und von der falschen Ernährung.«

»Was?«, fragte Eric.

»Hämorrhoiden. Die kriegst du, wenn du zu wenig Bewegung hast und wenn du dich nicht richtig ernährst. Ganz schlecht ist auch der Alkohol«, dozierte Beat.

»Bist du jetzt neben Hausmann und Buchhalter auch noch Krankenschwester?«, fuhr Eric ihn an.

»Wenn du schlechte Laune hast, kann ich das verstehen, aber du brauchst sie nicht an Beat auszulassen. Er hat Recht, was deine Beschwerden betrifft«, mischte sich Lea ein. Sie setzte sich an den Tisch und fuhr ihm mit dem Zeigefinger über die Nase. »Du warst wohl zu lange allein und bist es nicht gewöhnt, dass man deine Probleme ernst nimmt.«

»Lass bloss die Hände von ihm, sonst kriegst du Probleme mit Vreni«, sagte Andrea in die Küche tretend. Sie hatte nur den letzten Satz gehört und Leas Geste beobachtet.

»Wenn er etwas dagegen hat, kann er mir das selbst sagen, dazu braucht er deine Hilfe nicht«, sagte Lea wie aus der Pistole geschossen. Auch während des Essens, zu dem sich ausser Beat und Laura niemand mehr gesellte, hatte Eric den Eindruck, dass Lea und Andrea sich neuerdings auf dem Zacken hatten. Er beteiligte sich nur gelegentlich am Tischgespräch, und auch das nur, weil er nicht wollte, dass sein Schweigen Fragen auslöste. Beim Kaffee trug er sich für die nächsten zwei Wochen in den Arbeitsplan ein, und er fragte Beat und Andrea, was sie vom Standort für den Wohnwagen hielten, den er ausgewählt hatte. Sie hatten keine Einwände. Alain, der spät heimkommen würde, und Sonja, die erst am Samstag wieder erwartet wurde, hätten sicher auch nichts dagegen, meinten die Wohngenossen unisono.

Gemeinsam schauten sie sich die Tagesschau an, als im Korridor das Telefon klingelte. Es war Vince, der zusagte, den Wohnwagen wie gewünscht zu zügeln. Eric rollte gerade einen Joint, als das Telefon wieder schellte, und er nahm den Hörer vom Apparat, den er neben sich auf den Tisch gelegt hatte. Vreni kündigte an, dass sie erst etwa um zwölf nach Hause käme, und er sagte, dass er warten würde. Lea und Moritz verabschiedeten sich, da sie ins Kino wollten, und Beat verzog sich mit Laura ins Büro. In der Stube sah sich Andrea einen Dokumentarfilm über das Leben der Eisbären in Alaska an, und Eric setzte sich in einen Ledersessel, schloss die Augen und schlief bald ein.

Das Scheppern der verglasten Küchentür, die mit einem automatischen Schliesser versehen war, liess ihn aufschrecken. Der Fernseher war aus, und Andrea schaute zu Beat hinüber, der in der Küche Kaffee aufsetzte. Eric hatte mehr als zwei Stunden geschlafen und konnte auch eine Tasse vertragen.

»Was ist eigentlich zwischen dir und Lea los, Andrea?«, fragte Beat, als er die drei Tassen vorsichtig auf dem Tisch abstellte. »Ihr habt euch früher praktisch blind verstanden, doch in letzter Zeit ödet ihr euch oft gegenseitig an, oder was noch schlimmer ist, ihr tut so, als ob ihr euch gar nicht sehen würdet.«

»Ach, Beat«, stöhnte Andrea, die sich aufsetzte und einen kleinen Schluck Kaffee nahm. »Du solltest mehr unter die Leute gehen. Es ist höchste Zeit, dass du wieder auf den Markt fährst. Du beginnst Gespenster zu sehen, weil du zu lange mit den gleichen Leuten zusammen bist.«

»Gibt es etwa keine Spannungen zwischen euch?«, fragte Beat.

»Natürlich hat sich unsere Beziehung verändert, wie sich alle unsere Beziehungen stets verändern. Auch eure Ehe verhindert nicht, dass sich eure Beziehung verändert.«

»Soll ich gehen?«, fragte Eric, der sich nicht in ihre Intimitäten einmischen wollte.

»Ist nicht nötig, wir haben keine Geheimnisse«, sagte Beat mit einem etwas anzüglichen Unterton.

Andrea wandte sich Eric zu. »Kannst du mir jetzt nachfühlen, warum ich dich so beackerte, mir deine Wohnung zu geben, solange du in den Ferien warst. Und du Sherlock Holmes!«, fuhr sie Beat an und deutete mit dem Zeigfinger auf ihn. »Bevor du dir um mich und Lea solche Sorgen machst, schaust du besser einmal gründlich deine Beziehung zu deiner Frau an.«

»Es bringt nichts, wenn du flüchtest oder auf mich losgehst, um vom Thema abzulenken. Falls wir ein Haus kaufen wollen, müssen wir offen und ehrlich miteinander umgehen. Wenn wir diese Basis nicht haben, dann wird das Zusammenleben schwierig, wenn nicht unmöglich«, sagte Beat hart.

Andrea beschloss, die Situation nicht weiter eskalieren zu lassen, und sagte: »Du bildest dir etwas ein, Beat, zwischen Lea und mir gibt es kein Problem. Aber die bemutternde Art, wie sie heute Abend mit Eric sprach, das stört mich manchmal, und es ist nichts als mein Recht, dass ich sagen darf, was mir gegen den Strich geht.«

»Ich will nicht, dass du mich falsch verstehst, ich wollte dich nicht auf die Anklagebank bringen, ich wollte bloss wissen, was dahinter steckt«, gab sich Beat nun versöhnlich. »Ich werde mit Lea darüber sprechen. Ich will nicht, dass wir unverarbeitete Konflikte horten, das wäre das Ende unserer Geschichte!«

»Mach das, Beat, und halte mich auf dem Laufenden«, sagte Andrea, trank ihre Tasse aus, legte sich hin und schlug ihr Buch beim Lesezeichen wieder auf.

»Willst du das Fest trotzdem durchführen, auch wenn du hier wohnst?«, fragte Beat nach einer Weile.

Eric zündete sich den frisch gedrehten Joint an. »Wir müssen frühestens in einer Woche entscheiden, ob wir es absagen müssen. Ich will erst sehen, wie sich diese Geschichte entwickelt. Ich sage dir Bescheid.«

Nach drei Zügen gab Beat den Joint an Andrea weiter und ging ins Büro hinunter, wo er oft in die Nacht hinein arbeitete, und wieder schepperte die Tür.

»Ist er immer gleich so grundsätzlich?«, fragte Eric.

»Oh ja, das ist sein Steckenpferd! Aber ich will nicht schnöden. Was Lea und mich betrifft, liegt er nicht ganz falsch, aber gerade weil er keine Ahnung hat, was läuft, ist er mühsam. Die Sache ist kompliziert, und sie wird nicht einfacher, wenn sich noch jemand einmischt.« Sie stand auf. »Trinkst du auch ein Glas Wein?«

»Ja, gern«, sagte Eric.

Er schaute ihr nach und konnte sich denken, dass sie in der Lage war, jede Frau eifersüchtig zu machen. Auch er hatte sich in sie verguckt, doch sie hatte ihn abblitzen lassen, und erst später war er durch Moritz aufgeklärt worden.

»Wem hast du diesmal den Kopf verdreht? Doch nicht etwa Moritz?« Andrea schmunzelte und sagte: »Wenn ich mir etwas aus Kerlen machen würde, hätte ich mir dich geschnappt, Eric! Im Ernst: Bei Moritz und Lea klemmt es ein wenig. Moritz hat offen mit mir gesprochen, und ich habe ihm meine Meinung gesagt. Was er Lea erzählt hat, weiss ich nicht, jedenfalls scheint sie mich zunehmend als eine Rivalin zu betrachten und behandelt mich entsprechend. Dazu kommt, dass Beat den Gesprächstherapeuten markiert, der will, dass alle gruppenrelevanten Themen, das ist sein Lieblingsbegriff, auf den Tisch kommen. Du hast heute Lea und Beat erlebt, und ich kann dir sagen, das war bloss die Vorspeise.«

»Das war doch harmlos.«

»Für sich genommen, ja. Aber wenn es immer wieder zu solchen Szenen kommt, wird es schwierig. Lea hat unterdessen einen richtigen Tick auf mich. Letzte Woche spülte ich das Geschirr und war kaum fertig, da kam sie in die Küche und setzte sich an den Tisch, den ich vorher abgewischt hatte. Ohne mich anzuschauen sagte sie, wenigstens den Tisch putzen sollte man können. Sie stand auf, holte den Abwaschlappen, als wollte sie nachputzen, dann roch sie am Lappen, warf ihn in den Abfalleimer und sagte, der Putzlappen stänke wie ein Miststock.«

»Das tönt ein wenig nach geschützter Werkstatt. Aber so schlimm kann es nicht sein, sonst wärst du doch nicht mehr hier.«

»Verglichen mit dem Leben in einem Wohnblock lebe ich hundertmal lieber hier. Aber wenn ich uns heute mit damals, als wir hier einzogen, vergleiche, habe ich das Gefühl, dass wir uns eine kleinbürgerliche Familienidylle konstruieren.«

»Unternimmst du etwas dagegen?«

»Ich habe angeregt, dass wir in einem neuen Haus Platz für eine weitere Wohngemeinschaft haben müssten. Ich glaube nicht, dass ich die Entwicklung beeinflussen kann, solange wir unter uns sind. Aber vielleicht brauche ich bloss etwas Abstand. Wann gibst du mir die Schlüssel?«

»Morgen Abend hole ich den Wohnwagen. Wenn du willst, kannst du mitkommen und gleich das Hoheitsrecht übernehmen.«

»Du bist ein Schatz, Eric«.

Andrea stand auf, küsste ihn auf die Stirn und umarmte ihn. Sie hörten, wie ein Motorrad knatternd auf den Hof fuhr, und kurz darauf polterten schwere Schritte die Holztreppe hoch. In den Regenkleidern und mit dem Helm in der Hand stürzte Vreni ins Wohnzimmer und küsste Eric stürmisch. Ihr Gesicht war kalt und feucht, ihr Mund frisch und fordernd.

Verliebt schaute sie ihm in die Augen und sagte: »Wie geht es dir und deiner Rippe?«

»Ich fühle mich wie Adam nach der Operation, aber wenn ich meine wilde Eva sehe, geht es mir hervorragend«, sagte Eric.

»Sali, Andrea.« Vreni gab ihr einen Wangenkuss, ging in den Korridor zurück, kam mit einer Flasche Bier aus der Küche und setzte sich auf die Couch. Mit einer Hand strich sie über Erics Beine und glitt über die Oberschenkel näher zum Schritt. Sie schaute auf die Stelle, wo sich seine Hose wölbte und sagte: »Ich bin beeindruckt, wie gut es dir geht.«

Andrea trank aus und erhob sich. »Ich möchte eurem Glück nicht im Weg stehen. Wenn du morgen noch Hilfe brauchst, Eric, ich werde hier sein.«

»Vielen Dank, wird kaum nötig sein, aber wer weiss. Schlaf gut«, sagte Eric.

»Wie geht es dir denn wirklich?«, fragte Vreni, die Hand unter sein Hosenbein schiebend.

»Die Rippe ist mühsam, und die Prellungen haben mich beim Putzen fast kaputt gemacht, aber es geht schon. Trink aus, schöne Königin, oder nimm die Flasche mit! Wenn du mich noch schärfer machst, geht meine Post ab, ohne dass du auf deine Rechnung kommst.«

Eine halbe Stunde später lagen sie nebeneinander auf der Bettdecke. Vreni lehnte sich an Erics Schulter, und er spielte mit ihren Stirnfransen, als sie plötzlich aufjuckte und flüsterte: »Jetzt hätte ich es beinahe vergessen.«

Aus ihrer Arbeitsmappe holte sie ein dickes Dossier, das sie neben ihn aufs Bett legte. »Ich will es morgen zurücklegen, damit niemand etwas merkt.«

Es dauerte lange, bis Eric die Porträts der Kandidaten durchgesehen und alle ausgeschieden hatte, die Schwitzer nicht ähnlich waren. Vreni schlief tief und fest, als nach der zweiten Triage nur noch ein Kandidat übrig blieb. Er wusste, dass er Schwitzer nicht gefunden hatte, doch dieses Foto besass eine frappante Ähnlichkeit mit ihm, und er wollte, dass Vreni davon Kopien machte. Dieses Foto war besser als jede Personenbeschreibung. Obwohl sich die Spur verlaufen hatte und er kaum vorangekommen war, war Eric nicht so deprimiert wie am Nachmittag. Er machte eine Notiz, legte sie aufs Dossier, löschte das Licht und schmiegte sich an Vreni.

Mit Andrea, die bereits in der Küche sass, als sie gegen neun dort auftauchten, assen sie ein ausgiebiges Frühstück. Eric bestand darauf, dass Vreni das Auto nahm und er auf das Motorrad umsattelte, weil er es als zu gefährlich erachtete, wenn sie regelmässig mit dem Motorrad auf dieser unfallreichen Strecke unterwegs war. Andrea mischte sich nicht ein, und Vreni gab unter Protest schliesslich nach. Also fuhr sie mit dem Opel Rekord zur Arbeit.

Noch immer waren seine Muskeln verspannt, und Eric machte einige Dehnungsübungen, bevor er mit der Arbeit begann. Mit dem altertümlichen Balkenrasenmäher, den ihm Andrea im Schopf gezeigt hatte, und der wider Erwarten auf Anhieb ansprang, machte Eric dem Brennesselfeld den Garaus.

Die Arbeit ging trotz des gegen den Wald hin hinten steil ansteigenden Geländes zügig voran. Nach einer Viertelstunde stellte er den Motor ab und schob den Mäher zurück. Mit Hacken und Schaufeln auf den Schultern traten Lea und Moritz aus dem Stall, und gemeinsam stopften sie die Brennesseln in Plastikfässer, die Beat bereitgestellt hatte. Dann begannen sie damit, den Boden einzuebnen. Wegen der zahlreichen Steine erwies sich die Arbeit mit dem Pickel als mühsam und hart.

Beim Mittagessen schätzte Moritz, dass sie noch etwa zwei Stunden brauchen würden, um die Fläche auszugleichen und den Hang dahinter mit Kanthölzern und Pflöcken zu befestigen, damit er auch nach Dauerregen nicht wegrutschte. Sie brauchten fast den ganzen Nachmittag und die Hilfe von Andrea, bis Moritz, der automatisch die Bauleitung übernommen hatte, mit ihrem Werk zufrieden war. Sogar das Stromkabel hatten sie vom Stall bis zum Platz in den Boden eingegraben.

Auf einer schwarzen Vespa fuhr Andrea mit Eric in einer halsbrecherisch schnellen Fahrt zu seiner Wohnung in der Industrie. Sie trugen sein Gepäck nach unten, und Eric machte Andrea und Miguel bekannt. Zu dritt zogen sie den Wohnwagen auf den Hof, und kurz darauf fuhr Vince mit dem Kleinbus langsam über die Schwellen vor dem Torbogen.

Beim Bau des Standplatzes hatte Moritz Wert darauf gelegt, dass auch die Zufahrt topfeben war, und sie konnten den Wohnwagen im ersten Anlauf aufstellen. Vince blieb zum Nachtessen, zu dem Beat geschwellte Kartoffeln, Salat, Käse und Milchkaffee auftischte. Eric hatte mit Moritz, Vince und reichlich Bier die Aufrichte gefeiert, und sie waren zum Essen auf Rotwein umgestiegen. Der Abend war lau, und nach dem Essen setzten sie sich auf den Balkon, wo sie weiter becherten. Alle drei hatten gehörig einen am Sender, als nacheinander Alain auf einer schweren Yamaha und Vreni mit dem gelben Wagen auf den Platz fuhren.

»Hallo schöne Königin!«, rief Eric mit schwerer Zunge. »Hast du unseren tollen Platz gesehen?«

»Ich schaue ihn mir morgen an, wenn es hell ist«, sagte Vreni.

»Ich wollte etwas anderes fragen. Kannst du Vince nach Hause fahren? Er ist mindestens so blau wie ich und darf nicht mehr fahren. Ich möchte nicht, dass Rebecca meint, er habe eine neue Freundin, wenn er hier bleibt«, lallte Eric.

Vince erhob sich nicht ohne Schwierigkeiten, und sie verabschiedeten sich indem sie sich anknurrten, bevor sie in dröhnendes Gelächter ausbrachen.

Vreni war bald zurück und fand Eric mit Alain und Beat vor dem Fernseher. Sie schliefen im Wohnwagen.

Am Morgen wurden sie durch Kufus aufdringliches Gequietsche geweckt. Eric hatte Kopfschmerzen, schimpfte mit Kufu und drängte ihn mit den Beinen ab, als er den Wohnwagen entern wollte. Eric wusste, dass er ihm den Zutritt nicht mehr verbieten konnte, wenn er ihn einmal reingelassen hatte. Doch Vreni war der Ansicht, dass es kein besseres Omen gab als der Besuch eines Glücksschweinchens am Morgen des ersten Tags im neuen gemeinsamen Heim, und liess ihn rein.

Nach dem Brunch in der Küche machten sie einen Spaziergang auf die Belchenflue, und Eric erzählte, wie er mit seinen Plänen gescheitert war und dass er nicht wusste, wie es weitergehen sollte. Nach einer halben Stunde hatte Eric genug, und sie kehrten weit vor der Belchenflue um. Die Wolken hingen tief, und es sah aus, als ob bald wieder der Regen einsetzte.

»Wir müssen uns etwas Ausgefallenes, etwas, das niemand von mir erwarten würde, ausdenken. Wenn ich einen blinden Fleck hätte, wäre das ein Ansatzpunkt«, sagte Eric, als sie auf dem Rückweg am General-Wille-Haus vorbeigekommen waren.

»Blinder Fleck? Was meinst du damit?«, fragte Vreni.

»Im Knast schickten sie mir einmal einen Psychologen, der sprach davon. Das ist eine Art Makel, der allen auffällt, nur dem Betroffenen nicht.«

»Wenn dein Hosenladen offen steht und du dich wunderst, dass alle Leute lachen, wenn sie dich sehen.«

»Genau, du hast doch Psychologie studiert.«

»Der Ansatz ist nicht schlecht, auch wenn ich auf die Schnelle deinen blinden Fleck nicht benennen kann. Ich werde darüber nachdenken.«

»Wir sollten uns alle grösseren Veranstaltungen, die in den nächsten Wochen durchgeführt werden, genauer ansehen. Vielleicht besteht irgendwo die Möglichkeit, dass ich mich an ein Mikrofon heranmachen kann.«

»Das ist eine gute Idee. Ich sehe mich auf der Redaktion um. Vielleicht gibt es was in Solothurn oder in Aarau, das spielt ja keine Rolle.«

Bevor sie zum Roten Hof kamen, fragte Vreni: »Soll ich noch weitergraben, um mehr über Schwitzer herauszubekommen?«

»Nein. Ich kann sein Foto irgendwo gesehen haben. Weitere Recherchen anzustellen, wäre gefährlich, es könnte jemanden auf unsere Absicht aufmerksam machen. Jetzt lassen wir das Thema ruhen und warten ab, bis sich wieder etwas tut.«

Vreni versuchte ihm einen Kuss zu geben, verpasste aber seine Lippen und schlug hart mit dem Mund auf sein Kinn. Eric blieb stehen, um ihr eine bessere Möglichkeit zu bieten, doch sie rannte davon und rief: »Wir gehen zu mir. Wer zuletzt im Bett liegt, macht nächste Woche die Wäsche.« Eric biss die Zähne zusammen und rannte ihr nach. Sie lag mit gespreizten Beinen und ausgebreiteten Armen auf dem Bett, als er keuchend ins Zimmer trat.

Gegen acht Uhr fuhren sie in die Stadt, um im Chemins zu essen. Eric wollte Präsenz markieren und zeigen, dass er sich nicht ins Schneckenhaus zurückzog, doch im Chemins fand um zehn ein Konzert statt, und die Küche war geschlossen. Also verpflegten sie sich im Kastaniengarten. Beim Kaffee beschlossen sie wieder nach Hause zu fahren. Auf dem Parkplatz standen neben dem Renault zwei fremde Wagen, und sie erinnerten sich, dass Sonja und Beat Besuch erwartet hatten. Eric liess Vreni aussteigen, stellte sein Auto nahe an den Gartenzaun und folgte ihr in den Wohnwagen.

VII

Am Sonntag waren sie im Cheibeloch zum Mittagessen eingeladen. Eric hatte sich von der Wanderung gut erholt, und er schlug Vreni vor, dass sie sich hinunterchauffieren liessen, damit sie zu Fuss zurückkehren konnten. Doch er konnte Vreni nicht überzeugen, und sie nahmen den Wagen.

In einem der Länge nach halbierten Blechfass glühten Holzkohlen, und Vince, der sich eine weisse Schürze umgebunden hatte, legte Schweinskoteletten auf den Rost. Die Sonne stand hoch, und Vreni zeigte sich fasziniert von diesem Ort, der keine fünf Autominuten von Olten entfernt war und doch so abgeschieden wirkte. Die zwei kleinen Häuser lagen in einer saftigen Senke. Gegen Süden grenzte ein Hügel, auf dem einige Kirschbäume standen, das Tobel ab. Nur die Eisenbahnlinie, die direkt hinter dem Haus, das Rebecca und Vince bewohnten, durchführte und einige Meter nordwärts im Eingang des alten Hauensteintunnels verschwand, und die Hochspannungsleitung, die sich am Nordhang entlangzog, stellten Bezüge zur Aussenwelt her. Sonst war ringsum nur der typische Mischwald zu sehen, der an den Jurahängen emporwuchs und den Horizont einengte.

»Wir nutzen hier jeden Sonnenstrahl. Wenn immer möglich essen wir draussen«, sagte Vince. »Das ist der einzige Schwachpunkt dieses sagenhaft schönen Orts.« Er grinste. »Wir leben hier sozusagen im Reich des Schattens.«

»Er übertreibt«, sagte Eric, der hinter Rebecca aus dem Haus gekommen war und eine riesige Schüssel mit Kartoffelsalat auf den grob gezimmerten Holztisch stellte. »Im Sommer scheint die Sonne mindestens sieben Stunden aufs Haus.«

»Viel ist das nicht«, sagte Vreni.

»Wenn wir mehr Sonne hätten, könnten wir es uns nicht leisten, hier zu wohnen«, sagte Rebecca. »Dann wären schon lange die Leute mit den dicken Portemonnaies aufgetaucht.«

Nach einem Bier gingen sie zum Essen zu rotem Chianti über, und sie assen reichlich, bis Vreni sich beklagte, dass ihr bald der Bauch platzte.

»Eric, du glaubst nicht, wen ich heute gesehen habe!«, sagte Vince, als sie bei Kaffee und Grappa angelangt waren.

»Spann mich nicht auf die Folter, dicker Mann«, sagte Eric.

»Der alte Oberst ist auf seinem Militärvelo durch das Dorf geradelt, als wäre er nie weg gewesen«, sagte Vince.

»Ich dachte, der sei gestorben«, sagte Eric.

»Nachdem sie ihn frühzeitig pensionierten, weil ihm vermummte Schüler nach der Schlussfeier abgepasst und ihn in den Abfallcontainer geworfen hatten, zog er sich ins Engadin zurück, wo er eine Ferienwohnung besitzt. Aber kürzlich ist seine Frau gestorben, und er ist zurück«, erklärte Rebecca, die durch ihren Job am Puls des Dorfklatschs war.

»Hat dir Eric vom Oberst erzählt, Vreni?«, fragte Vince.

»Nein, ich glaube nicht«, sagte Vreni.

»Der Oberst heisst eigentlich Graf, Friedhelm Graf. Er war an der Bezirkschule unser Lehrer für Geschichte, Geografie und Technisch Zeichnen. Eric und ich besuchten zusammen den zweiten Kurs. Das war das einzige Jahr, in dem wir in der gleichen Klasse waren. Ich absolvierte meine letzte Ehrenrunde, und Eric ging da nach an die Kanti. Dieser Graf war Oberst im Militär und auch in der Schule ein autoritäres Arschloch. Er war fast sechzig und kam jeden Tag, auch bei Regen und Schnee, mit dem Militärvelo in die Schule. Wenn er das Klassenzimmer betrat, mussten wir aufstehen und beten, denn er war ein eingefleischter Katholik. Zum Sprechen mussten wir aufstehen und so lange stehen bleiben, bis er erlaubte, uns wieder zu setzen. Wenn er die Laune hatte, konnte er dich eine geschlagene Viertelstunde einfach so stehen lassen«, erzählte Vince. »Wir sassen nebeneinander in der hintersten Reihe, und direkt vor Eric sass Koni, der Streber der Klasse. Als der Oberst einmal Koni aufgerufen hatte, streckte Eric seine langen Beine nach vorn und schob Konis Stuhl so dicht ans Pult, dass er nicht aufstehen konnte. Der Oberst begann zu brüllen, und Koni kriegte so rote Ohren, dass wir es von hinten sehen konnten.« Vince lachte.

»Er ist ein ganz übler Kerl«, sagte Eric.

»Erinnerst du dich noch, wie er dich aus dem Zimmer stellte, als du in der Geschichte den Vatikan erwähntest? Das musst du hören Vreni, das war typisch Eric. Der Oberst war natürlich auch ein hartgesottener Antikommunist. Sein Lehrsatz lautete: Planwirtschaft gleich Schneepflüge für Kuba. Deshalb brannten wir ihm auch einmal mit Jätsalz riesengross Hammer und Sichel in den englischen Rasen vor seinem Haus. Als der Oberst fragte, wohin die Russen als Erstes einmarschieren würden, wenn es zum Krieg käme, hob Eric die Hand, was nur selten der Fall war, und der Oberst rief ihn auf. Langsam stand Eric auf und sagte: ›Die Russen sind intelligent. Sie würden zuerst in den Vatikan gehen, weil dort am meisten Kohle liegt.‹ Eric hatte kaum ausgesprochen, da kriegte der Oberst einen Wutanfall, und er stellte Eric eigenhändig vor die Tür.«

»Der Oberst war ein kleiner drahtiger Kerl, kaum grösser als einssechzig und deswegen voller Komplexe. Am Türrahmen hatte er eine Markierung angebracht, und regelmässig trat er neben den Türrahmen und brüstete sich: ›Ich bin sogar noch grösser als Napoleon.‹« Eric lachte.

»Er war ein unglaublicher Pedant, der alle eingeschüchtert hatte. Am Ende der Doppelstunde im Technisch Zeichnen mussten wir immer alle Radiergummis zählen, wenn einer fehlte, durfte niemand das Zimmer verlassen, bis wir das fehlende Stück fanden. Einmal musste Eric die Gummis zählen, und prompt fehlte einer. Wir suchten mindestens fünf Minuten auf den Knien den Boden ab, als Eric sagte, er habe ihn gefunden. Der Oberst hat es ihm abgenommen, dabei hat Eric einen neuen Gummi halbiert und die Bruchkanten rund gerubbelt«, erzählte Vince.

»Eric, wo nahmst du das Selbstbewusstsein her, diesem Oberst Paroli zu bieten?«, fragte Vreni.

»Ich weiss nicht. Wahrscheinlich bin ich damit zur Welt gekommen. Mein Verdienst besteht bloss darin, dass ich es mir nicht nehmen liess«, sagte Eric zögernd.

»Dazu fällt mir eine Geschichte ein, die mir Ursula erzählte«, sagte Rebecca. »An unserer Hochzeit war Eric gross in Fahrt. Vreni, weisst du, dass er eine fantastische Stimme hat, dass ihm jedoch jedes Taktgefühl fehlt? Item, Eric war also in Hochform, und ich fragte Ursula, die auch einen sitzen hatte, etwas ähnliches. Ursula sagte, dass er schon immer so gewesen sei, dass er immer eine eigene Meinung hatte und diese auch verteidigte. Einmal kam er bereits um drei Uhr wieder aus dem Kindergarten nach Hause, und sie fragte ihn, was los gewesen war. Klein Eric erzählte, dass er mit der Kindergärtnerin Krach gehabt hatte, worauf diese ihn heim geschickt hatte. Ursula wollte wissen, was passiert war, und rief im Kindergarten an. Die alte Kindergärtnerin erzählte ihr empört, was sich Eric geleistet hatte. Zuerst lief alles normal, die Kinder malten und bastelten, bis die Leiterin sie in den Kreis rief, um Weihnachtslieder zu singen. Eric war mit seiner Zeichnung noch nicht fertig und sagte, er male zuerst sein Bild fertig. Als die Argumente der Kindergärtnerin nichts nutzten, befahl sie ihm in den Kreis zu kommen. Eric aber blieb stur. Sie fragte ihn, was er sich einbilde, sich so störrisch zu benehmen, da sagte er: Weil sie in zweitausend Jahren an meinem Geburtstag Lieder singen werden! Diese Gotteslästerung erschütterte die Kindergärtnerin, und sie schickte Eric nach Hause.« Rebecca lachte. »Das musst du dir mal vorstellen, sieben Jahre alt, aber frech wie Bruno.«

»Aus dem Kindergarten flog ich mehrmals raus, aber meistens, weil ich in Schlägereien verwickelt war«, sagte Eric. »An diesen Rausschmiss erinnere ich mich nicht, aber in diesem Zusammenhang fällt mir eine hübsche Geschichte ein, die ich kürzlich las. Deshalb behaupte ich ganz unverschämt, ich bin der Luchs!«

»Jedenfalls hast du früher gekämpft wie ein Luchs«, sagte Vince.

»Was soll das heissen? Du bist ein Luchs?«, fragte Vreni.

»Nicht ein Luchs, der Luchs. In den Ferien stiess ich per Zufall auf einen Essay des Ethnologen Claude Levi-Strauss. Der Text war auf Französisch, ich habe nicht alles verstanden, aber grosso modo ging es um einen Mythos, der bei der amerikanischen Urbevölkerung von Feuerland bis Alaska verbreitet war. Die Luchsgeschichte erzählt davon, wie der Luchs nach Jahrhunderten der Verbannung in der Unterwelt an die Erdoberfläche zurückfindet, wo er ums Überleben kämpfen muss, sich durchsetzt, über das herrschende

Böse triumphiert und dem Guten zum Durchbruch verhilft. Ich bin kein Indianer, aber wenn man mich dazu zwingt, bin ich stark genug, den Luchs zu geben«, prahlte Eric.

»Und wann besiegst du das Böse?«, fragte Vreni lächelnd.

»Keine Ahnung, ich habe gelernt, Geduld zu üben. Rebecca kann sicher mehr sagen, wenn sie mir die Karten legt.«

»Du willst uns bloss auf den Arm nehmen. Du interessierst dich weder für indianische Mythen noch für Wahrsagerei«, lachte Rebecca, die den Wein ebenfalls spürte.

Die Sonne war hinter dem Berg verschwunden, und zur Verdauung spazierten sie an der Fischzuchtanlage vorbei dem Bach entlang bis zum kleinen Wasserfall in der Mitte des Tals, kurz bevor das militärische Sperrgebiet begann. Nach dem Spaziergang brachen Eric und Vreni auf.

»Willst du mir noch etwas sagen, Eric?«, fragte Vince, als sie sich verabschiedeten. Eric schüttelte den Kopf und sagte: »Sobald ich mehr weiss, gebe ich es dir durch.«

Auf der Heimfahrt war Eric ungewöhnlich aufgekratzt. »Du hast doch den Eisenbahntunnel gesehen?«, fragte er, und Vreni nickte. »Dieser Tunnel war eine Zeit lang unser liebster Spielplatz. Ein paar Mal haben wir ihn durchquert und sind in Läufelfingen rausgekommen. Normalerweise passten wir gut auf, dass wir nicht reingingen, wenn wir mit einem Zug rechnen mussten. Aber einmal wurden wir mitten im Tunnel von einem Güterzug, der aus dem Baselbiet kam, überrascht. Wir waren zu dritt und schon auf dem Rückweg. Erst spät bemerkten wir ihn, und der Zug war schon ziemlich nahe an uns dran. Natürlich wussten wir, dass es verboten war, den Tunnel zu betreten, also löschten wir unsere Taschenlampen, damit uns der Lokführer nicht entdeckte. Der Tunnel war zu eng, als dass wir uns einfach hätten an die Wände drücken können, und wir rannten zwischen den Schienen auf das winzige weisse Loch zu, das uns die Richtung angab. Im Scheinwerferlicht der Lokomotive sah Tom, der zuvorderst rannte, auf der Seite eine Ausbuchtung und sprang mit einem Satz von der Trasse. Vince wurde davon überrascht, stolperte und fiel der Länge nach hin und ich voll auf ihn drauf.«

Er trat brüsk auf die Bremse und lenkte den Wagen hart an den Strassenrand, weil ein Sportwagen zu knapp überholt hatte und ihnen auf ihrer Spur entgegenkam. In letzter Sekunde konnte Eric die Kollision haarscharf verhindern, und er fluchte, bevor er mit der Geschichte fortfuhr. »Von hinten brauste der Zug heran, und Vince unter mir brüllte wie am Spiess, als mich Tom am Kragen packte und mich mit solcher Wucht von den Geleisen riss, dass ich mir an der Tunnelwand eine Beule holte. Der Zug schoss an mir vorüber, und ich glaubte, dass Vince noch immer auf der Trasse lag. Ich war damals etwa neun und schrie so laut ich konnte, bis Tom mit seiner Taschenlampe zuerst mich und dann Vince anleuchtete. Wir hatten riesiges Glück, aber ich hatte buchstäblich in die Hose gemacht. Jedenfalls waren wir von da an immer verdammt vorsichtig, wenn wir den Tunnel betraten.«

»Nach allem, was ich heute erfahren habe, bin ich froh, dass ich nicht alles über dich wusste, bevor ich mich auf dich einliess, sonst hätte ich es wohl sein lassen.« Sie lachte, als sie seinen verdutzten Blick sah.

Kurz darauf betraten sie den Balkon. Alain und Beat spielten Schach, Lea las in einem Buch.

»Den zweiten Tag hier und bereits der zweite Ausflug. Ich muss sagen, ihr seid wirklich rastlos«, spottete Alain, der nie einen Schritt zu viel machte.

»Das ist eine alte Regel der Fahrenden: Wenn du den Wagen an einem neuen Ort aufgestellt hast, musst du zuerst die Umgebung erkunden. Das haben wir natürlich getan«, sagte Eric gut gelaunt. Er begann einen Papierfilter zu rollen.

»Matt«, sagte Alain, und Beat ging sich um Kufu kümmern, der sich vor dem Haus auf der Wiese austobte. Das Abendessen am Sonntag war nicht organisiert, also half Eric Alain den Kühlschrank auszuräumen und den Tisch auf dem Balkon zu decken. Nach dem Essen blieben sie sitzen, und sie lachten sich Tränen, während Alain, der ein talentierter Komödiant war, eine Pointe nach der anderen lieferte. Vom Gelächter angelockt, kam Moritz aus seinem Zimmer, und später gesellten sich auch Beat und Sonja, die Laura ins Bett gebracht hatten, dazu. Auch Moritz amüsierte sich glänzend, und Eric fragte sich, ob er seine Andeutungen falsch interpretiert hatte. Als Eric sich erhob und verabschiedete, bewirkte er eine allgemeine Aufbruchstimmung.

Obwohl das Haus über ein zweites improvisiertes Badezimmer

verfügte, liess sich ein Gedränge nicht vermeiden, wenn alle gleichzeitig die Toilette erledigen wollten, also beeilten sie sich. Vreni hatte die letzte Nacht nicht gerade als göttlich bezeichnet, aber sie bestand darauf, dass sie wieder im Wohnwagen übernachteten, während Eric darauf drängte, im Haus zu schlafen. Es dauerte eine Weile, bis Vreni merkte, dass er sie verulkte.

VIII

Am nächsten Morgen fluchte Eric, dass er Vreni das Auto aufgedrängt hatte. Es goss in Strömen, und er hatte keine Lust sich verregnen zu lassen, doch es blieb ihm nichts anderes übrig. Er sagte sich, dass er früher bei schlimmerem Wetter mit dem Bike unterwegs gewesen war, doch es war ein schwacher Trost. Das Tor der Taxigarage stand offen, er fuhr hinein und stellte die Honda neben den Reifenstapel.

»Ist dein Auto kaputt?«, knurrte Jean-Luc, der an einem aufgebockten Taxi herumschraubte und nebenbei das Telefon und die Funkzentrale bediente.

»Vaterpflichten«, murmelte Eric kurz angebunden, nahm die Schlüssel vom Brett und ging auf den Parkplatz zu seinem Taxi hinaus. Kurz darauf hörte Jean-Luc, wie er den Motor startete und sich frei meldete.

Am Bahnhof musste Eric den Kollegen, die von Berufs wegen über alle Geschichten genau im Bild sein wollten, erzählen, wie sein Unfall passiert war. Sonst verlief der Tag ruhig, und er fühlte sich auf der Strasse bald so wohl, wie er sich das von der Nachtschicht her gewohnt war. Obwohl er seine Augen überall hatte, konnte er nicht erkennen, dass Schwitzers Leute an ihm dran waren, doch das musste nichts heissen, er war kein Experte darin, professionelle Schatten aufzuspüren.

Am Nachmittag, der Regen hatte nachgelassen und das Geschäft lief schlecht, rief ihn Jean-Luc in die Garage. Eric überliess seine Pole-Position nur ungern Brigitte. Jean-Luc lag unter Blanko Eins, als er sein Taxi vor der Zentrale abstellte. Langsam rollte Jean-Luc hervor. »Was willst denn du hier?«, fragte er, und Eric erinnerte ihn daran, dass er ihn gerufen hatte.

»Ach ja«, sagte Jean-Luc und kratzte sich mit der schmutzigen Hand am Kopf. »Es ist wegen der Sache mit der Sicherheitslinie.«

Er ging zur Werkbank, streckte Eric ein Fax unter die Nase und sagte: »Wenn du dich persönlich entschuldigst, will er auf eine Anzeige verzichten. Du kannst natürlich darauf bestehen, dass nicht du gefahren bist, aber dann gibt es eine Gerichtssache, und du musst vielleicht doch das Permis abgeben.« Mit zusammengekniffenen Augen sah Jean-Luc Eric lange an, dann sagte er: »Du musst es wissen, aber wenn ich dich wäre, würde ich mich entschuldigen.«

Eric respektierte Jean-Luc, doch es widerstrebte ihm zutiefst, sich für etwas zu entschuldigen, das er nicht verbrochen hatte. Zu Jean-Lucs Freude sagte er aber doch zu und erfuhr, dass der Kläger in seinem Büro in der Stadt auf ihn wartete. Eric staunte nicht schlecht, als ihm Jean-Luc sagte, er könne das Taxi stehen lassen. Das war nicht seine Art. Auch wenn er ein umgänglicher Chef war, erwartete er die exakte Einhaltung der Arbeitszeiten. Ohne Hast füllte Eric den Tagesrapport und das Fahrtenbuch aus, stellte den Fahrtenschreiber auf Pause und schaltete den Funk aus.

Die Adresse war ein älteres Bürogebäude im Bifang, und er fand einen Parkplatz vor dem Café Rodeo. Während er im Lift in den obersten Stock fuhr, las er die kleinen Schilder, die neben den Knöpfen der Aufzugsteuerung angebracht waren. Neben einer Arztgemeinschaft, einer Zahnärztin, einer Podologin, einem Paartherapeuten und einer Treuhandfirma bot auch ein Anwalt seine Dienste an. Der Platz neben dem obersten Knopf war leer.

Eric öffnete die Glastüre, betrat einen hellen Empfangsraum und wandte sich an die junge Sekretärin, die ihn hinter einer grauen Theke lächelnd erwartete. Sie führte ihn durch den breiten Korridor zu einer unbeschrifteten Tür, klopfte leise und liess ihn eintreten. Anstelle eines Büros betrat er einen karg eingerichteten länglichen Schulungsraum. Durch die Fensterfront konnte er das Bifangschulhaus sehen. An einer Wand hing eine schwarze Schiefertafel, und den anderen Wänden lief eine Schiene entlang, an der man Bilder aufhängen könnte. In der Mitte des Zimmers waren weisse Tische zu einem Viereck zusammengestellt, die Stühle ordentlich daran geschoben. Er trat ans Fenster und sah auf sein Auto hinunter.

Er hörte wie die Türe sich öffnete, doch er rührte sich nicht, bis Schwitzer sagte: »Guten Tag, Herr Waser.«

Langsam drehte Eric sich um. Er war nicht überrascht, ihn hier zu sehen, doch als er bemerkte, dass auch die Nadelstreife ins Zimmer getreten war, musste er sich zwingen, Ruhe zu bewahren.

»Freut mich, dass Sie noch immer gute Nerven haben«, sagte Schwitzer, der Eric genau musterte. »So viel ich weiss, kennt ihr euch, wurdet euch aber nie vorgestellt. Herr Waser, das ist Herr Hess, Erwin Hess. Sie können ihn Joe nennen. Joe war ein grosser Fan von Joe Frazier und selbst Boxchampion an der Uni, bis er wegen Rheuma den Sport aufgeben musste. Joe ist mein Assistent, er wird Sie jetzt nach Waffen abtasten. Sie dürfen das nicht persönlich nehmen, in unserem Beruf muss man mit allem rechnen.«

Mit flinken Händen tastete Hess Eric ab und wurde schnell fündig. Er langte Eric in die Jacke und holte mit der Linken das Diktafon raus und schlug dann mit der Rechten hart zu. Milde lächelnd beobachtete Schwitzer, wie Eric mit gekrümmtem Rücken nach Luft japste, und sagte: »Du enttäuschst mich, Hudere-Waser. Hast du wirklich geglaubt, dass du damit durchkommst?« Er schüttelte den Kopf. »Und wenn schon! Was hättest du damit anfangen wollen? Wolltest du damit zum Fernsehen? Warst du deshalb bei der AZ? Ich kann dir nichts verbieten, aber du hast keine Chance. Du machst dich bloss endgültig lächerlich.«

»Kennst du Juri Affanasiev?«

»Nein. Sollte ich?«

»Könnte nicht schaden. Aber er ist ein intelligenter Mann, deshalb bezweifle ich, dass du ihn begreifen wirst. Du kannst es trotzdem versuchen. Lies meine Buchbesprechung, die nächste Woche erscheint.«

»Ich werde nicht darum herumkommen.« Schwitzer nahm das Aufnahmegerät, das Hess auf den Tisch gelegt hatte, und sagte: »Ich sehe es dir an der Nasenspitze an, dass du mir nicht glaubst, deshalb will ich dir beweisen, wie ernst es mir ist. Frage mich, was du unbedingt an die Öffentlichkeit bringen willst.« Hess hatte sich schräg hinter Eric auf einen Stuhl gesetzt und schaute ihnen scheinbar gelangweilt zu, aber Eric wusste unterdessen nur zu gut, dass dieser schläfrige Hundeblick bloss Tarnung war.

»Leg los, Waser, ich habe nicht den ganzen Tag Zeit für Kinderkram, wir haben noch zu arbeiten. Was willst du wissen?«, fragte Schwitzer und drückte den Aufnahmeknopf.

Eric hatte den Schlag verdaut: »Für wen genau arbeitest du?

Zweitens: Welches ist dein Rang, beziehungsweise deine Funktion? Drittens: Wie viele dieser primitiven Schlägertypen stehen noch auf der Lohnliste?« Kaum hatte er gesprochen, spürte er einen stechenden Schmerz im Rücken.

Schwitzer tat, als hätte er Hess' Hieb nicht bemerkt, und sagte: »Erstens, ich arbeite für die Sicherheit des Schweizer Volkes. Zweitens bin ich verantwortlich, dass Sie nicht wieder ausscheren, und drittens tun Sie Joe Unrecht. Er ist nicht primitiv, sondern ein hervorragender Assistent, der stets das Richtige tut.« Er schaltete das Gerät aus, spulte zurück und hörte sich zufrieden einige Worte an. »Dann sind wir so weit. Setz dich, Waser!«, sagte er in militärischem Befehlston. »Wir haben dich an der Kette, und du hast keine Chance diese Kette zu sprengen. Jeder Versuch, etwas gegen uns zu unternehmen, führt dazu, dass die Kette kürzer wird. Für heute hast du Glück, weil ich gute Laune habe, aber das nächste Mal wird es nicht so glimpflich ausgehen.« Seine Stimme wurde eiskalt und schneidend. »Falls noch einmal etwas passieren sollte, das wir als feindlichen Akt einstufen, werden wir uns um Verena und später um dein Kind kümmern. Nicht wahr, Joe?«

»Ich mag es eigentlich nicht, wenn Kinder im Spiel sind. Das macht keinen Spass, ihre Knochen brechen so schnell«, sagte Hess und grinste Eric an.

»Über die Sicherheitslinie brauchen wir uns nicht zu unterhalten«, sagte Schwitzer, der sich vor Eric auf den Tisch gesetzt hatte, er grinste. »Ich habe dir gesagt, dass ich der einzige Freund bin, den du in der Firma hast, dass meine Kameraden der Meinung sind, dass man dich entsorgen sollte. Doch ich habe mich für dich eingesetzt, und du hast mir bisher keine Schande gemacht. Du hast gute Arbeit geleistet. Wie du dich so schnell in diese Schmuddelkommune eingenistet hast, war erste Sahne.« Er vergewisserte sich, dass das Diktafon ausgeschaltet war. »Deine Aufgabe ist nicht kompliziert. Deine Zielperson ist Moritz Thalmann, um die anderen brauchst du dich nicht zu kümmern, die werden von uns bearbeitet.«

»Das heisst, ich bin jetzt ein Informeller Mitarbeiter, wie die Hobby-Schnüffler der Stasi genannt wurden?«

»Wenn du die Schweiz noch einmal mit der DDR vergleichst, haue ich dir die Faust auf die Nase!«, zischte Hess.

»Keine Panik, du brauchst nichts zu unterschreiben. Wir merken früh genug, wenn du ein doppeltes Spiel spielst«, sagte Schwitzer »Ich will, dass du möglichst oft mit diesem Thalmann diskutierst.«

»Soll ich ihn etwa auf die Idee bringen, einen Anschlag gegen das General-Wille-Haus auszuführen?«

»Ich sehe, du denkst mit. Aber nein, du musst dich von deinen Feindbildern lösen. Manchmal müssen wir zwar zu unkonventionellen Methoden greifen, aber das ist die Ausnahme. Wir wissen, dass Thalmann ein Hitzkopf ist, der manchmal schneller handelt, als er denkt. Obwohl er in der Öffentlichkeit als Pazifist auftritt, lassen wir uns nicht täuschen. Er hat eine grosse kriminelle Energie und ein enormes Gewaltpotenzial. Du sollst sein bester Freund werden und uns alles berichten. Wir wollen ihn unter Kontrolle haben, wir wollen immer auf dem neusten Stand seiner Entwicklung sein. Aber aufgepasst, Waser, glaube nicht, dass du uns reinlegen kannst. Wir sind bei deinen Genossen nicht nur technisch präsent.« Er lachte.

»Und wenn es so weit ist, dass Moritz Scheisse baut, dann buchtet ihr mich mit ihm ein. Für wie dumm haltet ihr mich? Auch wenn ihr mich zwingen könnt, für euch die Ohren aufzuhalten, werde ich keinen Freund ans Messer liefern«, sagte Eric trotzig.

Hess grinste und wollte sich erheben, doch Schwitzer sagte: »Ich wäre enttäuscht gewesen, wenn du etwas anderes gesagt hättest. Jetzt weiss ich, dass du ehrlich bist. Ich weiss, in welchem Dilemma du steckst, und ich zweifle keinen Augenblick, wie du dich entscheidest, wenn ich dich vor die Wahl stelle, dass du uns entweder laufend über diesen Thalmann berichtest oder wir ein kleines Drama inszenieren, an dessen Ende du deine Freundin verlieren und dein Kind nie kennen lernen wirst.« Er hob die Stimme ein wenig an. »Wenn du nach dem kleinen Unfall noch immer nicht akzeptieren willst, dass wir mit dir tun können, was wir wollen, dann werden meine Kameraden, die dich neutralisieren wollen, zum Zug kommen. Ein Unfall ist schnell passiert.«

»Von mir aus kannst du jederzeit gerne querschlagen«, sagte Hess hohntriefend und grinste wieder so hämisch, dass Eric sich schämte, ihn auf den ersten Blick für intelligent gehalten zu haben. »Ich freue mich schon jetzt, dir endlich in die Fresse zu schlagen.«

Eric gab klein bei.

Das Gebiet südwestlich des Roten Hofs war militärisches Übungsgebiet, wo die Armee oft scharfe Munition einsetzte. Das Geschützfeuer war dann im Roten Hof unüberhörbar. Schwitzer kündigte an, dass die Schiessübungen in den nächsten Tagen ausgeweitet würden, damit es für Eric einfach sein sollte, Moritz in ein politisches Gespräch zu verwickeln.

»Thalmann war im Herbst mit einer GSoA-Delegation in Moskau. Wir sind über diese Wallfahrt zwar gut informiert, aber ich möchte, dass du ihn darauf ansprichst. Vor allem interessiert uns, welche Kontakte er hat«, umschrieb Schwitzer Erics ersten Auftrag.

Fortan sollte sich Eric jeden Montag nach der Arbeit in diesem Raum zum Rapport melden. Schwitzer betonte ausdrücklich, dass Eric sich keinesfalls irgendwelche Notizen machen sollte. Zum Abschied gab Schwitzer Eric die Hand und blickte ihm aus kurzer Distanz in die Augen. Mit leiser Stimme sagte er: »Ich werde es nicht verhindern können, wenn du dich unglücklich machen willst, Waser. Aber ich garantiere dir, dass du den Kürzeren ziehst, wenn du versuchst mit uns zu spielen. Wir werden vielleicht nie Freunde, aber ich versichere dir, dass wir dich nach diesem Job in Ruhe lassen werden, wenn du willst.«

»Wenn ich mich auf dein Wort verlassen kann, ist ja alles in Ordnung«, sagte Eric sarkastisch und ging an der verwaisten Rezeption vorbei zur Türe hinaus. Im Spiegel des Aufzugs schaute er sich in die Augen, bis sich im Parterre die Schiebetüre öffnete, und er war zufrieden.

Die Zeit der Unsicherheit war vorbei, er wusste endlich, was die Gegenseite von ihm erwartete. Nach Schwitzers Andeutungen im Spital hatte er gedacht, dass er die Leute des Roten Hofs zu einer Aktion verführen sollte, aber dass sie von ihm erwarteten, über eine längere Zeit Moritz' Verräter zu markieren, hatte sein Vorstellungsvermögen überstiegen. Das Gespräch hatte nicht lange gedauert, und Eric konnte seinen Wagen noch eine halbe Stunde stehen lassen. Ohne nach oben zu sehen überquerte er den Bifangplatz und betrat das Charlys Pub. Er war der einzige Gast, und er beeilte sich nicht, auszutrinken, da er nur deshalb hierher gekommen war, um seinen Führungsoffizieren zu demonstrieren, dass er nicht vor ihnen davonrannte.

Theo, der extrovertierte Geschäftsführer des Pubs räumte Dosen und Bierflaschen in den Kühlschrank. Eric machte belanglosen Smalltalk über den Geschäftsgang, bis Theo von Studenten der nahe gelegenen Höheren Verwaltungsschule in Beschlag genommen wurde, die sich zum Feierabendbier einfanden. Eine Runde Billard und eine Zigarette später legte Eric das Geld auf den Tresen und fuhr auf den Roten Hof, wo er sich in den Wohnwagen zurückzog, einen Joint baute und sich mit Bob Marley im Ohr aufs Bett legte. Er wollte die Neuigkeiten analysieren und sich eine Strategie ausdenken, doch das Hoch, in dem er sich befand, seit er endlich das gewünschte As im Ärmel hatte, entspannte ihn, und es dauerte nicht lange bis er schlief.

IX

Während des Nachtessens dachte Eric an Schwitzers Worte, wonach er hier nicht nur technische Quellen benutzte. Vreni und Moritz konnte er auschliessen, und er musterte Lea, Beat, Sonja und Alain unauffällig der Reihe nach. Falls Schwitzer seine Quelle ebenfalls erpresste, und davon musste er ausgehen, hatte er mit jeder Variante zu rechnen.

»Geht euch diese ewige Knallerei nicht auf den Wecker?«, fragte Eric in einer Gesprächspause. Vom Belchen her waren seit gut zwei Stunden in dichter Folge knatternde Maschinengewehre und detonierende Handgranaten zu hören. Er wollte keine Zeit verplempern und warf einen Stein ins Wasser, um die Wellen beobachten zu können. »Ist das immer so extrem, oder soll ich das als Begrüssungssalut verstehen?«, fragte er lässig grinsend.

»Nimm dich bloss nicht so wichtig!«, sagte Beat.

Alain erklärte: »Dieses Geballer ist zwar blödsinnig und nervtötend, aber völlig normal. Das sind die neuen Rekruten.«

»Die Schiesszeiten werden im Niederämter-Anzeiger publiziert, weil dann Wanderwege gesperrt sind«, führte Lea aus. »Allerdings habe ich den Eindruck, dass heute länger geschossen wird als üblich. Ihr ward am Sonntag doch da oben? Es könnte schon sein, dass ihr beobachtet wurdet und euch ein Militärarsch beeindrucken will.«

»Mir wird immer schlecht, wenn ich am General-Wille-Haus vorbeikomme, nicht nur weil dieser Wille im Ersten Weltkrieg ein Freund des deutschen Kaisers und überhaupt ein Preussen-Fan war und als Oberbefehlshaber der Schweizer Armee den landesweiten Generalstreik nur zu gerne militärisch abwürgte, nein, sein elender Sohn, der natürlich ebenfalls eine Armeekarriere machte, war als Präsident der Pro Juventute der Feldherr des Krieges gegen die Fahrenden«, sagte Eric.

»Nach Meienbergs ›Wille und Wahn‹ wundert mich nichts mehr«, sagte Moritz, der damit beschäftigt war, Laura zu füttern. »Aber was den Lärm betrifft, mir geht er schon lange auf den Sack, und ich habe auch schon laut nachgedacht, was wir dagegen unternehmen könnten.«

»Wenn wir uns mit dem Militär handfest anlegen, dann ziehen wir garantiert den Kürzeren«, zeigte sich Sonja skeptisch.

»Du darfst dich nicht provozieren lassen«, sagte Lea.

»Ach was!«, sagte Moritz. »Ich weiss nicht wie, aber ich weiss, dass ich die Armee einmal so lächerlich machen werde, dass darüber in der Fasnachtszeitung berichtet wird.«

»Ich bin froh, dass du nicht alles anzettelst, was du versprichst. Deine Militanz wäre nicht mehr auszuhalten«, frotzelte Beat.

Alain lächelte und setzte nach: »Wie wärs, wenn du deine Energie wieder einmal für Lea verwenden würdest?«

»Verdammt, Lea! Ist es schon so weit, dass du einen Ausrufer brauchst, wenn du spitz bist?«, fragte Moritz.

»Wir brauchen alle unsere Streicheleinheiten, und wir wollen nicht, dass jemand zu kurz kommt«, sagte Beat lächelnd.

»Ich wollte mit meiner Frage keinen Familienkrach auslösen«, sagte Eric.

Fürs Erste hatte er genug gehört. Er erhob sich und half Alain den Tisch abräumen. Bereits während des Essens war Vreni fast übermütig gewesen, und jetzt blödelte sie ausgelassen mit Laura auf dem Stubenboden herum. Als er in der Küche fertig war, setzte sich Eric zu ihr, nahm sie in die Arme, küsste sie und flüsterte ihr ins Ohr, dass er spazieren gehen wollte. Sie schlugen den Wanderweg um den Ifleter Berg ein. Der Vollmond am wolkenfreien Himmel sorgte dafür, dass sie nicht durch die Dunkelheit stolpern mussten.

Kaum waren sie ein paar Schritte vom Hof entfernt, als es aus Vreni herausplatzte: »Ich habe deinen blinden Fleck gefunden!«, sagte sie strahlend.

»Ich traf heute Schwitzer und seinen Schläger. Ich weiss jetzt, was sie von mir verlangen, und bin sicher, dass ich sie fertig machen kann«, sagte Eric.

»Also, erzähle du zuerst deine Geschichte, und ich warte mit meiner Idee, auch wenn ich neugierig bin, wie du darauf reagieren wirst.«

Plötzlich fauchte Vreni: »Du hast mir einen Bären aufgebunden! Die Milieu-Story war ein Bluff. Du enttäuschst mich! Du hättest es mir sagen sollen!«

»Ich war nicht sicher, bis ich heute den Schläger sah, und ich wollte nicht, das du dir umsonst Sorgen machst.«

Eric berichtete über seine nachmittägliche Begegnung der unerfreulichen Art, wobei er weder erwähnte, dass Schwitzer über Spitzel im Roten Hof verfügen wollte, noch darüber sprach, dass er nun einen Beweis gegen Schwitzer in der Hand hatte. Vreni reagierte empört auf Schwitzers Pläne, und Eric mahnte sie wiederholt, nicht so laut zu reden, doch sie ereiferte sich sehr. Erst als er sie nach ihrer Idee fragte, beruhigte sie sich wieder.

»Ich bin per Zufall darauf gestossen. In der Lokalredaktion meldete sich der Stadtredaktor krank, und ein Kollege ist im Militär. Deshalb zog man mich aus der Sportredaktion ab und verlegte mich wieder dorthin, wo ich natürlich die eingehende Post sortieren musste. Darunter war ein Brief der reformierten Oltner Kirchgemeinde, der noch einmal auf eine Veranstaltung vom nächsten Sonntag hinweisen wollte. Ohne speziellen Grund legte ich den Brief zur Seite und erledigte die restliche Post. Zum Schluss nahm ich wieder diesen Brief zur Hand und rief Pfarrer Brugger an. Vor zwei Wochen habe ich eine zweispaltige Vorschau auf die geplante Meditation in der Friedenskirche gemacht. Das Schweizer Radio wird diesen Gottesdienst live übertragen, und ich wusste, dass der Pfarrer nervös ist. Ich rief ihn an, um ihm zu versichern, dass sein Hinweis veröffentlicht würde und dass er sich keine Sorgen zu machen brauchte. Da sagte er mir, dass der Oltner Mundartschriftsteller Eduard Barth, der einen besinnlichen Text zum Thema Schuld und Sühne hätte lesen sollen, gestern, noch bevor er seinen Text geschrieben hatte, mit einem Schlaganfall ins Spital eingeliefert worden war. Der Pfarrer wusste nicht, wie er dieses Problem lösen konnte, da er den Radioredaktor geradezu genötigt hatte, diesen Barth zu verpflichten. ›Heureka!‹, schoss es mir durch den Kopf, und ich sagte dem Pfarrer, er solle sich keine Sorgen machen, ich würde ihm aus der Patsche helfen. Plötzlich wurde mir klar, dass die Kirche dein blinder Fleck ist. Keiner deiner Gegner rechnet damit, dass du in einer Kirche auftrittst.«

»Wenigstens in diesem Punkt liegen sie richtig!«

»Hast du mir zugehört? Bist du dir im Klaren, dass ich dir die Möglichkeit biete, eine halbe Stunde zu sprechen, und dass deine Ausführungen live vom Radio übertragen werden? Das Thema könnte besser nicht sein. Ich verabredete mit Pfarrer Brugger, dass wir uns morgen treffen, damit wir die Details besprechen können«, sagte Vreni nicht mehr ganz so euphorisch.

»Ausgerechnet in einer Kirche, verdammt! Ich kriege Brechreiz, wenn ich nur daran denke. Aber du hast Recht, deine Idee ist so verrückt, dass sie genial ist.«

»Das heisst, dass du einverstanden bist?«

»Wenn es klappt. In der Not frisst der Waser Fliegen. Aber du musst mir helfen, die Rede aufzusetzen.«

»Natürlich, gern.«

»Eric Waser als Prediger, das ist verrückter, als wenn der Präsident der Bankiervereinigung am 1. Mai-Fest die Ansprache hielte. Wie willst du es arrangieren, dass mich das Radio akzeptiert und nicht einen anderen Redner durchsetzt?«

»Ich kenne den Pfarrer gut, genauer gesagt seine Frau, sie ist eine alte Freundin von mir, und ich weiss, dass Eugen grossen Wert auf die Autonomie der Kirche legt. Ich sagte ihm, dass du zum Thema Schuld und Sühne einen sehr direkten Zugang hast und dass du deine persönliche Geschichte reflektieren willst.«

»Du hast ihm doch nicht gesagt, worum es geht?«

»Wenn ich nicht wüsste, dass diese Frage auf deine Nervosität zurückzuführen ist, wäre ich jetzt eingeschnappt«, sagte Vreni ernst. »Er hat sich nach einer Referenz für dich erkundigt, und ich sagte ihm, dass ich dich fragen würde. Dann sah ich beim Mittagessen Ruedi Kaspar und haute ihn darauf an. Er meinte, dass er für dich gern eine Referenz gebe. Also rief ich den Pfarrer an, der damit zufrieden war, schliesslich war Ruedi letztes Jahr Kantonsratspräsident. Natürlich musst du deinen Text vorher abgeben. Aber an den brauchst du dich nur am Anfang zu halten, bis du diesem

Schwitzer und seinen Schlägern tüchtig den Marsch bläst!«, sagte Vreni entschlossen und zuversichtlich.

»Du bist ein ganz durchtriebenes Luder, meine schöne Königin!«

»Danke für das Kompliment, du Vagant! Wie willst du Schwitzer überführen, wo er doch das Diktafon entdeckte?«

»Ich werde mir einen Kunstgriff einfallen lassen. Ich habe eine vage Vorstellung, sie ist aber noch nicht spruchreif.«

»Ich weiss, dass du es schaffst. Wenn einer diesen Verbrechern Einhalt gebieten kann, dann bist du das!«

»Du machst mich verlegen.«

»Bilde dir nur nichts ein, bloss weil du der Beste bist!«

»Ich liebe dich!«

»Zeige es mir! Dann brauchst du nicht zu schwatzen.« Sie küssten sich und beeilten sich dann, durch den einsetzenden Regen ins Trockene zu kommen.

Im Wohnzimmer sassen Moritz und Beat vor dem Fernseher, und sie setzten sich mit einer Flasche Wein an den Küchentisch. Der Joint war fertig gedreht, als Moritz an den Tisch kam und sich auch ein Glas einschenkte.

»Wenn du Lust hast, den Knallfröschen eine Lektion zu erteilen, brauchst du es nur zu sagen, Eric. Ich wollte da hinten schon lange ein Ding drehen, aber allein ist es so aussichtslos wie witzlos«, sagte Moritz.

»Du weisst, ich bin immer dabei, wenn es gegen einen Wille oder gegen das Militär geht«, sagte Eric und zündete sich den Joint an. »Aber eine Aktion gegen das Wille-Haus müsste wirklich witzig und verdammt gut geplant sein, das geht nicht von heute auf morgen.«

»Ich habe einige Ideen, wie wir die Militärköpfe lächerlich machen können.«

»Eine solche Aktion müsste eine Reaktion auf einen Skandal beim Militär sein. Der Zeitpunkt nach dem Auffliegen der Geheimarmee wäre günstig gewesen, doch dafür ist es zu spät. Am besten, wir sprechen darüber, wenn es so weit ist, dann aber besser auf einem Spaziergang.«

»Vorsicht ist die Mutter der Porzellankiste«, lachte Moritz.

»Was habt ihr eigentlich für den 1. Mai geplant?«

»Das weisst du noch nicht? Wir machen eine Performance im Stil der Glorreichen Sieben. Mit dir haben wir gerechnet. Du brauchst einen langen Mantel, einen Schlapphut, eine Sonnenbrille und einen Dildo, und du bist dabei!« Moritz lachte unbeschwert und nahm von Vreni den Joint entgegen.

»Einen Dildo?«, fragte Vreni.

»Ja!«

»Strange! Und was steht auf dem Transparent?«, fragte Eric.

»Rate mal!«

»Ach, komm schon. Na gut.« Eric lehnte sich zurück und begann schleppend zu sprechen. »Schnüffler an den Herd!, oder: Lange Nasen, grosse Ohren, Elefanten in den Zoo!, oder: Lieber Schnitzel als Spitzel! Okay, das reicht. Also?«

»Chom ine, sesch mine!«, sagte Moritz und wartete auf Erics Reaktion, doch es war Vreni, die fragte: »Chom ine, sesch mine? Was soll das bedeuten?«

»Das ist ein leicht abgeänderter Reim aus dem Kinderfernsehen: Komm rein, es ist dein, chom ine, sesch dine, 's heisst Spielhuus. Wir werden wie die Glorreichen Sieben nebeneinander unter dem roten Band mit dem gelb aufgemalten Spruch breitbeinig durch die Strassen gehen, am Ende der Gewerkschaften und an der Spitze der autonomen Linken, mit Abstand gegen vorne, damit die Gaffer und Paparazzis einen guten Einblick in unsere offen zur Schau gestellte Pracht haben werden. Wir werden nur Schuhe, fleischfarbene Unterwäsche und die erwähnten Requisiten tragen. Hinter uns wird die Xoa-Band spielen, so dass wir eine Art tanzenden Aufmarsch zum kollektiven Duell geben. Ich bin sicher, dass wir Spass haben und dass nicht wenige Gaffer entrüstet sein werden«, freute sich Moritz. Er wandte sich an Vreni. »Du kannst für uns vielleicht ein paar schöne Erinnerungsfotos machen.«

»Das will ich mir nicht entgehen lassen«, sagte Eric.

»Ich verstehe den Witz nicht. Vielleicht bin ich zu dumm, aber ich wäre noch dümmer, wenn ich nicht fragen würde«, sagte Vreni.

»Ein guter Spruch. Wir wollen verschiedene Themen ansprechen, aber natürlich soll es auch lustig sein. Erstens machen wir den Schnüffelstaat mit dem Bezug auf den Kinderreim und durch die Überzeichnung des Fichenstaats als Strip-Show lächerlich. Wir lachen die Schnüffler aus. Wir zeigen ihnen, aber auch unseren Sympathisanten, dass man die langen Nasen nicht zu ernst nehmen soll, dass wir aber mit ihnen rechnen. Zweitens machen wir den Staat lächerlich, weil wir seine verdeckt ermittelnden Agenten als Spanner denunzieren, und drittens machen wir klar, dass wir uns nicht verstecken wollen, sondern offen zeigen, was wir zu bieten haben«, sagte Moritz lachend und hielt seine Hand wie einen Dildo in den Schritt.

»Und viertens zeigt ihr damit, dass was auf den ersten Blick wie die totale Offenheit aussieht, nichts anderes ist als ein gut inszenierter Bluff«, sagte Vreni. »Doch, das finde ich witzig, ehrlich gesagt, ist das überraschend kreativ.«

»Überraschend kreativ? Du bist ganz schön frech. Mach es jetzt aber nicht noch schlimmer, indem du sagst, du hättest es als Kompliment gemeint«, stöhnte Moritz.

Vreni warf einen Blick auf Eric, der müde in seinem Stuhl hing. »Ich gehe jetzt lieber ins Bett, solange ich noch hoffen kann, dass Eric es ohne Dildo schafft.«

»Ein grosses Wort für eine kleine Königin. Ich kann mich nicht erinnern, dass du dich einmal beklagen musstest«, protestierte Eric, ohne an den letzten Freitag zu denken. Sie räumten die Gläser ab und verabschiedeten sich.

Das Licht im Wohnwagen brannte fast die ganze Nacht, und als Eric gegen sechs wegfuhr, hatte er bloss zwei Stunden geschlafen. Am Abend sollten sie Pfarrer Brugger treffen. Die etwa halbstündige Rede, die sie in langen Diskussionen während der Nacht entwickelt hatten, wollte Vreni in den Computer tippen und dreimal ausdrucken.

Der Pfarrer empfing sie im Wohnzimmer des herrschaftlichen Pfarrhauses, das an die Friedenskirche angebaut war und von einer wuchtigen Blutbuche verdeckt wurde, und es stellte sich heraus, dass Eric und Eugen, wie er sich unkompliziert vorstellte, sich vom Sehen her kannten. Trotz seiner kurzen grau melierten Haare wirkte Eugen fast jungenhaft. Von seiner Frau und den Kindern waren nur Hochglanz-Fotos an den Wänden zu sehen. Eugen bewirtete sie mit einem Waadtländer Weisswein und Kartoffelchips. Konzentriert las er das neunseitige Exposé, das ihm Vreni gegeben hatte. Seine Miene verriet nichts über seine Gedanken, bis er das letzte Blatt weglegte und sagte: »Das ist starker Tabak. Aber ich finde, dass du das Problem doch auf eine sehr persönliche Art anpackst. Wenn du am Ende noch mehr auf den Gedanken der Sühne eingehst und dich etwas mehr von der Schuldfrage lösen kannst, damit am Schluss das Versöhnliche im Vordergrund steht, dann werden wir eine hervorragende Predigt hören. Ich bin beeindruckt.«

»Und du bist sicher, dass dir der Radioredaktor nicht einen Strich durch die Rechnung macht? Wie du gelesen hast, habe ich mir einige Feinde gemacht«, warf Eric ein, der nicht glauben konnte, dass es so glatt ging.

»Ich habe den Redaktor darüber informiert, dass ich einen Ersatz gefunden habe, er weiss jedoch noch nicht, dass du das bist. Aber keine Bange.« Er schwenkte das Manuskript durch die Luft. »Damit werde ich ihn garantiert überzeugen.«

»Bis wann weisst du Bescheid?«, fragte Vreni, die sich fast kindisch über Eugens positive Reaktion freute.

»Ich sehe ihn morgen und werde alles klar machen«, sagte Eugen und erhob sein Glas. Sie tranken auf gutes Gelingen und verabredeten sich auf den Samstagnachmittag, wo sie den Soundcheck durchführen wollten.

X

Wenn er an den Auftritt dachte, der jetzt mit seinem Namen in den Zeitungen und im Radio angekündigt wurde, beschlich Eric ein mulmiges Gefühl. Schwitzer hatte seinen Kirchenbesuch während einer kurzen Taxifahrt angekündigt. Moritz, Vince und Tom hatte er Kopien des typähnlichen Fotos gegeben und sie genauestens über ihre Rolle instruiert. Er informierte sie jedoch nicht detailliert über seine Pläne, was ihnen nicht gepasst hatte, doch sie hatten sich gefügt. Alle drei hatten versprechen müssen, dass sie nur exakt das tun würden, was er von ihnen verlangte, und nicht auf eigene Faust aktiv würden. Zwei Snakes hatten die Aufgabe erhalten, dafür zu sorgen, dass weder der Radiomann noch sein Tontechniker die Übertragung unterbrechen konnten.

In einer Ecke des Heuschobers feilte Eric auf alten Strohballen sitzend fast die ganze Nacht von Freitag auf Samstag an seiner Rede, unablässig kritisiert von Vreni, die ihn vergeblich zu überzeugen versucht hatte, dieses Training im Übungskeller der Wilden Eva in Basel durchzuführen, damit er sich an den Umgang mit dem Mikrofon gewöhnen konnte. Aus dem Ghetto-Blaster dröhnten Ten Years After und die Stones ab Kassette. Eric sprach ein langweiliges Schulhochdeutsch, doch Vreni, die aus ihrer Bühnenerfahrung und den Erkenntnissen ihres Studiums schöpfen konnte, machte ihm vor, wie er die Gefühle ausdrücken musste, damit er beim Publikum die gewünschten Emotionen wecken konnte. Anfänglich stellte er sich ungeschickt an, aber sie trainierte ihn, bis sie sich in den frühen Morgenstunden zufrieden in den Wohnwagen zurückzogen.

Vreni erfuhr erst in dieser Nacht, dass Eric das letzte Gespräch mit Schwitzer hatte aufnehmen können. Was sie zu hören bekam, hatte ihr einen gehörigen Schrecken eingejagt. Sie war bis auf die kurze Zeit, in der sie sich sexuell abreagierten, sehr nervös gewesen, und Eric stellte erleichtert fest, dass sie bald eingeschlafen war. Seine Gedanken jagten sich wie damals, nachdem er Schwitzer in Bern ausgeladen hatte. Immer wieder ging er Ungereimtheiten durch und versuchte plausible Erklärungen zu finden, bevor er endlich das Diktafon unter sein Kissen legte. Er hatte das Gefühl, eben erst die Augen geschlossen zu haben, als er spürte, wie Vreni erwachte. Er war hellwach, als sie ihn auf den Mund küsste und langsam ihre Zunge zwischen seine Lippen schob, und sie liebten sich, bevor sie zum Frühstück ins Haus gingen.

Die Besprechung mit dem Radioredaktor wurde auf den Sonntagmorgen verschoben, weil der Techniker am Samstag noch nicht vor Ort war, aber der Redaktor hatte nach der Lektüre des Manuskripts grünes Licht gegeben. Der Ablauf der Veranstaltung wurde nicht verändert. Zur Einstimmung auf die Veranstaltung sollte der Kirchenchor zwei Lieder singen, bevor der Querflötenvirtuose Davide Castro eine halbstündige Eigenkomposition uraufführte. Dann war Erics zwanzigminütiger Auftritt geplant. Worauf noch einmal Davide Castro und seine Band eine zehnminütige Probe ihres Könnens zeigen sollten, bevor Eric zu seinem ebenso langen Schlusswort ansetzen konnte und der Gottesdienst mit einem Lied des Kirchenchors beendet wurde.

Da es für sie nichts mehr zu tun gab, entschlossen sich Eric und Vreni, auf die Ruine der Froburg zu spazieren, wo sie auf den Felsen kletterten und die Aussicht auf das Mittelland und das Obere Baselbiet genossen, bevor sie im Gasthaus geräucherten Speck mit Zwiebelringen assen. Von aussen war ihnen nicht anzusehen, unter welcher Anspannung sie standen, doch er spürte, dass sie nervös war, und ihr entging nicht, dass er nur wenig sprach.

Nachdem sie geduscht hatten, halfen Eric und Vreni in der Küche, wo alle einander in die Hände arbeiteten, bis innert kurzer Zeit der Tisch gedeckt war und sie nur noch darauf warteten, bis Alain, der als Grillmeister im Hof stand, sie dazu aufrief, Kufus Brustspitzen à la Sauvin abzuholen. Sie assen lange, tranken viel Wein und liessen einen Joint nach dem anderen kreisen. Lea begann mit ihrer hellen Stimme zu singen, und alle stimmten ein, auch wenn sie meist nicht viel mehr als die erste Strophe der alten Hippie-Lieder kannten.

Eric wollte vor Mitternacht im Bett sein, er wusste, was auf dem Spiel stand. Vreni schloss sich an, und sie wurden mit Küssen und guten Wünschen verabschiedet. Alle hatten angekündigt, dass sie sich seine Rede nicht entgehen lassen wollten, und auch Andrea, die bis zu diesem Nachmittag, an dem sie erstmals wieder auf dem Hof war, nichts davon gewusst hatte, sagte ihr Kommen an. Sonja hatte vorgeschlagen, gemeinsam das Morgenessen einzunehmen, doch Eric wollte mit Vreni ins Bahnhofbuffet. Noch einmal beschwor Eric Moritz, dem er half, den Grill an die Hauswand zurückzustellen, die Nerven zu bewahren, was auch passieren mochte.

Eric sah Vreni im Wohnwagen verschwinden, und er beeilte sich. Als er ein paar Minuten später aus dem Badezimmer kam, hörte er, wie Andrea leise nach ihm rief, und er ging zu der offen stehenden Zimmertür. Andrea kam ihm entgegen, gab ihm einen Kuss auf den Mund und lächelte. »Deine Wohnung ist wirklich cool. Danke, dass du mir das Wohnrecht eingeräumt hast. Aber zum Teufel, kannst du mir sagen, was dich dazu bringt, ausgerechnet in einer Kirche aufzutreten. Dein Wort, wonach die Kirche die älteste und mächtigste Verbrecherorganisation der Weltgeschichte ist, habe ich noch im Ohr. Du weisst, ich habe deine Meinung geteilt. Nun fühle ich mich von dir verarscht. Ich kenne niemanden, der die Kirche so radikal abgelehnt hat wie du, und jetzt trittst du als Prediger auf, der auch noch live vom Radio übertragen wird. Fehlt nur noch das Fernsehen, um deine Bekehrung auch bildlich zu dokumentieren.« Sie sprach engagiert, das Lachen war aus ihrem Gesicht verschwunden.

»Bist du fertig?«, fragte Eric rhetorisch.

»Du machst mich fertig!« Es ging ihr wirklich nahe.

»Du wirst es verstehen, Andrea. Ich kann dir nicht mehr sagen, als dass du bis morgen Geduld haben musst. Vertraue mir! Ich habe weder mit den scheinheiligen Hirten noch mit den selbstgerechten Lämmern etwas am Hut. Morgen geht es um eine Sache, die zwar in der Geschichte ihres Gurus auch eine Rolle gespielt hatte, die im aktuellen Fall die Kirche jedoch nur am Rand betrifft. Ich habe morgen die Möglichkeit, mich aus einer beschissenen Situation zu befreien.«

»Das hat damit zu tun, dass du hierher ziehen musstest?!«

»Du musst dich gedulden. Abgesehen davon freut es mich, dass es dir in unserer Wohnung gefällt. Es könnte sein, dass wir einmal von da weg gehen, für ein Kind ist die Umgebung doch eher ungeeignet. Dann kannst du die Wohnung haben.«

Andrea beugte sich vor und hauchte ihm einen Kuss auf die Nase. »Du bist ein Schatz, Eric, aber ich weiss noch nicht, was ich tun soll.«

Sie wünschten sich eine gute Nacht, und Eric rannte zum Wohnwagen hinüber. Obwohl sie sich bemühten, kriegten sie ihre Köpfe nicht frei, und sie machten bloss ein kurzes Praktikum in Sachen Missionarsstellung.

Bevor er sich schlafen legte, zog Eric sich an und ging noch einmal ins Haus auf die Toilette, dann kletterte er über Vreni hinweg, die wie immer an der Vorderkante des Betts lag, und versorgte das Diktafon unter dem Kissen. Er hatte schon immer einen guten Schlaf, und es dauerte nicht lange, bis Vreni, zu aufgeregt, um schlafen zu können, seine regelmässigen Atemzüge vernahm. Mitten in der Nacht spürte Eric, wie sich Vreni über ihn beugte, ihm einen Kuss auf die Schläfe gab und flüsterte: »Eric?« Er kontrollierte seine Atmung und rührte sich nicht. Vreni wartete ein wenig, bis sie sagte: »Ich gehe schnell aufs WC.« Nachdem sie die Tür leise geschlossen hatte, setzte er sich auf, schob den Vorhang ein wenig zur Seite und schaute ihr zu, wie sie im Haus verschwand. Er legte sich erst hin, als sie wieder aus dem Haus kam.

XI

Auf dem Parkplatz vor der Friedenskirche stand der Übertragungswagen des Radios, und unter der Laube vor dem Portal warteten

Eugen und der Radioredaktor Hanspeter Imboden, ein untersetzter Mann mit fettigen Haaren und kleinen listigen Augen. Die Gelassenheit von Hanspeter, der gleich mit allen per du war, übertrug sich auf Eric, und er war ganz ruhig, als er für den Soundcheck einige Sätze ins Mikrofon sprach. Vreni verfolgte interessiert die Vorbereitungen des Tontechnikers, der ihr gern Auskunft gab. Sie hatte die Aufgabe übernommen, Vinces Leute anzuweisen.

Um zwanzig nach neun begannen die Kirchenglocken den Beginn der Veranstaltung einzuläuten, und es zeigte sich, dass die Hinweise in den Medien nicht nutzlos gewesen waren. Die Kirche war fast voll, als Vreni, die sich mit Vince, Tom und Moritz im Eingangsbereich aufhielt und alle Eintretenden aufmerksam musterte, einen Mann entdeckte, den sie als Schwitzer identifizierte. Er kam in Begleitung eines jüngeren hageren Mannes, und Vince folgte ihnen diskret und setzte sich neben Schwitzer auf eine Bank im hinteren Teil der Kirche. Nach einer Minute schickte Vreni Moritz nach, damit er sich auf den Platz neben Schwitzers Begleiter setzte. Tom nahm direkt dahinter Platz, und Vreni ging Eric suchen.

Eugen begann bereits mit bedeutungsschwangeren Worten die versammelte Christenschar zu begrüssen, als sie ihn in einem kleinen Nebenraum entdeckte, wo er mit den Musikern auf den Auftritt wartete. Eugen stellte dem Publikum in diesem Moment Davide Castro als den berühmtesten Künstler vor, der je in Olten aufgewachsen war. Eric hatte Davide vor Jahren gut gekannt, als dieser als Musikstudent in Xandras WG gewohnt hatte, bevor er nach Paris ans Konservatorium ging, wo kurz darauf sein Stern am Musikerfirmament kometenhaft zu steigen begann. Davide war das jüngste Kind einer spanischen Einwandererfamilie, und sie hatten sich früher blendend verstanden. Umso erfreuter war Eric, als er sah, dass Davide sich kaum verändert hatte, er war noch immer ein witziger Chaot, auch wenn er für seinen Auftritt einen Frack trug.

Davide und seine zweiköpfige Begleitband machten sich bereit, und Eric setzte den Flachmann an. Er hatte sich an einen Trick der Roten Armee erinnert, den die sowjetischen Truppen im Kampf gegen die Deutschen angewandt hatten, um die Brutalität aufzubringen, die nötig gewesen war, damit sie die Nazisoldaten, die selbst in nüchternem Zustand zu unvergleichbaren Schandtaten fähig und willig gewesen waren, besiegen konnten. Auch wenn er das Ritual, eine Stunde vor der Schlacht hundert Milliliter Wodka zu exen, nur halbwegs stilecht durchzog, spürte er doch, dass der Whiskey ihn lockerer machte und entspannte.

Sie schlichen nach hinten, bis Eric bestätigen konnte, dass es Schwitzer und sein Schläger war. In der vollen Kirche hatte Eric einige bekannte Gesichter entdeckt. Ruedi war mit Marianne da, Karin und Brigitte waren zusammen mit Jean-Luc und Gret gekommen, und sogar Doktor Jugovic hatte er gesehen. In der letzten Reihe erkannte er Oli, neben dem sich in diesem Moment zwei Männer in schwarzen Kitteln setzten, die ihre Hüte aufbehielten. Er konnte sie nicht genau sehen, doch er war sicher, dass es sich um seinen Onkel Max und dessen Sohn Ramon handelte.

Eric zog sich mit Vreni wieder in den Nebenraum zurück, wo er überprüfte, ob das Diktafon auf die richtige Sequenz eingestellt war. Doch anstelle von Schwitzers Stimme hörte er bloss Rauschen und leise Stimmen im Hintergrund. Das Blut wich aus seinem Gesicht, ihm war, als ob in ihm etwas zerbreche. Davides dramatische Querflöte, untermalt von dröhnenden Trommeln, tönte durch die geschlossene Tür. Mit zitternden Händen spulte Eric das Gerät zurück. Überall nur Rauschen und belanglose Sätze von ihm und Vreni. Fassungslos starrte er sie an, sie war genauso bestürzt. »Wie konnte das passieren?«, zischte er. »Am Morgen war es noch okay. Ich habe es überprüft.«

»Ich weiss nicht. Ich habe keine Ahnung«, stammelte sie und setzte sich auf einen Schemel in der Ecke.

»Bis auf die paar Minuten, in denen ich mich heute Morgen rasierte, hatte ich das Gerät immer bei mir. Was ist passiert, als ich im Bad war?«, fragte er hart.

»Ich weiss nicht. Ich wars nicht, Eric. Du glaubst doch nicht, dass ich dir das antun würde.«

»Und wer soll es sonst gewesen sein, verdammt noch mal?«

»Es kann nur Schwitzers Spitzel im Roten Hof gewesen sein. Als du im Haus warst, begann Kufu plötzlich laut zu quietschen, und ich ging in den Stall hinüber, aber lange war ich nicht weg. Als ich zurückkam, sah ich, dass dein Kittel am Boden lag. Ich habe mir nichts dabei gedacht und ihn auf die Sitzbank gelegt.«

»Scheisse, verdammte Scheisse«, murmelte Eric geknickt. Ihm war übel, und er wollte die ganze Geschichte abblasen. Sollte doch

Eugen eine passende Bibelstelle lesen. Vreni aber sprach ihm Mut zu, er sollte langsamer sprechen, mehr Pausen machen und die Aussagen zu Schwitzer streichen. Dieser Auftritt, sagte sie, böte ihm trotz allem einen gewissen Schutz. Eric liess sich schliesslich überzeugen. Den Vorwurf, dass sie etwas mit dem gelöschten Band zu tun hatte, erhob er nicht mehr.

Vreni ging zurück ins Kirchenschiff und setzte sich zum kleinen Rocker, der dem Tontechniker auf die Finger starrte. In der Reihe vor ihnen sass Hanspeter, der sich ab und an zum Techniker umdrehte und einen zufriedenen Eindruck machte. Neben ihm hatte der zweite Snake Platz genommen.

Castros jazziges Querflötenspiel ging pünktlich zu Ende, und der Pfarrer stand spruchbereit unter der Kanzel, auf der in diesem Moment Eric den Kopf hervorstreckte. Mit pathetischen Worten führte Eugen Eric als den verlorenen Sohn ein, der nach vielen Irrpfaden den Weg zurück in die Kirche gefunden hatte. Das war nicht so abgesprochen, und Eric wollte sich zuerst ärgern, doch dann freute er sich, weil er sich nun erst recht kein Gewissen zu machen brauchte, dass er diese Veranstaltung für seinen Zweck instrumentalisierte. Erwartungsvolle Augenpaare waren auf ihn gerichtet, und Eric meinte, dass alle das leichte Zittern seiner Hände bemerkten. Die Faust, die seinen Magen im Griff hatte, drückte noch härter zu, und der Schweiss trat ihm auf die Stirn. Er hatte sich keine Vorstellungen gemacht, wie eine Kirchgemeinde von oben aussehen mochte, und er war überrascht, dass er allen Leuten ins Gesicht blicken konnte. Er richtete sein Augenmerk auf seine Mutter Ursula, die zwischen Claudia und Rebecca vor den Roten Höflern sass, und räusperte sich. Seine ersten Worten waren leise und schwach, bis er langsam in Fahrt kam und die Worte zu betonen begann, wie Vreni ihn gelehrt hatte. Den ersten Teil seiner Rede brachte er ganz respektabel über die Bühne.

Den Reaktionen des Publikums entnahm er, dass er es mit seinen Ausblicken in die Geschichte der Fahrenden in der Schweiz in den Bann ziehen konnte. Unauffällig liess er die Augen immer wieder zu Vreni und Vince gleiten, damit er beiläufig die Reaktionen der Radioleute und der Schnüffler beobachten konnte, die sich als gute Zuhörer erwiesen, wenn er das Gefühl auch nicht loswurde, dass ihn Schwitzer und Hess heimlich auslachten. Er musste die Panik bekämpfen, die sich breit machte, wenn er an das gelöschte Band dachte. Konzentriert las er den Text und ging zu der Schuld über, welche die Schweiz auf sich geladen hatte, weil ihre Schergen die Jenischen aus rassistischen Gründen systematisch unterdrückt und verfolgt hatten, weil ihre Schergen den Fahrenden bis in die siebziger Jahre die Kinder geraubt hatten, weil in der Schweiz jenische Kinder in Psychiatrischen Kliniken mit Elektroschocks gefoltert wurden und weil es in der Schweiz ein Umerziehungsprogramm für Fahrende gab, deren Kultur man ausrotten wollte. Die Schweiz war eines der ersten europäischen Länder, die eine Einreisesperre für Zigeuner eingeführt hatten, ein Verbot, das für Hunderte wenn nicht Tausende Jenische, Sinti und Roma, die während der Nazizeit vor den mordenden deutschen Horden in der Schweiz Asyl suchten, das Todesurteil bedeutet hatte. Das antizyganistische Einreiseverbot wurde ebenfalls erst in den siebziger Jahren aufgehoben, und Eric klagte an, dass trotz einer bundesrätlichen Entschuldigung noch immer viel zu wenig unternommen werde, dieses Unrecht zu sühnen. Die gestohlenen Jugendjahre der Betroffenen konnte ihnen niemand zurückgeben, aber der Staat müsste wenigstens ein angemessenes Schmerzensgeld ausrichten und nicht nur beleidigende Trinkgelder ausschütten. Der Bund müsste dafür sorgen, dass die Jenischen in der Schweiz als Fahrende mit ihrer Kultur als Gleichberechtigte anerkannt werden. Die Kantone und Gemeinden müssten verpflichtet werden, genügend Standplätze für die Fahrenden zur Verfügung zu stellen. Eric wies darauf hin, dass kein einziger Vertreter des Staats, der Pro Juventute, der Kirchen, Klöster oder Heime strafrechtlich belangt wurde, obwohl sie schwerste Verbrechen begangen hatten. »Nur Vertreter des Staats und der Kirche dürfen straflos Kapitalverbrechen begehen«, sagte er hart und registrierte, dass Hanspeter aufjuckte, als er mit diesem Satz vom Manuskript abwich. Doch Eric folgte wieder der Vorlage, die ihn als engagierten Politaktivisten, der sich mit den besten Absichten schuldig gemacht hatte, porträtierte. Seine Stimme brach gelegentlich, und das Publikum, das seine Vorwürfe gegenüber Staat und Kirche sehr reserviert aufgenommen hatte, reagierte mit grosser Anteilnahme.

Da der Ablauf der Veranstaltung minutiös geplant war, setzte Davides Flöte unmittelbar nach Erics letztem Wort ein. Eric war froh, dass er sich allein auf den zweiten Teil seiner Rede vorbereiten konnte. Seine Zuversicht, doch noch ans Ziel zu gelangen, gewann wieder Oberhand. Den zweiten Teil des Texts wollte er etwa bis zur Hälfte vom Originalmanuskript ablesen, um dann endlich zur Sache zu kommen. Hanspeter hatte ihm eingebläut, dass er spätestens um fünf vor elf fertig sein musste, damit Zeit blieb für den Kirchenchor, weil anschliessend die Nachrichten gesendet wurden.

Als Castro und Band das zweite Set starteten, ging Vreni, überzeugt, dass die Snakes mit den Radioleuten klar kamen, nach hinten zu ihrer Arbeitskollegin Irène Binder, die neben Martin Falter sass. Der Fotograf hatte seine Bilder im Kasten und schaute sich gelangweilt in der Kirche um. Vreni drängte sich auf die Bank hinter ihnen, beugte sich vor und fragte: »Na, was ist? Habe ich euch zu viel versprochen?« Irène antwortete freundlich, doch Martin maulte, dass es sich nicht gelohnt habe, an einem Sonntag so früh aufzustehen.

Aus den Augenwinkeln konnte Vreni Schwitzer und seinen Begleiter beobachten. Als die Querflöte und die Kongas, die es geschafft hatten, eine fast südamerikanische Atmosphäre zu kreieren, abrupt verstummten, und bevor sich Eric auf der Kanzel räusperte, glaubte Vreni seinen Blick zu spüren. Sie blickte nach vorn auf die Kanzel. Für einen winzigen Augenblick schien alles klar zwischen ihnen, und sie fühlte sich, als wäre sie nackt. Aus weiter Ferne drangen seine Worte zu ihr, und sie richtete ihr Augenmerk wieder auf Schwitzer, der mit verschränkten Armen konzentriert zuhörte, und seinen Begleiter, der aussah, als schlafe er nächstens ein. Sie bemerkte, dass Eric, der von Natur aus eine tiefe Stimme hatte, sich bemühte, noch sonorer zu tönen, indem er jedes Wort betonte, wie sie es ihm empfohlen hatte, damit er nicht nur gehört, sondern auch verstanden wurde. Sie lächelte, es war eine Freude, ihm zuzuhören.

Fast schon routiniert sprach Eric ab Manuskript. »In Sonntagsreden weisen hiesige Politiker gerne darauf hin, dass die Schweiz ein demokratischer Rechtsstaat ist, in dem die Rechtssicherheit für alle gilt. Wir alle haben die Erfahrung gemacht, dass Wunsch und Realität bisweilen weit auseinander klaffen. Wenn Sie Ihren Sinn für Gerechtigkeit nicht verloren haben, dann wissen Sie, was ich meine, wenn ich sage, dass wir täglich Zeugen werden, wie Mächtige Machtlose ungerecht behandeln, wie Mächtige Machtlose demütigen. Mit diesen Bemerkungen komme ich noch einmal auf meine Geschichte zurück. Der Eintrag im Strafregister bleibt mir noch lange erhalten, doch seit ich meine Strafe abgesessen und die Bewährungsfrist überstanden habe, gelte ich wieder als ein freier Mensch mit allen verfassungsmässigen Rechten, könnte man jedenfalls meinen, wenn man den Gesetzen zu sehr vertraut. Ich will nicht jammern, dass ich den einen oder anderen Job nicht erhielt, weil man mit einem ehemaligen Terroristen nichts zu tun haben wollte. Ich spreche vom Fichenskandal. Wir haben erfahren, dass mehrere hunderttausend Bürger und Bürgerinnen von der politischen Polizei registriert wurden, weil sie ihre Rechte auf eine Weise ausgeübt hatten, die dem Staatsschutz nicht passte. Vielleicht können Sie sich vorstellen, was mit Leuten passierte, die aus achtenswerten Beweggründen grundsätzliche Veränderungen anstrebten und die dabei in Kauf nahmen, gelegentlich Gesetze übertreten zu müssen. Aus der Sicht des Rechtsstaats, der sich nur mit der konkreten Schuld befasst, waren diese Leute jedoch nicht greifbar, deshalb hat sich in der Schweiz eine illegale Schattenpolizei gebildet, die sich um diese Leute kümmerte.«

Er machte eine kurze Pause, blickte zu Hanspeter, der keine Miene verzog, obwohl er vom Manuskript abgewichen war, und er sah zu Vreni, die ihm unterstützend zunickte. Schwitzer schüttelte den Kopf, als sich ihre Blicke kreuzten. Eric sah wieder auf seine Notizen und sprach schneller, denn er wusste, ihm blieb nur noch wenig Zeit.

»Ich habe euch aus meinem Leben erzählt und über meine Erfahrungen und Gedanken berichtet, aber das war ein Diskurs, der sich auf meine Vergangenheit bezog. Ich komme zum Schluss auf die Gegenwart zu sprechen, und ich berichte über ein moralisches Dilemma, das unmittelbar aus meinem Leben gegriffen ist und hervorragend zu unserem Thema passt. Es gibt Leute, die von mir verlangen, dass ich erneut schwere Schuld auf mich lade. Sie erwarten von mir, dass ich mich des vorsätzlichen Verrats an einem Freund schuldig mache. Die Ironie liegt darin, dass die Leute, die das von mir verlangen, glauben, ich müsse damit eine alte Schuld sühnen. Ich will von vorne beginnen. Vor etwas mehr als zwei Wochen stellte sich mir ein Mann in den Weg, der sagte, er arbeite für die Innere Sicherheit der Schweiz. Der Mann war bewaffnet, bedrohte mich und verlangte von mir, dass ich für ihn arbeite, was ich natürlich ablehnte. Also prügelte mich kurz darauf einer seiner Freunde spitalreif, und später wurde ich damit konfrontiert, dass ich meinen Job verlieren würde, falls ich nicht mit diesem Mann, der sich Christian Schwitzer nannte, kooperierte. Ich sagte dem Schein nach zu, als ich Schwitzer das nächste Mal sah. Dieses Treffen habe ich mit einem kleinen Diktafon, das ich mir in die Unterhose geschoben hatte, aufgenommen.«

Eric unterbrach seine Rede und schaute zu Vreni, die gerade mit ihrer Kollegin sprach. Da ertönte ab Tonband Schwitzers Stimme, und Vreni blickte überrascht nach vorne. »Erstens, ich arbeite für die Sicherheit des Schweizer Volkes. Zweitens bin ich verantwortlich, dass Sie nicht wieder ausscheren.« Eric spulte ein wenig. »Setz dich Waser! Wir haben dich an der Kette, und du hast keine Chance, diese Kette zu sprengen. Jeder Versuch, etwas gegen uns zu unternehmen, führt dazu, dass die Kette kürzer wird.« Wieder spulte Eric ein Stück vor. »Falls noch einmal etwas passieren sollte, das wir als feindlichen Akt einstufen, werden wir uns gern auch um Verena und später auch um dein Kind kümmern. Nicht wahr, Joe? ...Ich mag es eigentlich nicht, wenn Kinder im Spiel sind. Das macht keinen Spass, ihre Knochen brechen so schnell.«

Bei den ersten Worten ab Band beobachtete Eric, wie sich Panik über die Gesichtszüge von Schwitzer und Hess ausbreitete, sah, wie die beiden versuchten, Moritz, Vince und Tom abzuschütteln, doch diese waren ihnen überlegen. Also änderten die Schnüffler die Taktik und spielten den Toten Mann. Weder Moritz noch Vince fielen darauf herein, und sie lockerten ihre schraubstockähnlichen Griffe nicht. Der Tontechniker wurde durch das Abspielen des Tonbandes überrascht, aber er reagierte professionell und steuerte die neue Geräuschquelle rasch aus. Als er sich räusperte, drehte sich Hanspeter mit einem gequälten Gesicht um und flüsterte gepresst: »Gute Arbeit. Weiter so.«

Der Techniker blickte wieder auf sein Mischpult, der Snake löste seine Faust, und Hanspeter seufzte hörbar. »Du brauchst nur brav zu sein, und du wirst deiner Frau weiterhin eine Freude sein«, flüsterte ihm der Snake ins Ohr, und Hanspeter gab seinen Widerstand, der ohnehin eher symbolischer Natur gewesen war, auf. Eric hatte die Szene beobachtet und freute sich, dass alles nach Plan lief.

»Ich möchte deutlich machen, dass ich hier kein Theater vorspiele«, sagte Eric, der jetzt selbstsicherer und gelassener auftrat. Er zeigte auf Moritz und Vince. »Meine Damen und Herren, drehen Sie sich bitte nach hinten um, und Sie sehen dort vier Männer stehen. Die äusseren beiden sind Freunde von mir. Der Mann in der Mitte mit dem dunkelblauen Trenchcoat ist Christian Schwitzer, dessen Stimme Sie ab Band gehört haben und von dem Sie noch zwei Müsterchen hören werden. Der Mann im eleganten Anzug ist Joe Hess, der mich letzte Woche verprügelte. Von ihm stammte der letzte Satz. Wie Sie erkennen, sieht man ihnen ihre lausige Gesinnung nicht an. Niemand käme auf die Idee, dass diese Männer selbstherrlich über das Schicksal anderer Leute entscheiden, dass diese Männer Leute zu Lüge und Verrat anstiften, dass diese Männer Leute erpressen und verprügeln. Nein, man sieht es ihnen nicht an, aber hören Sie selbst.« »Deine Zielperson ist Moritz Thalmann, um die anderen brauchst du dich nicht zu kümmern, die werden von uns bearbeitet.« Eric spulte vor. »Du sollst sein bester Freund werden und uns alles berichten. Wir wollen ihn unter Kontrolle haben.« »Natürlich weigerte ich mich, da ich dezidiert der Meinung war, dass niemand von mir verlangen kann, einen Freund zu verraten. Doch Schwitzer machte eine solche Aktion nicht zum ersten Mal und meinte auf meine Einwände: ›Wenn du nach dem kleinen Unfall noch immer nicht akzeptieren willst, dass wir mit dir tun können, was wir wollen, dann werden meine Kameraden, die dich neutralisieren wollen, zum Zug kommen. Ein Unfall ist schnell passiert.‹ Sie können sich vielleicht vorstellen, was diese Drohungen bei mir ausgelöst haben. Mir blieb nur die Flucht nach vorn, und der Zufall wollte es, dass ich hier als Redner auftreten konnte. Ich werde mich nicht schuldig machen, nur weil Vertreter des Staatsschutzes glauben, sie könnten entscheiden, wann ich für mein Vergehen gesühnt habe. Deshalb habe ich diesen Weg gewählt, und ich bin sicher, dass Sie mir verzeihen, dass ich ein wenig von meinem offiziellen Manuskript abgewichen bin. Ich bedanke mich für Ihre Aufmerksamkeit.«

Schnell zog sich Eric von der Kanzel zurück. Hinten im Kirchenschiff begannen die Männer mit den Hüten zu klatschen, was durch Erics Freunde aufgenommen wurde und zu einer Standing Ovation führte, die von der knappen Mehrheit des Publikums getragen wurde. Also zeigte sich Eric noch einmal auf der Kanzel, wo er sehen konnte, dass Moritz und Vince Schwitzer und Hess wie verabredet hatten ziehen lassen. Eugen bekundete Mühe, die Ruhe für die letzte Darbietung des Kirchenchors herzustellen. Bis zum Ende der Veranstaltung dauerte es Vreni zu lange, und sie verabschiedete sich von ihren Kollegen, die sie nur widerwillig gehen liessen. Sie traf Eric in der kleinen Kammer, wo er mit Castro und seinen Begleitern anstiess, und sie fiel ihm um den Hals und küsste ihn leidenschaftlich.

»Ich bin so stolz auf dich, mein grosser König! Wie hast du das mit der Kassette geschafft?«, fragte sie gespannt. Eric erklärte ihr und Davide, der ebenfalls interessiert zuhörte, dass er noch am Tag der Aufnahme zwei Kopien gemacht hatte, da er mit allem hatte rechnen müssen. Die eine hatte Tom bei sich, und die andere hatte ihm Vince vor der Kirche zugesteckt. Mit einer innigen Umarmung verabschiedete sich Davide von Eric und sagte »hasta luego, amigo«.

»Wir haben es geschafft. Dank dir, Vreni. Deine Idee, dass ich hier sprechen sollte, war genial«, sagte Eric und küsste sie. An der Tür klopfte es leicht, und Eugen trat ein. Seine geröteten Wangen verrieten, dass er sich aufgeregt hatte, und auch in seiner Stimme schwang Empörung mit.

»Ich weiss nicht, was mich mehr ärgert«, stiess er leise hervor. »Du hast mein Vertrauen missbraucht, Eric! Wenn ich gewusst hätte, dass du dein eigenes Süppchen kochen willst, hätte ich dich bestimmt nicht auf die Kanzel gelassen. Allerdings ist es einfach unglaublich, was du da soeben erzählt hast. Wenn das stimmt, und nach diesen Tondokumenten habe ich keinen Grund daran zu zweifeln, dann trifft mich das noch mehr, als dein hinterlistiges Vorgehen.« Er gab ihnen die Hand und eilte davon, um die Absage zu machen.

An der improvisierten Medienkonferenz am Rande der Kirchentreppe wiederholte Eric seine Geschichte, und er musste das Band von Anfang bis am Schluss abspielen und einige kritische Fragen beantworten. Auf der anderen Seite der Treppe wartete seine

Entourage, bis er sich von den Medienleuten loseisen konnte. Silas löste sich als Erster aus der Gruppe. Auf einem T-Shirt, das er sich über den Pullover gezogen hatte, stand gut lesbar der Slogan »kein mensch ist illegal«. Er stürzte auf Eric zu, umarmte ihn und gratulierte ihm zu seinem Auftritt. Die nächste Gratulantin, die ihn noch stürmischer umarmte, war Marianne.

Triumphierend sah sie ihn an und sagte: »Habe ich dir nicht gesagt, dass ihr Glück brauchen werdet. Einer alten Hexe kann man nichts vormachen.« Ruedi drückte ihm die Hand und gratulierte ihm zum Mut, diese Schweinerei, wie er nicht ganz standesgemäss formulierte, öffentlich gemacht zu haben.

Von Max und Ramon hatte Eric gerade noch das Heck des davonfahrenden Chevrolets gesehen, als er aus der Kirche gekommen war. Er wusste, dass sie in den nächsten Tagen irgendwann unangemeldet bei ihm auf der Matte stehen würden.

»Fahren wir ins Chemins, dort können wir essen, und ich spendiere zur Feier des Tages den Aperitif«, sagte Tom, nachdem Eric der Reihe nach von allen geherzt worden war. Eric war nicht einverstanden, und auf seinen Wunsch gingen sie zu Fuss ins Restaurant Center. Unterwegs musste er detailliert seine Begegnungen mit Schwitzer schildern, und die allgemeine Empörung war ihm sicher.

XII

Der Weisswein auf die nüchternen Mägen sorgte zusätzlich für eine mehr als aufgekratzte Stimmung. Alle waren leicht angeschlagen, noch bevor das Essen und der Rotwein serviert wurden. Vor allem Moritz langte beim Weissen über Gebühr zu. Er sass zusammen mit seinen Wohngenossen am unteren Ende der langen Tafel, an der auch Eric und sein Gefolge Platz genommen hatten. Bloss Alain hatte sich zu den Snakes gesetzt, die an einem separaten Tisch sassen und Bier tranken. Er zeigte sich vom ganzen Rummel wenig beeindruckt, hatte aber Eric zu einem Informationsaustausch mit der Basler Anarchogruppe Kater Karlo eingeladen, in der er seit Jahren aktiv war.

Moritz, der nach der Kirche ungewöhnlich bleich gewesen war, hatte nun einen rostbraunen Teint. »Hey, Eric!«, rief er quer über den Tisch, »du hättest nicht so pressieren müssen. Warum hast du nicht gewartet, bis du von diesen Scheissschnüfflern Sprengstoff erhalten hast, dann hätten wir den ihnen in den Arsch gesteckt und angezündet.«

»Was ihnen jetzt blüht, ist schlimmer für sie. Sie werden im Moment verdammt einsam sein«, sagte Eric.

»Ich hörte zu, als du der Presse das Band abspieltest. Dabei sagte Schwitzer etwas, das du in der Kirche nicht zitiert hast.« Moritz sprach zu laut, und sein aggressiver Tonfall liess die anderen Gespräche am langen Tisch verstummen. »Dieser verdammte Saftsack sagte, dass er bei uns nicht nur technische Quellen benutze. Hat er doch gesagt, oder nicht?«

»Das hat er gesagt, ja. Aber das muss nichts bedeuten. Zwietracht und Misstrauen zu säen ist eine uralte Taktik, um den Widerstand zu schwächen, das weisst du selbst.«

»Aber er hat es gesagt«, beharrte Moritz.

»Ja! Du darfst ihm aber nicht glauben, sonst gehst du ihm auf den Leim«, sagte Eric sichtlich bemüht, dass nun die Emotionen nicht durchgingen, denn er wusste, worauf Moritz hinauswollte.

»Du brauchst nicht abzuwiegeln, Eric. Du weisst so gut wie ich, dass das höchstens insofern ein Bluff war, dass es im Roten Hof nicht einen, sondern mehrere Spitzel gibt.«

»Stop it, please«, sagte Eric. »Ich will nicht, dass wir jetzt streiten statt zu feiern, dass Vreni und ich aus dem Gröbsten raus sind. Für mich ist wichtig, dass dieser Albtraum vorbei ist, und ich gehe davon aus, dass das der Fall ist.«

»Ja, du bist nach deinem Auftritt fein raus, wenn sie nicht plötzlich den Spiess wieder umdrehen und dich mit einer anderen Geschichte lahm legen. Für mich sieht das anders aus. Jemand, mit dem ich seit Jahren zusammenlebe, mit dem ich alles teile, bespitzelt und verrät mich und meine Freunde an die Bullen. Verdammt, du glaubst doch nicht, dass ich so tun kann, als ob alles paletti wäre.« Moritz' Stimme überschlug sich, und mit dem letzten Wort erhob er sich. »Ich will wissen, wer diese verdammte Ratte ist!«, rief er nun so laut, dass alle Gäste im Lokal die Köpfe drehten.

Das bleischwere Schweigen wurde vom Kellner, der sich von der Theke her näherte, gebrochen. Unbeschwert balancierte er sechs riesige Pizzen auf seinen Armen, und »Attenzione« trompetend zog er die ungeteilte Aufmerksamkeit auf sich. Moritz' Pizza befand sich bei der ersten Lieferung, und er machte sich schweigend darüber her, was die Situation vorübergehend entspannte.

Unter dem Tisch füsselte Vreni wie ein frisch verliebter Teenager. Eine schwere Last war von ihren Schultern gefallen, aber sie war noch immer etwas bleich. Nach dem Essen setzte sich Eric zu Moritz, der sich zum Kaffee einen Cognac gönnte.

»Ist dein hysterischer Anfall vorbei?«, fragte er.

»Ach, Eric Abgebrüht!« Moritz grinste und rief beim Kellner nach einem weiteren Cognac. Seine Zunge war etwas schwer, und Lea sagte, dass er wenigstens versuchen sollte, sich zusammenzunehmen.

»Wenn ich hysterisch wäre, du Frechdachs, dann hätte ich hier Kleinholz gemacht und nicht brav meine Pizza verdrückt. Natürlich will ich wissen, wer von uns ein doppeltes Spiel treibt, verstehst du das nicht?«

»Was willst du? Du musst dich entscheiden. Sobald mehr als drei, vier Leute zusammen etwas unternehmen, das dem Staatsschutz verdächtig vorkommt, kannst du davon ausgehen, dass er Mittel und Wege finden wird, direkt am Puls des Geschehens dabei zu sein. Du kannst ihnen nicht ausweichen, das weiss niemand besser als du«, sagte Eric.

»Du willst sagen, dass ich mich an sie gewöhnen soll, dass ich mich mit dem Verrat abfinden soll?«, fragte Moritz herausfordernd, und Eric registrierte unangenehm berührt, dass alle Roten Höfler auf seine Antwort warteten.

»Du erwartest zu viel von mir. Ich habe nur einmal mit so vielen Leuten zusammengewohnt, und das nicht freiwillig. Ich bin kein Kollektiv-Typ. Ich könnte höchstens so leben, wenn alle ihren eigenen Wohnwagen hätten. Ich kann euch nur erzählen, wie ich mit dem Überwachungsstaat umgehe. Ich konnte mich zuerst auch nur schwer damit abfinden, dass ich nie wusste, woran ich bei jemandem war. Deshalb zog ich die Konsequenzen und lebte allein. Deshalb habe ich seit meiner Freilassung in keiner linken Organisation mitgemacht, habe an keinen Sitzungen teilgenommen und ging bewusst keine verbindliche Beziehung ein, bis Vreni auftauchte.«

»Wenn alle so reagieren würden, gäbe es weder politisches Engagement noch ein lebenswertes Leben, und die Staatsschützer hätten genau das erreicht, was sie wollten«, höhnte Moritz.

»Das Wichtigste überhaupt ist, dass du überlebst. Ich kann dir höchstens Tipps geben, wie das etwas leichter geht.«

»Dann lass mal hören! Heute ist dein Tag!«, sagte Moritz versöhnlicher.

»Du darfst vor allem nie die Geduld verlieren. Ich las schon früh bei den alten Revolutionären, dass die Geduld eine wichtige, wenn nicht die wichtigste revolutionäre Tugend ist. Ich glaubte ihnen nicht und musste erst bittere Erfahrungen machen, bis ich sie begriff. Ich hoffe, du machst nicht den gleichen Fehler. Du brauchst neben Geduld aber auch Disziplin, Selbstdisziplin, die mitunter das klaglose Erdulden von Demütigungen und Erniedrigungen einschliesst, sonst wirst du bis aufs Blut provoziert. Ein weiterer nicht unwichtiger Punkt ist, dass du deine Gesinnung nie verraten darfst, auch wenn du sie nicht immer wie ein Banner vor dir hertragen musst. Nicht minder wichtig ist die Liebe. Auch wenn das pfäffisch tönen mag: du musst die Menschen lieben. Du musst die Menschen gern haben, auch wenn sie mit dir nicht einverstanden sind, denn du wirst sie von deinen Ideen nur überzeugen können, wenn sie spüren, dass du sie magst. Ich sage nicht, du sollst deine Feinde lieben, aber du darfst sie niemals hassen, sonst frisst dich der Hass auf, und du gleichst dich deinen Feinden an. Wenn du dem Gegner aber nicht indifferent gegenübertreten kannst, dann ist das einzig zulässige Gefühl das Mitleid. Bemitleide ihre verkrümmten Charaktere, bemitleide ihr psychopathologisches Sicherheits-, Besitz- und Machtstreben, bemitleide sie, aber hasse sie nicht. Du kannst auch Mitleid mit ihnen haben, weil sie, ohne es zu wissen, schon lange tot sind, aber das darf dich nie daran hindern, ihr System zu bekämpfen, wo immer du kannst. Wenn du das tust, dann musst du bereit sein, die mitunter harten Konsequenzen ohne einzubrechen zu ertragen, sonst bist du bloss eine Sternschnuppe, wie ich schon viele habe verglühen sehen. Die Revolution ist kein Kinderspiel. Wenn du nicht bereit bist, ihr die nötigen Opfer zu bringen, dann wirst du nichts dazu beitragen, dass sie Wirklichkeit wird. Last but not least will ich erwähnen, dass du ohne Unterlass so leben musst, als stecktest du in einem US-Kriminalfilm. Du kennst den Spruch: Alles, was du von jetzt an sagst, kann und wird gegen dich verwendet werden. Das muss dir jederzeit bewusst sein. Ich hoffe, dass du keinen Fehler machst und hysterisch auf den heutigen Tag reagierst. Den Schnüfflern kannst du nicht aus dem Weg gehen, du kannst höchstens versuchen dafür zu sorgen, dass sie wenigstens die Arbeit erledigen, die sonst niemand tun will. Schnüffler sind naturgemäss neugierig, also gib ihnen den Job des Adressverwalters, sorge dafür, dass sie die Protokolle schreiben. Verräter sorgen sogar auf der theoretischen Ebene für Klarheit. Wenn man weiss, dass Provokateure mit am Werk sind, muss man jedes Argument besonders kritisch prüfen und abwägen«, sagte Eric.

»Du bist ein Zyniker, Eric«, sagte Lea knapp.

»Das Problem ist, dass er im Grunde genommen Recht hat«, sagte Moritz. »Die Schnüffler mit unangenehmer Arbeit einzudecken, könnte aber nur funktionieren, wenn man wüsste, wer die Schnüffler sind. Bei uns funktioniert das nicht. Wenn du zusammenlebst, ist es nicht möglich, dass du allen misstraust, ohne dass sich das auf deine Laune und aufs allgemeine Klima auswirkt.«

»Du wirst dieses Misstrauen nie mehr los, wenn es dich einmal gepackt hat, du kannst es höchstens mit Tricks bändigen. Ein Trick geht so, dass du die Schnüffler nicht als Gegner betrachtest, die du bekämpfen musst, sonst verpufft du Energie für nichts. Du musst dich mit ihnen arrangieren wie mit scheusslichem Wetter. Du kannst sie auch als heimliche Verbündete sehen, die dafür sorgen, dass deine Heldentaten der Nachwelt erhalten bleiben«, sagte Eric und wusste im selben Moment, dass es ein Witz zur falschen Zeit gewesen war.

»Das sind blöde Sprüche, wirklich saudumm«, sagte Beat grob. »Dazu wäre niemand von uns jemals fähig. Das hätten wir schon lange gespürt.«

»Und wenn es so wäre. Mich interessiert es wenig, ob jemand aus persönlichen Gründen ein Arsch ist oder aus Dienstpflicht. Ein Arsch ist ein Arsch ist ein Arsch, und ich konnte bisher noch jeden Arsch von einem Gesicht unterscheiden«, kicherte Andrea, die so blau war wie Moritz, sich aber bester Laune zeigte.

Eric fuhr dazwischen, bevor sich Moritz wieder aufregte, und sagte: »Wenn ihr wisst was ihr wirklich wollt, werdet ihr gestärkt aus dieser Krise rauskommen. Ich möchte euch jedenfalls herzlich danken, dass ihr uns aufgenommen und unterstützt habt.« Er stand auf, winkte Vreni zu sich und wandte sich an die ganze Tischrunde. »Obwohl ihr keine Ahnung hattet, was ich in den letzten zwei Wochen durchgemacht habe, habt ihr mich vorbehaltlos unterstützt, dafür möchte ich mich herzlich bedanken. Ich weiss nicht, was weiter passieren wird, aber um mich braucht ihr euch vorläufig keine Sorgen mehr zu machen, denn niemand kann es sich leisten, dass mir nach dieser Gardinenpredigt etwas passiert.« Alle sahen seine Schwierigkeiten, die Gefühle unter Kontrolle zu halten. »Wenn ihr nichts dagegen habt, verabschieden wir uns jetzt, denn ich will diesen Erfolg noch zu zweit feiern.«

Er umarmte Vreni ein wenig steif. Sie gab ihm einen Kuss und sagte: »Ich bin wahnsinnig froh, dass Eric so gute Freunde hat, auf die er sich voll und ganz verlassen kann.«

Zum Abschied umarmten sie Ursula, die sich noch immer wunderte, dass Eric ausgerechnet in einer Kirche gesprochen hatte. »Franz sagte oft, dass du etwas Besonderes bist«, sagte sie und wischte sich verstohlen eine Träne aus dem Auge. Vince rief ihnen quer durch die Wirtschaft nach: »Viva Eric! Hasta la victoria siempre!«

Auf der Treppe zum Ausgang hinunter hörten sie die Radionachrichten. Sie blieben stehen und lauschten. Der Moderator berichtete an dritter Stelle über den Eklat in der Oltner Friedenskirche und spielte eine Stellungnahme der Bundespolizei ein. »Mit Überraschung haben wir von Vorwürfen Kenntnis genommen, die heute gegen den Staatsschutz der Schweiz erhoben wurden. Wir halten unabhängig der Untersuchung, die morgen aufgenommen wird, fest, dass weder die Bundespolizei noch die Bundesanwaltschaft jemanden zu einem Delikt angestiftet haben.« Der Nachrichtensprecher fuhr fort, dass die Behörden abklären wollten, ob gegen den Mann, der die Vorwürfe öffentlich machte, ein Verfahren wegen falscher Anschuldigungen und Verleumdung eingeleitet werden müsste.

Nachdenklich sagte Vreni: »Das sieht aus, als ob sie es nicht lassen könnten.«

»Nein, das ist eine Standardfloskel. Auch wenn es mir nicht gelungen ist, ein politisches Erdbeben auszulösen, bin ich doch zufrieden. Die Untersuchung wird schnell im Sand verlaufen, und das Verfahren gegen mich wird eingestellt, schliesslich bezichtigte ich nur Schwitzer und Hess ihrer Verbrechen«, sagte Eric überzeugt. »Aber du hast insofern Recht, dass wir bloss eine Schlacht, nicht aber den Krieg gewonnen haben. Irgendwann wird ein neuer Schwitzer mit einem noch raffinierteren Plan auftauchen, irgendwann, irgendwo. Vorläufig jedoch sollte ich Ruhe haben.«

»Ich liebe dich, mein grosser kluger König«, sagte Vreni.

XIII

Auf dem Weg zum Auto zeigte sich Eric nachdenklich und einsilbig, während Vreni übermütig lachte und von den ausschliesslich positiven Reaktionen auf seinen Auftritt schwärmte. Sie merkte nicht, dass er sich nicht so uferlos freuen konnte. Er schloss den Wagen auf und hielt ihr die Beifahrertür auf, was er noch nie zuvor getan hatte, und sagte auf ihre entsprechende Bemerkung hin lächelnd: »Ein Gentleman ist und bleibt ein Gentleman. Du trägst doch jetzt die Verantwortung für zwei.«

»Was hältst du davon, wenn wir Moritz zum Taufpaten machen?«, fragte Vreni, als sie die Engelbergstrasse hinunterfuhren. Sie tätschelte sanft seinen Oberschenkel.

»Du willst das Kind taufen lassen?«

»Das wollte ich damit nicht sagen, aber ein Pate und eine Patin wären trotzdem nicht schlecht, und ich mag Moritz.«

»Ich will ihn so schnell nicht wiedersehen!«

»Ich habe gedacht, er sei dein Freund.«

»Du bist doch meine Freundin, das reicht mir. Gut, ich schätze ihn, das ist wahr. Er ist intelligent, hat einen erfrischenden Humor und vernünftige politische Ansichten. Aber mein Instinkt und meine ausgeprägte Neigung zum Zweifel bewahrten mich davor, einen Fehler zu machen, wie sich eben bestätigt hat.«

»Du meinst wegen seines Ausbruchs vor dem Essen?«

»Ja, aber weniger seine Worte, als vielmehr seine Mimik und Körpersprache haben mich erschreckt, sie drückten Hass aus, einen blanken puren Hass. Zudem entsprach seine Show nicht seinem aufgeweckten Intellekt und seinem gewohnten Auftreten. Er hat wohl geglaubt, er müsste mir seine Loyalität beweisen. Er hat masslos übertrieben.«

»Meinst du, er hatte ein schlechtes Gewissen?«

»Weshalb sollte er eines haben?«

»Wenn er es war, der das Diktafon manipulierte, wäre seine Reaktion verständlich.«

»Ich sprach kürzlich lange mit ihm und wollte ihm dabei eigentlich sagen, was ich geplant hatte, doch ich zögerte, obwohl ich sonst kein Problem hatte, offen mit ihm zu sprechen. Sein aufgesetztes Entsetzen im Center passte nicht zu seiner Analyse von letzter Woche, wonach in der Schweiz alle Oppositionellen samt und sonders überwacht und bespitzelt werden. Er erzählte mir beispielsweise von Spitzeln in der GSoA, mit denen er sich herumschlagen muss. Gut, wir haben nicht explizit über den Roten Hof gesprochen, ich hatte das Gefühl, dass er dieses Thema bewusst ausklammerte. Aber es war mir klar, dass es ihn nicht überrascht hätte, wenn ich ihm gesagt hätte, dass unter ihrem Dach ein Maulwurf haust. Und dann diese Reaktion heute! Mir ist erst, als ich ihm mein Überlebenscredo darlegte, klar geworden, dass es in dieser Geschichte nie um ihn gegangen ist, wie ich in meiner Einfalt gedacht habe. Es ging um mich, natürlich, aber es ging nur um mich. Sie wollten mich ausschalten, indem sie mich benutzten. Ich hätte mich damit vollständig diskreditiert. Moritz hat dabei bloss den nützlichen Idioten gespielt.«

»Du bist verdammt scharfsinnig, Eric. Wer dich übers Ohr hauen will, muss sich ganz schön sputen.«

»Weisst du Vreni, ich verstehe immer noch nicht, wie das mit dem Diktafon passieren konnte.«

»Ich habe es dir doch erklärt. Schwitzers Schnüffler hat mich aus dem Wohnwagen gelockt, damit er ans Gerät rankam.«

»Könnte auch eine Sie gewesen sein.«

»Ist nicht auszuschliessen.«

»Du bist dir sicher, dass du nichts damit zu tun hast?«

»Reicht dir mein Wort nicht?«

»Mit wem hast du diese Nacht telefoniert?«

»Hast du mir nachspioniert?«

»Habe ich das nötig?«

»Ich habe nicht telefoniert, ich war auf der Toilette.«

»Im Knast hatte ich eine Zeit lang einen ekelhaften Zellengenossen, gegen den ich mich handgreiflich durchsetzen musste, bis er mich in Ruhe liess. Aber er blieb dumm und aggressiv wie zuvor, wenn er auch Angst davor hatte, noch einmal offen auf mich loszugehen, und er drohte mir, mich im Schlaf abzustechen. Diese Drohung nahm ich ernst, und ich schlief in den folgenden Tagen wann immer es möglich war tagsüber, in den Nächten lag ich wach. Den nächsten Angriff konnte ich abwehren, weil ich ihn kommen hörte. Aber ich konnte nicht wochenlang so weitermachen. Also gewöhnte ich mir einen extrem leichten Schlaf an. Ich erwachte, wenn sich der andere im Bett auch nur umdrehte. Gestern Abend erinnerte ich mich an diese Fähigkeit. Als du mir ins Ohr flüstertest, war ich hellwach. Ich folgte dir nicht, ich brauchte nur den Vorhang zur Seite zu schieben. Niemand muss durch die Küche ins Badezimmer.«

Maskengleich starrte Vreni aus dem Seitenfenster. Eric fiel zum ersten Mal auf, wie mager ihre Nasenspitze war. Er sprach weiter, er wollte nichts auslassen, das war er sich schuldig.

»Ich sah dir zu, wie du hineingingst. Dann suchtest du das Telefon, das ich im Wohnzimmer versteckte, als ich gesagt hatte, ich ginge auf die Toilette. Bis zuletzt hoffte ich, dass die Indizien, die gegen dich sprachen, bloss dumme Zufälle gewesen waren, oder dass ich die falschen Schlüsse gezogen hatte. Aber ich durfte mich nicht auf meine Hoffnung verlassen. Als du das Telefon nicht fandest, gingst du dem Kabel nach, und weil du in der Küche kein Licht machen wolltest, sahst du den Stuhl nicht, den ich dir in den Weg gestellt hatte. Du schaltetest dann doch das Licht ein, weil du nicht noch mehr Lärm machen wolltest. Ich konnte sehen, wie du das Telefon vom Fensterbrett im Wohnzimmer holtest. Du sahst sogar zu mir herüber, erinnerst du dich?«

Vreni war rot angelaufen, starrte aber weiterhin in die Ferne.

»Du sahst mir direkt in die Augen, bevor du das Licht löschtest und telefoniertest. Der Rest war Routine. Am Morgen gab ich dir die Gelegenheit, die Kassette zu löschen, die ich vorher keine Sekunde ausser Acht gelassen habe. Ich erzählte dir bewusst erst am Freitag vom Band, denn ich wollte ganz sicher sein. Ich weiss nicht, warum du das getan hast. Du wirst deine Gründe haben, aber mir sind sie nicht gut genug. Ich will es dir nicht ersparen, will dir erzählen, wie ich dir auf die Schliche kam. Mal abgesehen vom wirklich originellen Beginn unserer Beziehung wurde ich stutzig, als du mir die Geschichte erzähltest, wie sich Holzmann über deine Haarfarbe aufgeregt hatte, und ich sagte dir auf Italienisch, wenn es auch nicht wahr ist, so ist es doch gut erfunden. Ich kenne Holzmanns Frau, sie färbt sich die Haare seit Jahren in den verschiedensten

Rottönen. Im Ochsen in Zofingen traf ich später zufällig ein paar Frauen, die sich an die Lila Zoff erinnerten, aber nie etwas von einem Hauswirtschaftsstreik gehört hatten. Da dachte ich mir, was solls, ich habe auch schon aufgeschnitten. Doch da waren noch andere Indizien. Du interessiertest dich immer aussergewöhnlich stark für meine aktuelle Lektüre. Als ich einmal erwähnte, dass ›Konkret‹ als einzige lesenswerte linke Zeitschrift in deutscher Sprache für mich eine Art geistige Überlebensnahrung darstellt, fragtest du mich sehr aufdringlich aus. Ich wich aus, und du reagiertest plötzlich aggressiv und nahmst mich im Stil eines Perry Mason ins Kreuzverhör. Dein ausserordentliches Interesse schmeichelte mir, aber es kam dir nie in den Sinn, wenigstens eines meiner Bücher zu lesen. Du wolltest nicht wissen, was drin stand, wolltest bloss hören, was ich davon hielt, das aber stimmte nicht mit der emanzipierten Haltung überein, die du sonst an den Tag legst. Ich sah meist über meine Zweifel hinweg, und ich kann dir versichern, dass ich dich immer liebte, wenn wir Sex hatten. Im Alltag aber bestimmt bei mir nicht der Trieb über den Verstand. Als Schwitzer auftauchte, schrillten bei mir alle Alarmglocken, und ich beobachtete dich fortan genauer. Dass du nichts über meine Vergangenheit wusstest, machte mein Misstrauen nicht kleiner. Martin hatte uns zusammen gesehen, und ich konnte mir nicht vorstellen, dass er nicht getratscht hatte. Dann passierte die Szene beim Bad Lostorf, wo du schon lange gesehen haben musstest, dass wir beobachtet wurden, trotzdem wolltest du genau dort mit mir vögeln. Ich kann es dir auch nicht ersparen, dass mich dein Striptease eher beunruhigte denn erlöste. Bei dieser Vorführung hattest du den Ausdruck einer Professionellen im Gesicht, und ich hatte plötzlich das Gefühl, du würdest für mich bloss einen Job machen. Dein letzter Fehler, bevor du diese Nacht telefoniertest, war, dass du mich vorgestern unbedingt in deinen Übungskeller locken wolltest, obwohl es dafür keinen Grund gab, ausser wenn du dort heimlich meine Rede aufzeichnen wolltest. Ich muss gestehen, du warst wirklich gut. Bis zum bittern Ende habe ich nie geglaubt, dass deine Gefühle für mich nicht echt sind.«

»Ach, Eric!«, sagte Vreni, und ihre Stimme tönte, als käme sie aus einem feuchten leeren Keller.

»Doch, doch. Du kannst es in deinem Palmares als Erfolg verbuchen, dass du mich so lange zum Narren halten konntest. Aber du hast geglaubt, du hättest mich im Sack, du warst dir zu sicher, und deshalb hast du Fehler gemacht. Mein Vater hätte gesagt, typisch Dummer August, der freut sich auch immer zu früh. Es war für mich nicht immer einfach, so zu tun, als ob alles okay sei, aber ich habe es bis letzte Nacht geschafft, dich zu lieben.«

Eric bog auf den Kiesweg ein, der zum Roten Hof führte.

»Im Center wollte ich nichts sagen. Du hast es zwar nicht verdient, dass du es zuerst hörst, aber ich kann nun mal nicht aus meiner Haut. Die anderen werden es früh genug erfahren.« Er machte eine kleine Pause.

»Ich werde hartes Brot essen, bis ich darüber hinweg bin. Aber wie Franz zu sagen pflegte, hartes Brot ist nicht hart, kein Brot ist hart. Wenn du Vaterschaftsklage erhebst, werde ich einen Test verlangen und das Ergebnis akzeptieren.«

Vreni sass unverändert steif auf dem Beifahrersitz. Eric hatte das Gefühl, dass sie gegen die Tränen kämpfte. »Du bist nicht der Vater. Wir hatten damals keinen ungeschützten Sex«, sagte sie heiser. Eric sah, dass sie sich entschuldigen wollte, aber er gab ihr zu erkennen, dass er davon nichts hören wollte, und sie schwieg. Er hielt direkt vor dem Wohnwagen.

»Ich gebe dir fünf Minuten Zeit. Deine Sachen in der Industrie kannst du später abholen lassen«, sagte er knochentrocken. Während er im Auto wartete, baute er sich einen Joint, zündete ihn an, und bereits nach zwei Zügen kam Vreni mit einer Papiertasche aus dem Wohnwagen. Sie ging ohne ihn anzuschauen auf das Bauernhaus zu. Er wartete, bis sie im Haus verschwunden war, dann stieg er aus und schloss den Wohnwagen mit dem Schlüssel, den sie hatte stecken lassen, ab.

Ohne einen Blick zurückzuwerfen, fuhr Eric langsam vom Hof. Er inhalierte erleichtert, er freute sich auf den bevorstehenden Besuch und überlegte, ob er sich für eine Weile ihnen anschliessen wollte.

Belletristik Schweiz in der edition 8

Elisabeth Jucker: **Übers Meer**. Roman, 208 Seiten, gebunden, Fadenheftung, Lesebändchen, Fr. 32.–, € 19.–, ISBN 3-85990-042-0
Mit feinen Strichen zeichnet Elisabeth Jucker das Porträt zweier Frauen, Mutter und Tochter, und stellt zwei ganz verschiedene Liebesgeschichten nebeneinander. Die Geschichte der Mutter ist zugleich ein Sittenbild der 50er-Jahre: Als junge Frau träumt sie vom Ausbruch aus den beengenden Verhältnissen ihrer bäuerlichen Welt. Schliesslich folgt sie ihrem zukünftigen Ehemann, den sie kaum kennt, nach Brasilien.

Elisabeth Jucker: **Gestern brennt**. Zwei Erzählungen, 160 Seiten, gebunden, Fadenheftung, Lesebändchen, Fr. 27.–, € 14.50, ISBN 3-85990-018-8
Im Sog von Juckers kraftvoller, bildstarker Sprache werden die LeserInnen mitten in die Identitätskrise zweier Frauen gezogen. Krisen, die beide Frauen als Chancen zu nutzen wissen.

Markus Moor: **Notizen über einen beiläufigen Mord**. Eine Art Kriminalroman, 352 S., geb., Fadenheftung, Lesebänd., Fr. 37.–, € 19.80, ISBN 3-85990-017-x
Ein Kriminalroman, möchte man meinen, mit einem Täter und Marugg, dem Kriminalkommissär, dem Jäger, der eigentlich gar keiner ist, weil selbst Gejagter von einer übervollen Vergangenheit, daraus eine Geschichte, an die man glauben könnte, nicht zu ziehen ist. Und daneben eben der Täter, der zwar gefunden wird – beileibe keine kriminalistische Meistertat –, aber bis zuletzt namenlos bleibt, weil er sich eben erst Geschichte geschaffen hat, mehr aus Zufall wahrscheinlich und entgegen jeder Absicht, mit einer leeren Vergangenheit, die zu füllen er im Begriffe steht durch sein Opfer, das er liebte, vermutlich zum ersten Mal fähig zur Liebe überhaupt.

Otto Steiger: **Ein Stück nur**. Erinnerungen in Episoden. Werkausgabe Band 10, 224 S., geb., Fadenhef., Lesebändchen, Fr. 32.–, € 17.50, ISBN 3-85990-009-9
»Zu den Berühmten hat Steiger nie gehört. Aber vielleicht wird man später einmal finden, dass nirgends so viel Aufschluss über die Mentalität des schweizerischen Mittelstandes zu erfahren ist wie in seinem Werk. Wie in diesen listig gestrickten, soliden und unterhaltenden Geschichten, die die ganze zweite Jahrhunderthälfte begleitet haben.« *Tages-Anzeiger*

Otto Steiger: **Das Wunder von Schondorf**. Skurrile Geschichten. Werkausgabe Band 11, 144 Seiten, gebunden, Fadenheftung, Lesebändchen, Fr. 24.–, € 13.50, ISBN 3-85990-032-3

Einen Namen hat sich Otto Steiger – der Doyen der Schweizer Literatur – mit präzisen, realistischen Schilderungen der biederen helvetischen Gesellschaft gemacht, die er mit feiner Ironie und scharfem Blick für normale Lieblosigkeiten porträtiert. Skurrile, unwahrscheinliche Geschichten zu erzählen, ist eine seiner weniger bekannten Seiten.

Susanne Thomann: **Das Rauschen des Raumes**. Futuristischer Roman, 288 Seiten, gebunden, Fadenheftung, Lesebändchen, Fr. 36.–, € 21.–, ISBN 3-85990-038-2

»Was bleibt, ist ein Roman von Psyche und Physik, von emotionalem Tiefgang und von hohem Fachwissen, sei es nun Seemannsgarn, Drogentrip oder Weltraumkoller. Ein Roman, in dem die Segel zu setzen sich lohnt.« *entwürfe*

Manfred Züfle: **Eines natürlichen Todes**. Erzählungen und Geschichten, 208 Seiten, gebunden, Fadenheftung, Lesebänd., Fr. 32.–, € 19.80, ISBN 3-85990-046-3

Die 19 Texte porträtieren einzelne Menschenschicksale, vergegenwärtigen gesellschaftliche Entwicklungen und reflektieren geschichtliche Erfahrungen. Erinnerung, so meint Manfred Züfle, ist Wiedergewinnen der Vergangenheit, in aktueller Absicht. So zeigt er Menschen im Umbruch der Zeit, die ihren bescheidenen Platz zu behaupten suchen.

Walter Matthias Diggelmann: **Werkausgabe in sechs Bänden**, herausgegeben von Klara Obermüller. Bisher sind erschienen:

– **Geschichten um Abel und ausgewählte frühe Erzählungen**. Band 1, Einleitung Jean Villain, Nachwort Roland Links, 288 Seiten, gebunden, Fadenheftung, Lesebändchen, Fr. 34.–, € 18.50, ISBN 3-85990-021-8

– **Der falsche Zug**. Erzählungen, Kolumnen, Gedichte. Band 2, 324 Seiten, gebunden, Fadenheftung, Lesebändchen, Fr. 35.–, € 19.–, ISBN 3-85990-022-6

– **Das Verhör des Harry Wind**. Roman, Band 3, 256 Seiten, gebunden, Fadenheftung, Lesebändchen, Fr. 33.–, € 19.80, ISBN 3-85990-023-4

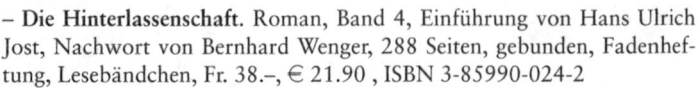

– **Die Hinterlassenschaft**. Roman, Band 4, Einführung von Hans Ulrich Jost, Nachwort von Bernhard Wenger, 288 Seiten, gebunden, Fadenheftung, Lesebändchen, Fr. 38.–, € 21.90, ISBN 3-85990-024-2

– **Filippinis Garten / Schatten**, Roman / Tagebuch einer Krankheit, ca. 192 Seiten, gebunden, Fadenheftung, Lesebändchen, Fr. 32.–, € 19.80, ISBN 3-85990-025-0 *(erscheint Herbst 2004)*

Erhältlich in jeder Buchhandlung oder direkt bei:
edition 8, Postfach 3522, CH-8021 Zürich, Tel. 044/271 80 22, Fax 044/273 03 02, Email: info@edition8.ch, Internet: www.edition8.ch